U0055954

大清公主
《上》
西嶺雪　著

目次

楔子

1

崇禎十七年（西元一六四四年）三月十八日夜，紫禁城裏宮燈慘澹，幕帷飄搖，象徵著人間至高權力的皇廷內苑一片悽惶景象。

已經投降了李自成的監軍太監杜勳跪在地上瑟瑟發抖，脂粉殘亂的臉上淚水縱橫，哭著向崇禎皇帝朱由檢叩頭哀告：

「奴才監軍抵敵，戰至一兵一卒俱歿，不得已降了李闖，原該自裁以謝皇上。奈何老奴心念皇上安危，身在曹營心在漢，無日無時不爲皇上謀劃憂慮。那李闖兵強馬壯，一鼓作氣，兩月之間自西安進軍京城，一路勢如破竹，如今兵臨城下，是老奴苦苦求情，他方許老奴縋城入見，面稟皇上，議割西北一帶分國而王，犒軍銀百萬兩，大順軍便不再犯京城，自願退守河南。李闖且應允，皇上若肯答應割地犒銀，他自願爲朝廷內遏群寇，助制遼藩。依老奴愚見，皇上不如暫時允他所求，躲過此劫，徐圖後計。若果如此，皇上便將老奴千刀萬剮，只要能保得皇上萬全，老奴也便死而無怨了。」

退守河南，助制遼藩，的確很令人心動；然而割地為王，犒銀百萬，又讓大明朝廷的臉面往哪兒擱呢？

明帝朱由檢負著手在廊下走來走去，踟躕不決，反反覆覆想到的，不是眼前的軍機危急，卻是許多年前流傳在宮中的一句密語：長虹貫日，大頭朝下。

那還是在他很小的時候，有一次在御花園玩耍，自一株李樹下挖出一塊銅牌，上面便鐫著這麼八個字。他不明所指，到處拿給人看，被皇上知道後，大發雷霆，將他叫來訓斥一通，命他不許再將這件事向人提起，又把跟從他以及知道這件事的人都重重責罰，並且下令砍了宮裏所有的李樹。後來這件事沒人再敢提起，久而久之他也就忘了。再後來他的哥哥朱由校登基為帝，魏忠賢專權，攪得朝廷內外烏煙瘴氣，國力大虧，朱由校也不久駕崩，由他繼位，年號崇禎，更將這些閒事瑣憶拋至腦後。

然而今年正月初一，京城忽然刮起一股怪風，同日鳳陽地震，災患嚴重，而鳳陽正是明朝廷的發祥地及祖陵所在，於是人們都傳說這是國破家亡的不祥之兆。果然沒過幾日，便有奏章上報，說正是正月初一那日，李自成在西安自立為王，國號大順，建元永昌，以宋獻策為軍師，牛金星為丞相，並且仿照朝廷六部的格式，也設了六政府，各政府還設尚書一人，侍郎二人，甚至開科取士，頒行詔書，造甲申曆，鑄永昌錢，定軍制，平物價，儼然是又一個朝廷，要與大明平分天下來了。

於是，「長虹貫日，大頭朝下」八個字被再度提起，漸及宮外，便有些妖僧惡道謠言惑眾，說是朱由檢的「由」字大頭朝下，不就是「甲」字麼？而「日」字上穿過一豎，「長虹貫日」，豈非「申」字？這兩個字合起來，就是「甲申」，而今年，正是甲申年，這八個字的意思是說，大明要在今年改朝換代，而崇禎將在今年人頭落地。

這個說法盛行民間，一時人心惶惶，連許多王公大臣也都半信半疑，認爲大明將亡實爲天數使然，抵抗無益。當朝廷按籍征餉之時，那些最爲崇禎信賴的外戚宦官們竟然拒絕助軍，甚至爲了避餉，故意在門上貼出「此房急賣」的字樣來裝窮。正月初八，李自成率領大順軍自西安向北京進發，二月初二入山西，當日攻克汾州，初三陷懷慶，初八占太原，隨後連下忻州、代州，三月初一攻破寧武關，初七日佔領大同，大明監軍太監杜勳、總兵王承胤投降，十五日入居庸關，十六日占昌平，十七日直抵北京城下，開始攻城。

告急文件一日三次地送往朝堂，群臣束手無策，惟知自保。守城軍不足六萬之數，羸弱疲憊，饑寒不堪，軍餉停發已久，守陴不足，以內監數千充補；甲杖不足，以木棍代替。城破國亡，已在朝夕之間。

崇禎到了這時，也不得不信了「長虹貫日，大頭朝下」的傳言，然而真叫他答應與李自成議和，分廷抗禮，割地稱王，卻又無論如何下不了決心。他猶猶豫豫地問杜勳：「如果我去見李賊，他會不會趁機作亂？」

杜勳不及回答，襄城伯李國楨竟然打馬直馳進宮，一直到大殿前才滾鞍下馬，匆匆跑進大殿稟報：「闖賊軍兵衣黃甲，以大炮攻打彰義、平則各門，四面如黃雲蔽野。而我守城軍人心渙散，不聽號令，即使用軍法懲治鞭打，打起一人，另一人立即又臥倒下來，毫無戰鬥力。現已有賊兵爬城進入，外城即將失守，半日之內，賊兵必至。」

「什麼？他們不是說要議和嗎？」崇禎到這時候才知道，自己已經錯過了議和的最好時機，現在，就是他肯割地賠餉，李自成也不會善罷甘休了。他茫茫然地問，「從哪裡可以突圍呢？」

李國楨默然不答，內官張殷卻上前稟告：「聽說齊北門、安定門都在告急，平則門、德勝門已被攻破，齊化、崇文、正陽諸門俱被賊兵層層包圍，水泄不通。不過，皇上不必憂慮，就算真的兵敗，奴才也有策在此。」

「有策？」崇禎大喜，忙問，「你有什麼妙計？」

張殷進前一步道：「如果李賊果然入城，皇上也不用怕，直接投降就是了。只要皇上自願降他，必不至死。」

「什麼？」崇禎大驚，既而大怒，手握在劍柄上，衣袖顫顫，一時竟說不出話來。

張殷只聽皇上問他「什麼」，還以為要他詳細解說，竟然滔滔不絕地賣弄起學問來：

「自古至今，投降的皇上多著呢。昔越王勾踐降於吳王夫差，自願為奴，臥薪嚐膽，甚至親為夫差試糞，忍辱負重，終於復國，傳為後世佳話；戰國七雄並立，若非秦王子楚入趙國為人質，苟且偷生，何來嬴政的大滅六國，一統江山；三國鼎立，漢帝劉禪降於魏，樂不思蜀；五代十國，太祖滅南唐，那後主李煜連妃子都獻給了趙匡胤；南漢主被俘降宋，封恩赦侯，後封衛國公；後蜀主孟昶亦降，封秦國公，後追封楚王；趙匡胤得天下，何其威勇，而子孫趙構竟不能繼，金人來犯，岳飛主戰不主降，趙構賜死岳飛，遣使降金，誓書世世子孫，謹守臣節；那古往今來的大英雄大豪傑，都是能屈能伸的大丈夫，後人非但不會笑他們，還會奉承一句識時務者……」

他一行說，崇禎一行發抖，後來竟聽他比出宋太祖滅南唐而亡於金的故事來，頓覺刺心，手握劍柄，猛地用力抽出，大喝一聲：「狗奴才！」一劍刺下，正中張殷心臟。那張殷倒在地上，渾身抽搐著，一時思維與身體脫離，猶自艱難地吐出一句「爲俊傑哪」，方闔目死了。

眾文武大臣與太監僕婢看見這慘烈的一幕，俱嚇得振衣索索，不敢進言。惟有宦官王承恩走來說：「皇后已經將太子和定王、永王安全送至周國丈家，請皇上不必擔心。」

崇禎聽說三位皇子已經安全送出，略微放心，遂問：「皇后呢？」

「皇后請皇上入內一敘。」

崇禎點點頭，倒拖了劍，趔趄著來至後宮，看到眾妃子都聚在皇后宮中，哭成一團。惟有周皇后端坐在鳳榻之上，盛妝華服，默然無語，看到皇上走進來，也並不站起，只點頭致意。

崇禎看去，恍惚又見到皇后當年大婚時的模樣。敗國之際，皇后竟然鳳冠霞帔，若無其事，這反而叫他瞭解了這位結縭十八載的皇后真實的心意。皇后的盛妝待命，與他手刃張殷是一樣的，都表示了一種必死的決心。這才是一代國母，這才是皇后風範。然而，皇后一介女流，忠貞節烈，以死殉國，自當流芳千古；而自己，卻是死了也難辭其咎，無顏見列祖列宗，必將以一代昏君之名遺臭萬年。自己，是沒有資格與皇后一起赴死的。

「皇后，都安排好了嗎？」崇禎似乎在這一瞬間蒼老了許多。

皇后並沒有正面回答他的話，卻眼看著周圍的妃嬪公主，黯然問：「她們怎麼辦？」

崇禎一愣，忽然想到方才張殷所說的，「太祖滅南唐，那後主李煜連妃子都獻給了趙匡胤」，不禁心煩意亂，揮一揮手說：「都趕緊散了吧。」

「皇上！」妃嬪們一齊跪倒下來，哭求：「皇上，千萬不要拋下我們啊。生是皇家人，死是皇家鬼，你叫我們各自離散，我們能去哪裡呢？」

「不走，就只有死路一條了。」崇禎親手扶起最心愛的大女兒長平公主，凝視著女兒的花容月貌，良久，嘆息道，「好孩子，你唯一的過錯，就是不該生在帝王家。」一言既罷，揚起劍來，隨手一揮。皇后彷彿知道了皇上要做什麼，渾身一震，嘴角忽然湧出一縷鮮血，她自知藥性發作，閉上眼睛，雙手撫住胸口，等待那大限來臨。

長平公主方喊得一句「父皇」，忽見崇禎面色大變，竟然舉劍向自己砍過來，嚇得尖聲大叫，本能地舉起胳膊去擋，只覺一陣撕心裂腑的疼痛傳來，左臂應聲落地。長平又驚又痛，大叫一聲，昏死過去。小公主昭仁尚在幼年，完全不知發生了什麼事，卻也驚得大哭大叫起來，掙扎著要找皇后抱。皇后目光悲戚，心痛如絞，卻已經連抬一下手臂也不能夠，只是哀憐地看著痛哭求抱的昭仁，眼角流下淚來。

眾嬪妃都被這驚心動魄的一幕嚇呆了，嘶聲尖叫，亂衝亂撞，有奪門而逃的，有跪地求饒的，有嚇得癱軟過去的，有哭著喊著寧願一死挽繩子自縊的，也有衝上前抱住皇上呼喊別人快跑的，崇禎一概不為所動，他早已殺紅了眼，因抬頭見田貴妃自縊的繩子斷了，聲咽淚湧，不能就死，便衝過去向後腦補上一劍，接著衝向妃子中亂劈亂砍，狀若瘋狂，忽然聽得小女兒昭仁大哭，猛地回過身來，揮手一劍，又將昭仁砍死。

一時間內宮血流成河，腥氣滿天，演出了大明歷史上最殘酷最悲壯的一齣天倫慘劇。那一種非常人可以想像的怨憤慘烈凝作一股固結不散的戾氣，化為陰風迷霧，一湧而出，直衝霄漢，連這晚的月亮都被遮映得暗淡陰森起來。

2

西元一六四四年，在中國歷史上有很多種說法——對於大明皇帝朱由檢來說，是崇禎十七年；對於盛京建國的清朝廷來說，是順治元年；而在大順國王李自成的字典上，年號則為永昌。

這一年的三月十九日拂曉，太監曹化淳大開彰義門，獻城投降。闖王李自成騎在高頭大馬上，頭戴簪纓，腰挎寶刀，在大順軍將帥的簇擁下，威風凜凜地進入京城，一路通過正陽門、崇文門、宣武門，直逼內城。沿路百姓仆地叩首，在門前設立香案，口呼「大王」，自稱「順民」。

李自成手挽韁繩，勒馬承天門下，心中起無限感慨。承天門，這就是象徵著中國最高權威的紫禁城承天門，是王孫士大夫們仰望崇敬的地方，是平民百姓做夢也不敢走進的地方。今天，大順王李自成，一介草莽率著百萬民兵大踏步地走進了尊崇無比的皇城承天門，從此將使天地變色，江山易主。

「那就是皇宮了嗎？」李自成用馬鞭指著「承天門」的牌匾下令：「拿弓箭來！讓我把『天』射下來！」

寶弓金箭，萬眾仰目，李自成彎弓在弦，瞄準匾額。身經百戰的他在這一刻忽然覺得心驚，竟然一時分辨不出是喜悅更多還是憂慮更多，難道他也會心虛怯弱嗎？他忽然後悔了剛才下令索要弓箭的決定，如今箭在弦上，發是不發？眾目睽睽，倘若自己一旦射偏，天下攸攸之口，何以平息？他現在是皇上了，再也不是嘯傲山林的草莽英雄，不是聚眾騎獵比箭賭酒的梁山好漢，甚至不只是西安建元據地稱國的大順王，他現在走進的是皇宮內城，他彎弓要射的是承天門匾，倘或失手，他輸的可不只是一碗酒，不只是牛金星宋獻策那班兄弟善意的嘲笑，不只是自立為王自說自話的一時妄語，如今他的一舉一動，都將為天下矚目，將為百姓傳誦，甚至將載入史冊，永垂千古。他怎麼可以失手？

想要確保萬一，百發百中，唯一的萬全之計就是不射。李自成，這個騎在馬上得天下的一代梟雄遇到了他走進皇城的第一個難題，頓而暫態悟徹了道家的至高學問：無為而治。

「大王，您在看什麼？」牛金星看到李自成手拿弓箭眼望城門久久不語，十分不解，射一支箭而已，用得著瞄準這麼久嗎？

宋獻策卻是早在剛才李自成下令要弓箭的一剎，已經在心中暗叫不妙了。李自成剛愎自用，任性妄為，從前還廣納賢見，對李岩、宋獻策這些謀臣倚若長城，這才使得農民軍有驚無險，坎坷曲折地一日日壯大。然而自西安稱王後，他自命天子，脾氣一天比一天暴躁，心性一天比一天多疑，也越來越聽不進別人的話，同這些兄弟的關係也漸漸疏遠起來。從此宋獻策只得明哲保身，三緘其口，只要大王不問，便儘量少說話。然而此刻，看到李自成面有難色，躊躇不決，宋獻策知道該是自己設辭相助，給他一個臺階下的時候了，遂驅馬上前，假意阻止說：

「大王，此爲明朝廷頒詔天下之地，射之不吉；我們還是快進城吧，不要節外生枝。」

「那就更應該射下它！」牛金星慫恿著，「宋軍師既然說這是明朝廷號令天下之地，我們大敗明軍，更應該把它一箭射下來，當作戰利品保存起來，將來傳給後代兒孫看，也好叫他們知道大王的威風。」

牛金星的聲音很大，後邊的兵士都聽得一清二楚，都覺稱心合意。這都是些莽撞好事的農民子弟，又剛剛打了大勝仗，有機會進入皇城，興頭兒上哪裡有什麼顧忌，又哪有不好事的，遂都振臂起鬨地吆喝著：「說得好呀！大王，射天！射天！射天！」

箭在弦上，箭在弦上啊。李自成深吸一口氣，將弓拉得滿滿的，終於，振臂發力，一箭射出，直飛匾額。然而，那弓實在拉得太滿，也拉得太久了，勁力早已鬆弛，儘管瞄得準準的，射得正正的，可是飛到匾額時，氣力已盡，而那金匾的質地又是如此堅實，不宜射穿。於是，那支箭射到匾額之後，竟像是一隻斷翼的鷂子般，忽然一折爲二，搖搖晃晃地墜落下來。

承天門前，忽然一片靜寂，人頭攢簇，馬蹄雜沓，卻偏偏靜得不合情理，靜得可以聽清人的心跳。那支箭，無聲無息地不折自斷，墜落下來，這意味著什麼呢？難道所向披靡無往不利的大順軍將要在皇城裏不戰而敗，分崩離析了嗎？難道，射天匾真的不吉，而皇城真的不是農民軍的立身之地嗎？

強弩之末。

宋獻策猛地掠過這個念頭，心中一寒，急中生智，揚臂大聲說：

「金箭中的，明朝必亡！」

牛金星早已慌神，聽到這話也終於明白過來，跟著大聲說：「是啊，大王的金箭射中承天門匾而落地，這就是大明必亡的徵兆啊。」

這些士兵大都是跟隨李自成起義的親兵，農家子弟，並無自己的見解，聽得宋軍師和牛丞相這樣說，也都隨聲附和，大聲喊：

「金箭中的，明朝必亡！金箭中的，明朝必亡！」

李自成卻心下慄慄，頗覺不安，不願再耽擱生事，遂端正顏色，驅馬入城。牛金星率部留守在午門口，宋獻策與劉宗敏左右護持，帶著百餘親兵跟隨大王進入內宮。

此時皇廷宮門次第大開，奉天殿高踞在兩丈高的三層漢白玉台基上，重簷廡頂，銅鼎環繞，東南有日晷，西南有嘉量，龜鶴成列，金碧輝煌。那些未及逃跑又或是無處可去、索性留在宮中聽天由命的太監和宮女們都跪在殿前恭迎順軍，口呼「饒命」，磕頭不止。劉宗敏看見那些太監宮女涕淚縱橫，脂粉殘亂，宮女還好說，太監們也都是施朱描黛，涕淚胭脂糊成一團，怪不可言，不禁咧嘴而笑，狐假虎威，大聲喝命，吩咐親兵入宮搜拿崇禎帝，一邊陪同李自成走進正殿。

陽光透過門扇，宛如萬道金線盤旋於神秘闊大的殿庭中，八角渾金蟠龍銜吊珠的藻井下面，七扇金漆雕龍屏風前，便是至高無上的皇帝寶座了。龍椅，這便是龍椅，是歷代皇帝即位大典的地方，是君主御殿視朝，接受群臣叩拜的地方，是國家舉行盛大宴會誓師命將的地方，也是天子祭天祈雨、金殿面試、冊封皇后的地方。

群臣於此朝賀，將帥於此受命，舉子於此殿試，嬪妃於此封后，而李自成，將會在這裏得到什麼？

李自成注目著金鑾寶座，捫心自問：要不要？要不要這時候就走上去，坐上去？坐不坐得住？坐不坐得穩？是今天就坐，現在就坐，還是另擇黃道吉日？等待得太久了，盼望得太久了，這便坐上去吧，今日不坐，明日誰知還坐不坐得上？人生一世，能夠登上金台龍椅，坐上一天也是好的，以生命爲代價也是好的。總要坐一回吧，死也要坐一回。

他牽起衣角，大踏步地走向寶座，因爲急促，腳下竟然有些踉蹌。而就在這時，一個親兵來報：「大王，搜遍宮殿，也找不到狗皇帝。倒是後宮殿堂裏找到許多女子，有死的，有活的，有半死不活的，據說，還有一位是公主。」

「是公主嗎？」李自成大感興趣，「走，看看去。」

他來到了後殿。這是怎麼樣的一幕地獄變的慘狀呀。這金碧輝煌的華麗宮殿中，屍體橫陳，血氣沖天，鳳榻上，含冤而逝的是大明的國母周皇后嗎？倒在皇后腳下哭泣求告的，是侍奉的宮女吧？房梁上白綾繫頸的，又是哪位嬪妃？那躺在血泊中被一劍貫胸刺死的小小女孩，看起來只有幾歲大，是什麼人忍心將她殺害？還有那斷了一隻胳膊、倒在血泊中生死不明的，打扮與眾不同，莫非就是崇禎帝的長公主？

李自成走上前，親自扶起公主，問旁邊的人：「這位就是長公主嗎？爲什麼會傷成這樣？」

「是。」跪在一邊的宮女顫抖著回答，「這是長平公主，是皇上把她的胳膊砍斷的。」

「是崇禎？」李自成一愣，忽然明白過來，崇禎這是不願意將嬪妃或女兒留給自己呀，他把自己看成土匪流寇，洪水猛獸，認爲自己進城後必定會姦淫擄掠，辱及妻女，所以才寧可自殘骨肉也要保全她們的清白。自己既然天佑神護，走進皇城，取明帝而代之，那就是真命天子了。天子，乃是至德至聖之人，崇禎越是要懷疑自己，自己就越是要做出一個君子應有的德行來，昭告天下：自己，是真正的君子，是天命所歸，人中之龍。

「送公主回她自己的宮殿吧。」李自成環顧四周，「你們是服侍公主的宮女嗎？快將公主扶回宮殿，請大夫來好好醫治她吧。放心吧，你們都是百姓家的女兒，我們是大順天兵，不會爲難無辜百姓的。」

抱成一團哭泣的宮女們聽到這句話，無異於大赦令一般，頓時安下心來，口稱「萬歲」，磕下頭去。這些都是訓練有素的宮女，侍候皇族慣了的，既然留在宮裏，便已存了坐以待斃之心，欲與大明宮殿共存亡，此時忽聽李自成親口保證她們安全，那是萬般絕望中得到一線生機，頓時將他視爲天皇陛下，自然而然脫口而出：

「謝皇上，皇上萬歲萬歲萬萬歲。」

這還是李自成第一次聽到有人稱他爲「皇上」，恭祝他「萬歲」。雖然這只是一些卑賤的宮女，可是她們是大明皇朝裏真正的宮女啊，她們心目中的皇上是真正的皇上，她們口中的萬歲是真正的萬歲。這句順祝順禱由她們說出，是比大順國的千軍萬馬一齊呼喊出來更有意義的，因爲那些兵士只是隨他起義的自己人，這些宮女卻是大明宮裏的皇室僕婢。而且在此之前，大順國的子民，大順軍的兵士，甚至牛金星、宋獻策這些心腹大臣，都只知稱他「大王」，只有這些宮女，第一次誠心誠意恭敬順從地稱他爲「皇上」，祝福他「萬歲」，她們的這些話以往都是向著崇禎皇帝說的，現在，她們跪在他的腳下，對他行皇宮的大禮，這就代表著：他真正地取代了崇禎，成爲她們心目中的天子。她們，是第一批真正將李自成送上皇帝寶座的人，是最早將李自成當作一位皇帝來叩拜的人。因此這一刻對於李自成來說，幾乎具有登極稱帝般的非凡意義。

他懷著極爲複雜的、近乎感恩的心情，看著宮女們艱難地攙扶長平公主，卻幾次都扶不起來，倒把長公主折騰醒了，「嗯」地一聲，雙眸微啟，略略回望，又重新閉上，不知是痛是哀，長長嘆息一聲。那幽細的一聲嘆息鑽進李自成耳中，不知爲何，他只覺心頭一熱，忽然俯下身去，雙臂一用力，將公主打橫抱起，和藹地命令宮女：「帶路吧。」

宮女忽然又重新哭泣起來，再次叩下頭去，口呼：「謝皇上，皇上萬歲萬歲萬萬歲。」

李自成知道，這一次的謝恩又與剛才不同，剛才她們是感謝龍恩浩蕩饒了她們的命，這次卻是感佩於一代德君的親切仁慈。懷抱著長平長公主，讓他心中有種異樣的感覺，彷彿自己抱著的是整個傾覆了的大明王朝，抱著崇禎轉交給自己的傳國御璽，抱著一個全天下最高貴又最可憐的珍寶。

當他把這珍寶放置到錦榻上時，他幾乎有些不捨得放手，似乎想多抱她一會兒，就這樣一直抱著她，共同坐上金鑾寶座。

「大王。」親兵興奮地跑進來稟報，「報告大王。」

李自成一驚，回過身來，似乎頗不高興這兵士的沒規矩，這裏是皇宮啊，是長公主的寢宮，怎麼容許一個農民兵隨意進出，大呼小叫，豈非褻瀆金枝玉葉？

「應該說報告皇上。」宋獻策察言觀色，早已猜透了大王的心意，及時下命，「以後，要稱皇上。」

那親兵一時腦筋轉不過來，糊裏糊塗地答應著：「是，報告皇上，狗皇上找到了。」

「胡說。」宋獻策哭笑不得，假意踢那親兵一腳，訓斥道：「皇上在此，那崇禎已是廢帝，快說，廢帝現在哪裡？」

那親兵更加糊塗，卻也知道「狗皇上」這個詞再說不妥，只得含含糊糊地稟報：「找到了，就在後頭萬壽山下，已經吊死了。」

「死了？」李自成不禁唏噓，進京以來，不知想像了多少種親眼見到大明皇帝的情景，想過要羞辱他來揚眉吐氣，也想過要禮遇他來顯示大度，而唯一沒有想到的，就是竟會面對他的死亡。他剛剛才抱過他的女兒，把她親手抱到鳳床上；他還想過要坐在龍椅上，和藹可親地接見崇禎，讓他也恭恭敬敬地說「皇上萬歲萬歲萬萬歲」；他想可以饒崇禎不死，把他養在宮裏，做個下棋聊天的老友，閒時發發上朝理政的牢騷，品評一下他留在宮中的那些宮娥，不高興的時候就打他一頓來出

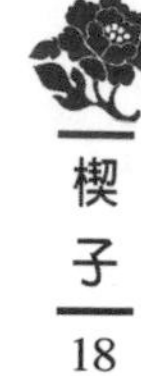

氣……他還沒有想清楚到底要拿崇禎怎麼樣，他居然主動死了。崇禎死了，這是真的嗎？

萬壽山上，萬壽亭前，一株比人身高不了多少的海棠樹下，橫躺著大明皇帝崇禎的屍體，散髮赤足，以布蒙面，只穿著白綾暗龍短襖，衣襟上血書兩行大字：

「朕死，無面目見祖宗於地下，不敢終於正寢。去朕冠冕，以髮覆面，任賊分裂朕屍，勿傷百姓一人。」

看著崇禎的屍體，李自成才真正地相信，他是死了。

大明崇禎皇帝朱由檢，是真的死了。他的嘗遍珍饈美味的舌頭醜陋地吐在金口玉牙之外，他的裏盡綾羅綢緞的龍體如今捉襟見肘，他的掌握天下人命運的玉手無奈地紮撒著，他的踏在四海疆土上的國足赤裸著擺盪在冷風裏，他死不瞑目，卻無語問天，只好以一方白布遮住龍顏。他的死，宣告了歷時二百七十年的大明的滅亡，肯定了農民起義軍大順的勝利；他臉上的白布，就是敗兵的降旗，也就是自己的加冕書；他死了，以死來表示最後的微弱的抗議，來拒絕面對亡國之辱，來逃避對新君俯首稱臣。這是寧死不降，崇禎這個亡國之君，到底用死亡來保留了他最後一絲尊嚴，也還終不失爲一國之君啊。

一聲嘶啞難聽的怪叫傳來，李自成抬頭仰望，看到一隻烏鴉盤旋在頭頂，彷彿在覬覦著崇禎的屍體。接著，又一聲鴉鳴來自天際，是另一隻烏鴉在呼應。越來越多的烏鴉從紫竹院的方向飛過來，越飛越近，越聚越多，彷彿全天下的烏鴉都趕來了，幾乎彌蓋了整個天空。牠們，是聞到了死亡的血腥味，來分食崇禎屍體的嗎？還是來爲他做最後的送葬？

崇禎，這個大明的末代皇帝，難道就要這樣成爲烏鴉的晚餐，死無葬身之地？

烏鴉，竟會是大明的帝王陵？

李自成起義以來的最高目標，就是直搗黃龍，取崇禎而代之。騎馬入城之際，他原本躊躇滿志，趾高氣揚，然而在城門口折箭，將他的一團高興逼住，無法張揚；而後宮裏死傷無數的慘狀，更使他怵目驚心；現在，眼看著畢生大敵就躺在自己的腳下，披頭散髮，衣不蔽體，死得毫無體面，他非但不覺得高興，反而生起無限悲憫之情，不願意他的屍身再受侮辱踐踏。

烏鴉的翅膀遮天蔽日，萬壽山被籠罩在一片陰暗之下，李自成環視四周，凝思良久，長嘆一聲：「他到底是個皇上，不能讓他就這樣曝屍荒野，葬於鴉腹，宋軍師，傳我的令，將他厚葬吧。」

劉宗敏不以爲然地說：「厚葬他？鞭屍示衆還差不多。這個狗皇帝讓我們受了多少輩窮，多少年苦，這樣就死已經太便宜他了，還把他厚葬？不如就扔在這裏，讓烏鴉撕碎嚼爛得了。」

「不可。」說話的又是宋獻策，「皇上登基之初，最重要的就是安撫民衆，收服人心。這崇禎在前襟上寫著『任賊分裂朕屍，勿傷百姓一人』，如果我們真的將他裂屍踐踏，豈不是自認爲賊了嗎？何況，他雖是一介昏君，然而臨死也還會顧念百姓，正可謂『人之將死，其言也善』。他越是認定我們會分裂屍身，我們就越要反其道而行，將他厚葬，這就證明皇上才是真正的天子仁君啊。」

李自成點一點頭，只覺宋獻策的這句話深合心意，遂振作精神，一字一句：

「傳令下去，警示三軍：軍兵入城，有敢傷一人者，斬；並張榜安民，告示：『大師臨城，秋毫無犯，敢掠民財者，即磔之』，再將崇禎的屍體與周皇后一起移出宮禁，妥善停放於東華門外，聽憑祭拜，不要阻攔。」

說到這裏，他的眼神中忽然掠過一絲溫柔，聲音低沉下來，「還有，別忘了吩咐大夫，好好替長公主診治，我明天再去看她。」

3

吳三桂的軍隊在山海關已經駐守整整五年了。自從崇禎十二年，薊遼總督洪承疇將他提升為遼東團練總兵官，他就一直率領四萬兵卒駐守寧遠，力抗清軍。松錦一役後，山海關附近的中後所、前屯衛、中前所盡皆失守，松山、塔山、杏山毀如平地，連洪承疇都兵敗被擒，唯有吳三桂軍隊駐守的寧遠雖離錦州最近，卻力抗五年而屢攻不破。每一戰都打得那樣艱難，每一次都勝得那麼不易，然而，他們一直堅持住了，堅守寧遠，誓不降清。

這些年裏，清朝廷不時派兵前來，致書招降，這些信中不僅有清朝官員的招降書，還有吳三桂的舊同僚姜新，以及曾與吳三桂父親吳襄共事的陳邦選的親筆信，都勸他隨機應變，叛明投清，

「良臣擇主而事，良禽擇木而棲……總爺少年懸印，聰明自然超群，宜勿持兩可，拜下風速，則功賞出眾，而寧城生靈頂恩於世世矣。豈有松、錦、杏、塔四城不存，而寧遠尙得太平，仍圖長久者！」

恩師洪承疇降了，舅父祖大壽降了，兄長吳三鳳降了，表弟祖可法降了……同僚、部屬、親友大都降了清軍，山海關外明朝據點盡失，寧遠已成孤城，腹背受敵，何以保存？

吳三桂雖然誓死忠於朝廷，可是他的心裏，也不能沒有恐懼遲疑。孤城，孤城，如果寧遠是一座孤城，自己的軍隊豈不成了孤軍，而寧遠百姓豈不成了孤兒？軍中缺餉已達十四月之久，雖屢向朝廷求援而遲遲不得接濟。終於盼來一旨皇命，卻是封他爲平西伯，命他火速率軍入京馳援。

御旨一旦傳出，寧遠百姓奔相走告，齊集在帥營前磕頭求告，哭聲震天，願與部隊同行同往。老百姓害怕呀，這些年來，他們與寧遠駐軍團結一心，共抵清軍，倘若吳三桂率部棄城，清軍豈肯不報復屠城？那時，寧遠便不再是一座孤城，而將成爲一座死城了。

老百姓的擔憂同樣也是吳三桂的擔憂，他誓死抗敵是爲了保全百姓的安危，如今臨危棄城，倘若就此陷寧遠百姓於水火之間，豈不成了寧遠的罪人？寧遠連年抗敵，潰乏已久，本來還指望京師救援呢，沒想到枉盼了這麼久，京城裏不但沒有援兵補給，反而還要命他棄城馳援，率軍進京。那不是置寧遠百姓於死地嗎？

不得已，吳三桂只得下令將五十萬兵民盡徙入關，安插於關內昌黎、灤州、樂亭、開平各地，自己則率領精兵曉行夜宿，一路趕往京都。

剛到豐潤，卻接到了探子來報，說李自成的大順軍已經進入皇城。崇禎帝縊死於萬壽山下。大明朝，亡了！

吳三桂這支孤軍，忽然之間就變成了斷線的紙鳶，不知該飛向何處。進京勤王？而今改朝換代，崇禎縊死，自己已是無主之臣，師出無名。何況大順軍兵正在春風得意之際，又在京城以逸待勞，養精蓄銳久矣，自己的軍隊卻日夜兼程，兵疲馬弱，有什麼力量與賊軍對敵呢？

吳三桂縞衣素帽，衝著京城的方向痛哭拜祭，復上得馬來，拔營出發，再次帶兵返回山海關，靜觀其變。

變化真的是一日三新，好像整個時代的故事都在一兩天內發生了，至少，是整個時代的序曲。探子每天都有新的消息報上來，而大順軍與清朝廷也都各有信來，巧言利誘，讓吳三桂真是為難。擺在他面前有三條路可以走：

第一條路最難走卻是最天經地義的，就是繼續效忠於朝廷，抗清復明。崇禎皇帝雖然死了，然而太子仍在，自己要不要遣使進京，偷偷聯繫太子，繼續勤王大計，麾軍北上？

但是這條路還沒開始想好怎麼走，新的消息傳說，太子已經落入闖軍之手；而南方的軍隊也難於聯繫，倘若南軍主動起兵，自己必當協助討李，可是他們毫無所動，自己這支孤軍又有什麼力量出兵伐賊呢？

第二條路最容易走卻最違反素志，就是像自己的老師洪承疇、舅父祖大壽那樣，也降了清軍。

清朝廷裏已經有不少明朝降將，舊識無數，彼此照應，日子應該不會太難過吧？助清伐李，至少可以替明朝廷出一口氣，爲崇禎帝報仇雪恨。可是，倘若如此，自己豈不成了引狼入室、出賣漢人江山的叛賊？那自己這五年來的浴血奮戰，力抗不降，卻又所爲何來？

剩下的，就只有第三條路可走了，就是接受李自成的招降封賞，進京稱臣。那樣，至少可以保得兵民安全。不是有句老話叫做「成者王侯敗者寇」嗎？李自成雖是匪軍，可他現在已經進駐京城，坐殿皇宮，也就是真命天子了。派來招降的唐通不就是前明降將嗎？唐通可以降，他吳三桂爲何不可降？而且，自己的父親吳襄、愛妾陳圓圓，現在也都留在京中李自成的轄下，只有自己降了大順，才可以與父親妻兒重逢，一家團聚啊。左右都是降，投降漢人總比投降滿人好吧？

一念及此，吳三桂再無猶疑，遂將山海關交與唐通暫管，自己帶著李自成的親筆信率領五萬親兵進京朝見。然而抵步玉田之際，卻再次收到清朝廷輔政王多爾袞的密信，向他陳明利害，許以前程，並說李闖自入京以後，拷打京中富商，逼供索銀，以致許多本已投降了李自成的明官都後悔莫及，又改降大清，勸吳三桂「率眾來歸，必封以故土，晉爲藩王，一則國仇得報，二則身家可保，世世子孫，長享永貴，如河山之永也」。

吳三桂捏著兩封信，再度躊躇起來。如果說前些日子還只是進退維谷，那麼如今就更是左右爲難。他只得一邊放慢行軍腳步，一邊派探子再往京城探密。

月明星稀，夜深人靜，只有馬廄的方向偶爾傳來一兩聲軍馬打響鼻的聲音。然而隱隱的殺機埋藏在深沉的夜幕中，無處不在。吳三桂感到陣陣寒意，卻不願意回身去帳中加衣，他望著北斗七星的方向，暗暗祈禱，但願多爾袞信中所寫的一切都是挑撥離間之言，但願李自成會踐守諾言愛民如子。他真的希望自己投誠大順的選擇沒有做錯，因爲，他急著回到京城，回到家中，與他最心愛最渴望的人早日相見。

在這軍機危急、四面楚歌的時候，他的心底卻始終纏綿著一個聲音，雖然輕小，卻韌如細絲，無時或止，反反覆覆，那是一個名字：圓圓，陳圓圓。如果圓圓在這裏，一定會體貼地主動爲他送來寒衣，並且親手爲他披上的。她會溫柔地傾聽他心中的煩惱，軟語嬌音地勸慰他，或者還會爲他清歌一曲。

想到愛妾陳圓圓的仙人之姿，大籟之聲，吳三桂的心中掠過一縷柔情，萬分焦慮。京中兵荒馬亂，虎狼混雜，圓圓留在那是非之地，也不知道現在怎麼樣了？當初是擔心自己戎馬生涯，帶她在身邊不安全，才將她留在京中身爲督理御營的父親大人吳襄府上的；可是現在看來，京中比軍營更不安全。早知如此，就該早早把她接到寧遠，讓她時刻跟隨在自己身邊，縱然有變，也不至心分兩地，鞭長莫及呀。

彷彿有風吹過，月色忽然黯淡下來。吳三桂抬起頭，驚訝地看到大片的烏鴉遮天席地地往京城的方向湧去，詭異極了。那麼多的烏鴉就像風一樣刮過，像洪水般湧進，卻沒有一絲聲響。這些烏鴉是趕去爲崇禎帝送葬的嗎？這不尋常的自然現象到底預示著什麼呢？自己，要跟著那些烏鴉飛去的方向前進嗎？

吳三桂進退維艱，他知道，自己在無意中竟成爲了歷史的棋子，無論他的這步棋在哪裡落定，都會扭轉整個棋局，引起驚天動地的大變革。但是，他究竟該怎麼做呢？怎麼做，才是無愧天地而又不負己心的？天降大任於斯人，而斯人，當何去何從？

鴉群漸漸去盡，月光重新播灑下來，皎潔無倫，清澈如水，這原來是一個月圓之夜。遠遠地，有馬蹄踏碎月華的聲音隱隱傳來，如急弦繁管，由遠及近，莫非是探子？

吳三桂警覺地站定了遙望，心中忽然泛起不祥之感。那些突如其來的烏鴉太詭異了，在遮蔽月光的同時，也映暗了他的心情。軍營中有小小的騷動聲，是巡邏的士兵在喝問來人。吳三桂靜靜等候著，不一刻，果然有士兵來報：「是京城的探子回來了。」

「立刻帶來見我。」

點燈升帳，將士羅列，吳三桂正襟危坐，壓抑住心中的不安，聽探子彙報京中情形：「天津、涿州等近畿官兵盡已投降大順軍，官吏三千餘眾在成國公朱純臣、大學士陳演的率領下，向李自成入賀稱臣，具表勸進。其中有三百多人被李自成授以京職，四百多人派往外省任職。現在，李闖政權在京中已經基本健全，並向直隸、山東、河南等派任地方官，勢力與日俱大。」

「這麼說，復國已是無望了。」吳三桂長嘆一聲，看來，第一條路是徹底走不通了。也罷，明晨起便拔軍起營，心無旁騖地向京師行進吧。他定一定神，問道：「滿人的信上說，李自成在京城追逼銀兩，致使許多官員降而復反，是不是真的？」

「是真的。」探子稟報：「李闖入京以後，以追贓助餉爲名拷打京中富戶，逮捕皇親國戚、文武官員八百餘人，由劉宗敏刑訊逼供，限令大學士者交贓銀十萬兩，部院官及銀衣帥者七萬兩，科道官五萬兩，翰林萬兩，部屬以下千兩。連周皇后的父親嘉定伯周奎也被拷問抄家，抄出白銀五十二萬兩，金銀首飾數十萬兩。」

吳三桂搖頭嘆道：「記得上次皇上要大臣們捐資助餉，希望嘉定伯帶個頭，只不過要他認捐二萬兩，他且要哭窮，只捐了一萬。這還不止，聽說周皇后答應支持五千兩，其餘的讓他補足，他面上答應，私下裏卻將周皇后的錢也貪了，只拿出三千兩。現在被人抄家，倒有百萬銀兩奉獻。皇親國戚尚且如此，明室難怪要亡了。」又問，「有我父親的消息沒有？」

探子不敢隱瞞，跪在地上叩頭稟報：「吳大人也被劉宗敏抓走了，刑逼索銀二十萬兩，還要大人交出……交出陳夫人。」

「圓圓？」吳三桂大驚彈起，自從亡國噩耗傳來，父親吳襄與愛妾陳圓圓的下落便成了吳三桂心頭的兩件大事，這些日子，他已經不知盤算憂慮了多少次，如今，最擔心的事情到底還是發生了！他催促著探子，「他們現在怎麼樣？你說詳細點，劉宗敏如何對待我父親和圓圓的？」

「這個……小的不清楚，不敢胡亂稟報。」探子支支吾吾，欲言又止。

吳三桂大急，顧不得威儀，上前一步抓起探子前襟逼問：

「什麼叫不清楚？為什麼不打聽清楚再來？」

探子忽然發起抖來，閉了眼痛哭道：「回大帥，小的離京之時，聽聞督理大人被順軍重刑夾打，已經命在危殆，陳夫人也已被劉宗敏擄走。如今小的離京已久，只怕老大人他，他或者已經……」

「什麼？」吳三桂一震，連連後退幾步，頹然跌倒座上。一代紅顏落入了逆賊劉宗敏之手，還會有什麼好結果？難道還指望那個土匪會憐香惜玉麼？自己枉爲英雄，統率三軍，卻連老父愛妾亦不能保全，有何面目立足於天下？已然國破，復又家亡，這真是逼上梁山，不得不反！

啪！吳三桂手中的杯子忽然爆裂開來，碎屑與茶沫四濺飛開，帶著點點血腥。那是他的手爲杯緣所傷濺出的鮮血，都說是十指連心，然而，手上的疼痛又如何能與真正的心痛相比呢？一想到被百般逼拷的父親，想到被凌辱糾纏的圓圓，吳三桂的心就感到不欲爲人般的疼痛。當今之計，除卻拚死一戰，又能何爲？然而戰鬥，就意味著死亡。以孤軍挑戰闖王，無異於螳臂擋車，哪裡有半分勝算？

然而天下之仇，仇之大者，莫大於殺父之仇；人間之恨，恨之深者，莫深於奪妻之恨。而今李自成劉宗敏一流，殺其父，奪其妻，這深仇大恨，不共戴天。不報此仇，何以爲人？

吳三桂目眥欲裂，不顧手上刺痛鑽心，拔出劍來猛地一劍劈斷桌几，指天誓志：「李闖逆賊，我若不能手刃仇敵，誓不爲人！」

4

偏居盛京的清朝廷宮殿群的規模比起北京紫禁城來真是微不足道，然而那種欣欣向榮生機勃勃的景象卻是國泰民安，喜氣盈門。

永福宮裏，高燒紅燭，酒香四溢，皇太后大玉兒親自爲輔政王多爾袞把酒助興，喜滋滋地問：「這是真的嗎？我聽說吳三桂的軍隊已經到了玉田，怎麼忽然又叛歸山海關，主動投書求好，要求與我們合力伐闖呢？」

「是真的。」多爾袞將杯中酒一飲而盡，志得意滿地將好消息與心上人一起分享：「農民軍奪了政權後，因爲逼討銀兩失了民心，降而復反的官員不在少數。吳三桂因爲老父被闖軍拷打，愛妾陳圓圓也被擒了去，一怒之下，殺死唐通，重取山海關，與李自成正式反目。山海關一直是我們啃不下的一塊硬骨頭，如今吳三桂肯幫我們順利入關，紫禁城注定是我滿洲鐵騎的囊中之物了。揮師入京，指日可待。玉兒，到那時，你我稱王稱后，坐擁天下，我會把所有的榮光都獻給你。」

「稱王稱后，坐擁天下。」這是他們多年來的共同心願，最隱秘的志向，最偉大的誓言。如今，這一切終於成爲現實，並將烈火烹油，鮮花著錦般地繼續輝煌，從盛京開到北京，從關外燃至中原。大玉兒的心裏，不能不有幾分激動，可是表面上卻淡然自若，漠不關心，只將些風月閒談來下酒，笑吟吟地道：「那吳三桂倒是一個情種。」

多爾袞也感慨：「我與吳三桂作戰多年，深知他的英勇堅決。李自成的農民軍竟能比我們旗軍早一步抵達京城，也多是因爲這個吳三桂掣肘。這些年，我不知派了多少人去招降，始終不能將他動搖，沒想到如今竟會爲了一個女子向我投誠。倘若我們勝利入關，直取中原，那女子倒是立了一大功呢。」

大玉兒好奇：「那女子叫什麼名字？」

「陳圓圓，據說是什麼『秦淮八豔』之一。」多爾袞忽然想起一事，笑向莊妃說，「跟你說個笑話。聽說劉宗敏搶了陳圓圓後，向李自成獻寶，說這個陳圓圓色藝雙絕，能歌擅舞。李自成聽了，說：那你就給本王唱一曲吧。陳圓圓就抱著琵琶悠揚婉轉地唱了一支崑曲。可憐那陳圓圓枉稱為『色甲天下之色，聲甲天下之聲』，可李自成只是個陝北馬夫的兒子，聽慣了粗喉大嗓的秦腔，哪裡懂得欣賞什麼吳儂軟語，江南歌舞？皺著眉聽完了，說：什麼名妓，長得也還罷了，唱歌卻恁的難聽。竟放開嗓子，自己高聲大氣唱起梆子腔來，唱完了還問陳圓圓：我唱得比你如何？那陳圓圓無奈，只得說：此曲只應天上有，不是奴輩南蠻所能相比的。」

大玉兒聽得笑起來，說：「的確有趣，比得上一部書了。題目就叫：陳圓圓對牛彈琴，李自成焚琴煮鶴。」

多爾袞看著大玉兒的笑靨如花，情動於衷，放下酒杯，握著大玉兒的手說：「憑她陳圓圓怎麼樣的國色天香，我相信，絕比不上玉兒你的才情蓋世。」

大玉兒心花怒發，卻故作嗔怒說：「你這算是誇我？竟拿我和一個妓女相比！」

多爾袞以酒蓋臉，笑道：「是我錯了，罰酒，罰酒！」

大玉兒挽起袖子，親自替多爾袞連斟了三杯，笑笑，忽然談起正事來：「你已經將肅親王豪格幽禁十幾天了，到底打算怎麼辦呢？」

多爾袞冷笑道：「他當初竟想與我爭奪王位，這個仇早晚要報，現在，就是報仇的最好時機。

君要臣死，臣不得不死。我就是要他的命，也是易如反掌。」

大玉兒心中一凜，微覺不安。君？臣？自己的兒子福臨才是真正的皇上呀，多爾袞不過是輔政王而已，可是他的口氣行止，分明已經自視爲真命天子。不過，福臨今年才七歲，離親政的日子還早著呢，若想保他最終登上皇位，君臨天下，也只有仰仗多爾袞這個輔政王了。

多爾袞見她蹙眉不語，奇怪地問：「你在想什麼？」

大玉兒一驚，自悔失態，忙笑道：「豪格到底是先皇長子，殺了他，好像不是很妥當。我覺得，只將他廢爲庶人也就算了。」

「聽你的。」多爾袞不在意地說，「反正他這顆釘子，打今兒起是已經徹底拔掉了，不死也是廢人一個。他的命，我才不稀罕呢。」

大玉兒嬌笑：「那麼，你想要誰的命呢？」

多爾袞笑道：「從前麼，是大明皇帝朱由檢的命；現在嘛，自然就是那個自立爲王的農民皇上李自成的命了！總之，誰想跟我爭皇帝，我就要誰的命！」

誰想爭皇帝，就要誰的命？大玉兒又是一凜，暗暗驚心，卻佯笑問：「那李自成現在已經登基爲帝了麼？」

「這倒還沒有。」多爾袞道，「我也覺得奇怪，聽說前明成國公朱純臣等具表勸進，牛金星、宋獻策等人也竭力策劃，以大位未正、事有中變爲由勸議登基禮，可是李自成卻一直不答應。難道他這麼辛苦地打進北京城，逼死朱由檢，竟不是爲了做皇上嗎？或者他自知出身低微，不是真命天子，不敢登上龍椅？要不，就乾脆是替我掃清障礙，留著那龍椅等我去坐吧。」說罷，哈哈大笑。

他每說一句話，大玉兒的心事就加重一分。多爾袞口口聲聲，都在說自己要怎麼樣入主中原，何曾將福臨放在眼中？稱王稱后，坐擁天下。這曾經是自己與多爾袞的秘密誓言。那時，她明為皇太極的妃子，實為多爾袞的情人，兩人裏應外合，一心謀奪大清政權。終於，她以一碗參湯解決了皇太極的性命，使他無疾而崩，來不及頒下遺詔便倉猝謝世，遂引發了一場曠日持久的爭位之戰；又是她，以柔情勸諫，讓多爾袞最終答應擁他們的兒子福臨為帝，而使多爾袞順理成章地以輔政王身分實權在握。

但是，她非常明白，福臨的帝位只是一個旗號，真正的皇上，是多爾袞。自從她做了至高無上的皇太后以來，她反而為自己的地位擔心起來——母親的身分是永恆的，皇太后的身分卻非定數。她可以一直是福臨的母親，但她可以一直做多爾袞的情婦嗎？倘若多爾袞他日登基，另立皇后，到那時，自己的地位何存？她將不過是一位廢帝母后，在皇宮中再也沒有尊榮可言，甚至，連性命也在未知之數。能夠得到今天的尊榮地位，她不知用了多少心機，經了多少風浪，難道這一切，竟不能夠永久在握嗎？

大玉兒清楚地知道，自己真正的籌碼，不是多爾袞，而是福臨！北京皇宮裏的金鑾寶座，只能是兒子福臨的，它將不屬於任何人，尤其是，多爾袞！

四月初七日，多爾袞統率大軍，出師中原，祭告太祖、太宗。二十二日，行進山海關，吳三桂開關迎降，剃髮稱臣，以白馬祭天，烏牛祭地，歃血為盟，並肩伐李。李自成聚集大順軍各首領議討吳三桂，劉宗敏等人耽於享樂，了無鬥志，李自成遂率軍親征，怒殺吳三桂之父吳襄及其家口三十八人。山海關大戰爆發，三軍玉石俱焚，死傷無數，暴骨盈野，三年收之未盡。

二十九日，大順軍決計西行，李自成倉卒之間，於武英殿舉行登基禮，命牛金星代行效天禮，入夜，放火焚燒諸宮殿，凌晨離京，敗走陝西。

多爾袞命吳三桂追擊大順軍，自行率部進京，傳令自五月初六日起為故明崇禎設位哭臨三日，且曉諭百姓，圈城分封，頒詔建制，修葺宮殿，入武英殿，升御座，鳴鐘鼓奏樂，儼然開國明君矣。

五月十五日，南明諸臣在南京擁立監國福王朱由崧即皇帝位，年號弘光，史稱南明，與滿清、大順成鼎立之勢。

八月二十日，清朝廷自盛京正式遷都北京，順治帝福臨車駕起行，十月一日，親詣南郊告祭天地，即皇帝位。

江山變色，已成定局，紫禁城於甲申年三易其主，而終落滿清之手。統治中原天下凡二百六十七年的大清王朝，正式開始了。

沒有人承認，這種種的風雲變幻，世事滄桑，不過是因為幾個婦人的嘻笑怒罵，酸風醋雨罷了。

附注

1、關於崇禎縊死之樹，史有多種說法，有說槐樹、柳樹，亦有說是比人身略高的海棠樹。關於衣襟上遺言，亦有不同記載，一種為「朕自登極十七年，逆賊直逼京師。雖朕薄德藐躬，上干天咎，然皆諸臣之誤朕也。朕死無面目見祖宗於地下，去朕冠冕，以髮覆面，任賊分裂朕屍，勿傷百姓一人。」與「百官俱赴東宮行在。」

《明史紀事本末》卷七九《甲申之變》則載：「因失江山，無面目見祖宗，不敢終於正寢。」和「百官俱赴東宮行在。」

2、承天門，即為今天之天安門，自清順治十八年（西元一六五一年）更名。

3、陳圓圓被擄之事，一說為李自成所得。而《明史・李自成傳》和《清史・吳三桂傳》都稱為大將劉宗敏占為己有。《甲申傳信錄》則載，李自成入京後，劉宗敏綁來吳襄向他索要陳圓圓，吳襄說陳圓圓早送去吳三桂所駐的寧遠，而且已經死了。

4、關於長平公主的下落，正史鮮有記載，而野史傳說不一，有說李自成進宮後，猶見公主倒於血泊中，殷切垂詢，遣宮女送回寢殿休養，並請太醫診之；亦有說為太監背負而出，藏於舅父周顯家；傳奇《帝女花》則述長平出家為尼，法號慧清。《明史后妃傳》中提及清軍進宮後，厚待前明諸妃，贍養終身。故拙作大膽揣測，長平仍居宮中，而為攝政王厚待。另，長平公主亦有書作樂安公主、長樂公主，而以為周顯為其指婚夫婿，又作周世顯。

5、盛京，即瀋陽。現在瀋陽故宮，即為滿清建國宮殿。

第一章　烏鴉

1

慈寧宮正殿前，小建寧孤獨地坐在空蕩蕩的永康左門臺階上，久久地仰頭注視著索倫杆頂盤旋的烏鴉。

滿人視烏鴉爲神鳥，當成祖先那樣侍奉，盛京宮裏，到處都陳放著餵養烏鴉的神器，走到哪裡都聽到烏鴉啼笑皆非的叫聲。據說，這是因爲烏鴉曾經救過滿人祖先的命。

然而建寧卻自小就厭惡這醜陋的黑色扁毛畜牲，聽到牠們的叫聲就覺得不快。她盼望了那麼久，想要一睹中原皇宮的威風，可是千里迢迢地來了才發現，在這裏也躲不開烏鴉的追隨。牠們竟然比她更早地來到了京城，更早地做了皇宮的主人，偌大的北京宮殿，幾乎就是烏鴉的天下。牠們飛得比她高，看得比她遠，地位超脫，生活優裕，牠們，比她更像是一個貴族，一個格格，是大清朝真正的寵兒。

建寧的眼睛酸痛，低下頭，用自己的手臂抱緊自己的肩。蒼青陰鬱的天色使她越發覺得冷，卻仍不願意進屋，她站起身跺一跺有些凍麻了的雙腳，寂寞地想：皇帝哥哥什麼時候才能下朝呢？他今天的心情怎麼樣？會有時間陪自己玩嗎？

每天早晚，福臨都會來慈寧宮給兩位皇太后請安，有時禮服，有時便服，有時乘輿，有時步行。但是無論乘輿還是走路，都會在永康左門這裏下轎，走到慈寧宮行跪安禮。那麼從永康左門到慈寧宮正殿的這一小段路，便是建寧最快樂的時候，她會牽著皇帝哥哥的手，在很短的時間裏說很多的悄悄話，把自己的開心與不開心統統告訴他。

只可惜，她總是不開心的時候居多，而開心的事，則大多與皇帝哥哥有關。

福臨，大概是這偌大皇宮裏唯一可以讓建寧展顏歡笑的人。

當然，建寧每天對著兩位皇太后也會笑，而且常常笑，可是她笑得很辛苦。小小女孩兒，才只六歲已經懂得什麼叫委屈求全，什麼叫咽淚裝歡。理由很簡單——她雖然是一位公主，但她同時也是一個孤兒。嬌生慣養於慈寧宮中，她的身邊簇擁著這麼多人，然而，他們中沒有她的親人，沒有她的朋友。整個皇宮裏，她有數不清的同父異母的兄弟姐妹，然而她沒有阿瑪，也沒有額娘，那些兄弟姐妹也從來不會同情她、關心她，只除了——九哥福臨。

也許是因為她自小跟在太后身邊，同福臨一起長大的緣故吧，她與皇帝哥哥特別投機、親睦。

父母雙亡與福臨登基是在同一年發生的兩件大事。

那年，建寧才三歲，是大清開國皇帝皇太極的掌上明珠，盛京宮中最受寵愛的小公主。按清宮規矩，皇后所生之女，滿十三歲後便可冊封為固倫公主，庶出的格格則為和碩公主，可是建寧未滿歲即受冊封，享受和碩公主所有的俸祿，這前所未有的殊榮使得所有的格格和阿哥既羨且妒，看建寧的眼光中總是攙雜著怨恨、忌憚、挑剔、不屑等種種情緒，只是因為皇阿瑪對建寧的關懷備至才不敢輕舉妄動。

然而那年冬天，皇太極突然駕崩，連遺言也未曾留下一句；接著，福臨從紛擾複雜的宮廷奪權大戰中脫穎而出，以六歲稚齡離奇登基，贏得八旗崇戴，即位大清皇帝；登基禮尚未舉行，關雎宮靜妃綺蕾將女兒建寧託付給永福宮莊妃大玉兒，自縊殉主。建寧，在一夜之間從備受寵愛的天之驕女變成了無父無母的三歲孤兒。

她永遠都不會忘記那天的情景。是個陰天，陰得像墜了鉛，沉甸甸地幾乎緊挨著盛京宮殿的最高建築鳳凰樓，是被樓簷硬生生給頂住了，飛起的角簷將天空劃破了一道傷口，若有若無地漏些雨絲下來。

綺蕾脫下旗服，改作禪家打扮，素衣芒鞋，不施脂粉，拉著建寧一步千鈞地走進永福宮來，一進門便叫建寧給莊妃跪下，接著自己也跪下了，哀婉沉痛地請求：

「先皇待綺蕾恩深義重，今不幸乘鶴仙去，綺蕾自該請殉。惟有幼女建寧，是綺蕾心中一份牽掛，故來託付娘娘，求娘娘看在相識一場的份上，將建寧收為義女，教導成人。則綺蕾在天之靈也是安慰的。」

當時，剛剛晉升為皇太后的莊妃大玉兒與輔政王多爾袞正對坐著商議登基大典的細節，看到綺蕾的裝扮言行，都既驚動又敬佩，久久不語。是莊妃先開口：

「難得你如此忠心剛烈，我倒不好勸你，違了你的心願了。我若不是因爲福臨年弱登基，也必然追隨先帝去了。既這樣，你請放心，我必不會虧待了建寧便是。」

建寧遵照母親的意思給莊妃磕了頭，口稱「額娘」。但她不明白，自己明明是有額娘的，可是額娘爲什麼要逼著自己叫別的女人額娘，她抱住母親的腿苦苦哀求：

「額娘，建寧不知道自己做錯了什麼事，額娘不要我了。額娘，你能不能再抱一抱建寧？」

她的話，讓多爾袞這個昂藏七尺的大男人也禁不住眼角潤濕，可是綺蕾卻忍心地只做沒聽見，對著莊妃深深拜下去，行訣別大禮。反是莊妃勸道：「你就再抱一抱她吧，別叫孩子心裏一直留著疙瘩。」

綺蕾這才低下頭，猛地抱住女兒，將臉埋在女兒的髮間，劇烈地顫抖起來。建寧原先因爲母親教過不許哭，進門後一直強忍著，忍得眼眶發疼也不敢哭，可是一旦投入母親懷抱，聞到那種親切熟悉的母親體香，卻再也忍不住，放聲大哭起來：「額娘，別不要我呀，建寧以後會乖的，額娘，你抱我，別放手呀，別跟我分開，抱緊我……」

她哭得那樣傷，那樣痛，就是鐵石心腸聽了也會動情。然而身爲母親的綺蕾，卻只是渾身一震，手上微微用力，將女兒再抱了一抱，竟然轉身放下，撒手便走。自始至終，她的臉上沒有一絲悲苦，並且在她放下建寧後就再也沒有回頭看一眼，一直一直地走出去，走過永福宮的長廊，走出女兒的視線，從此再也沒有回頭。

她的腳步並不見得沉重，甚至也不躊躇，只是比平時略見急促。然而經過門檻時，她停了一下，彎下身來，拾起一隻斷了翅的蝴蝶，將牠輕輕放在一叢蘭花樹下，便繼續往前走了。

建寧永生永世都不會忘記母親的那一低頭，她不明白，母親可以憐惜一隻斷翅的蝴蝶，爲什麼卻不憐惜自己的親生女兒呢？

母親走了，就那樣義無反顧地走了。建寧再次見到她時，她已經不是一位母親，而只是盛妝重裹的玩偶，被裝殮在一只鮮花環護的棺材裏，隨著阿瑪皇太極殉葬於地下。

而建寧的童年，也成爲另一件昂貴的殉葬品。

從那以後，她就再也沒有真正地笑過。笑容，只是一種表情，一種禮節，是因爲需要，而不是因爲快樂。

幸好還有福臨哥哥。

福臨對這個比自己小二歲的妹妹給予了無限的耐心與愛心，幾乎是盡其所能地完成她一切要求，甚至肯以皇帝之身五體投地，讓妹妹當馬騎。有一次，他們這樣戲耍的時候被莊妃皇太后見到，將福臨狠狠訓斥了一頓，還不許他用膳。但是，她卻沒有責罰建寧，甚至連一句斥罵也沒有。

莊妃對建寧一直都是客客氣氣的，溫和得既不像一位母親，也不像一位太后，倒更像是鄰居或者客人，看到她闖了禍也不會打罵，有什麼好吃好玩的有福臨一份，也必然有建寧一份。宮裏所有的人都說太后真是太仁慈了，將建寧寵上了天。可是建寧卻覺得茫然，因爲在太后無窮無盡的恩遇裏，她感受不到任何的愛憐或者一絲暖意。她形容不出是哪裡不對，卻以一個孩子的心本能地感覺到，太后，畢竟不是母親。在慈寧宮中，她應有盡有，予取予求，卻獨獨沒有親情，沒有快樂，沒有童年。有的，是無限的孤單，寂寞，冷清，和彷徨。

一個六歲女孩的彷徨，是不可言喻而無比沉重的。

她唯一的盼望，就是皇帝哥哥下朝，如果政務或者功課不忙，可能會陪自己玩一小會兒。

然而，已經夕陽西下了，烏鴉都已經餵過食，爲什麼皇帝哥哥卻還不下朝呢？他今天不來慈寧宮請安，要和大臣們一起用膳嗎？

「建寧，你在這兒啊。」是素瑪姑姑來找自己了。

建寧回過頭，盼望地問：「素瑪姑姑，我在等皇帝哥哥，太后娘娘有沒有說過他什麼時候可以下朝呀？」

「有什麼可等的？反正皇上晚些時候總是要來請安的，那你不就見著了？」素瑪笑嘻嘻地走過來牽起建寧的手，「你也要準備準備，就快用晚膳了。等下跟太后請安，記得要嘴甜點兒。」

這些話是素瑪每天都要說一遍的。素瑪原來是服侍綺蕾的婢女，綺蕾臨死之前，將她與女兒一起託付給了莊妃。在這個空蕩蕩的皇宮裏，素瑪可以說是唯一能與建寧一起緬懷綺蕾的人。她略微有些癡呆，但非常忠心，因此太后不但不嫌棄她，反而常常稱讚她心地單純，對她十分信任。

建寧的食宿居止都是由素瑪負責，要說建寧是素瑪一手帶大的也不爲過。只可惜，素瑪心思遲慢，言語乏味，並不能成爲建寧真正的良伴。而且，她的嘴裏從來就說不出一句新鮮的話。

「格格，這麼冷的天，怎麼也不知道多穿幾件？要是著了涼，可怎麼好？天天老是惦著往外跑，就不肯好好在屋裏待會兒，繡繡花學學畫不好嗎？還不快跟我回去呢。」

建寧不耐煩地皺起眉頭，忽然眼睛一亮，看到對面柳葉橋上扭呀扭地走來一個小宮女，穿著漢服，多麼奇怪。明朝亡國時，宮中十萬太監跑了七萬，叔父攝政王多爾袞進京後又趕走一大半，只精挑細選留下兩千多名年輕敏捷的小太監和百來個資深老太監管事。但是也都已經改穿滿人服飾，剃了頭髮，怎麼還會有宮女穿著漢人的衣服呢？而且看她的樣子，年齡不過三四歲，比自己還小，路都走不穩，也不可能是真正的宮女呀。她是誰？莫非是某位漢大臣的女兒？可是那她又有什麼資格在宮裏自由行走？

「姑姑，你看。」建寧嘴裏說著你看，腳下卻不停，早已經掙脫素瑪向那小宮女跑去。

小宮女也看到建寧了，似乎一時間不知道該怎麼做，竟扶著橋欄杆愣住了，既不行禮，也不問候。

就在建寧已經快跑到橋邊的時候，偏門裏忽然閃出一位年長的宮女，拉住那小女孩的手說：「你怎麼跑到這裏來了？不是一再叮囑你，不要到內苑來嗎？」說完拉著女孩便走，好像很怕被建寧叫住的樣子。

建寧很想叫住她們訓斥一頓，可是已經跑得氣喘吁吁，越急越說不出話來，只得眼睜睜看著那一大一小兩個宮女消失在角門外。

這時候素瑪也追了上來，同樣是氣吁吁地拉著建寧說：「怎麼越叫越跑？還不快跟我回去呢。」

「素瑪，你看見剛才那個小宮女了嗎？她的衣服怎麼那麼奇怪？」

「什麼小宮女？別編故事了，再不回去，太后娘娘要罵的。」

「太后娘娘才不會罵我。」建寧有些落寞地說，然後又是眼睛一亮，歡跳起來，「皇帝哥哥來了！」

對面來的，可不正是大清幼主順治帝福臨嗎，只見他頭戴紫貂暖帽，身穿寶藍色常服，雖只是家常打扮，卻是龍睛鳳目，不怒自威。見到小妹子歡喜雀躍地迎上來，福臨趕緊下了轎，拉著妹妹的手說：「又在等我吧？冷不冷？是不是等急了？」

「皇帝哥哥，今天怎麼回得這麼晚呀？素瑪姑姑都催了我好幾次了，差點就接不到你。剛才我看見一個小宮女，穿的衣裳好奇怪，我本來想追她的，可是她走進那個門兒就不見了……」建寧拉著福臨的手，一路嘰嘰咯咯地說著往慈寧宮來，說到一半忽然打住，凝視著哥哥的臉說：「皇帝哥哥，你爲什麼一直皺著眉？是做皇帝不開心麼？」

福臨嘆息說：「這個傀儡皇上，有什麼可開心的？我只有看見你的時候才會開心呢。」可他嘴上這麼說著，臉色卻殊無喜悅。

建寧還想再問，可是慈寧宮已經到了，近侍太監吳良輔高聲通報：「皇上駕到——」宮女們立即列著隊恭迎出來，雁翅狀側立兩行，口裏道著「皇上萬福」，深深行下禮去，便如插蔥一般。福臨端起皇帝的架子一路擺著手說「免禮」一路走進宮來，建寧悄悄跟在身後，低眉斂額，不敢放

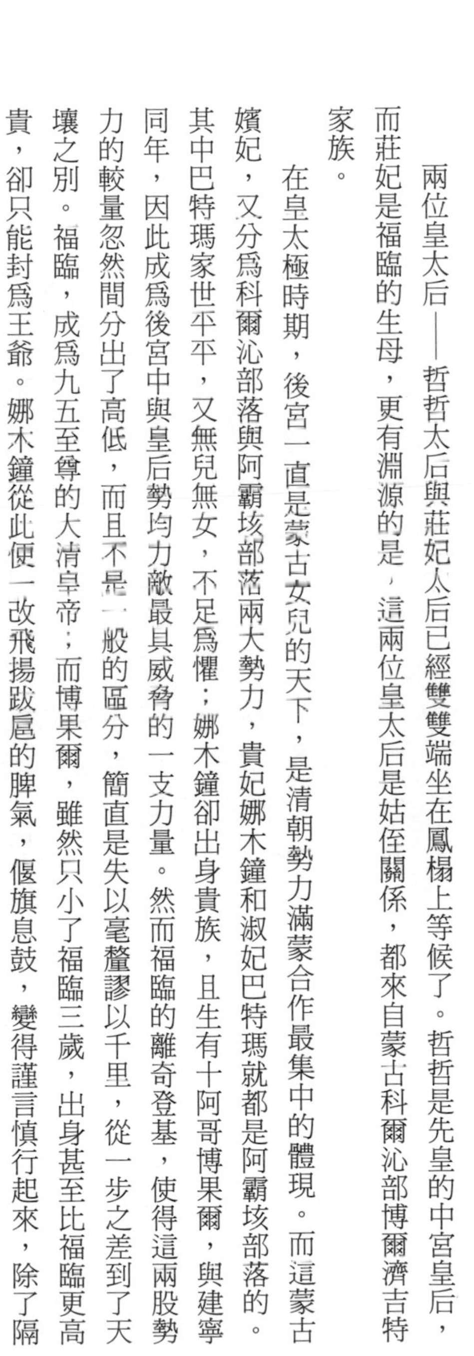

肆。

2

兩位皇太后——哲哲太后與莊妃太后已經雙雙端坐在鳳榻上等候了。哲哲是先皇的中宮皇后，而莊妃是福臨的生母，更有淵源的是，這兩位皇太后是姑侄關係，都來自蒙古科爾沁部博爾濟吉特家族。

在皇太極時期，後宮一直是蒙古女兒的天下，是清朝勢力滿蒙合作最集中的體現。而這蒙古嬪妃，又分爲科爾沁部落與阿霸垓部落兩大勢力，貴妃娜木鐘和淑妃巴特瑪就都是阿霸垓部落的。其中巴特瑪家世平平，又無兒無女，不足爲懼；娜木鐘卻出身貴族，且生有十阿哥博果爾，與建寧同年，因此成爲後宮中與皇后勢均力敵最具威脅的一支力量。然而福臨的離奇登基，使得這兩股勢力的較量忽然間分出了高低，而且不是一般的區分，簡直是失以毫釐謬以千里，從一步之差到了天壤之別。福臨，成爲九五至尊的大清皇帝；而博果爾，雖然只小了福臨三歲，出身甚至比福臨更高貴，卻只能封爲王爺。娜木鐘從此便一改飛揚跋扈的脾氣，偃旗息鼓，變得謹言慎行起來，除了隔三差五地在宮中小宴幾位談得來的命婦嬪妃之外，便很少有什麼逾禮之舉了。

福臨走進宮來，恭恭敬敬地先給哲哲太后行了禮，又向母后皇太后問安。

哲哲問：「用過膳沒？」

福臨笑答：「略用過些點心，這會兒已經不餓了。」

哲哲便點點頭，說：「既然這樣，便不叫你多吃，晚上用功餓了，再叫御膳房備些點心就是了。」

福臨答應了，又笑著說：「太后總是把我當小孩子，一見面就問吃的。」

哲哲笑著說：「難道你做了皇上，便不是小孩子了麼？」侍立的人便都露出笑容來，卻不敢出聲，只低著頭給皇上換茶水。

寒暄過了，莊妃才緩緩地問起政事：「今兒散朝得晚，是有什麼大事嗎？」

福臨猶疑了一下，方道：「也沒什麼大事，有幾個大臣上書說，叔父攝政王體有風疾，不能跪拜，請求免去他面君時的跪拜之禮。」

「是這樣？」莊妃微微一愣，心中唏噓，臉上卻不做表情，只淡淡問，「那皇上怎麼說？」

福臨道：「當然只得答應。現在朝中大事都是叔父攝政王做主，文武百官都看著他的臉色行事，想必這次上疏也是他的意思，百官不過做做樣子，摺子上說：『國家既定，享有昇平，皆皇叔父王福澤所致。』話說到這份兒上了，還能不答應嗎？何況，朕答不答應，又有什麼分別？」

莊妃聽他的語氣十分不滿，知道兒子年幼登基，外表輝煌榮耀，其實重任難負，不知受了多少委屈，心疼兒子，卻不好說什麼，只規勸：「做得很好。睿親王叔開國創業，定鼎中原，爲大清立下汗馬功勞，而今年過不惑，仍不辭辛苦，輔佐朝政，皇上體恤功臣，免去王叔跪拜之禮也是應當的。跪拜只是形式，皇上不必介懷。」

福臨冷笑說：「額娘說得是，跪拜只是形式，我坐朝也只是形式，如何執政，根本也不關兒子的事。王叔還叫兒子轉告額娘，說晚一些會親自進宮來同額娘商議大事的。」

莊妃將臉一沉，厲聲說：「體諒老臣，是皇上的敦厚仁和，皇上貴爲天子，當言行一致，既然已經下諭旨允許輔政王免於跪拜，就該心平氣和、心口如一才是，怎麼能在口頭上答應，心中卻懷不滿之情？勉勉強強，委委瑣瑣，這可不是君主的德行言止。何況睿親王叔進宮來與我們婦道人家議政，也是敬重皇上，雖爲輔政，不敢逾越的意思。皇上豈可不知？」

福臨聽了，汗流浹背，忙垂首答應：「額娘教訓的是，兒臣知錯了。」又一一彙報朝議大事，「財政官員上奏，今歲行鹽共三百七十一萬四千三十二引，課銀一百七十六萬五千三百六十一兩四錢九分，鑄錢十三億三千三百三十八萬四千七百八十四文。於廣東、河南、江西三處開爐鑄錢。」

哲哲太后笑起來：「難爲皇上記得住，說得這樣清楚。」

莊妃點點頭，又問：「南邊的事怎樣了？」

福臨回道：「南明唐王隆武政權被咱們殲滅後，那些故明大臣又各自擁立藩王，分別定號紹武、永曆，兩王朝自相殘殺，不堪一擊。去年兩廣提督李成棟攻佔廣州，消滅紹武政權後，又乘勝追擊，永曆朱由榔自肇慶逃往梧州，再奔平樂，從桂林移駐全州，又從靖州到柳州，聞警即逃，現在又退回桂林了。」

哲哲忍不住笑道：「這是什麼皇帝呀，整天就是東逃西竄的，怎麼一點主見沒有？」

莊妃道：「這算什麼？我聽說前一任弘光小朝廷的那個皇上還更加荒唐呢，咱們的大清鐵騎都已經逼近江邊了，那朱由崧還忙著逼臣子們替他徵選美女，又命人捉癩蛤蟆為他配製中藥，燈籠上寫著『奉旨捕蟾』，所以人們給他取了個雅號叫作『蛤蟆天子』。」

一席話，說得旁邊侍立的宮女們也都忍不住笑出聲來。

莊妃又道：「朱由崧固然荒淫，朱由榔也是一般無用，我聽說他為人軟弱多疑，又最是膽小無主見。自從他去年十月在肇慶即位後，凡事寵信宦官，又不能顧全大局，一直忙著與紹武政權內戰，又怎能是我大清鐵騎的對手呢？南明滅亡，是遲早的事。就是我們不出兵，他們自己也會把自己逼上絕路的。」又問了兒子一些朝廷獎懲細節，揮手說：「你累了一天，早些歇著，這便跪安吧。等下睿親王叔來了，你也不用陪著了。」

福臨謝恩辭去。

大玉兒眼看著兒子走遠，這才回頭向哲哲道：「姑姑聽聽，多爾袞這是什麼意思？」

哲哲早已忘了剛才的話題，聞言要想一下才說：「果真叫你說中了，多爾袞的野心越來越大，先是把『輔政王』改成『攝政王』，後來又改成『皇叔父王』，現在乾脆連跪拜之禮也要免了，這分明是目無君主，不把福臨當皇上，不願叩拜稱臣的意思。這不是反了嗎？」

莊妃沉吟：「他這是在試探咱們，要是答應呢，明擺著咱們是怕了他；要是不答應，他後面一準兒還有使不完的招式，姑姑想那些文武大臣會善罷甘休嗎？議到最後，還是得應著，那樣，反而輸在明處，連臉面都保不住了。」

哲哲發愣道：「那是只得答應他了。難怪你說福臨做得對。可是這樣下去，一起一起的，他不是越發要越過福臨的頭去了嗎？當年是他第一個打進宮裏來的，那李闖燒了紫禁城，他以修復爲名拖著我們，不教馬上來京，就該加緊修復正殿呀。可是修了半年，卻只修位育宮，不修乾清宮，依我說，根本就是把乾清宮給他自己留著，沒打算讓皇上住進去。他眼裏，根本就沒有皇上，就像這位育宮是臨時寢宮，他是把皇上也當作臨時皇上。保不定哪一天，他叫那些大臣再上個摺子，奏請廢帝另立，明說他要當皇上，那時卻怎麼好？」

這憂慮在大玉兒心中盤桓已久，卻是無計可施，今日聽到姑姑明白問出，暗暗躊躇，無話可答。

哲哲又道：「他爲著大阿哥豪格當年和他爭帝位的事兒，一直懷恨在心，如今權傾朝野，一手遮天，隔三差五地便尋豪格的晦氣。前不久捏了個錯兒，把豪格拿進宗人府關了幾十天，大臣們已經上了摺子奏請恩罰決斷了，咱們也求情讓他放人，他面子上答應，暗裏指使獄吏嚴刑拷打，生生把個大阿哥給弄死了，對外還要佯稱暴病。豪格說什麼也是受封的親王，先皇的嫡血，曾經追隨先帝立下戰功無數的，他多爾袞尚且如此任意妄爲，草菅人命，還會把我們孤兒寡母的放在眼裏嗎？」

說起爭帝內幕，大玉兒原是有些心病的，便拿話支吾開說：「這些都已是舊事了，既成事實，說它何益？」

哲哲道：「說是舊事，可還沒完，又有新聞呢。聽說豪格屍骨未寒，多爾袞已經把肅親王福晉嘉黱氏娶進府裏做側福晉了。雖說咱們滿人向來不在乎這些尊卑禮法，原有『父死子繼、兄終弟及』的老規矩，可是當叔叔的謀奪親侄兒媳婦倒從沒聽說過，也不嫌寒磣。」

莊妃自命手眼通天算無遺策，卻還從未聽說過王叔娶福晉的事，大驚失色道：「這是從哪裡聽說的？可真麼？」

哲哲道：「怎麼不真？朝裏朝外傳得沸沸揚揚的，我還當你早就知道了呢。多爾袞常常進宮來與你商議朝政，倒沒同你說過麼？」

莊妃心中恨恨不已，可是聽姑姑的口吻分明含有譏諷之意，似乎在幸災樂禍，便不肯落人笑柄，故作冷淡說：「這十四叔也鬧得太不像話了。不過豪格既然獲罪，被奪了牛錄家產，他的家眷便須充公，屬於宮中財產，交由禮部商議分割。十四叔是攝政王，他既然看中了嘉黱氏，要收歸側福晉，也是在禮法之中，無可厚非，不算越矩。」

哲哲聽她這樣說了，無法可想，也只得說：「如今皇上還小，國祚運轉尚要多多仰仗多爾袞，不能和他當面鑼對面鼓地明著開戰。老話兒說的：打斷胳膊，藏在袖子裏；打落牙齒，吞到肚子裏。咱們孤兒寡母，又怎麼是他的對手，如今也只好走一步看一步了。只望天保佑福臨早日長大，順利親政，就是天可憐見了。」

這最後的兩句話，卻是真真兒地說到了莊妃大玉兒的心裏去，不由得沉默下來。半晌，揮手說：「傳膳吧。」

一時晚膳傳到，執事女官迎春和忍冬擺起炕桌來，侍候兩位太后來至堂屋坐下，建寧坐在一角相陪。這是她與別的格格們最不同的一點，其餘的格格都要在嬤嬤帶領下統一食宿，除了早晚請安，不能與額娘們常見面。只有她可以跟著太后住在慈寧宮裏，太后吃什麼她也吃什麼，並且擁有獨自的寢殿。但是，雖然莊妃太后給予了建寧許多的殊榮，讓她一直跟隨在自己身邊，並且一直沿襲皇太極時代的封賜，讓她享用和碩公主的俸祿，逢年過節時，賞賜總比別人豐厚一倍，建寧卻仍是不快樂，不自在，並且感覺到無邊無際的寂寞孤單。

莊妃太后規矩大，禮數多，教子有方，可以將一位六歲阿哥提拔為少年天子。在世人的心目中，她不只是一個女人，而更是一位女神。這女神是威嚴的，高貴的，聰慧的，完美的，即使在用膳的時候也舉止端莊，不苟言笑，無論咀嚼食物還是喝湯嘗菜，絕不會發出任何聲響。她檢查每一份菜單，親自斟酌一日兩膳的定量，並向洋人學習吃西餐的方法，中西合璧，兼收並蓄，嚴格規定用中餐或西餐的時間與菜式，遵守每一道程序與步驟。不像用膳，倒像在進行某種儀式，又像做文章，講究起承轉合。細嚼慢嚥，是在潤筆揮毫；佈菜品湯，則似行文斷句。

建寧很希望自己也可以做到這般節制有禮，卻不知怎的，總是斷章取義，越緊張就越出錯，上下牙打架似地發出很響的咀嚼聲——也許並沒有那麼響，而是在寂靜和肅穆中誇張了聲音和感覺的緣故。有一次，莊妃太后帶笑形容她吃飯就像「咬牙切齒一樣」，引得周圍的宮女都掩了嘴無聲地笑起來。建寧益發局促，覺得所有人的眼睛都在盯著自己，就連喉嚨裏也長出眼睛來，在窺視她、嘲笑她、質問她，為什麼一位高貴的格格，吃東西會這麼粗鄙？

她恨不得不需要咀嚼就可以吞咽，卻又招來新的麻煩，發出更多莫名其妙的聲響，不是忽然打了個嗝，就是無端嗆咳。每每此時，莊妃倒也並不責備，只是用眼角瞟她一眼，露出些許嫌責的意思，然後便當作沒看見沒聽見，好像在極力隱忍什麼；哲哲皇太后有時候會問兩句，但是當然是沒有答案的，也不過說些「小心點別噎著」之類的廢話，聽起來不像是叮囑倒像是命令。然而，誰又是情願想噎著呢？

建寧並不想同兩位太后一起用膳，每一次用膳對她來說都好比用刑，而這種痛苦又是無以言喻的，彷彿小蟲子般咬嚙著她的心，幼小的心靈已經千瘡百孔，但是無人看見，就連她自己，因為自小已然，經慣歷慣，也只以為理當如此了。

她吃得並不多，可是每頓飯都飽膩異常，好像胃裏含著塊磚頭，在等待慢慢消化。尤其今晚吃的是西餐，七分熟牛排配法蘭西紅酒，怪香怪氣，半生不熟，尤其不容易下嚥。而且莊妃皇太后的神色也似乎比往常更加凝重，總是若有所思的樣子，連哲哲太后都顯得心事重重。建寧也就越發緊張，她一向最害怕吃西餐，因為西餐的規矩比起滿洲食物或是中原菜式來，都更麻煩也更怪異，不用筷子而用刀叉，上陣打仗一樣。建寧完全無法準確地用刀子和叉子將牛排割成一小塊，莊妃太后也早已放棄繼續教她，她說過無法忍受建寧用刀子刮鐵板的聲音，總是讓素瑪把牛排切好後再端給她。

因此在哲哲和莊妃用刀叉分割牛排、邊切邊吃的時候，建寧總是呆坐一旁，靜等著素瑪幫她切食物，這使她格外困窘，於是在牛肉送上來的時候，也就格外不敢發聲咀嚼，只得囫圇吞下。天知道牛肉有多麼難以消化，那一口口咽下去的，簡直不是牛肉，而是石頭。她真不明白太后娘娘怎麼會喜歡這種奇異而邪惡的食物，簡直如毛飲血一般；她更不懂得娘娘怎麼可以將宰割的動作進行得如此斯文，優雅。並且在這宰割的過程中，娘娘似乎得到了某種滿足，本來微微蹙著的眉也漸漸舒展了開來。

建寧的胃脹極了，心也悶極了，她也要找一份安慰，一份舒展，於是，用過晚膳後，她又悄悄溜出慈寧宮，偷偷從後右門跑去位育宮找皇帝哥哥了。一路上遇到侍衛，能躲便躲，實在躲不開，就假稱是奉太后之命找皇帝哥哥說一句要緊的話。那些侍衛明知她是扯謊，但是誰又肯得罪這個刁蠻任性的建寧格格，便都假裝相信，由她過去。

3

福臨六歲登基，肩挑日月。四年來，晨練武，夜讀書，日間還要臨朝聽政、批閱奏章，開口「朕少德能」、閉口「臣等辛苦」，雖然貴為天子，卻難得說一句真正屬於自己的話，生活中更無一些少年樂趣。然而他已經習慣了，他知道，這是自己的使命。他是天子，負有國家社稷的重任，整個大清的命運都在他身上，而他自己，還有更崇高的目標，更偉大的理想：那就是——滿漢統一。

他從小跟著母親學習漢文化，學習四書五經，學習《史記》、《資治通鑑》，甚至野史軼傳。他喜歡漢字，覺得比滿文更有韻味，有氣質，有種令人迷戀的力量。當他沉浸在那些漢文學的詩詞歌賦中時，他會暫時地忘記不能親政的苦惱、朝廷各派勢力的角逐，以及那些關於後宮穢聞的傳言，而進入一個寧靜曠遠的世界，心清氣爽。

今夜他用以解憂的，是一卷《漱玉詞》。

「紅藕香殘玉簟秋，輕解羅裳，獨上蘭舟。
雲中誰寄錦書來，雁字回時，月滿西樓。」

不知怎麼，念著這個宋代女詞人的詩句，清宮中的亭臺樓閣、文臣武將都會從腦海中一一淡去，而眼前浮起的，是一個漢人小姑娘越來越清晰的嬌花映水一般的面容。長飛入鬢的修眉，水杏兒樣的眼睛，皮膚白皙，櫻桃小口總是抿得緊緊地，一旦開口，卻是伶牙俐齒，詞鋒銳利。那麼小的一個女孩子，也就五六歲吧，可是已經有種少女的風情，冷，而且豔，拒人千里之外，卻又偏偏令人心生愛慕。

那是在盛京舊宮的時候，總有四五年前了吧，自己還沒有登基爲帝，只是九阿哥福臨。有一次去校場習箭時，在十王亭邊兒上的值房小屋裏，遇到一個被囚禁的女孩。他不知道是誰囚禁了她，又爲什麼囚在皇宮裏，更不知道她是誰，甚至連名字都沒有來得及問。他只是隔著窗子和她談論千

家詩，看見她美麗的小臉上流露出驕傲與倔強，從而顯露出一種前所未見貴不可言的嬌豔。

他少年的心爲之怦然而動，忍不住向她許諾：「等我做了皇上，一定封你爲妃。」不知爲什麼，這句童真的誓言卻惹得那女孩大怒起來，罵他「清狗」，一頓發作將他趕走。等到他隔天再去的時候，她已經不見了，那個小屋空空的，就好像從來沒有那樣一個女孩存在過似的。

當時，他還爲了這件事大哭大鬧了一場，然而向來對他百依百順的額娘這次絲毫不同情他，還冤枉他是不是眼睛花了，說從來沒聽說過有那麼一個女孩。宮中其他的人，也都對這件事守口如瓶。

那是他少年時代的第一次愛情，也是他少年的第一道傷痕，傷得很重，很疼，尤其因爲無人理解，就更加深沉。他不明白爲什麼所有的人都要聯合起來欺騙他，明明有過那麼一個女孩子的，爲什麼所有人都說是他的幻想，更不明白他們將那女孩送去了哪裡。他只知道，他想尋找她，再次見到她時，一定要實現自己少年的承諾，封她爲妃。

現在，他已經做了皇上，完成了少時夢想，可是，那位美麗倔強的小女孩在哪裡呢？可不可以頒一道旨，就像從前的宮廷選秀那樣，將普天下的女子都遴選一遍，挖地三尺將那女孩找出來？可惜，他連她姓什麼叫什麼都不知道，又怎麼找呢？不知道多少次夢裏見到她，他追著問：「姑娘，你是誰家的姑娘？」夢裏，她好像回答過他的，可是，他沒有一次聽得清楚；夢裏，他不住地告訴自己，要聽清，要記得。然而夢醒之時，卻仍然心事成空。

近侍太監吳良輔已經催促了幾次，恭請皇上就寢，但是順治仍是擺一擺手，不加理睬。今天，他在朝堂上的煩惱比往常更多，壓力比往常更重，所以，他今夜要讀的詩書也會比往常更多，只有這樣，才能讓他的心平靜下來。

「花自飄零水自流，一種相思，兩處閒愁。此情無計可消除，才下眉頭，卻上心頭。」

福臨長長嘆息。卻聽到門外有人嬌笑：「什麼相思？什麼閒愁？皇帝哥哥，你還在為睿親王叔的摺子犯愁麼？」

「建寧，你又偷跑出來了？」福臨又驚又喜，忙招呼妹妹上炕來，將錦被裹住她的腳，將自己用的雄黃暖手塞在她手中，又命吳良輔在香爐內焚起辟寒香丹，頓時滿屋裏暖洋洋地熱氣四溢。建寧經這熱氣一激，忍不住「啊啾」一聲打了個噴嚏。

福臨半真半假地教訓：「慈寧宮離這裏不近，這麼冷的天，又這麼晚了，你還到處亂跑。要是被皇額娘知道，一定會罵你的。」

「太后娘娘才不會罵我，最多說聲下次別這樣兒了。」建寧笑嘻嘻地說，「九哥，你只愛看這些漢人的書，不怕大臣們又說你推崇漢學嗎？」

福臨正色說：「我正要同你說，你也不小了，可是總不愛念書。其實你要肯用心去讀，就會發現漢人詩詞裏的好處，真是妙趣橫生呢。皇額娘的學問最好的，如果你肯學，她一定會教你的。」

建寧搖搖頭，有些冷清地說：「太后娘娘每天很忙的，滿屋裏都是史書醫書，她自己用功都用不過來，還要和睿親王叔討論國家大事，哪會有時間理我呢。」

提到皇叔父多爾袞，福臨的臉色又沉下來，心中暗暗不悅。建寧不察覺，翻開福臨正看的《漱玉詞》說：「九哥，你既然說詩詞有那麼多好處，你便講給我聽聽好不好？」

福臨不忍拂其意，笑著說：「好啊，比如這位南宋第一女詞人李清照……」

建寧訝異：「是個女子麼？」

福臨道：「是呀。她雖然是個女子，可是學問比所有男人都好，胸中有大志向，詞裏有大意趣，或纏綿細緻，或縱橫捭闔，殊不與人同。今天先不與你講她的詞，倒先說她一首詩，極短，只有二十個字，很好記的。」因朗聲念道：

「生當做人傑，死亦為鬼雄。至今思項羽，不肯過江東。」

建寧隨著念誦多次，雖不解其意，卻也覺得朗朗上口，韻致盎然，低下頭默默背誦。

福臨又細細講解說：「李清照以詞見長，詩作極少而有詞意。比如這首五言絕句《垓下曲》，慷慨激昂，襟懷瀟灑，一掃小兒女情致，用楚霸王自刎烏江的典故抒發壯志情懷，堪為天下英雄寫照。」說到這裏，又勾起愁思來，嘆息說，「我從前見過一個漢人小姑娘，學問也很好的，她明知道我是滿清貴族，可是絲毫不為所懼。如果她長大了，寫的詩詞，也一定會有李清照的氣勢。」

建寧從前原聽過福臨的這段奇遇，笑道：「那個神秘漢人小姑娘嗎？我今天倒也見著了一個，就在咱們宮裏，才只有三四歲大。」

福臨笑了：「你說的那個，和我說的那個，不是一回事，差著好幾歲呢。我知道你說的那個小姑娘，她是大明長公主的女兒，就住在咱們建福花園的雨花閣裏。」

建寧驚訝地瞪大眼睛：「建福花園，那不是個荒園嗎？不是已經被李自成放火燒掉了嗎？」

「花木燒了，園子還在呀。已經是廢墟了，草長得比人還高。不過雨花閣也還在，修了一次，勉強能住人。大明長公主就住在那裏，你看到的小姑娘，是她的女兒，不管怎麼說，也是明朝的金枝玉葉，所以，我特許她可以在宮裏繼續穿漢服，反正是小女孩，又不會造反叛亂，又不會到處走，只要大臣們看不見，便不會說什麼閒話。」說到那些大臣，福臨便忍不住蹙眉，厭惡地說：「那些大臣可討厭了，動不動就跪下來彈劾這個，建議那個，恨不得把天下漢人都殺光了才解氣。朕略向著漢人說幾句話，他們就大搖其頭，再不就乾脆不同朕說了，只向攝政王叔稟報。滿漢一家，滿漢一家，根本只是說說的，他們壓根兒就沒把朕的話放在心上。」

建寧不關心這些朝廷大事，提起那些大臣來，她也很討厭，因爲他們總是惹得皇帝哥哥不高興。而且，她早已留意到哥哥有個習慣，同她在一起時，他總是自稱「我」的，一旦稱自己爲「朕」時，便是心情不好了。趕緊打斷說：「大明公主長什麼樣子？我可不可以去探望她們？那個小女孩很有意思，我想去找她玩，可以嗎？」

「可以，但是不能讓太后娘娘知道。」福臨神秘地一笑，「告訴你，我也常常偷偷溜到建福花園去看她們。那個大明公主的學問很好，知道許多許多的宮廷故事，還會吟詩做畫，可惜只剩下一隻手臂，有些行動不便，而且已經出家做尼姑了，法號叫做慧清。」

「什麼，只有一隻手臂嗎？」建寧更加吃驚了，「怎麼會有只有一隻手臂的尼姑公主？」

福臨點點頭說：「是呀，聽說，她的另一隻手臂還是大明崇禎皇帝給砍斷的。」

「是她的阿瑪砍斷的？他爲什麼要砍斷自己親生女兒的手臂？」

「大概是他不想死後將女兒留在世上，被人欺侮吧。」福臨天性善良，提起這些血腥的宮廷風雲，大爲不忍，戚戚然說：「我也是聽宮裏的太監們說的。聽說李自成闖進皇宮那天，崇禎殺了很多嬪妃，還有一位小公主，然後就自己吊死在萬壽山了。也許他覺得自己已經做不成皇上，保護不了女兒，就不如讓她們陪自己一塊死了算了。」

建寧聽了這話，只覺得心上猛地一撞，低下頭去。雖然她不是很能聽懂這個故事，更不能理解崇禎皇帝的做法，但是她隱隱覺得，這位大明公主與自己之間，似乎有什麼共同之處——都是無父無母的孤兒，都住在別人的宮殿裏，最重要的是，她的父皇崇禎與自己的額娘綺蕾都是自縊而死的。只是，大明公主的父親死前砍斷了女兒的手臂，而自己的額娘自盡前，卻將自己託付給了皇太后。想起來，額娘在臨死之前，也是一身出家人的打扮呢。這樣一想，她彷佛已經看見了大明公主的長相穿著，便與額娘死前一模一樣。小嘴一扁，幾乎落下淚來。

福臨看到妹妹忽然繃起小臉，彷佛要哭的樣子，也大約猜到她的心思。他對那位關睢宮的妃子綺蕾並沒有太多印象，只依稀記得是一個美麗且沉默的女子，死於殉主。也就是從她死後，建寧妹妹便被送到了永福宮來，從此與自己朝夕相伴。好像便是從那時候起，建寧的眼中便有了一種破碎的東西，一種與年齡不符的絕望與哀傷。那種哀豔孤絕使得她在眾兄妹中卓而不群，而使他時時覺得心疼，彷佛對她負有某種責任。

此刻，妹妹的眼中又呈現出這種讓他熟悉的破碎和憂傷，他不知道該怎麼安慰她，只得繼續說故事，努力說得動聽些，好移開妹妹的注意力：

「這位長公主命大，被砍斷了膀子，流了一地的血，卻竟然沒有死，被李自成救活了，仍然養在宮裏。後來睿親王叔搜宮，看到她打扮不俗，態度高貴，又只剩下一條胳膊，大爲驚訝。服侍她的宮女跪下來給王叔磕頭，請求饒命，說這是大明的長公主。王叔問清了事情的經過，就說：你們不用怕，連逆賊李闖都可以善待前朝公主，何況我們大清仁政呢？我們絕不會傷害公主的。便下令要爲這位公主重修殿閣，仍照老規矩奉養。但是公主自己請求遷居廢園，說自願出家，修心養性，不肯戀慕功名繁華。王叔答應了她，將建福花園賜給她住，讓以前服侍她的那些宮女仍然服侍她，除了按時送去生活必需，不許任何人打擾她們。」

建寧聽得出了神，這時候忽然問：「可是那個女孩兒的阿瑪呢？她的阿瑪在哪裡？」

福臨九歲大的男孩子，說起後宮隱私來卻是有些靦腆，而且自己也是不大清楚，含含糊糊地道：「說起這個，竟沒人知道這位公主的丈夫是誰。咱們來京不久，那女孩便出生了，此前誰都不知道公主有了身孕，且也從來沒見過有男人在建福花園出入，想來這是她出家爲尼前的私事，她不說，咱們總不能拷問她，再說，她又不是咱們大清的公主，便只得大家含混過去罷了。」

建寧越聽越奇，對那小女孩更有說不出的好奇與好感，忽然醒悟過來，拍手說：「我知道了，這個大明公主要出家做尼姑，一定是爲了不願意穿我們滿人衣裳的緣故。皇帝哥哥是體諒這一點，才特許她女兒穿漢服的。」

福臨料不到妹妹小小年紀，竟可以體諒出自己如此曲折含蓄的心思，不禁含笑誇獎：「你真聰明，這也想得到。」

建寧得意，益發央求：「九哥帶我去建福花園好不好？我們去聽那大明公主講故事。我還從沒見過一個明朝的公主呢，讓我這個大清格格會會那位大明公主好不好？」

福臨嘆息：「可惜，她現在已經不是公主，而是尼姑了。」他看著妹妹黑漆漆的瞳仁裏透露出那麼熱烈的渴望，敏感地察覺到妹妹貌似任性的請求下，其實是無法填補的寂寞孤單，忍不住便要滿足她所有的心願，答允說，「行，改天我若下朝回來得早，一定帶你去探望她們。」

「為什麼不是今天呢？」建寧慫恿，「我們現在就去，好不好？」

「現在？」福臨猶豫，「太晚了，額娘知道了，會發脾氣的。還是改一天，時間從容些，我再帶你去。」

建寧低了頭，落寞地說：「改一天是哪天呢？自從來了北京後，哥哥住到這位育宮來，見一面也難，再也不能像盛京時那樣，我們都在永福宮裏，天天都可以見面。」

福臨聽見建寧的聲音裏已有哽咽之意，不禁問：「建寧，你想念盛京嗎？」

建寧重新抬起頭看著哥哥，悲傷地說：「我想念額娘。」頭一仰，兩行清淚像斷線珍珠那樣從她嬌嫩的小臉上撲簌簌滾落下來。

福臨一陣心疼，身為皇上，即使不能親政決策國家大事，難道還不能滿足妹子的小小要求嗎？到底是少年心性，心頭一熱，豪氣地許諾：「好，去就去，我現在就帶你去雨花閣。」

4

入夜的紫禁城是安靜的，燈火靜靜地燃燒，烏鴉靜靜地盤旋，就連更夫鳴鑼報時的聲音都拖著難以言喻的蒼涼尾聲，只會將皇宮的夜滲透得更加清寂。

明朝皇族的鬼魂還留守在清宮上方徘徊不去，這個傳聞在紫禁城裏十分盛行。亡朝前死了太多人，整個宮殿就好比明皇朝的巨大墳墓，各宮各殿，每到熄燈時分，便很少有人再敢出門夜行，就連侍衛都是約齊了三兩同伴才敢巡更，不敢獨身上路，而且，絕不交談。因爲如果高聲說話，會驚動熟睡的皇室；而低聲切切，又太像鬼語。

太監吳良輔提著燈籠在前面帶路，福臨牽著建寧的手，沿著永巷躲躲閃閃地走著，先還只管想辦法避開巡更的侍衛，實在避不過就別轉面孔，叫吳良輔上前周旋；後來發現建築越來越陌生，而且漸漸連侍衛的影子也見不到了，不禁越走越怕。

便在這時，忽聽到有鈴聲隱約細碎，且有個女子尖著聲音嘆息：「天下太平——」

建寧嚇得一縮脖子，躲在福臨身後問：「皇帝哥哥，你聽到了嗎？」

福臨也是驚得寒毛直豎，屏息不答。

吳良輔聽了兩三聲，稟道：「這大概是哪個宮女犯了錯，在罰提鈴行走。」

建寧不明白：「什麼叫提鈴行走？」

吳良輔道：「回格格，這是前明宮裏傳下來的老規矩了，有宮女犯錯，便罰她提著鈴鐺徹夜行走，從落暮開始，每個時辰行一次，從乾清門出發，過日精門，到月華門，再回到乾清門，要邊走邊唱『天下太平』。」

福臨蹙眉道：「宮裏已經改朝換代，這些規矩倒還沒改麼？」

吳良輔道：「如今宮裏管事的，有好多都還是前朝的宮女，因此許多規矩竟未大改。皇上若不喜歡，奴才明天就告訴各宮管事，把這些刑罰給除了。」

建寧極力向鈴聲的方向望去，卻只看到深不見頭的宮牆。這宮牆在夜裏顯得格外高大，一眼望過去竟有種插翅難飛的絕望，烏鴉在牆頭飛過來劃過去，好像窺探，偶爾「嘎」地一聲，像是挖苦的笑，又像是咒罵。遂使性子說：「下不下旨除掉這些宮規倒不打緊，最好皇帝哥哥能下一道旨，不許宮裏再養烏鴉才好。」

「別胡說，讓別人聽到是會犯忌的。」福臨停下腳步，有些猶豫，眼看建福花園近了，倒不安起來，因問：「建寧，你冷不冷？」

建寧早已怕了，可是好奇心比恐懼心更重，而且能和哥哥一起月夜冒險的興奮感壓過了所有的忌憚，因此硬撐著說：「我不冷，一點兒也不冷。」福臨無奈，只得仍同她往前走。

幸好天氣雖冷，月光倒還清朗，照著永巷的小徑，連磚塊的形狀都可以看得清清楚楚，廢園門頭上的琉璃瓦泛著青冷的玉光，木漆斑駁，匾額不知是燒了還是扔了，露出老大一塊醒目的空缺。

吳良輔指著說：「皇上，這便是建福花園了，要通報嗎？」

福臨試著上前推了推，那門裏面竟沒有拴，又或是燒掉了，竟然應手而開。

彷彿有一陣冷冽的風呼嘯而來，福臨和建寧同時打了個寒顫，整個荒蕪空曠的建福花園忽然間就暴露在了月光下，一覽無餘，碎石斷牆，歷歷可見，或如虎蹲，或如狼踞，都頭角猙獰，做勢欲動；而草木扶疏，枝椏交錯，隨著風簌簌微響，又彷彿有許多看不見的人躲在樹後竊竊私語。建寧驚叫一聲，抱住哥哥，嚇得聲音都變了，牙齒打顫地問：「我們還要進去嗎？」

然而園裏的人已經被驚動了，早有宮女挑燈出來，厲聲問：「是誰？」

吳良輔亦挑起宮燈高聲喝道：「皇上在此，還不快去通報？」那宮女聽到是當朝皇帝夜訪，大驚失色，連請安也忘了，飛跑著進去通報。

福臨見那宮女的背影甚是高大，知是粗使宮女，看園守更的，心下頗不是滋味，堂堂的一個皇上，三更半夜拜訪前明公主，成什麼話？然而這時候已是進退兩難，只得背負了手，沿著小路慢慢地行來。園裏扶疏的草木這時候漸漸輪廓分明起來，頂著月光，彷彿一道道誘惑的眼神，極凶險而又幽豔。福臨心中升起某種近乎探險般的奇異感覺，彷彿走進海底謎宮，又似乎自投羅網地走進一個陰謀之中。

一時雨花閣點起燈火，三四個宮女簇擁著一個女尼迎出門來，口呼「皇上萬歲」，磕下頭去，那女尼卻只是豎掌於胸前，自稱「貧尼慧清」，垂首致意，並不肯跪拜。

建寧看那女子素衣禪鞋，態度高貴，姿容飄逸，宛如仙子，只可惜左邊一隻袖子甩甩蕩蕩，知道她便是那位尼姑公主了。她長得並不像自己的母親綺蕾，雖然沒有笑容，卻遠比綺蕾顯得溫婉，眉眼口鼻都精緻得不像真人，並且那種骨子裏的高貴氣度也與綺蕾的冷豔不同。建寧見了她，不知怎的，忽然有種說不出的悲傷，不禁茫茫然地望出了神。

福臨因顧念長平既是前朝公主，又是方外之人，不便與她行君臣之禮，只含笑拱手說：「這是御妹建寧格格，今日黃昏在慈寧宮外偶遇小公主，頓生親近之心，又聞長公主高風亮節，十分仰慕，因求朕帶她來一瞻芳儀。冒昧之處，還望仙子海涵。」

長平公主之前見過福臨幾面，對這位年僅九歲的小皇帝頗有好感，覺得他年齡雖小，行為端莊，不存成見，且有真性情。雖說國仇深似海，然而大明朝畢竟不是直接毀於清廷之手，而是先被李自成闖宮，後遭吳三桂叛賣，復為多爾袞入主，論起來，這順治小皇帝倒是最無恩怨的一個了。更何況，就算清明勢不兩立，這小皇帝不足十歲，又有何罪？便有，也只是父皇臨死前說過的那句話：「你唯一的過錯，就是不該生於帝王家。」

生於帝王家，是長平的命運，也是順治的命運，同樣的，也是眼前這位滿清小格格建寧的命運。

長平輕柔地說：「原來是建寧格格，你今天在園裏見過香兒了麼？那可真抱歉，她剛才已經睡了。她是最不肯好好睡覺的，每晚都要費好大的功夫才能哄得她睡著，要是叫得她醒，只怕一夜都不用再睡了。」

福臨忙說：「既然小公主已經睡了，就不要叫醒她了，我們這便告辭。」

長平望著建寧，看到她滿臉的失望，溫柔地笑道：「格格第一次來，這麼冷的天，又走了這麼遠的路，不如進來歇一歇，喝杯茶吃過點心再去吧。」

建寧沒想到大明公主竟是這樣溫柔可親的一個人，巴不得與她多親熱一會兒，聽到邀請，生怕哥哥不答應，忙使勁拉一下福臨的手，拚命點頭示意。福臨看到她的模樣，也不禁笑了，拱手說：「既然這樣，叨擾仙子了。」

雨花閣裏除了幾件必需的傢俱外，最醒目的便是供著菩薩像和崇禎牌位的佛台了，青燈木魚，經卷香爐，絲毫看不出這裏住著的竟是一位前明的公主。福臨心生憐憫，因看到香爐旁一只撥灰的青玉拔子尚未收起，隨口吟道：「撥盡寒爐一夜灰。」隨在茶几旁坐下，問道：「朕每逢年節，都要禮部送來日需物品，公主沒收到嗎？」

長平謝道：「都收到了，謝謝皇上賞賜，不過我是個出家人，那些香粉綾羅金珠玉器多半於我無用。這幾個宮女跟著我，也都簡陋慣了，不大喜歡弄那些花兒粉兒的。」

建寧看那幾個宮女的相貌都頗粗陋平庸，心想：這種長相就是擦了粉也不會好看到哪裡去，難怪不喜歡打扮了。只是這位大明公主長得這樣漂亮，仙女一般，卻偏偏少了一條胳膊，只好出家做尼姑，粗茶淡飯，深居簡出，就真是可憐了。福臨卻看出雨花閣中雖然只有寥寥幾件傢俱，卻佈置得層次分明，自有丘壑，那張供桌是紫檀木的，看去樸拙，雕花卻精細異常；插花的兩只青花瓶子寶光隱隱，看不出年代來；碾玉觀音的蓮花座乍一看黑黝黝的沒什麼，細看竟是青銅；盛香的三足鼎一望可知是個古物，便那香也不是宮裏通常供奉薩滿用的藏香或是檀香，沒有絲毫辛辣氣，而更爲綿長沉厚，沁人心脾；還有些叫不上名字的器物非金非玉，看上去竟不辨材質，想來都是前明宮中舊物，竟能得以在大火中劫後餘生，也算不易了。

正在東張西望，宮人已經端出茶水點心來，雖然只是小小的幾盤素食，然而形狀精緻，色香俱全，便是那茶也與平時喝的不同，顏色紅亮如胭脂，且芬芳撲鼻，若清風襲來，花香繞徑，令人頓時忘記此時正是寒冬臘月，而只如置身於春暖花開之姹紫嫣紅中。建寧晚膳沒有吃好，這時候見到茶點，大喜過望，一口氣吃了好多，只覺得比往時在宮中吃過的所有點心都更可口。

福臨卻只是取過茶來慢慢品啜，讚道：「好茶！比御茶房的茶好多了，這裏怎麼會有這樣的寶貝？」

長平笑道：「這就是皇上賜的祈門紅茶啊，怎麼皇上自己倒沒喝過嗎？」

福臨詫異：「是祈紅麼？怎麼我喝著不像？」

侍茶的宮女笑著插嘴：「皇上當然喝不出來，這是咱們雨花閣裏獨有的雨花茶，是公主在夏天時收集百花的花瓣曬乾，兌在祈紅茶葉裏自己煨的。別說宮裏御茶房了，這普天下也找不出第二罐去。」

福臨更加歡喜：「原來仙子自己會製茶麼？難怪書上說：茶禪一味。原來竟是真的。」

長平讚道：「皇上博古通今，竟能知『茶禪一味』，這便是有夙緣、有慧根，可謂運交華蓋、心有靈犀了。」

建寧見兩人談得投機，自己卻是一句不懂，發悶道：「你們在說什麼話？什麼『茶禪一味』？

是一首詩麼？」

長平微笑，將手撫著建寧的肩說：「我們說的是喝茶，這喝茶和參禪是一個道理，和做詩麼，也是一個道理。打個比方吧：從前有個趙州和尚，別人問他：去哪裡呀？他說：吃茶去。問他：幹什麼呀？他還是說：吃茶去。再問他：你叫什麼名字呀？」

這一回，福臨和建寧齊聲回答：「吃茶去！」說罷，哈哈大笑。

長平笑道：「答對了，就是吃茶去。後來呢，人家就管這和尚叫做茶和尚了。你們是不是覺得這和尚傻呢？其實這才是大智若愚，看通看透，所以他後來做了一代高僧，他的學問便是從喝茶裏得到的。其實，不同的茶有不同的喝法，同一杯茶喝在不同人口中，甘苦濃淡也都不同，還有，同樣的茶用不同的水來沏，不同的火候烹煮，不同的茶器來盛，甚至不同時間不同環境不同心情來品飲，滋味也都不同。世人只知道『茶禪一味』便是悟境，可趙州和尚或許連這一點都沒想過，他只會同你說：『吃茶去！』」

福臨聞此，頓如醍醐灌頂，只覺從這一番談話中所悟到的道理，比自己往日讀書三年更多，喜得撫掌說道：「我曾經看過一幅對聯：『小住為佳，且吃了趙州茶去；曰歸可緩，試同歌陌上花來。』說的，就是這典故這道理了。若說拿得起，有什麼比吃茶更重要？要論放得下，又有什麼比歌樂更輕鬆？只可惜，我們這裏只有『趙州茶』，沒有『陌上花』，也就美中不足。」

侍茶宮女忍不住又插嘴道：「誰說沒有『陌上花』？皇上只知雨花閣的茶好，竟不知雨花閣的曲子更好麼？」

長平嗔道：「阿琴多嘴。」那被喚作阿琴的宮女笑著吐吐舌頭，做個鬼臉。逗得建寧更加拍手大笑起來。

福臨道：「原來你叫阿琴，倒不知其餘幾位叫什麼？」

阿琴看了公主一眼，見她並無怒色，便做主替答道：「我們原先一起侍候公主的姐妹共有二十幾位，都是取的樂器名兒，如今留在雨花閣的只剩下四個了，分別叫琴、瑟、箏、笛。我年紀最大，叫阿琴。剛才給你們開門的叫阿笛，管守夜看園子，掃院鋤草都是她；亞瑟單管侍候小公主，阿箏負責雨花閣裏的灑掃縫補，我管茶飯起居，喏，最常做的事就是——吃茶去！」

福臨聽她說得有趣，不禁又笑起來，他尋常在宮裏所見的這些女子，上自太后，下到宮女，都是謹慎有禮，不苟言笑的。太后娘娘不必說，自然是整天板起臉來教訓為君之道，便是那些宮女雖然順從謙卑，卻也太過小心翼翼，見了面不是跪就是拜的，乏味得很。然而這雨花閣裏，其樂融融，談笑風生，不僅大明公主風趣幽默，便是這些個面貌平常的宮女，也都活潑潑嘻笑自若，熟不拘禮，令人如沐春風。不禁讚道：「單是聽到這些名字，已經可想而知公主必是琴藝精通了……」說到一半，卻又咽住，看了長平的斷臂一眼，眼露悲憫之情。

長平卻毫不介意，微笑說：「彈琴鼓瑟如今是不成了，但是我倒新學了一樣樂器，皇上和格格若是不嫌粗鄙，或可一聽。」

福臨大喜，自是連聲說好，正襟危坐，做洗耳恭聽狀。阿琴早用托盤端了一件東西過來，福臨看去，卻是小孩巴掌大的一個橢圓球體，上尖下圓，表面漆著斑斕五彩，材質不知是金是木，看上去倒更像黃泥，表面上捅出幾個小孔，十分樸拙，竟是生平未見，不知是什麼樂器。

長平輕輕撫摸著那空心泥球，眼中流露出無限深情，款款地說：「這叫做塤，為陝西所特有，我因其韻味獨特，而且一手可以掌握，特意下功夫學會了它。通常的塤有七孔、九孔、和十一孔之分，這一只是特別製作的，只有四孔，如今已經是我唯一可以擺弄的樂器了。」

建寧注意到長平公主的臉上泛起微微紅暈，好像對那只叫作塤的土器珍惜之至，她的手指在那個塤的表面滑來滑去，有著形容不出的纏綿悱惻。半晌，方輕輕拈起，將塤嘴湊在唇邊，手指輪換著捏住氣孔，幽幽咽咽，吹將起來。福臨和建寧只聽得細細一道曲聲吹出，悠揚嗚咽，入心入肺，彷彿一條看不見的絲線，牽扯著人的心不住地向那天邊處牽去，越牽越遠，越牽越遠，竟是山長水闊，天高地遠，由不得想哭，卻又哭不出來。分明只是小小一只土器，竟暗藏金石之聲，兵氣縱橫，彷彿有千軍萬馬似的。正得意處，那曲聲卻忽然一頓，如泉遇巨石，兵行險招，曲折跌盪，漸細漸沉，似斷似續，終至不聞。

長平收了塤說道：「這是《垓下曲》，講的是楚霸王四面楚歌的故事。譜子早已失傳，後人憑記憶拾得一鱗半爪，我也只聽別人吹奏過幾次，憑記憶重新譜曲，只怕與原來的神韻已經相去甚遠了。」

《垓下曲》？建寧驀然想起哥哥剛才給她講過的《漱玉詞》，若有所悟，難得遇上她能聽懂的典故，忙說：「我知道了，就是『至今思項羽，不肯過江東』的故事。」

長平讚道：「公主小小年紀，竟有這般知識，真正冰雪聰明，不愧是一代明珠。」

建寧聞得誇獎，滿心歡喜，她從三歲起便沒了父母，見到這長平公主的音容笑貌，頓生親近之意，竟在心中隱隱地將她視作了自己的母親，脫口而出：「大明公主，我以後可不可以常來看你，可不可以叫你姑姑？」

「姑姑？」長平一愣，面有難色，說道：「我可沒有這個福分，且也沒有這個禮，你叫我姐姐就好了。」

建寧搖頭說：「我看見過你的女兒，比我小不了幾歲，我怎麼好叫你姐姐呢？要不這樣吧，我聽到皇帝哥哥剛才稱你仙子，不如我就叫你仙姑吧？」

長平聽到她這番小孩兒家怪論，不禁笑起來，點頭說：「也好，只可惜我不姓何，不然可就成了何仙姑了。」說得福臨和阿琴都笑起來。

建寧自覺同長平確定了名分，頓時放下心來。雖然只相處了一小會兒，然而長平公主的溫柔高貴已經給她留下極好的印象，她怎麼也沒想到，這位經歷過大劫難的亡國公主竟能如此安天樂命。她本來是得天獨厚的大明公主，卻在一夜之間失去了榮華富貴，失去了父母兄弟，甚至失去了一條手臂，以出家之身在清廷中寄人籬下，苟且偷生，但她不僅沒有怨天尤人，毫無悲苦之色，反而比宮中任何一個人都更加平和散淡，從容快活。

建寧從來沒有見過這樣的女子，頓時將她視爲最理想的親人。從此，這佈置簡陋、清茶素食的雨花閣，便成了她心目中的另一個家，是她尋找快樂與溫情的神秘園。

附注

順治帝初即位時，明代皇帝寢宮乾清宮處於戰亂後的破敗狀態，加上其他原因，清廷決策者安排幼主住進保和殿，改稱位育宮，估計取自「君子致中和而成位育之功，此道通乎上下」一語。《清史編年》記載：清廷自順治元年七月即開始興建乾清宮，然遲遲不能峻工；順治在位育宮居住了十年，直至順治十三年七月十六日（西元一六五六年）始遷入乾清宮。

《清世祖實錄》卷三五，順治四年十二月丙申，輔政德豫親王多鐸、和碩鄭親王濟爾哈朗等以「皇叔父王體有風疾，不勝跪拜。夫跪拜小事，恐勉強行禮，形體過勞，國政有誤」為由，奏請免去多爾袞上朝跪拜之禮。

順治三年十月九日，兩廣總督本魁楚等明朝舊臣迎朱由榔於肇慶，奉為皇上。十八日，即皇帝位，改明年為永曆元年。這是在清朝強權下歷時最久的一個南明政權，在極其惡劣的環境下，堅持了十五年反清復明的努力，不可謂不驚心動魄。然最終被消滅於順治十八年底。

第二章　少年英雄

1

燭影搖紅，龍涎香細，夜裏的慈寧宮暖閣與白天是兩個樣子，夜裏的莊妃大玉兒與白天也是兩個樣子。

脫去了鳳冠錦袍的皇太后，是名副其實的玉兒——真正如花解語，比玉生香。她凝脂凍玉般白皙的肌膚上，滾動著晶瑩的燭光，清輝流轉，嬌喘細細，每一寸都令人心動，每一聲都叫人魂銷，而她杏眸半張、櫻唇微啓的媚態，更是壓過了天下所有的脂粉紅顏，直叫多爾袞血氣沸騰，不能自已。

他凝視著大玉兒熟透櫻桃一般的身體，自己也覺得奇怪，明明已經相識了二十多年，這個身子也不知溫存親近過幾百回了，爲什麼每一次見到，都還像是洞房初夜般神魂顛倒、留連忘返呢？這一具女體，彷彿擁有地母般的無窮無盡而又博大宏闊的能力，讓醉眠其間的男子心甘情願爲之耽精竭力，而又可以迅速地在她的擁裹中重新鼓舞鬥志，重戰沙場。

多爾袞一生中征戰無數，也擁有女子無數，可是這麼多年來，總沒一個人能比大玉兒更贏得他的心。

不，也許有過一個。

曾經有過一個女子，以一種不可模仿的姿態經過多爾袞的生命，打動過多爾袞的心，她的名字，叫綺蕾。

綺蕾，那個察哈爾部的俘虜，那建寧公主的生母，那追殉皇太極而死的妃子，曾與多爾袞結下生死同盟，共謀行刺大計。她進宮的目的，不是邀寵，不是攀龍，而是爲了死難的察哈爾親人復仇，向皇太極討還察哈爾數萬性命；然而，後來卻爲了同樣的理由，爲了逃亡青海的察哈爾餘部不再被清廷追殺，不得已委身皇太極，做了他恭順的妃子，並生下建寧公主。

她從沒愛過他，或者說，她從沒愛過任何人。無論是皇太極，還是多爾袞，都只是她生命中的過客。她一生中鮮少笑容，不動聲色，就好像一尊精美卻無情的雕飾，拒絕與任何凡人發生聯繫。

可她畢竟曾經嫁與皇太極爲妃，而且爲他生，爲他死。不論她願不願意都好，歷史已經將她當作了一個皇太極的附屬，而她的姓氏所以能列進皇室宗譜，則僅僅是因爲她曾經爲皇太極生下了一位公主，十四格格建寧。她從此成爲一個面目模糊、徒有生育經歷沒有個性形象的女子，皇太極的眾多妃嬪之一，世世代代被收錄於大清史檔中。

她的一生，再不與多爾袞相關。可是多爾袞卻從未能忘情於她，每每在看到建寧時，都會在心中重溫一遍綺蕾的花容月貌，甚至常常幻想著建寧是自己與綺蕾的女兒。

但是實際上，他唯一的骨血就是當今皇上福臨。福臨是他和大玉兒私通所生，這就是他肯於讓出皇位、甘以攝政王自居的根本原因。當年皇太極離奇暴斃，八旗將領爲了爭奪帝位鬥得你死我活，他與肅親王豪格勢均力敵，並沒有必勝的把握。大玉兒夜訪睿親王府，及時地向他提出了福臨繼位、親王輔政的權宜之計。他聽從了莊妃的建議，順利地戰勝大阿格豪格，而將六歲的九阿哥福臨推上了大清帝王的寶座。然而，真正的執政大權，卻是在自己手上；天下大計，也都在自己掌中。翻手雲，覆手雨，天下的人與事，有什麼是多爾袞想要得到而不可得到的呢？

普天之下，莫非王土；率土之濱，莫非王臣。清太宗皇太極死了，他的妃子成了自己的情婦；肅親王豪格死了，他的福晉也成了自己的側妃。殺其夫，奪其婦，大丈夫看中哪個女子便是哪個，何等痛快？做不做皇上，又有什麼區別呢？根本這個大好江山就是自己一手打下，一手掌握的。就好比此時，自己身居慈寧宮，臨幸皇太后，可不是如假包換的太上皇麼？

一卷珍藏本的《金瓶梅春宮》翻開來落在榻下，筆觸細膩，栩栩如生。這是多爾袞從漢大臣手中新得的，特地帶進來給大玉兒看，調情助興。畫中的兩個人肱股交錯，榻上的兩個人也如膠似漆，卻比畫中人更熱、更急、更加放浪形骸、活色生香，一時間畫裏春宮，畫外春生，竟分不清雲裏霧裏，孰真孰幻。

多爾袞一隻手不時翻動一下春宮畫冊，另一隻手揉搓著大玉兒軟玉溫香的身子，十分動情。然而大玉兒一條蛇般纏繞親暱，廝磨得他欲火中燒，卻偏不許他隨心所欲，只將雙手撫摸著他頷下的鬍鬚閒話家常：

「有人說你每次打仗受傷後，不急著請醫治療，卻要先找個處女出火，是不是真的？」

多爾袞嘿嘿一笑：「你的消息倒靈通，怎麼這樣的事也有人跟你密報？」

大玉兒不理，卻問他：「那到底是什麼緣故？難道處女可以止疼不成？」

「這都不明白？」多爾袞笑得更邪了，「幹那事兒必然會牽動傷口，我跟她幹事，她舒服了，我疼得死去活來，豈不冤枉？所以要找個處女開苞，我疼，她也疼，這才扯平嘛。」

大玉兒聽了，一口茶噴出來，笑道：「這可真是天下奇聞。」

多爾袞本已血氣沸騰，哪堪再說起這些淫情豔事，更是欲火中燒，心癢難撓，恨不得將大玉兒扯翻身下，這便暢所欲為，卻枉有拔山的力氣，終究不能動粗，直被惹逗得面紅耳赤，氣哼哼笑道：「你又同我搗亂！總不肯好好順我的意！只管說這些做什麼？」

大玉兒一翻身貼在多爾袞的背後，更緊地纏繞著他，卻不許他轉身，笑道：「我再問你，聽說你娶了肅親王的福晉嘉朧氏，這又是不是真的？」

多爾袞一愣，這才知道她之前說話全是虛幌，真正要興師問罪的卻在這宗，涎笑道：「怎麼，吃起醋來了？」

大玉兒哼一聲，趴在多爾袞背上，將嘴唇貼在他耳邊絲絲地吹氣，軟綿綿地笑道：「你睿親王府佳麗三千，夜夜笙歌，比咱們這孤兒寡母的後宮不知熱鬧多少倍，我什麼時候同你計較過？不過白問一聲，叫你保重身子罷了。」

多爾袞渾不在意，只將手翻著書笑道：「你要是不放心，就也嫁了我，咱們長長久久地做夫妻，好過這麼偷偷摸摸的。」

大玉兒乍一聽原不會意，倒愣了一愣，忽見他笑嘻嘻看著地上的春宮圖，這才猛省他原來是模仿《金瓶梅》故事裏西門慶向潘金蓮的說話，其實並無多少誠意。不禁又是失望又是惱火，又羞又氣，「呸」了一聲，恨道：「好好的一個攝政王，好的不學，專門學那起短命鬼的調皮。」

多爾袞見她羞紅了臉，三十多歲的人竟如少女般嬌羞，益發動情，調笑道：「西門慶不算差勁，能有手段讓潘金蓮這等天下第一淫婦俯首貼耳，不惜爲他鴆殺親夫，也就算好男兒了。」

大玉兒聽了，大爲犯忌，她當年與多爾袞偷情，不慎被皇太極識破，爲了自保，竟然一不做二不休，進了一碗參湯將皇上毒殺，其作爲正與潘金蓮一般無二。然而她貴爲太后，母儀天下，又豈肯與賤民淫婦等同而論呢？這件事除了她與多爾袞兩個，天底下再沒第三個人知道，然而午夜夢回，有時想起皇太極生前對她種種恩遇，終究不能問心無愧。何況福臨登基後，龍袍御帶，臨朝聽政，群臣跪拜朝賀之際，都說是儼如先帝再世，而福臨也著實奇怪，明明是多爾袞的嫡血，栽贓給皇太極的，卻好像是連老天爺也遮瞞了過去，竟然將錯就錯般越長越像皇太極起來，那神情語氣，舉止做派，竟與皇太極如出一轍。連大玉兒自己都疑惑起來：莫非是自己弄錯了日子，福臨竟不是多爾袞的骨肉，倒是皇太極親生的兒子麼？有時又疑神疑鬼：或者是皇太極死不瞑目，竟要托生在福臨身上，向自己報仇索恨不成？每每胡思亂想，心神不安。此時聽到多爾袞再三再四地將自己比作藥殺親夫的淫婦潘金蓮，不禁大怒，赤條條地起來，一言不發，抄起那卷春宮便向燭臺火頭上湊去，剎時間點著，燒作一團。

多爾袞見她說翻臉便翻臉，倒不好意思，拿起棉袍替她披在身上，哄勸說：「一句玩笑話，不犯著生這麼大氣。皇太后了不得，竟然效仿秦始皇焚書坑儒起來。」

大玉兒怕火苗兒燒手，又怕多爾袞來搶，早將畫卷扔在地下，冷笑說：「我倒不敢學秦嬴政焚書坑儒，只怕攝政王要學他大義滅親，給太后治罪。」

多爾袞笑道：「你嫌我拿你比潘金蓮，你自己倒把我比佞臣男寵，不是更壞？好，我就治你的罪，罰你一個吊打葡萄架。」

大玉兒聽他口口聲聲，仍在引用金瓶梅故事，倒有些哭笑不得，使勁將身子擰了一擰，嗔罵：「冤家，跟誰學得這樣油腔滑調？是那個嘉臘氏教的你？」

多爾袞笑道：「剛還說不吃醋，就又提她！」

大玉兒覷著他，臉色微微含酸：「提都不許提？你對豪格那般無情，對他的遺孀倒好得很。」

多爾袞翻起心事，也不再拉大玉兒上炕，自顧自倒了一杯茶喝下，冷笑道：

「當初皇太極當權，所有最危險最難打的戰役都派我去，巴不得我死在戰場上，這還不夠，豪格還要屢屢設局陷害，黑山之役，青海一戰，幾次讓我差點丟命。可是人算不如天算，我福大命大，九死一生，現在，終於輪到我父子來報仇雪恨、揚眉吐氣了。」

一六二〇年，努爾哈赤駕崩，本來遺詔自己最寵愛的烏拉大福晉之子、十四阿哥多爾袞繼位，然而皇太極矯詔另立，不但奪了弟弟的皇位，還逼死了烏拉大福晉。這一段仇恨深藏在多爾袞心中，無時或忘。他可以成爲滿洲第一武士，征戰無數，除了是爲皇太極所迫逼不得已之外，也是因爲他要用戰功來保全性命，同時想早日拿下京城，而後自立爲王，反攻盛京。不料，因爲他與莊妃的姦情爲皇太極窺破，逼得大玉兒下毒，倒使得他的復仇計畫提前實現了。

多爾袞不知多少次設想自己殺死皇太極的情形與方式，卻怎麼也沒有料到滔天大仇竟要假一個女人之手爲之，慶幸之餘，又不能不覺得茫然若失。皇太極再怎麼惡毒也好，畢竟是他的皇兄，是堂堂正正的阿哥，是文功武略的皇上，怎麼能就這樣無聲無息地死在自家炕頭上、死在一介婦輩之手呢？

其後，莊妃扶九阿哥福臨做了皇上，多爾袞仍然繼續他搏殺疆場、直搗黃龍的使命，內心之中，不無愧疚之意。他仍然要堅持自己原來的計畫，仍要憑自己的本事打進北京，打進紫禁城，打進金鑾殿，打上龍椅。只有這樣，他才可以問心無愧、光明正大地取得皇權，擁立天下。如今，他終於推倒了皇太極的政權，成功地進入北京紫禁城，完全地掌控了大清的朝政——不僅是皇權，還有他心愛的女人——綺蕾和大玉兒，都是多爾袞所深愛的，卻都成了皇太極的妃子。現在，綺蕾雖死，大玉兒可終於是還歸他的懷抱了。還有豪格，他當年幫著皇太極陷害自己，現在可也終於落在自己的手上，他的福晉，也終於躺在自己的炕上了！

想及此，多爾袞揚聲大笑：「皇太極的皇位本來就是搶了我的，他和豪格父子倆狼狽爲奸，一直想我喪命。卻沒想到，他們父子倆，到底是鬥不過我們父子倆。這是天意！天地做證：我才是真命天子！」

大玉兒聽他提及福臨，心中一動，將身子抵著炕沿，斜披了棉袍，半裸半蓋，且不上炕，只斜睨著多爾袞說：「你剛才說要娶我，是說著玩兒的呢，還是真心話？」

多爾袞看到她這半真半假忽嗔忽喜的調調兒，早已意亂情迷，連聲答應：「當然是真。只要你點頭，我明兒就叫禮部準備儀仗。」

大玉兒笑道：「你怎麼同禮部說呢？難不成召集了大臣們，直言宣旨說：我要娶太后，你們準備一下吧。那不成了笑話兒？」

多爾袞說：「這種事情，哪裡用我自己開口？如今我每每上朝，那些大臣們都會拜伏在地，夾道歡迎。只要我略透些兒口風，范大學士自會主動上摺子，請求太后與皇叔父鳳鸞和鳴的。」

這些情形，大玉兒原本早已熟知，此時聞言卻故作驚訝說：「他們見了你就要跪拜稱臣嗎？那不是大臣見了皇上才要行的大禮嗎？」

多爾袞笑道：「這普天之下，又有誰不把攝政王視爲皇上的？我早就說過，要與你稱皇稱后，坐擁天下，如今不是都做到了嗎？」

大玉兒點頭笑道：「我知道大臣們上了摺子，讓皇上免了你的跪拜之禮。這倒也是正事，普天下還沒聽說過有老子跪兒子的，只怕福兒擔不起。我本來也爲這個一直犯忌呢，如此甚好。」

多爾袞拿了罩衣替大玉兒披在身上，冷笑道：「那日濟爾哈朗同我道賀，說我是『一人之下，萬人之上』。他可不知道，就這『一人』，也還是我的骨血後代呢。」

大玉兒暗暗心驚，卻輕描淡寫地笑道：「要想這『一人』在你之下也不難，你是福兒的親生阿瑪，他是『皇上』，你可是『太上皇』，是人上之人，君上之君，就算讓他給你行禮，那也是容易的。」

2

慈寧宮東配殿，迎春侍候著哲哲太后梳洗，一邊在耳邊悄悄說：「昨兒晚上攝政王來後，又是到臨天亮才走的。奴婢早起，想趕在天亮前到後花園給娘娘採花露水沏茶，恰好看見十四爺在那兒拔門栓，便沒敢吱聲，悄悄兒躲在簾子後面，等他走了才敢出來的。」

哲哲聽見，愣了半晌，嘆道：「便是這麼明目張膽，大搖大擺地來去麼？」

迎春道：「可不是大搖大擺？別說大清早沒什麼人見到，就算有人見著，難道誰還敢說什麼？王爺哪次來不是明目張膽地叫太監進來傳旨，說是要向莊妃太后稟告朝廷大事，其實就是約會見面。要真是朝廷大事，為什麼倒不與太后娘娘稟報，反叫娘娘早些歇著呢？分明是知會娘娘，叫娘娘回避的意思。」

哲哲嘆道：「你當我不知道他們的意思麼？但我如今能怎麼樣呢？他們一個是攝政王，一個是皇上的親生額娘，我雖然是太后，又有什麼實際權威？他們肯避著我，已經算好的了，要真是明刀明槍起來，我還不是乾瞪眼生氣？怕只怕她糊塗油蒙了心，戀姦情熱，把親生兒子的皇位也讓給攝政王，那時我才真叫沒名沒份，連立足之地也沒了。難怪我一直提醒她說多爾袞有野心，她木頭木臉的一點也不在乎，原來做了太后還不甘心，還指望多爾袞稱了帝，她好做皇后呢。」

迎春大驚道：「總不會有這麼嚴重吧？娘娘是先皇大妃，正宮皇后，憑誰做皇上，也越不過這個禮去，娘娘的太后總是做定了的。」

哲哲搖頭道：「傻丫頭，要是多爾袞做了皇上，我又不是他的娘，又不是她的妃，怎麼還能繼續做太后呢？還不是要給打發到後面壽安宮去，跟那些老太后們一起混吃等死。」

迎春雖然精明，到底只是一個侍女，再沒想過前朝的政治變幻竟有可能將後宮的局面做出如此大的改變，更沒想過有一天皇后娘娘可能會失去所有的地位與尊崇，而變成沒名沒分的後宮擺設。倘若果然有那麼一天，自己又是怎麼樣呢？

自從十二歲進宮來服侍皇后，她的一生軌跡就已經定了型，只是侍候皇后的眉梢眼角，喜怒哀樂，只要侍候得好，便可以風調雨順過日子，長長久久地高居後宮群侍之首，除了兩位太后娘娘，便是阿哥和格格們也都要給自己三分面子，尊稱一聲「迎姑姑」，那些宮女太監們，見了自己更是點頭哈腰，惟命是從。她早已習慣了這些，以爲可以這樣一直小心得意地活到老，甚至到了年齡也不願意出宮嫁人，寧可侍奉太后一輩子。然而現在她突然想到，原來這富貴日子並不可靠，也有可能隨時塌滅成灰，那時候太后無名無分，自己更成了無主孤魂，任人踐踏。不，太后再淪落也還是皇族，不至於受罪，連前明公主尚且有獨自的配殿呢，何況先皇正宮。可是自己就不一樣了，自己只是一個婢女，做掌事姑姑時沒少作威作福得罪人，一旦落了勢，叫那起小人報起仇來，便有一百條命也都交代了。

迎春手裏捧著熱毛巾，越想越怕，連太后洗完了臉也沒注意到。哲哲嗔道：「你這丫頭發的什麼呆？」迎春這才如夢初醒，趕緊遞上毛巾，旋開裝著羊脂球的盒蓋子，用棉花蘸著綿羊油讓太后擦拭嘴唇以防皴裂，又啓開一匣十幾盒口脂，這方是點唇的胭脂。

哲哲搖頭不用，迎春勸道：「還是略搽上一點顏色吧。這算什麼呢？那日奴婢幫著素瑪整理莊妃太后的妝匣子，光是唇脂就有幾十種呢，什麼燕脂暈、大紅春、小紅春、半邊嬌、萬金紅、石榴嬌、嫩吳香、露珠兒、聖檀心、天宮巧、猩猩暈、格雙唐、媚花奴……還有好些記不住名兒的，別提多花哨了。」

哲哲悻悻道：「我雖是太后，畢竟居孀，濃妝豔抹的成何體統？她是搽給多爾袞看，我卻搽來做什麼？從前只道貴妃娜木鐘妖妖調調的，最好擺弄這些花花粉粉，以爲大玉兒是我看著長大的，端莊安靜，現在看來，竟是知人知面不知心，比娜木鐘還是有過之而無不及，這才是好叫的狗不咬，好咬的狗不叫呢。」

迎春「哼」了一聲說道：「還提貴妃娘娘呢，聽說皇上剛登基那會兒，貴妃娘娘和輔政大臣鄭親王濟爾哈朗走得別提多親近，打量是瞧著莊妃太后有睿親王做接應，她也指望給十阿哥找靠山呢。可是後來兩位輔政王勢力相差越來越遠，鄭親王漸漸落了下風，不但不能和睿親王平起平坐，聽說見了睿親王還要下跪行禮，那儀式就和君臣見面差不多呢。貴妃娘娘知道不是對手，沒了盼頭，這才安靜下來，也再不敢同鄭親王那麼光明正大地往來了。」

哲哲呆了半晌，嘆道：「原來貴妃也有過這如意算盤麼？這樣說來，倒是我沒兒子的沒想頭，也不必打這些齷齪主意。」

一時妝裹方畢，宮女來報，說皇上已在永康左門下轎，這便要來給兩位太后請安了。接著又有西殿宮女來報，莊妃太后已經到了正殿。哲哲這方起身，由迎春扶著慢慢走到正殿上來。大玉兒果然已在等候，見姑姑進來，趕緊站起，兩人見了禮，分位次並肩坐定，這方宣皇上進見。

順治身穿朝服正步進來，依次見禮，稟道：「因吳三桂將赴漢中戍守，禮部已更定平西王儀仗，並定於今日賜宴位育宮，兒子不能陪兩位太后用膳了。」

哲哲笑問：「賜宴通常不是在太和殿嗎？」

福臨道：「是攝政王叔的意思，說這次宴會是單為平西王辦的，規模不大，擺在太和殿反而顯得寒酸；中和殿面積小，召見更見親切，而且寢殿賜宴，也有視平西王為自己人，有家宴的意思。」

哲哲與大玉兒都點頭說：「這想得周到。」

大玉兒又額外叮囑：「我聽說吳三桂之子吳應熊少年英雄，人才了得，皇上賜宴時，可對他格外開恩，加強籠絡。」

順治俯首應了，道：「等下我叫內務總管把菜譜呈來與額娘看。」見大玉兒含笑點頭，這方躬身退出。

哲哲忍不住譏諷道：「你和我一樣待在深宮裏，可是對前朝的事卻是明察秋毫，不但所有滿漢大臣的事情瞭若指掌，就連他們兒子的底細也是一清二楚，這可真成了諸葛孔明，運籌帷幄之中，決策千里之外了。」

大玉兒笑而不答，卻回身命素瑪拿自己的朝服鳳冠出來備著，向哲哲說：「今兒皇上賞宴，暢音閣少不得要唱一天的戲，姑姑要不要去看看呢？」

哲哲果然興頭起來，說：「我倒忘了這個事兒了，可不是，封賞平西王，當然少不了歌舞助興，倒不知今兒請的是哪個班子？」便也命迎春準備起來。

3

暢音閣飛簷鬥角，雕龍繪鳳，十分華麗壯觀。臺子分爲福、祿、壽上下三層，以天井相通，戲子在臺上忽隱忽現，飛上飛下，時而海市蜃樓，時而大鬧天宮，光怪陸離，熱鬧非凡。

對面閱是樓上，皇上與攝政王居中端坐，右手隔著一道屏風是太后們帶著諸宮阿哥、格格，左邊則是平西王吳三桂與世子吳應熊的特別賜座，著范文程、洪承疇等陪坐，君臣同席，其樂融融。另有蒙恩一同觀戲的王公大臣們盤坐在迴廊下，品茶聽戲，竊竊私語。這些滿洲貴族向來不諳此道，先看到那熱鬧華麗的武戲仙戲還可勉強欣賞，及至輪到雅部生旦對唱，卻不能領略那些紅男綠女咿咿呟呀說的是些什麼，紛紛向漢大臣請教。

原來此時臺上錦屏翠羽，簫管齊鳴，正演出崑曲的著名劇碼《驚夢》，杜麗娘水袖翻覆，眼波流轉，婉轉唱道：

「你道翠生生出落的裙衫兒茜，豔晶晶花簪八寶填，可知我一生愛好是天然。恰三春好處無人見。不提防沉魚落雁鳥驚喧，則怕的羞花閉月花愁顫……」

那旦角唱著，身半轉，扇輕搖，將那一種嫵媚風流、哀怨多情的態度描畫得入木三分，香豔刻骨。台下有愛戲的漢大臣忍不住便叫出一聲「好」來，八旗貴族雖是不懂，然而天生豪爽，最喜歡起鬨湊熱鬧，遂不問端的，也跟著哄天價叫一聲「好」，直喊得豪氣干雲，氣壯山河！

哲哲也是不懂，一邊輕輕按著拍子，向莊妃笑道：「我雖不大懂，可是聽這詞兒怪好聽的，可見做戲的人裏面也有學問深的。」

莊妃笑道：「這是南曲裏最有名的，叫《牡丹亭》。聽說通常戲本子都是伶人口口相傳，可是這《牡丹亭》卻不同，是有本子的，那寫本子的還是個明朝進士，叫湯顯祖，號繭翁，二十一歲便中舉的，因爲彈劾朝廷命官，被免了職，倒成就了他，從此不再爲官，每日裏只管種茶做戲，寫了《玉茗堂四夢》，分別是《紫簫記》、《紫釵記》、《南柯記》，再就是正演著的這個《牡丹亭》，這一齣，是『四夢』裏最有名兒的。」

哲哲點頭嘆息：「好好兒的一個進士，不去做官，倒搬弄這些下九流的玩意兒，也就難怪明朝要亡國了。」

建寧坐在莊妃皇太后旁邊腳凳上，早已看得呆了，她雖然聽不懂曲子詞，也不能完全領略少女思春的情韻，可是敏感多情的天性卻叫她本能地覺察到了那一份傷感與盼望。因爲，她也寂寞，她也渴望，她也有一種孤助無援的自憐自艾。而且，臺上的女子只用一把扇子，一雙水袖，一開一合，一收一放之間，便做出千般變化，萬種風情，也真叫她大開眼界——原來女子的美，可以美到這種地步；戲劇的美，可以美得這樣驚心動魄。

「原來奼紫嫣紅開遍，似這般都付與斷井頹垣。良辰美景奈何天，賞心樂事誰家院……」

建寧心上一動，這幾句話卻是聽得明白，只爲她常去的建福花園，可也正是一片「斷井頹垣」呀，想當初那裏必然也有過「奼紫嫣紅開遍」的美好辰光吧？她低下頭默默背誦這兩句，想著改天要念給大明公主聽，卻又怕誤了看戲，又忙忙抬起頭來，只覺得滿目繽紛，應接不暇。因聽到太后說「種茶做戲」，便想起長平公主的「雨花茶」來，順口說：「皇帝哥哥說『茶禪一味』，喝茶同參禪是一樣的，難道種茶和演戲也是一道的麼？」

莊妃一愣：「皇上什麼時候說的『茶禪一味』，平白無故怎麼說起這個？」

建寧不敢提起長平公主的秘密，只好支吾說：「皇帝哥哥叫我多學漢文，給我講解典故時，隨便說起的。」

莊妃信以爲真，不再深究，卻仍皺眉說：「皇上崇尙漢學原沒有錯，不過若是一味迷惑於這些玄學禪機，卻到底不是帝王正道。」

建寧自悔失言，生怕太后娘娘還要追問，撒謊說：「太后娘娘，我睏了，想回去睡一會兒，可不可以先走？」

莊妃無可無不可，點頭說：「去吧。」

建寧如蒙大赦，轉身便走，卻又留戀戲臺故事，忍不住一步三回頭。莊妃冷笑一聲，低低抱怨：「站無站相，坐無坐相。」

哲哲看了一眼，並不說話。她知道大玉兒管教自己親生的幾個格格十分嚴格，對於福臨更是言傳身教，毫無懈怠，即便是一舉手一投足都要規定分寸，每每告誡：「凡人行住坐臥，不可回顧斜視。不但關乎德容，且有犯忌諱。」然而對這綺蕾臨終托孤的十四格格建寧，卻十分放任自流，雖然帶在身邊加以禮遇，卻從不教導她人生道理、宮中規矩，就只像是對待一隻小貓小狗那樣，只管讓她吃飽穿暖，表面上縱容溺愛，實際上卻是把這株不加刪斫的幼樹養荒了。眼看著建寧一天天長大，也一天天越來越不像個格格，倒像是大漠牧民的女兒，隨心所欲，任性張揚，將來賜嫁成婚，只怕難得幸福。想及此，不禁微微搖頭。

莊妃卻早已轉了心思，向素瑪道：「傳我的令，請吳世子過來坐坐，你再快走兩步，回宮去替我預備幾件像樣的見面禮，儘快送來。」

哲哲趕緊攔住說：「我那裏有剛進貢的玲瓏撒袋一副，還有小孩子用的鑲寶小弓箭，賞賜世子最好，不如叫迎春去取了來就是。」

莊妃說：「也好。」因傳令下去。

建寧從暢音閣下來，走在後廊下，猶可聽到穿雲度雨的唱曲聲：

「遍青山啼紅了杜鵑，荼蘼外煙絲醉軟。牡丹雖好，他春歸怎占得先？」

一聲聲鶯聲軟語，唱得風也醉了，彷彿聲音裏也可以有色彩，有芬芳，只是抑揚頓挫，就已是鳥語花香。建寧心中嚮往，不由學著戲子的模樣兒，翹一個蘭花指，將左手搭著右腕，腳底下橫拖幾步，扭捏做勢，自娛自樂。一邊心下懊惱，撒什麼謊不好，非說睏了要睡，宮裏一年也難得放一場戲，又偏偏誤了。正玩得興起，顧盼回頭，不提防腳下一滑，與轉角處迎面走來的一個少年撞了個滿懷。

建寧只當是哪宮的小太監亂闖，因自己的窘態落在對方眼中，大爲羞澀，先發制人罵道：「好大的膽子，竟敢撞我？你是哪宮的奴才，告訴你主子，好好懲治你！」

那少年輕裘小帽，氣宇不凡，吃這一撞一罵，並無怒氣，亦無懼意，從建寧裝扮中知道是位格格，拱手抱拳道：「在下吳應熊，無意衝撞格格，還望格格恕罪。」

建寧微微愣了愣，有些吃不透來人的身分，卻也不願多想，只由著性子發作道：「你既然知道我是格格，還不趕緊跪下？」

那吳應熊見這位格格年紀幼小，卻如此粗野無禮，十分反感，只是不願惹事生非，遂壓抑怒氣，仍然抱拳道：「吳應熊給公主賠禮！」深深施禮下去。

建寧看他不肯跪，更加惱怒，乘他作揖低頭之際，猛地一掌摑去，滿心想重重地摑他一個耳光洩憤。不料那吳應熊反應甚是機敏，聽到耳邊風聲，早已眼明手快，橫空攔住建寧粉拳，冷冷哼道：「公主自重！」他自幼隨父親在軍中長大，少年老成，行動舉止早有大將之風，沉聲低喝有如軍令，不怒自威。

建寧吃這一嚇，心怯鬆手，忽然醒悟過來，饒是人沒打到，還被驚嚇，這一番羞辱非同小可，不禁又羞又氣，指著吳應熊恐嚇道：「你馬上跪下來給我磕一百個響頭，說一百遍『格格恕罪』，不然，我叫皇帝哥哥砍了你的頭！」

吳應熊貴為世子，自小文武雙全，所識之人無不對他讚賞有加，以禮相待，從不曾受過這般無禮折辱，不願再同這小女孩糾纏，舉手冷冷擋開建寧，徑往前走。

建寧何曾見過這樣倨傲不馴的人，登時又急又怒，顧不得身分，死抓住吳應熊腰帶，叫道：「我命令你不許走！」

正鬧個不休，恰逢迎春取了玲瓏撒袋及弓箭過來，見狀笑道：「我的格格，怎麼竟同吳世子打起來了？太后正急著召見呢，你還不放手？」

建寧聽到太后二字，不敢再鬧，只得放手，眼睜睜看著吳應熊隨迎春走上樓去，又是氣惱又是委屈，眼見他已經走到樓梯盡頭，忍不住叫道：「你等等！」

吳應熊回過頭來，居高臨下，冷冷問：「格格還有何見教？」

建寧眼睛瞪得溜圓，指著吳應熊一字一句地說：「你記著，我一定會懲罰你的！」

吳應熊嘴角露出輕蔑的一笑，更不答話，轉身消失在拐彎處。建寧愣愣地看著他人影兒不見，羞憤惱交加，不禁流下淚來，蹲在臺階上哭哭啼啼，傷心不已。偶有太監宮女經過，都早已領教慣了這位格格的喜怒無常，豈肯惹事生非，都只做看不見，遠遠地繞路走過，生怕撞在她氣頭上做了替死鬼。因此建寧嗚嗚咽咽，在閣是樓後廊下直哭了半個時辰，偌大皇宮中，竟沒一個人過問。

隔了許久，吳應熊見過太后，領了賞賜下樓，看到建寧仍舊坐在原地哭泣，小小的身子蜷縮著，像風中雛菊一般哭得微微顫慄，倒不過意，心軟下來，走過去蹲在身旁央告道：「你還在生我的氣呢，都是我的不是，我跟你賠罪好不好？」

建寧淚眼迷濛地抬起頭來，見是吳應熊，想也不想，抬手便是一掌。

吳應熊蹲在地上，毫無料想這小格格哭得那般可憐，竟然說動手便動手，這次全無準備，竟然被她打了個正著，結結實實摑在臉上。雖然並不甚疼，卻是大大有損英雄志氣，不禁火辣辣地脹紅了臉，一怒之下，本能地揚起手來便要以牙還牙，以掌還掌。

建寧也沒想到這回會摑得這樣準，反而愣住，害怕起來，轉身要跑，卻又明知不是吳應熊對手，他如果要打，自己是怎麼也跑不過的，索性站在原地不動，高高地揚起頭來，做出一個「你敢打我就跟你拚了」的架勢，死死瞪著這天字頭一號大敵，小臉繃得通紅。

吳應熊見她眼中淚花滾滾，明明懼怕卻偏偏不肯示弱，心裏登時軟了，收了手笑笑說：「好了，你打也打了，總該消氣了吧。」

建寧見他相讓，反而眼睛一眨，落下淚來，也不知哪裡來的那麼多傷心委屈，抽抽咽咽地道：

「你欺負我，我告訴皇帝哥哥，砍你的頭。」她自己也知道這兩句話說得甚是勉強，可是除了這兩句，卻也不知道還能說些什麼。

吳應熊看她小小年紀如此倔強激烈，倒覺不忍心，坐下來款款說道：「剛才太后娘娘賞賜了我一副弓箭，你要不要看？」說著拿出鑲寶小弓來。

建寧到底是小孩子，口裏說：「我才不稀罕。」眼睛卻早已溜圓地望過去。見那弓上鑲著紅綠松石，映在陽光下閃閃發亮，十分好奇，奪過來用力拉了兩拉，卻無論如何拉不開，撇嘴說：「是假的。」

吳應熊笑笑，拿過來隨手一拉，形如滿月，向建寧說：「當然是真的。」

建寧看那少年比皇帝哥哥也大不了兩歲，臂力卻如此了得，不禁刮目相看，心裏欽佩，嘴上卻故意抬槓說：「如果是真的，你射一隻烏鴉下來給我看看。」

吳應熊道：「如果我射給你，你是不是就不再生我氣了？」

建寧板著臉不答。吳應熊微微一笑，搭箭上弓，瞄得準準地一箭射去。烏鴉應聲落地。

建寧跳起來拍手叫道：「哈，你敢射烏鴉！烏鴉是我們滿人的神鳥，殺烏鴉是死罪！你犯了死罪，皇帝哥哥一定會砍你的頭的！」

話音未落，專管餵養神鴉的侍衛早已看到有烏鴉自天而降，不知何人如此大膽觸犯神靈，飛奔過來將吳應熊團團圍住，雖認得他是世子，卻也知射死神鴉是大罪，不敢怠慢，施禮道：「世子莫怪，保護神鴉是小的們職責所在，得罪之處，還望包涵。」

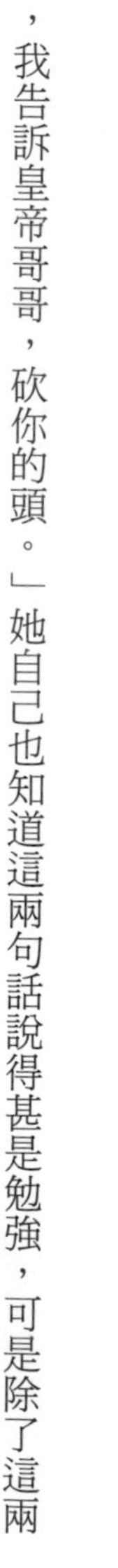

吳應熊自知中計，再沒想到這格格小小年紀，心機如此深沉歹毒，不禁定定地望住她，彷彿要重新把這小女孩看清楚。

建寧心中害怕，卻仍強硬地說：「我說過要懲罰你的。你跪下來給我磕一百個頭，說格格饒命，我就叫皇帝哥哥饒了你。」

吳應熊冷冷一笑，背了手說：「是在下魯莽，各位侍衛大哥不必爲難。」束手就擒，再也不看建寧一眼。

建寧眼看著眾侍衛將吳應熊押送離去，意識到這少年有可能真會被殺頭，反覺悵惘，心中空落落地一陣發冷，看著天上飛來飛去的烏鴉，不禁又哭起來。

4

鎮遼大將軍吳三桂自從引清入關、剿滅李闖後，一路屢建軍功，官運亨通，很快擢升爲平西王，儀仗禮遇猶厚於「三順王」。這還罷了，尤其清軍與李闖交戰之際，竟意外俘得陳圓圓。多爾袞向以好色聞名，見到陳圓圓傾國傾城的容貌，竟可以不動心，派護軍專乘送與吳三桂，使他夫妻團聚。

如果說吳三桂在降清之初還有些猶豫慚愧之意的話，那麼在他見到陳圓圓的那一刻起，已是對大清朝廷死心塌地、對攝政王多爾袞誓死效忠的了。大明朝於他有什麼好呢？崇禎虧了他那麼多年軍餉，還把一個進退兩難的爛攤子丟給他，做一道無論如何選擇都是錯的無解謎題；大順軍更不消說了，那李自成言行不一，出爾反爾，前頭剛說了要對他厚遇禮待，後邊就端了他的老窩，鞭其父，奪其妾，真是粉身碎骨不足惜；至於南明小朝廷，已經是拋殘守缺的強弩之末了，居然還要派別林立，禍起蕭牆，不住地窩裏反，不忙著興政復國，倒急著同室操戈，即使清軍不去趕盡殺絕，他們自己也會把自己逼上絕路的。

吳三桂並不後悔自己的選擇，甚至為自己的明智感到慶幸。他少年時便以武舉出身，承父蔭授都督指揮，其後官居欽差，鎮守寧遠中左中右等處地方團練總兵，右軍都督府都督同知，統精兵四萬，抗清多年，殺敵無數。直到大明去勢，崇禎自縊，他才被迫降了滿清，他並不欠大明什麼。倘若歷史重來一次，他仍然會做同樣的抉擇，並且會起事得更早一些，那樣，便不會與陳圓圓經歷那差點天涯永隔之險。

只可惜陳圓圓與他重逢後，殊無喜悅之色，反而渾身縞素、不施脂粉，哭泣說：

「臣妾出身煙花，復落賊手，早無貞操可言，卻也懂得失身事小、失節事大的道理。從前仰慕將軍高風亮節，得侍枕席，自以為終身有靠；沒想到將軍居然貪慕虛榮，叛明投清，是比臣妾更無德行。妾一路行來，所經茶館飯莊，聽到眾人議論，都說將軍本是英雄男兒，卻為了一個女人甘作清狗，叛國投敵，是天下第一大漢奸。妾本無行，累及將軍，原該以死謝罪，只為不信傳言，才要留著這條命來見將軍一面，不料將軍果然敗德至此。妾對紅塵再無留戀，惟願出家為尼，洗盡風塵，還請將軍成全。」

吳三桂豈捨得失而復得的美人兒得而復失，苦苦勸說，軟硬兼施，陳圓圓只是不從，甚至表示「若將軍定要相逼，小女子寧可一死。」吳三桂無奈，只得許她出家，但與她約法三章：不許截髮毀容、不許隨意改換庵門、並須與自己定期見面，只是不談風月罷了。

爲了陳圓圓，從來不信緣法報應的吳三桂大結善緣，捐資建庵，請其收容陳圓圓，名爲出家，實爲軟禁。陳圓圓雖然霞帔星冠，素面朝天，不過是換了一套行頭名號，其真正身分仍然只是吳三桂的一名禁臠而已。

三桂原本想，女子一哭二鬧三上吊，出家與跳河如出一轍，都不過是一時使性子耍花槍而已，假以時日，總會哄得她回心轉意。不料陳圓圓竟然言出必踐，雖然不能剃度，卻抱定禪心，摒棄聲色，可憐一代尤物竟然泯滅塵心，斂盡風情，終日只以藥爐經卷爲伴，只如朽木死灰一般。

每每三桂前往探訪，那圓圓雖然依約相見，卻面冷心冷，問十句不見得答一句，全不是從前那活色生香的絕色佳人，若是吳三桂稍露親近之意，則更是立即以死相逼；然而有時三桂帶兒子應熊同往，那圓圓態度倒反好些，肯對小孩子溫言軟語，面上也有些聲色。於是吳三桂後來每每想念陳圓圓，便找個藉口哄兒子與自己同去，也不過是喝杯茶，見個面，過過眼癮而已。

這件事成了吳三桂的一塊心病。當初一怒揭竿、借清伐闖本是爲了陳圓圓，然而如今大功告成、加官進爵，卻不能與至愛分享成功喜悅，從此牛郎織女，可望不可及，見人不見心，縱然春風得意，榮華富貴，又有何樂趣？此時看著臺上的崑班演唱，不禁又想起陳圓圓的謫仙姿容、天籟綸音，心說這些崑伶無論扮相唱功，又有哪一個及得上我圓圓之萬一？

一念及此，得意之情盡掃而空，倒平空生起一種說不出的蒼涼落寞，正所謂「此去經年，應是良辰美景虛設，便縱有萬種風情，更與何人說？」不知不覺，便有了三分醉意。

便在這時，忽見幾個侍衛押著兒子吳應熊走來，不禁將酒嚇醒了大半，離座問道：「有勞侍衛大哥，是不是小兒不懂規矩，亂走亂動，闖了什麼禍麼？」

侍衛知道平西王是當朝紅人，不便怠慢，只得抱拳道一聲「得罪」，仍舊押著吳應熊來至順治與多爾袞座前，跪地稟報：「啓稟皇上、皇叔父王：小的剛才巡邏，恰遇到吳世子射下神鴉，不敢隱瞞，特將世子帶來，請皇上、皇叔父王發落。」

吳三桂大驚，忙向順治座前跪倒，老淚縱橫道：「皇上、皇叔父王恕罪，小兒村野莽夫，寡聞少識，不通教理，今日誤傷神鴉，罪本當誅。但求皇上、皇叔父王體諒他無心之失，饒他一命。」說罷磕頭不止。洪承疇、范文程見狀，也都一同離座爲他求情。

多爾袞道：「平西王且請起來，射殺神鴉是世子所爲，罪不及父。」轉而向吳應熊和顏悅色地問道，「世子何以有此異動？」

吳應熊方才聽建寧口口聲聲說要砍他的頭，只當作小孩子恫嚇之言，並未放在心上，以爲養烏鴉不過是八旗皇室的古怪愛好，就算自己無意中誤殺一隻半隻，得罪了皇上，也不過責罵幾句，罪不至死。如今見到父親懼怕至此，方知闖下大禍，罪過非輕，也有些怕了，卻仍不願說出建寧公主陷害一節，怕人笑他被小女孩捉弄，況且建寧是位格格，他便說出她來，她如不肯認，又能怎的？

遂上前跪倒，從容伏罪道：「小的初來京城，並不知烏鴉爲宮中神明，誤殺神鴉，並非有意爲之，請皇上、皇叔父王賜罪。」

福臨見他比自己也大不了兩歲，可是英氣勃勃，不卑不亢，即使大難臨頭亦能鎮定自若，頗有好感，有心耍他，因問：「剛才不是太后要召見你嗎？怎麼又射神鴉去了？」

吳應熊稟道：「小的方才蒙太后見召，賞賜玲瓏撒袋及寶弓一副，因見弓箭精緻，忍不住隨手試發一箭，不料竟誤殺神鴉，實非存心，請皇上明鑒。」

多爾袞笑道：「我說宮裏哪來的兵器呢，原來是太后賞你的弓箭。拿來我看。」侍衛早將吳應熊所持弓箭恭敬呈上，多爾袞翻覆看了，讚道：「果然好弓。」又遞與順治道：「皇上要不要試一試？」

福臨知皇叔父是要當眾試他武藝，拿起弓來，掂了一掂，笑道：「好精緻的弓箭，卻拿什麼做靶子呢？」因看到對面暢音閣臺上正在演出《奔月》，那藍綠絲綢做的佈景浪翻捲起伏，圓盤大的一輪冰月冉冉升起，因奮力一箭，正中那月。

眾侍衛湊趣，都大喝一聲：「好箭法！」廊下諸大臣不知樓上發生什麼事，但聞有人叫「好」，也都跟著暴喝一聲：「好！」反使臺上諸戲子暗暗發愣，心道嫦娥尚未出場，如何卻有這許多喝彩聲？

多爾袞還了吳應熊弓箭，笑道：「這麼說，倒是太后賞你這副弓箭的不是了，早不賞晚不賞，偏在這會兒賞；又或者賞什麼不好，偏賞了你這個，倒叫你犯下大過。」

洪承疇與吳三桂原是軍中舊識，在大明便曾同朝爲官的，如今共事清廷，更加親近，交情與眾不同。見吳應熊闖禍，自己也覺面上無光，便一心想替他開罪，但知道滿人視烏鴉爲祖先，殺鴉乃是大忌，縱不至死，也是活罪難饒，因此搜腸刮肚，苦無良策。順治射月的一箭，倒叫他忽然有了主意，遂離座奏道：「啓稟皇上、皇叔父王，依臣淺見，世子射烏是有典故的，非爲大過，倒是大吉之兆。」

「是吉兆麼？」多爾袞知他善辯，既出此言，必有怪論，倒存心要聽他如何能將一個射殺神鴉的大罪開脫成吉兆，何況朝廷正在用人之際，剛封了吳三桂做平西王，也實不想將他兒子治罪，因笑問道，「洪先生有何高見？」

洪承疇從容稟告：「《山海經》說，天上原有十個太陽，日光普照，人間大旱，民不聊生；王母娘娘遂命后羿射日，以解民間疾苦。於是，后羿用神箭射下了九個太陽，只留下一個日夜更替，遂使大地風調雨順，五穀豐登。在古語中，太陽又被稱做『金烏』。如今吳世子以太后所賜弓箭射落神鴉，可謂奉旨射烏，與那后羿奉王母娘娘之命射日是同一個道理，想來我大清初立，從今往後，必當風調雨順，五穀豐登的了。」

多爾袞哈哈大笑：「好一個奉旨射日！這麼說，太后就是王母娘娘，我豈不成了玉皇大帝了？」

此言一出，洪承疇、范文程心中俱是一凜，心說皇叔父王自比玉皇大帝，而將太后比作王母娘娘，豈非以夫婦自居？早就聽說他叔嫂過從甚密，素有不軌之舉，如今看來，竟是明鋪暗蓋，坦承無諱了。莫非，攝政王有納嫂爲妃之心？暗暗偷看順治聖顏，卻是面無表情，若無所聞。

范文程雖是漢人，卻已是清廷三朝元老，自努爾哈赤起便爲大內輔臣的，而且最奇的是，太宗時，他是皇太極跟前第一紅人；到了順治朝，他又成了多爾袞的心腹。此時揣摩攝政王意思，是存心要寬免吳應熊，便也越前一步稟道：

「臣聞逆賊李自成闖宮之際，曾向承天門射了一箭，口出狂言，妄稱要把天射下來。然而他終究不是真命天子，因此枉有神箭手之名，那金箭方才觸及承天匾額，竟然不折而斷，分明預示著順朝據宮不久的意思。果然不到一個月，李賊便爲我大清所敗，紫禁城兩易其主。如今，李闖殘部已剩無幾，遺明卻還偏居南地，爲我大清心腹所患。今日太后賞弓，吳世子奉旨射日；而皇上方才隨手一箭，又射中明月；這日月兩個字合起來，不就是個『明』字嗎？可見南明注定要爲我大清所亡，是爲天意。依臣預見，我朝伐明大業，必將仰賴平西王建樹奇功。」

吳三桂聞言，趕緊磕頭稟道：「范先生所言極是，若蒙皇上、皇叔父王法外開恩，微臣必當效犬馬之勞，討伐南明，以永曆首級叩謝皇上、皇叔父王。」

多爾袞聽了大喜，笑道：「果然如此，則是我大清之幸也。」復向福臨道，「既然洪、范兩位大學士都引經據典，以爲天意如此，咱們倒不好定世子的罪了，皇上看如何發落？」

福臨淡然道：「兩位愛卿既以爲世子射烏是吉兆，乃應天命而爲，則非但無罪，還當獎賞才是。來人啊！」因命左右另取賞賜之物。

吳三桂、吳應熊父子有驚無險，本來以爲這次不死也要獲重罪，沒想到皇上竟說「非但無罪，還當獎賞」，都驚出一身冷汗，謝恩不迭。諸大臣眼見洪承疇、范文程硬生生將一段重罪說成良功，都又是稀奇又是佩服，又暗暗埋怨自己怎無這般口才，這時候都紛紛離座道賀，鸚鵡學舌地說些吉祥話兒討皇上、攝政王開心，君臣仍飲酒看戲，言笑宴宴。

多爾袞因笑道：「皇上一直說讀射無伴，少卻很多切磋的樂趣，學問武功都難得長進。今日既對世子寵愛有加，不如將世子留在京中，閒時陪皇上讀書習射，一則皇上得一良伴，二則世子也可學些規矩，早日為我大清所用，必有建樹。」

吳三桂心裏一寒，知道多爾袞話說得宛轉，意思卻狠毒，明明是扣子為質、要脅自己的意思。這大清的攝政王，對自己這個前明降將到底還是不信任啊。然而，他已經把話說出來了，自己便不願意，又能怎樣呢？如果自己堅持不同意讓兒子留在京中，豈不等於承認自己另有謀圖，作賊心虛了嗎？遂只得匍伏跪倒，稱謝蒙恩，饒是丟了兒子，還得做出無限感激狀，又重新叫吳應熊來給皇上磕頭。

順治雖然意外，倒也願意得一玩伴，遂含笑離座，親自扶起道：「從今就是同窗了，不必多禮。」

多爾袞吩咐道：「這便說給禮部，立即為世子擇一良第，建造世子府，一應用度，報與太后知道即可。」

吳三桂只得再次謝恩，范文程等也都再次拱手稱賀，君臣觥籌交錯，互道寒暄，雖然心中各懷鬼胎，面子上卻是一團和氣，言談甚歡。

惟有吳應熊，卻是滿腔憤懣，無可宣洩，他知道，從今天起，自由和尊嚴便將遠離於他，在這個異族人的皇宮裏，他的身分，說好聽了是皇上的伴讀，說不好聽便是奴才，與太監無異。不知怎的，建寧公主驕橫的面容忽然從眼前一閃而過，他彷彿又聽到那刁蠻的聲音：「你記著，我一定會懲罰你的！」對於吳應熊而言，囚禁京中，也就是最大的懲罰了。

附注

1、《清史編年》載：順治五年閏四月二十一日乙卯（一六四八年六月十一日），吳三桂赴漢中戍守，順治帝於位育宮賜宴並賜衣物鞍馬等。清廷更定平西王儀仗，厚於「三順王」。《紫禁城全景實錄》中則詳細記述所賜物品為：蟒袍一襲、涼帽一頂、黃金帶一圍、玲瓏撒袋一副、弓矢一套、鞍馬一匹。

2、暢音閣為紫禁城中最大的一座戲臺，乾降三十七年建。此前皇室於何處聽戲，未見記載，此處為提前借用。

另，明末清初，時人崇尚崑劇；乾隆五十五年四大徽班進京後，京劇始盛於京，八旗貴族一時爭習皮黃，玩票成風，遂有「同光十三絕」、梅蘭芳進宮、慈禧學戲等典故傳出，此已是後話，讀者且勿以書中暢音閣所演何故為崑曲而非京劇見疑。

3、關於多爾袞殺豪格而娶其妻故事，史中多有記載，而版本不同，有說在盛京時已為之，亦有說進京後事，還有說是與太后下嫁同時期事，此處含混記之，不做詳述。

4、陳圓圓出家之事，多見於野史，其中最具代表性的是鈕秀所做《圓圓曲》，敘述陳圓圓追隨吳三桂至雲南，吳三桂欲舉兵反叛，陳圓圓遂請命獨居別院，洗盡鉛華，離開王府到山中靜休。關於她出家的地方，則有兩種說法，一是雲南昆明商山寺，二是貴州岑鞏鄉。《平滇始末》中則載，陳圓圓在雲南城破後上吊自殺。

5、關於綺蕾的故事，詳見拙作《後宮》。

第三章　小兒女

1

建寧真正認識遺明小公主香浮，是在一個雨天。

小雨，從拂曉時下起，直到晌午仍不消歇，淅淅瀝瀝的，彷彿一個幽怨的女子在哭，又不是放聲嚎啕的那種哭法，而是含悲忍泣的抽咽。後宮裏陰氣重，雨水多，無論四季，一雨便成秋。

建寧被這雨下得心煩，看看忍冬和素瑪，一個磨墨，一個洗筆，正在服侍莊妃太后作畫，臨摹仇之洲的《仕女圖》，剛起了個頭兒。看看娘娘興致頗高，大概總得要畫上一些功夫，知道一時半會兒不會找自己，便悄悄溜出去，從角門一徑往建福花園跑去。

剛到門首，已經見一個小姑娘扶著門在那裏張望，她穿著漢人的衣裳，鵝黃柳綠，在雨簾子中顯得格外醒目。宮女亞瑟正打著傘在苦苦勸她回房，看到建寧跑來，不禁笑道：「一個沒勸好，又來了一個。這滿清的格格，比咱們小公主更淘氣頑皮，大雨天兒的也往外跑。」

建寧知道雨花閣主僕在這宮裏身分特殊，性情怪異，見到皇帝哥哥尚不拘禮，何況自己。並不以她的調侃為忤，反笑嘻嘻地說：「這就是你們的小公主嗎？我來了幾次，不是說剛好睡了就是病了，總沒見著。」拉了那女孩的手問，「你幾歲？叫什麼名字？」

那小女孩有一雙眼角微微上吊的丹鳳眼，鼻子挺拔而骨感，嘴唇單薄而紅灩，唇邊一對淺淺的梨渦，唇下一顆淡淡的青痣，雖只是三四歲年紀，卻已經明顯脫出個美人胎子。一對黑眼珠滴溜溜看著建寧，一隻手被她牽著，並不掙脫，也不說話，嘴角彎起，似笑非笑，像一幅畫多過像一個人。

亞瑟代答道：「小公主虛歲四歲，叫做香浮，香爐的香，浮圖的浮。」

建寧不解：「浮圖？是什麼意思？」

亞瑟說：「就是佛塔的意思，有時也當和尚講。」

建寧便笑，說：「那麼就是一個很香的和尚了，不知道好不好吃。」亞瑟也笑了。

香浮仍然不語不笑，大眼睛黑白分明，酒渦若隱若現，只管看著建寧發愣。淅瀝纏綿了半日的細雨，忽然就在那時候停了，花園的斷牆上現出一道彩虹來。而香浮就鑲嵌在那彩虹的中間，像一個小小仙子，光彩晶瑩。

建寧忽然有些嗒然若失，彷彿太后娘娘臨摹，畫得再好也只是贗品，那鑲在卷軸裏的才是名畫。不服氣地說：「我們換個位置。」拉著香浮的手轉了半圈，可是她看不到自己的身後是不是也有一道彩虹橋，自己是不是也剛好鑲在彩虹的中間閃閃發光，急得直問亞瑟：「看見嗎？看不看得見我後面有彩虹？」

亞瑟敷衍地說：「看見了，看見了，很美的彩虹。走吧，我們見公主去。」一手拉住一個，往雨花閣來。

那麼巧，長平公主也正在窗前濡墨揮毫。只不過，她不是在臨畫，而是寫字。見了建寧，便擱下筆，命亞瑟拿糕點果品出來。皇宮為了禁火，除了御膳房、御茶房外，各宮殿都走的是地下火道，除了燈燭香爐之外不見明火，乾清門以南的外廷更是寸草不留，各殿前常年設著兩只儲滿了水的大缸，便是為隨時消滅火種的。然而這建福花園由於不在正殿群，遂得以設著獨門獨灶，時常做些點心茶水，自給自足，不論建寧何時來，閣裏總有新奇糕點招呼，比在慈寧宮還自在享受。

建寧且不急吃糕，只看著長平剛寫就的那篇字一字一句地念誦：

「簾外雨潺潺，春意闌珊。羅衾不耐五更寒。
夢裏不知身是客，一晌貪歡。
獨自莫憑欄，無限江山。別時容易見時難。
流水落花春去也，天上人間。」

她雖不諳此道，然而見句子有長有短，也知道是首詞，笑向公主道：

「仙姑在填詞麼?這句『簾外雨潺潺』最好，又應景又形象，通俗明白；這句『流水落花春去也』不好，字面雖簡單，可是我看不懂。」

亞瑟阿箏都笑起來，阿琴卻臉上變色，若有所思。

長平亦笑著，隨口說：「這不是我做的，是南唐後主李煜的詞。我因它應景，想起來，便練練字罷了。」

建寧羨慕道：「南唐後主，那也是一個皇上了?能做皇上，還會寫這麼好的詞，真是能幹。」

長平道：「會做詞又如何?皇上的本分原是愛民治國，若是一味耽於這些風花雪月的旁門別術，便往往失了根本，也就難怪會亡國了。李煜，終究也還是一個亡國之君；這首《浪淘沙》，便是他的絕命詞。」

建寧還要再問，阿琴插話說：「格格，吃點心吧，這是今兒剛做的青糕，新鮮著呢。」

建寧見那糕顏色碧綠，芬芳可愛，忍不住拈起嘗了一口，酥軟清香，入口即化，竟不知是什麼材料做出來，便想著要給皇帝哥哥帶去，央求說：「仙姑給我裝一提盒帶走，改天我讓人送兩大籃子栗子糕來還你。」

阿琴笑道：「格格倒會做生意，這青糕做起來可費功夫呢，你們的栗子糕便是扛一筐來也換不去的。」

長平阻止說：「阿琴不要這樣輕狂。」又對建寧婉言道：「公主若是喜歡，只管隨時來隨便吃，卻不要帶出去，讓人見著，恐怕生事。」

建寧也知她所言非虛，這青糕便是取了去也未必能送得到位育宮去，送去了也未必便能讓皇帝哥哥吃上，那些侍衛太監的層層盤查別提多麻煩了，遂退而求其次道：「那仙姑告訴我做糕的法兒好不好？我讓他們照樣子做去。」

長平笑道：「要說也不難，就是尋常的糯米粉搓的糕團，兌進青草搗的汁子就成。若是喜歡，隨意再加些松子、瓜仁，甚至嵌上時令鮮花，借點花香味，都是可以的。」

建寧聽了羨慕，說：「還是你們漢人會吃，做個糕兒也這麼多心思。我們滿洲的節慶，卻只會吃火鍋，湯湯水水的好不囉嗦，再不就是宰一隻全羊烤著吃，更沒意思。現在太后娘娘又跟著個洋教士學吃西餐，乾脆血淋淋的生吃，那才叫難吃。」

長平唏噓道：「或者正是這種飲食的習慣決定了一個民族的性格，或優雅委靡，或粗獷豪放，漢人一味講究『食不厭精，膾不厭細』，又要色香味俱全，又要環境幽雅，又要器皿考究，只是一個『吃』字上便費了多少功夫，哪裡還有餘閒想得到開疆拓土，保家衛國？這樣說來，鐘鳴鼎食，倒不如布衣蔬食的好。」

坐在一旁久不說話的小公主香浮聽見，忽然自言自語般地吟道：「春在花榭，夏在喬林，秋在高閣，冬在溫室。開瓊筵以坐花，飛羽觴而醉月。」

建寧一愣，好奇問道：「你說什麼？」

長平道：「她說的便是漢人設宴的環境，許多王公貴族擺席宴客，要專門佈置可供觀賞的花台，不在菊山荷池，便是高閣溫室，臨水聽泉，對月當歌，有時還要找上絲竹班子奏樂，看在眼裏聽在耳裏的比吃在嘴裏的還重要，只管一味講求表面文章，怎麼能怨不亡國呢？」

雖然長平百般謙遜自抑，建寧卻只是悠然神往，對她所代表的那個大明王朝充滿嚮往仰慕。她一直覺得，眼前這個廢墟一樣的皇宮只是個假象，而長平公主講述中的那個大明宮殿，才是真實的存在，是天經地義的繁花滿月，即使是鏡裏的花、水中的月吧，也好過眼前枯枝敗葉、月缺星殘一般的大清朝廷。

還有後宮，總是聽人家說什麼三宮六院，佳麗無數，洗臉的粉黛把金水河的水都薰染得香豔如脂。可是清廷的後宮裏，除了太后就是格格，孤兒寡母，孤家寡人，哪有半點繁華盛世的景象？皇帝哥哥年齡還這樣小，卻已經要上朝聽政，可是又無權主政，每日鬱鬱寡歡，好像有千斤的心事似的。他身爲皇上，可是不能住在乾清宮，只是住位育宮，雖說是暫時的，但是誰又可以保證他的皇帝位不是暫時的，眼前的大清朝不是暫時的呢？

2

「仙姑，講個故事吧，講皇后和妃子的故事。」

總是這樣的開頭。建寧總是這樣央求著，她好喜歡長平講述中的那個朝廷，那個後宮，無論是酸風醋雨，香風淚雨，還是腥風血雨，她都喜歡；而長平總是溫和縱容地笑著，一邊輕輕撥弄著三足鼎裏的香灰，一邊開始她的講述，講那些已經飛散在歷史長河中的流香綺豔，那些經過了塵世的風雨卻依然嬌媚不老的紅顏，那些明宮舊主人糾纏不休的恩恩怨怨——

「我父皇崇禎皇帝的皇位，是由他哥哥、熹宗皇帝朱由校傳給他的。熹宗的母親早逝，從小跟隨奶媽長大。那奶媽姓客，比皇上大了足足十八歲，可是兩個人關係親密，同行同住，直到皇上大婚後，仍然常常召客氏伴寢，並將她封爲『奉聖夫人』。熹宗的皇后姓張，爲人聰明正派，非常不滿客氏的不端行爲，多次在皇上面前進諫，讓他遠離客氏，還揭發客氏和宦官魏宗賢的苟且關係……」

「什麼叫宦官？」小公主香浮問。

不等長平回答，建寧搶著說：「就是太監。你沒見過嗎？」

香浮恍然大悟：「喔，就是吳良輔。」

一旁侍候茶點的阿琴忽然阻止說：「別打岔。」

建寧雖然覺得阿琴身爲婢女竟然呵斥公主未免不恭，然而只當雨花閣疏於禮數，並不以爲意，只是催促：「後來呢？後來怎樣？」

長平握住女兒的手，略略不安地輕輕一按，繼續講，「那客氏和魏宗賢懷恨在心，便到處造謠說張皇后是野種，不是真正的貴族，要求皇上另立魏宗賢的孫女爲后。熹宗派人到張皇后的家鄉調查，證明了這些話是謠傳，從此便對客氏疏遠了許多。到了熹宗天啓三年，張皇后有孕，客氏和魏忠賢怕她生下皇子繼承皇位，便以『捻背』爲由，派巫醫進宮……」

「什麼叫捻背？」這回問話的是建寧。

長平說：「就是推拿，在人的穴位上揉捏，可以暗中傷害胎兒。」

建寧叫起來：「呀，那怎麼辦？皇后死了嗎？」

「沒有死，可是胎兒流產了。」長平說，「並且張皇后從此再也沒能生育，所以皇位才會傳給熹宗的弟弟，也就是我父皇。想來，真是大明氣數已盡，注定無後。」

建寧並不關心明清的命運，她感興趣的只是後宮嬪妃的明爭暗鬥，你死我活，比一齣折子戲還好看，追問道：「別的人呢？別的妃子都沒有生過兒子嗎？」

長平說：「還有一位慧妃范氏，初進宮時很受熹宗寵幸，還生過一個皇子，可是沒過多久，那位皇子吃了客氏進奉的一盒糕點後就死了，而范慧妃也從此失寵，不久鬱鬱而終。」

建寧訝嘆：「死了嗎？」

長平說：「是呀，在她臨終前，有位李成妃與她親如姐妹，有一晚，李成妃奉召侍寢時，在枕邊向熹宗求情，說慧妃死了兒子已經很傷心，再被皇上冷落，那不是雪上加霜？這件事被客氏偷聽到了，將李成妃恨在心中，便命令閹黨將她悄悄抓起來幽禁別宮。」

「幽禁別宮？」建寧又忍不住問，「他們把一個妃子抓起來，皇上都不知道嗎？他不見那個妃子，也不問嗎？」

長平嘆道：「後宮佳麗三千，光是點一遍名也要大半日，皇上日理萬機，怎麼會顧及到這些小節來？別說關個十天半月，有些宮女在宮裏做了一輩子，都沒見過皇上面的也還有呢。嬪妃們想要親近皇上，都得給太監們行賄，好叫他們在皇上耳邊不時提個醒兒；若是得罪了那些有權的大太監，別說一睹天顏了，就是在宮裏被害死了也沒人知道。不說李成妃，從前幫助張皇后向皇上進言的還有一位裕妃，也姓張，客氏和魏忠賢不能把皇后怎麼樣，就把怒氣全撒在張裕妃身上，背著熹宗把她幽禁在別宮中，斷絕一切飲食，竟活活兒地給餓死了。後來聽侍衛說，也是這樣一個下雨天，那裕妃原本是想爬到簷前接雨水喝來著，可是她餓了那麼多天，哪裡還有力氣，竟從簷前跌下去，摔死了。」

建寧打了一個抖顫，喃喃重複：「摔死的。」眼中滿是悲傷哀戚，她回頭看看香浮，卻見她閉著眼睛躺在長平懷裏，長睫毛在眼瞼下遮一道半月，鼻翼微微掀動，竟是睡著了。忽然之間，悲從中來，滿心裏有說不出的惆悵失落，不禁眼圈發紅，苦澀地問：「那位李成妃呢？她也餓死了嗎？還有張皇后，她後來怎麼樣了？」

長平說：「好在李成妃夠機靈，之前早已偷偷把很多食物藏在簷瓦間，所以幽禁了半個月還沒有死。她後來被貶為宮人，直到我父皇繼位後，才恢復她皇妃的身分。與她同時恢復妃位的，還有張裕妃和范慧妃。我父皇是在熹宗駕崩後由張皇后力主繼位的，因此對張皇后很為敬重。他即位後清除閹黨，那魏忠賢畏罪自殺，客氏也被貶至浣衣局服苦役，後來被杖刑而死。可是張皇后，她也沒有過上多久舒心的日子，在李闖進京那天，她在宮中自縊而死，死時年僅三十九歲……」

長平的聲音低下來，眼睛望向遠處，彷彿又看到了李自成闖宮那天發生在後宮裏的慘狀。建寧也不再說話。雨花閣裏一時靜得幾乎可以聽見香灰燃燒的聲音。

這些故事彷彿沉香，在長平的講述聲中被風吹醒了一樣蠢蠢欲動，重新擁有了獨立的生命，是看不見的飛花，握不住的鳥羽，然而漫天空飛舞輕揚，像一張無遠弗屆的紗帳覆蓋了建寧的全身心。

這宮裏每一個曲折幽暗的角落，都藏著某個嬪妃經久不散的怨恨，每一道雕龍盤螭的房梁，都懸著一條不肯臣服的靈魂。清朝的人走進明朝的宮殿，趕走了那些明朝的臣民，可是趕得走那些明朝的鬼魂嗎？

建寧的眼中又流露出那種特有的與年齡不符的破碎哀絕，彷彿是那些飛花零羽在她臉上留下的陰影。她敏感地覺得這些故事與她有一種內在的聯繫，而那些動盪不安的魂魄裏，必有一個屬於她的母親綺蕾。

母親是死在什麼樣的宮廷傾軋中呢？僅僅是爲了殉葬嗎，還是爲了其他的什麼原因？她可會跟隨自己一起來到京都皇宮，和那些前明的魂魄和平共處？

長平凝視著建寧的臉，清楚地讀出了她眼睛中死亡的陰影，這女孩從一出生起就享受了過於隆重盛大的榮寵，貴爲和碩公主，卻自幼父母雙亡，不知道她與香浮，誰會更加不幸一些？

她知道，每個人，以及每個朝代，都有固定的命運，非人力可以挽回。既然生於帝王家，那麼所有的愛恨離合便都不能自如，除了接受，別無選擇。

無論是身爲前明公主的她還是當今皇上順治，無論是建寧還是香浮，都沒有太多的選擇。

一個秋日的午後，建寧第一次向長平講起了母親綺蕾的故事，從她的出家講到她的自縊，從那隻斷翅的蝴蝶講到她殉葬的花棺。

當她講述的時候，牆外忽然飛來了一隻蝴蝶，翩然地，尋尋覓覓地，彷彿迷了路，在樹叢間盤旋了幾周便又飛走了。建寧不知道那是不是母親臨死前幫助過的那隻蝴蝶轉世，又或者是母親的精魂轉世。如果母親的魂魄與父親的魂魄在天國相遇，他們還會像生前那樣相敬如賓，還是終於相親相愛了呢？

長平公主像以往那樣微笑而略帶縱容地聆聽著，從建寧的臉上讀到了更重的死亡陰影，更多的命運暗示。然而，她愛莫能助。生於帝王家的兒女，他們的命運是注定的，是天意，關乎歷史，關乎氣數，人們或可推波助瀾，卻不能力挽河山。

她不厭其煩地詢問了建寧許多個細節，比如綺蕾和察哈爾部的關係，與莊妃大玉兒的交往，以及與睿親王爺多爾袞的瓜葛。漸漸問到了如今的莊妃太后與攝政王的來往，什麼時候來什麼時候去，跟前有些什麼人，甚至慈寧宮裏的佈置，都問了一遍又一遍，巨細靡遺。

建寧努力地做到知無不言，言無不盡，只可惜她的所知所記十分有限，而且講述中往往添加了許多自己的想像和錯亂的記憶，時間和事件都混淆不清。而且講著講著，她自己也不知道怎麼回事，忽然就扯到了那個替她射鴉的貴族少年的身上。

那是她迄今為止接觸到的唯一一個來自宮外的少年人，而且她和他之間有一筆賬，一份恩怨，這使他們的關係變得不同尋常，彷彿有了某種特殊的聯繫。她願意把這聯繫想像得更為深沉一些，美好一些，從而使得她自己的生命變得豐滿，浪漫，帶一點傳奇色彩。她這樣告訴長平：

「在盛京的時候，我遇到過一個少年巴圖魯，他對我非常好，我不論要求什麼，他都答應我，想盡辦法哄我開心，甚至肯爲我犯忌射下神聖的烏鴉。皇帝哥哥要罰他的時候，他坦然承受，被打了幾百鞭子也不肯出賣我……」

她不願意說出他的名字，也不願意說出他是個漢人少年。在她的講述中，他始終被叫做少年巴圖魯，出身於滿洲貴族，文武雙全，建功卓越，最重要的是，他對建寧好，可以爲她完成摘月屠龍那樣艱難的事情而只爲博她一笑。反正無論是長平還是香浮對盛京都是陌生的，更不可能向人究詢那位少年巴圖魯的底細，自然也就隨得建寧怎麼高興便怎麼說了。

於是，建寧每隔一段日子，就會將這個故事重複一遍，而每一次講述的時候，就又增添許多新的細節，漸漸的，這位少年巴圖魯在建寧的形容中，變成了一個文德武功有一無二的人物，幾乎有飛天遁地之能。但有一點，關於這位少年後來的去向如何，建寧似乎一直無法確定答案，每每含糊其辭，或是隨著講故事的心情任意刪改，讓他一會兒隨著蒙古顯貴回到了科爾沁草原，一會兒身負重任遠征南疆，一會兒則因爲建寧某個秘密的願望而去了遙遠的地方，不達成目的絕不回來，而回來的時候，必將帶給所有人無法想像的驚喜。

對於建寧這種種的奇談怪說，長平總是帶一個溫軟的笑容耐心地傾聽，而小公主香浮則向來漠不關心，聽而不聞。這就使得建寧從來不會檢討自己的說話有什麼漏洞，並且由於聽眾的信任而使她自己更加堅信那位少年的存在，也更加熱衷於豐富這故事的內容了。

但是她倒也很自覺地，或者說是本能地從不在皇帝哥哥的面前提起那少年，她甚至忍不住想，皇帝哥哥時時提起的那位神秘漢人小姑娘，是否也像自己講述中面目全非的漢人少年吳應熊一樣，只是出於順治寂寞的想像呢？

倘若她同順治也可以像對長平那樣信口開河，那麼她就不難知道，那位「少年巴圖魯」此刻就在京中，並且時常出入宮殿，如果她刻意要同他碰面，也是容易的；可惜的是，順治也很少對妹妹說起自己的讀射生涯，偶爾提及自己有個伴讀夥伴，也從未說名道姓。

少女建寧與少年吳應熊，同在一個紫禁城裏，每當他們抬頭看見盤旋在宮殿上方的烏鴉時，有時會偶爾地想起對方，想起那次不同尋常的邂逅，想起那牽繫著彼此命運的射鴉之舉。然而，他們卻一直沒有再見面。

3

和她母親的細膩親切正相反，小公主杳浮對所有的人和事都表現出本能的冷淡，漠不關心。

或許是出生在佛殿蒲團的緣故，她的性格中有一種天生的慵懶淡定，說深了是隨遇而安，寵辱不驚，說白了卻是粗枝大葉，麻木不仁。她自幼在宮裏出生，在宮中長大，可是非主非僕，非僧非俗，名爲公主，實爲囚徒，若不是天生成這樣一種淡漠籠統的個性，也就真難爲她了。

她與建寧成爲朋友，並不是她主動的選擇，而是命運的安排。她與母親被禁足於建福花園，眼界所及只有建寧這麼一個同齡的朋友，建寧說什麼她便信什麼，建寧玩什麼她便學什麼，偶爾建寧耍小性子鬧脾氣，她便笑嘻嘻地不說話，也不爭辯，只是安靜地陪在一邊，由著建寧發作，直到建寧自己把自己折磨得筋疲力盡自動消氣了，兩人便又手拉手兒一起玩耍。

建寧選擇香浮做朋友，卻是心甘情願甚至興高采烈的，這宮裏有她那麼多的兄弟姐妹，然而除了順治，並沒有什麼人肯禮遇她，而順治又總是那麼忙，難得一見，即使好不容易見一面，也只是匆匆敘話便要分開。但是建福花園就不同了，殘破的建福花園，是建寧在紫禁城裏唯一喜歡的所在，比慈寧宮更加貴不可嚴，比位育宮更加親切神秘，比暢音閣更加浪漫優雅。尤其是從慈寧宮往建寧花園來的路上，要經過好長一節未經修葺的宮廷廢墟，這就使「山重水復疑無路，柳暗花明又一村」般的建福花園顯得更加清幽雅致。

建寧曾對皇帝哥哥說過：「建福花園，那不就是建寧和福臨嗎？它是我們倆的花園，是我們和仙姑之間的秘密。建福花園裏沒有明朝和清朝，沒有主子和奴才，沒有皇上和格格，你是哥哥，我是妹妹，如果你給我當馬騎，也不會有人管你、罰你。」

對建寧而言，建福花園代表了世上一切最美好的東西：親情、友誼、美麗的傳說、自由的生活。它甚至是一種信仰，一種追求。是建寧心中的桃花源，蓬萊仙境，真正的盛世帝國。建福花園無所不有，對長平仙姑可以無所不談，所有平時不可以說的話，做的事，在建福花園統統可以變爲現實。

太后娘娘太威嚴了，皇后哥哥太憂鬱了，素瑪姑姑太謹慎了，他們每個人都很忙，而且很不耐煩，又很喜歡教訓自己。只有長平和香浮這對大小公主，才是宮裏唯一願意付出耐心和愛心來聽自己講述的人。

建寧對香浮的感覺很奇特，覺得她既像是雨花閣的主人，又像是紫禁城的囚徒。於是建寧每次造訪雨花閣的時候，便感覺自己既像是做客，又像是巡視。她並不是很明晰自己的感受，然而卻已經具有了某種莫名其妙的優越感，使她在對香浮的喜愛之外，不多不少地有一點仗勢欺人的意味。

而香浮，總是無盡地隱忍和遷就著，卻並不是謙卑，倒更像是居高臨下的寬恕。雖然她比建寧還小三歲，可是口齒清楚，性情溫和，像個小大人。可是即便這樣，也並不見得她們的感情有多麼好，因爲建寧不來的時候，香浮並不盼望，也絕少主動向母親提起。

只有在見到順治的時候，香浮的臉上才會有一種不同尋常的光輝，彷彿蒙塵的珍珠被重新擦拭，又彷彿摘去紗罩的燈，變得溫潤晶瑩，寶光流動。她仍然是沉靜的，但不再是石沉水底的那種靜，而是雨珠滴過琉璃瓦的靈動的靜；她仍然是淡然的，但也不再是朽木槁灰的那種淡，而是水墨山水畫中寫意的淡。她看著順治的眼神是溫順的，柔和的，篤定的，信賴的，是那種天塌下來我反正會和你在一起的心無旁騖，不知是誰給了她這種信心，這種概念。

她跟建寧一起叫順治「皇帝哥哥」，每逢雨花閣做好吃的茶點，總是忍不住爲順治多留一份，同建寧聊天時，也總是問及皇帝哥哥在做什麼。這使建寧多少有些醋意，因爲在她心目中，皇帝哥哥是自己的，香浮小公主也是自己的，她怎麼可以空許兩個屬於自己的人拋開自己而單獨發生聯繫呢？於是，她便忍不住要在哥哥與女伴之間搗一點蛋，要些小花招，玩些小手段，甚至製造一點小麻煩。然而，這卻只會使他們三個人的關係更加緊密，更加親切，更加遠離皇家帝脈的虛僞榮光，而益發像民間小兒女那樣親密無間。

他們三個人在一起玩盡了許多屬於民間的遊戲，抖空竹、打陀螺、滾鐵環、踢毽子、拍皮球、跳房子、拉線人、放風箏……這些遊戲有時是阿琴亞瑟教的，有時是順治在學堂裏跟其他的阿哥貝勒們學的，也有些是他們自己發明製造的，更有吳良輔爲了獻媚而從街頭里巷淘澄來的，什麼竹蜻蜓、飛沙燕兒、撥浪鼓、吹糖人兒、兔兒爺、花貼紙、甚至整套整套的皮影戲……反正民間這些極便宜又花哨的玩意兒，總是取之不竭、淘之不盡的，吳良輔樂意賣乖，巴不得順治天天往建福花園跑，天天跟自己要求新玩意兒，天天誇獎自己乖巧忠心，給自己賞賜。

建福花園如今成了真真正正的伊甸園，一邊是長平公主帶領琴、瑟、箏、笛沒完沒了的開荒種植，一邊是順治與兩位明清公主花樣翻新的童稚遊戲。每學會一樣新玩意兒，他們都興致勃勃，樂趣橫生，並且靈感不斷地在這些玩意兒的基礎上翻新出更雅致有趣的玩法。斯文安靜的香浮在製作遊戲規則上是個天才，她總能化腐朽爲神奇地，把一件簡單的玩意兒去蕪存精地發展爲一種雅玩，讓順治和建寧耳目一新：原來還可以這樣玩兒！

遊戲的時候，有時建寧與順治一組，有時建寧與香浮一組，又有時香浮會與順治一組對抗建寧——每當這種組合發生的時候，就往往會伴隨一場小型戰爭，多半以建寧的無理取鬧和香浮的隱忍退讓結束，然後重新組合，開始下一輪遊戲。

這其中建寧最愛玩的是唱戲，她自從那年在暢音閣上看了半場《牡丹亭》就迷上了崑曲，可是她既不會唱也不會舞，就只是根據些一鱗半爪的記憶來裝腔作勢，把幔帳掛在亭子四邊做戲台，把絲綢搭在兩條胳膊上當水袖，一甩一甩地，伊伊呀呀地扭著腰肢擺弄身段，又叫香浮跟在她身後扮丫環。

香浮年紀雖小，性格卻端莊，不喜歡這些狐媚的扮相。她最擅長的是文字遊戲，諸如猜字謎、聯寶塔詩、回文詩、藏頭詩等，這是因爲迷戀漢文化的順治喜歡，於是香浮便要投其所好，同時不動聲色地占建寧的上風。她從母親那裏學到了許多關於詩謎或是字謎的典故與軼聞，好像卓文君的數字信、管夫人的你儂我儂、杜牧被篡改數次的《清明》絕句，易一字而動全文的王之煥《涼州詞》，有一段關於藥名聯詩的故事最爲順治所津津樂道——

那是說有個妻子思念離家已久的丈夫，便在家書中嵌入十二味中藥的名字，盡訴相思：

「檳榔一去，已過半夏，豈不當歸耶？
誰使君子，效寄生纏繞他枝，令故園芍藥花無主矣。
妾仰觀天南星，下視忍冬藤，盼不見白芷書，茹不盡黃連苦！
古詩云：豆蔻不消心上恨，丁香空結雨中愁。奈何！奈何！」

那丈夫看了信，大爲感動，立刻修書一封回覆：

「紅娘子一別，桂枝已凋謝矣。
也思菊花茂盛，當歸紫苑，奈常山路遠，滑石難行，姑待從容耳！
卿勿使急性子，罵我曰蒼耳子。
明春紅花開時，吾與馬勃、杜仲結伴回鄉。
至時有金銀花相贈也。」

順治說：「別看這做丈夫的回信中提到的藥名比妻子還多一味，可是太牽強附會不自然，水準卻差遠了。」

香浮也說：「最重要的，是他沒有他妻子的情意真。」

建寧不以爲然，說：「你這些故事裏的人，好像只要會寫幾首破詩，就想幹什麼都行——男人變心了，女人寫一首詩，他就回心轉意了；妓女犯了罪，寫首什麼《卜運算元》，就無罪釋放，還給自由；妃子被冷落，也是寫一首詩，就重新得寵——那人們還去學武功做什麼？都去學寫詩好了。」

順治笑道：「這你就不知道了，世上美女易得，而才女難得，才貌雙全的女子就更加是稀世珍寶。人們憐香惜玉，對她們寬容一些，也是理所當然的。」又趁機勸妹妹，「建寧，你要肯向香浮多學習，多知道一些詩文，一定會比現在更漂亮。」

建寧更加不信：「寫詩和漂不漂亮有什麼關係？」

香浮說：「皇帝哥哥的意思，是說『腹有詩書氣自華』吧？」

建寧見順治點頭，不得不信了，卻仍嘴硬：「那你就叫亞瑟幫我磨一大缸子墨水，讓我喝下去就是了；又或是把各宮娘娘們的脂粉都收起來，只配給墨水，你看她們肯不肯？」說得眾人都笑起來。

順治感慨：「宮闈之中才女輩出的年代要屬唐朝，像唐太宗的妃子徐惠，中宗的昭儀上官婉兒，唐玄宗的梅妃江采萍，還有德宗後宮的宋氏五姐妹，都是個中的佼佼者。就連普通的宮女，也都擅詩者眾，有韓翠蘋的紅葉題詩，還有一位沒有留下姓名的宮女，在縫製給前線戰士的征衣裏夾著一首詩，後來被皇上知道，就將她賞給了那個士兵，傳為千古佳話。」

說起後宮豔事卻是建寧最有興趣的，立刻便追著要哥哥說得詳細些，順治只得一一細說，那徐惠如何四歲通讀《論語》、《詩經》，八歲已經出口成章，遍涉經史，手不釋卷，題詩作文，揮筆能就，因為文名遠播而被選入後宮，深得太宗喜愛，封為婕妤。太宗駕崩，徐惠悲哀成疾，卻不肯服藥，甘侍陵寢，寂寂而終，死時只有二十四歲。

那上官婉兒如何以罪臣之後充入後宮永巷，因才思敏捷、出口成章而被女皇武則天賞識，提拔為女官，代批奏章，代擬聖旨。群臣宴集昆明池，吟詩數百首，都要由婉兒選定高低；天下文人做了好詩，也都渴望得到她的點評定級。她雖無丞相之名，卻行丞相之實，是古往今來獨一無二的女詩人。中宗時曾被封為昭儀，可惜後來因叛亂之罪為李隆基所殺……

建寧聽到上官婉兒的死，長長嘆了一口氣。半晌，忽然沒頭沒腦地說：「所以說會詩有什麼好呢？寫詩的妃子都短命。香浮也和那個徐惠一樣，也是四歲就會背那些什麼語什麼經的，也是出口成章，將來說不定也要做婕妤的，也是早早地守了寡，也要二十四歲就會傷心死的……」

說到這句，香浮忽然變色，一反常態地厲聲說：「胡說！」

順治也深為忌諱，責怪道：「越說越不像了。」

建寧這才理會過來，說香浮會做婕妤，那不就是嫁給皇帝哥哥，自己說她會守寡，豈不是在詛咒皇帝哥哥早死？這可是犯大忌的。登下紅了臉，欲要說幾句面子上的話來圓謊兒，偏又不擅辭令，只急得眼淚在眶子裏打轉兒，這便要大哭出來。

長平一直冷眼旁觀，起初聽見小兒女們鬥口還可不理，這時候見說到忌諱上，趕緊給阿琴使個眼色。阿琴領會，笑嘻嘻地走過來打岔道：「玩了這麼久，也該餓了，這裏有新做的海棠餃，皇上、格格嘗幾塊吧。」

順治與建寧見那餃子皮薄面細，隱隱透出綠色的青菜餡，做成海棠花狀，一隻隻用海棠葉子托著，甜香撲鼻，頓時食指大動，笑顏逐開。孩子們吵得快也好得快，吃糕喝茶，都不再將方才的口角提起。

長平卻十分不安，她深深地擔心女兒，擔心這留在清宮中的大明唯一血脈將會遭遇不幸。她約略可以察覺一點眼前三個小兒女的命運端倪，卻無法一直看到謎底。她很清楚，順治耐心地陪著兩位明清公主玩這些孩子的遊戲，並不是因為他真的喜歡，而是為了逗妹妹建寧開心，也是他自己想要逃離朝廷政治，暫時回復小兒女情態的一種自我解壓。十歲的順治既是孩子，也是皇上，而他的兩種身分可以隨時隨地發生互換，可以在低頭和抬頭之間，便將一副天真無邪的笑臉立刻換成不怒自威的天顏。

她也很清楚，建寧表面上在宮裏受到有別於其他格格的優待，事實上，卻並沒有真正得到太后的歡心，她的悲劇命運已經一早注定，莊妃皇太后將她收留在慈寧宮絕不會是出於疼愛。盛京宮裏的風雲是長平沒有親見的，然而紫禁城中的故事卻讓她大致可以想像得出，莊妃與綺蕾、皇太極與多爾袞之間，發生了什麼樣的恩怨糾纏。而建寧，注定要做這場恩怨的代罪羔羊。

她更清楚的是，這兩年裏，女兒香浮對順治越來越明顯的愛慕之情，每當她看到他時，那突然生動起來的眼神，那春花初綻般的臉龐，都讓長平清楚地意識到，女兒的情感已經脫離她的年齡而獨自成熟。在香浮的眼中，順治是完美的，他的威嚴，他的清俊，他的和氣，他的仁慈，還有他恰到好處的憂鬱，都是那樣地高貴神奇，獨一無二。她喊順治「皇帝哥哥」，說來本是極不合規矩的，然而順治既然受用，長平便也不去糾正她，在她心目中，女兒和建寧本來就是一樣的金枝玉葉，是紫禁城裏的皇裔貴族，她將皇上叫作哥哥也是合情合理的。

但是長平並不僅僅滿足於這種暫時的帶有一點兒戲性質的親暱，她要的是更加穩固、更加牢靠的一種關係，那是埋藏在她心底最深處的一個大秘密，然而，現在還不是揭盅的時候。

酒甕啓封得太早就會失了陳醇的香味，野心暴露得太早也往往會失去先機，橫生枝節。然而建寧剛才的玩笑彷彿石破天驚，在瞬間打破了建福花園表面上的平衡與平靜，讓一個醞釀經年的大秘密昭然若揭。

長平不能不緊張，不能不動容，她隱隱地覺得，有一件大事即將發生，而她的計畫，只怕也要提前進行了。

這日，順治獨自來探長平，說是要出宮一段日子，去南苑圍獵。這是清廷的規矩，滿人是馬上得天下的，所以八旗子弟每年一春一秋都要舉行兩次狩獵，以示不忘本的意思。順治進京的頭一年，就舉行過三次南苑圍獵。可是今年，因為國務繁忙，本來說過已經取消圍獵的了，不知怎的，前日朝上，多爾袞忽然又提議起來，那些王公大臣哪有不順風轉舵的，便都附和著說皇上在宮裏困得久了，是該去鍛煉鍛煉筋骨，不失滿人本色。

順治本對獵苑一事無可無不可，然而這是多爾袞安排的，就令他有一種本能的抗拒感，又因為無從反對，便有些悶悶不樂，來見長平的時候也不像往時那般喜慶。

長平大概猜得到他的心事，卻不深究，只是一邊與他泡茶，一邊閒談，說是：「皇上前幾次賞賜的桃樹苗我已經盡種下了，成活的總有幾十株，盡夠了，況且植種的時節已過，從此可以不必再送。」

順治點頭笑道：「仙姑如此雅興，想來不上三年，建福花園就要變成玄都觀了。」

香浮不解：「為什麼不是桃花源，倒說是玄都觀呢？」

順治笑笑說：「豈不聞劉禹錫『玄都觀裏桃千樹，盡是劉郎去後栽』嗎？」

香浮更加不明白：「劉郎又是誰呢？」

這話卻將福臨問住，心想：長平公主未婚生女，誰知道她的劉郎是哪一個呢。自己這句詩可謂引用得有些輕佻，不知會不會得罪了她。偷眼看時，卻見長平恍若未聞，仍然只管關公巡城、韓信點兵地斟茶，連忙將話頭打住，顧左右而言他。

幸好香浮並不糾纏，自動轉了話題道：「母親前幾日不是一直念叨海棠花嗎？爲什麼不向皇帝哥哥要了來？」

順治道：「仙姑喜歡海棠花嗎？這容易，我明兒便叫吳良輔找最好的送來。」

長平臉色微微一暗，欲語還休。

順治看她憂然有戚色，深爲納罕，輕輕問道：「仙姑可是還有別的心事？」

香浮道：「母親說的不是平常的海棠，是單指萬壽亭前的那幾株。」

順治恍然大悟，知道她所指的乃是大明崇禎皇帝自縊的那幾棵海棠樹。不禁頓生同情之感，欲要說些什麼，卻又無話可說，只得搭訕著說：「這香鼎裏煨的是什麼香？像檀香又不是，像紫沉香可是經燒得很，幾次要問仙姑，總是忘記。」

長平笑道：「難怪皇上不知道，這是先祖世宗皇帝的妃子王寧嬪的發明。世宗迷戀煉丹之道，寧嬪便自製了這種將紫沉香和檀香木屑加糠末製成的香餅，放在九孔爐中燃燒，異香恆久，是宮裏的秘方。皇上能分辨得出檀香和紫沉香的味道，已經很不易了。」

順治點點頭，又道：「仙姑這沖的是安溪的鐵觀音吧？秋茶中的極品呢。許多人說鐵觀音的茶香裏有肅殺之氣，我卻偏偏喜歡它那一種清冽的味道，如醍醐灌頂，醒我冥頑。」

長平笑道：「鐵觀音的香味素被形容作『觀音韻，聖妙香』，原與佛旨相通，難怪皇上會飲茶而悟道。」

這話深合順治心思，頓時引動興致，因問：「仙姑常說：從來茶道七分滿，留下三分是人情。那卻是什麼意思？」

長平一邊換茶葉，一邊侃侃而談道：「那是說倒茶只可倒七分，不可太滿。便如為人做事，不可以太盡全力，不留餘地。譬如漁獵之人，也要講究網開一面，不可趕盡殺絕，和喝茶是一樣的道理。」

順治不解：「額娘常說：為人做事當如獅子搏兔，即使做一件最小的事，也要盡最大的努力，務求一招致勝，斬草除根。」

長平微微一笑，不置可否，只仍然擺弄著手中的茶杯，慢條斯理地說：「好比喝一杯茶，大口大口鯨吞牛飲是喝茶，三口為品輕啜慢飲也是喝茶，一杯茶只添水不換茶葉、從濃冽喝到淡如白水是喝茶，但凡飲茶只取頂尖上品、稍嘗即棄、也是喝茶；弱水三千、獨沽一味是喝茶，春蘭秋菊、嘗盡百味也是喝茶，如人飲水，尚且冷暖自知，何況喝茶呢。」

順治默然受教，只覺長平這番話，已不僅是說茶，甚至不只是談禪，而彷彿蘊含大道理大境界，關乎人生在世，修身治國平天下的。難怪趙州和尚無論來去，只管叫人吃茶去呢。因嘆道：「每天在朝上聽著那些文武大臣談戰事，說圈地，什麼逃人法，剃頭法，不見硝煙而處處殺機，遍朝堂充滿著一股子血腥味兒，呼吸都覺壓抑，正是該用這鐵觀音好好洗一洗五臟六腑才是。如果能遠離了那些征伐逐利，像仙姑這樣，在這雨花閣福地修心養性，每日裏只管喝喝茶，談談禪，那才是真正清淨，不枉人生一世。」

香浮拍手道：「皇帝哥哥，你要是真喜歡跟我們一起喝茶，不如搬來雨花閣長住可好？」說得長平和順治都笑起來，長平趁機說：「皇上身爲一國之君，自然不能輕言逃離，可是不妨偶爾脫身，一抒胸臆，便當作暫時的出家也罷了。明日南苑狩獵，便是最好消遣，一滴水而知海，窺一斑而得豹，又何必要得全局？」

順治鼓舞起來，頓覺神清氣爽，站起來拱手道：「多謝仙姑一番教誨，便和鐵觀音一樣，把我這五臟六腑的濁氣都洗乾淨了。既如是，朕明日便出家去了。」說罷哈哈大笑。長平卻心中一緊，只覺此話大爲不吉，暗暗出神。

4

陪從順治南苑狩獵的，多是些從八旗貴族貝勒貝子中挑選出來的頂尖人物，青年才俊，其中便有被多爾袞以伴讀爲名強留在京中的吳應熊。

順治自從有了吳應熊的陪伴，果然比從前更加發憤刻苦了許多，這裏不乏比較的意思——漢人少年吳應熊無論文采武功都很出色，雖然舉止沉穩謙抑有加，然而不經意間流露出來的一些靈光卻讓順治知道，很有可能這個少年的本事不在自己之下。

他很想逼出吳應熊的全部本領，讓他跟自己實實在在地過過招比鬥一次，然而無奈的是，不管是聯詩對句還是騎馬校射，吳應熊總是恰到好處地略遜一籌，既不落後太多讓人乏味，也不會顯山露水鋒芒畢露，這令順治有些惱火，既佩服他的分寸得宜，也有些忌憚他的城府深沉，藏而不露。他覺得自己無法真正瞭解這個夥伴，而人們對於自己不可瞭解的人或事總是隔膜的，這也就是順治不大喜歡提起吳應熊的緣故，和建寧一樣，他也覺得同長平公主的談話更可以無遮無攔。

其實長平未必胸無城府，更不是口無遮攔，可是她就有那樣一種魅力，即使什麼都不說，只是靜靜地聽對方說話，便可以讓人覺得他們彼此間已經交談了千言萬語，毫無隱瞞的。而且，順治也很少同長平談論國事家私，多半只是說茶，長平也實在是沒有什麼好隱瞞的。非但不用隱瞞，她還常常會借茶道說出許多箴言機鋒，深合順治的心意，也就更令順治覺得她知己了。也許這便是長平高於吳應熊的地方，也正是長平高於順治的地方。無論順治怎麼樣少年老成、天生英才都好，他畢竟是太年輕了。

年輕的順治和同樣年輕的吳應熊本來是有可能成爲好朋友的，可是他們名爲同伴，實爲君臣，從一開始就決定了距離與地位，因此也就錯失了開心見誠的機會，注定不可能做到開誠佈公，推心置腹。

吳應熊自從來到京都就一直鬱鬱寡歡。

事實上，從他的父親吳三桂接受大清任命起，他便很少露出過笑容了。「天下第一大漢奸之子」的頭銜壓得他簡直背也要彎了，可是，他又能怎樣呢？反抗自己的父親，加入到反清復明的義軍中去嗎？他很清楚那些烏合之眾的鬥爭是不會有什麼結果的，尤其在宮中伴讀的這兩年，讓他益發明白：滿清得到天下不是偶然的，大明的氣數已經盡了，再鬥爭下去，也是徒然。可是讓他跟著自己的父親降清爲奴，助紂爲虐，又實實地令他覺得難堪、委屈。爲什麼不可以生在一個普通的家庭，做一個普通的男人？爲什麼一定要他選擇進還是退、忠還是逆？爲什麼不可以讓他做回自己，摘掉一切僞裝，真刀真槍地做人？爲什麼要他寄人籬下，屈尊事主，像鴕鳥一樣地藏起自己的羽毛？

每一次文比武鬥中輸給順治，都叫吳應熊覺得難堪，不是因爲他輸，而是因爲他不得不輸。難道可以把當今皇上一拳打倒，顏面掃地嗎？那樣，他會輸得更多，更徹底。他是一個伴讀，是配角，是變相的奴才，人形的鸚鵡，精緻的玩物。他的生存目的，是逗皇上開心。即使一個真正的奴才，掙的也是自己的人生，而他，奴顏婢骨卻是爲了什麼呢？他根本不想發財，也不求做官，他不過是生爲吳三桂之子，就不可以再選擇自己的人生，而只能入宮伴讀，糊裏糊塗地失去了自我的意義，成爲別人的陪襯。

吳應熊覺得壓抑，這壓抑就像一道陰翳般籠罩在他的臉上，使他漸漸忘記了如何去笑。得到伴同隨獵的命令後，他倒是有一點點高興，雖然在朝在野順治都是君，他都是臣，都是陪伴和隨從的身分，可是在野總比在朝少些規矩束縛，多一點自由的空氣吧？

出獵前日，他得了一天假，出門給自己備辦幾樣隨行物事。其實一概衾臥用具，早已由老家奴吳權給準備好了，然而吳應熊總覺得還該再添置點什麼，或者，僅僅是借著添置用具的名義讓自己在街上走走，換上漢人的衣裳混跡於街市間，混跡在同樣穿著漢服的百姓中聊聊天，透透氣。

可是，即使在民間，在酒坊茶座，他也仍然不能回避自己的身世，仍然要聽到人們對他父親的切齒咒罵，話題由「揚州十日」、「嘉定三屠」引起，追本溯源，說到了吳三桂的開關揖賊，出賣河山。

那些話都是他聽過了不下十遍的，什麼「忘恩負義」，什麼「賣國求榮」，什麼「重色輕義」，什麼「引狼入室」，從來翻不出新花樣，可是每一次聽到，卻仍能叫他血氣上湧，愧不欲生，只有深深地埋下頭去，生怕被人認出他就是那個天下第一大漢奸之子。

然而就在這時，一個女子的聲音朗朗地插了進來：「其實大明的敗落，不能全怪吳三桂一個人。」

正說得熱火朝天的茶客們忽然靜默下來，吳應熊也忍不住抬頭，隨著人們的目光一齊向那說話的女子望過去。那女子最多十五六歲模樣，生得明眸雪肌，朱唇皓齒，看她端坐在櫃檯後的神情自若，姿勢老道，顯見是店主或掌櫃的女兒。

果然有老茶客先招呼起來：「明姑娘知書達理，你既然這樣說，一定有你的道理，可是那吳三桂是天下第一大漢奸，這總不會有錯吧，我們漢室江山就是被他出賣的，怎麼能說不賴他呢？」

那明姑娘道：「天下人都只道吳三桂是第一大漢奸，收了多爾袞的賄賂大開山海關。豈不知李自成才是第一個向他勸降的人，卻又出爾反爾，許了他好處又沒實踐諾言，又搶了他妻子，殺了他父親，這才逼他兩度背叛，向韃虜大開方便之門。倘若李自成不曾犯上作亂，削弱我大明軍力，逼殺崇禎爺，又或是奪位之後能夠禮待天下，嚴飭軍紀，又豈會給敵人以可趁之機，令我大好疆土落於賊人之手？論起來，李自成才是我大明天下第一禍國殃民之賊。」

吳應熊聽得這一番話，大爲激動，這些年來，他盈耳滿腦的，但凡人提及他父親，都是兩種態度：那趨炎附勢的便大獻殷勤，歌功頌德，阿諛之辭令人作嘔；那反清復明的則罵聲不絕，將個賣國罪名坐實在吳三桂頭上，破口大罵，辱及祖宗三代，禍及子孫後人，斷子絕孫之詞更是屢聞不鮮，都恨不得食其肉寢其皮。

如今這明小姐一介女子，居然能發人所不能發之感慨，論人所不能論之道理，客觀公道，真教他感於肺腑，若她是個男兒，恨不得這便飲雞血拜把子的。因感慨說道：

「姑娘說得不錯。說起吳將軍，他原先鎮守遼東的時候，官拜團練總兵，打擊清軍，屢建奇功，可謂是抗清大將中屬一屬二的人物。多爾袞派濟爾哈朗、阿濟格攻打山海關的中後所、前屯衛、中前所，卻一直沒能動得離錦州最近的寧遠分毫，全賴吳總兵鎮守之功。之前清朝廷早就多次派人致書招降，降將陳邦選、姜新等多次遊說，連原薊遼總督、吳將軍生平最敬重的恩公洪承疇都已經投降了滿清，也加入遊說隊伍……」

聽到「洪承疇」三個字，那明小姐忽然臉上變色，斥道：「他與吳三桂一丘之貉，有什麼好說？」

見吳應熊一臉尷尬，忙笑著道歉：「對不住，這位公子說得很好，吳三桂做遼東總兵的時候，的確打退過滿清數次進攻，這段故事，小女子從前也曾聽過的。」

眾茶客也都說：「要說遼東總兵吳三桂，的確要算一條好漢；可是說到平西王吳三桂，還是天下第一大漢奸！」

明小姐道：「平西王的稱號原脫胎於平西伯，還是崇禎爺賜封的呢。不過我那時候還小，所知不多，這位公子清楚嗎？」

吳應熊剛才慷慨陳辭，正說得興起，卻被那句「一丘之貉」將一團熱情生生逼住，又聽茶客們說「遼東總兵吳三桂雖是好漢，平西王吳三桂可還是天下第一大漢奸」，頓覺心灰意冷，不思辯解。然而聽這明小姐軟語相邀，分明還在爲剛才截斷自己的話表示一種婉轉的歉意，若不理睬，倒好像是自己小氣了，只得接著說道：

「那時山海關外，我大明據點盡失，寧遠已成孤城，吳總兵腹背受敵，仍然堅守危城，誓死不降。李自成在數日內連破數城，逼近北京，崇禎帝臨危賜恩，封吳總兵爲平西伯，命他立即放棄寧遠，進京入援。」

眾人恍然大悟：「原來是爲了救駕才封的一個送死的官兒。那麼吳總兵到底是馳援了沒有？直到紫禁城燒了他也沒來到北京，難道他竟然抗旨？」

吳應熊聽到人們已經改稱父親爲「吳總兵」，深覺安慰，進而說道：「怎麼沒有馳援？吳將軍接到聖旨，立即下令拔營行軍，誰知剛到豐潤，已經聽說北京爲農民軍攻克，崇禎帝自縊萬壽山。」

說到此，座間已經一片唏噓之聲，有那些戀慕故國、追念先帝的老茶客甚至抽泣起來，這哭泣聲鼓舞了吳應熊，繼續道：

「此時，吳將已成無主之將，吳軍已成無朝孤軍，只得駐守在山海關，進退兩難。當時李自成和多爾袞雙方都有密函使官相招，吳將軍權衡之下，決定投降李闖……」

座中人紛紛嘆息，彷彿在遺憾一位抗清忠臣竟然被逼改節，其實這早已是多年前的舊事，然而吳應熊娓娓道來，彷彿就在昨天，讓所有人都跟著他的講述又回到那炮火連天中重新回顧了一番。便有一位客人大聲嘆道：

「吳將軍的投降，其實也是不得已而爲之，要麼降清，要麼降李，非此即彼，若不投降，便成捱打之勢。他最先選擇降李，只怕還是因爲李自成跟咱們到底親近些，好過投降滿洲人。」

又有人附和道：「正如剛才明姑娘所說，若是李自成得了天下後能善待百姓，又或者招降吳將軍後沒有食言，那吳將軍也不會再去改投滿清。他這樣做，雖無氣節，卻非出己願。即使賣國，他賣的也不是大明崇禎帝，而賣的是李闖的大順朝；不降，莫非追隨那起不肖農民軍占山爲王、落草爲寇不成？」

吳應熊聽到眾人又將對父親的稱呼改了「吳將軍」，益發侃侃而談：

「世人派他罪名，以爲他該死不該降，卻又何曾見有多少大明子民因爲變天而齊齊抹脖子去死的。況且寧遠軍民五十萬數，若使散去，斷無生路。他身爲一軍之首，焉可輕生？即使他肯輕生取義，難道數萬官兵也都一齊刎頸自盡不成？卻又於人於己何益？」

那明姑娘先還靜靜聽著眾人議論，這時候，忽然插進來一句問道：「吳三桂的事，你怎麼知道得這樣清楚？」

吳應熊自覺失態，忙掩飾道：「街頭巷議聽得多了，免不得胡思亂想，隨便發些牢騷罷了。」

眾人談今論古，不知不覺天色已黯，天上飄起雪來，於是那位明姑娘指揮著夥計上板打烊，茶客們紛紛散去，吳應熊也算了帳出門，卻徘徊不忍去。入京以來，這是他最開心快意的一天，他已經很久沒有這樣盡興地說過話了，而這一切，全要拜那位明姑娘所賜。

他從來沒有遇見過這樣美麗而聰慧的女子，不僅聰慧，且有思想、有見地，精明獨立，又善解人意，這樣的女子是錯過了就不可能再遇見的，而他，甚至還不知道她的名字呢。

雪越下越大起來，那位明小姐許是在盤點，久久不見出來。然而吳應熊絲毫不覺得煩躁，相反，他的心裏甚至很安寧，很快樂，而且隨著這等待的時間每度過一分，那快樂也隨之滋長一分，幾乎就要長出翅膀，飛翔起來。因爲他是在等她。這是他明明白白可以做的一件事，也是他心甘情願與高采烈在做的一件事。

只要有等待，便會有希望，他幾乎願意將這一個等待的姿勢凝爲永恆，而她出現在門前的一刹那，便是人生的至高目標！

不知守候了多久，明小姐終於從店裏出來了，身上穿著蔥綠襖子，披著大紅斗篷，手裏擎著一把紅紙傘，立在漫天飛雪中，宛如一幅畫。吳應熊癡癡地望著她，不敢冒昧上前，也不捨得錯開眼珠。

反而是明小姐看見他，先主動地走過來打招呼：「公子，你還在這兒？」

「我想，我想……」吳應熊張開嘴，吐出一團白氣，發現自己有一點嘶啞，不知道是在雪裏凍得太久，還是勇氣和渴望醞釀得太久，以致失聲，終於，他把那句話說完：「我想知道你的名字。」

「明紅顏。」意外的是，女子竟然毫不忸怩推脫，大大方方地回答。

吳應熊滿臉笑容簡直藏也藏不住，明紅顏，他知道了，她叫明紅顏，她可不正是一位絕色傾城的紅顏佳人！「我，我在等你。」

「我知道。可是茶館打烊了。」明紅顏微笑地說，但並沒有絲毫慍怒與責備的意思。

吳應熊大大地出了一口氣，萬事開頭最難，他生怕她當他是拈花惹草的登徒子，冤枉他倒不打緊，可是那就太褻瀆她了。現在好了，他終於有勇氣跟她說了第一句話，而她也和氣地答覆了他；那麼第二句也就可以順勢而爲了。

「你住在哪裡，我送你一段吧。」見明紅顏笑而不答，又忙忙解釋：「我不是這個意思……我，只是想再與你說幾句話。」

明紅顏抬頭看了看天，微笑說：「難得好雪，我們就在這城牆根兒下走走吧。」

那天，雪一直一直地下著，吳應熊和明紅顏兩個人，一把傘，在城牆下走了很遠的路，談了很久的話。偶爾他或她碰觸了路邊的樹，那樹上的積雪就被驚動得撲簌簌落下來，而他們便在傘的庇護下相對而笑。

吳應熊第一次覺得，原來和一個人談話也可以讓自己這樣開心，那種剖心瀝膽的傾訴是可以將自己的血液也燃燒沸騰的。他有來言，她便有去語，好像早已經知道他要說什麼似的，他們的對話精彩疊出，押韻合轍，如同在吟詩聯句般和諧睿智，機竅百出。而即使是他們什麼都不說，也是這樣地默契，仍然在毫不停止地交流著，讓理解和傾慕每分每秒地遞進。

他在看到明紅顏的第一天已經知道，他愛上了這個女子，今生今世，他都不會愛一個女子，像此刻愛明紅顏這麼多。

第四章　太后大婚

1

順治不知道歷史上有沒有過一個皇上比自己更加悲哀，比此刻的自己更加恥辱無奈，比自己的此刻更加悲憤失聲，目瞪口呆。他到這一刻才知道，原來多爾袞那麼賣力地說服自己出宮，爲的，就是密謀這樣一件大事。

丹陛之下，群臣朝拜，雖然他們的膝蓋是軟的，可是他們的背脊是直的，雖然他們的用詞謙卑，可是他們的聲音洪亮，他們的口中，那麼理直氣壯地說出最大逆不道的言語，那麼道貌岸然地陳述著最亂倫悖行的理由，並要將這些理由強加在自己身上，以天子之名使它們成爲一道旨意，一道布行天下穢亂後宮的聖旨。

此刻，大學士洪承疇仍在鼓其巧舌如簧振振有詞：

「聖母皇太后獨居已久，寂寂寡歡，非爲皇上以孝治天下之道。皇上既以睿親王爲皇父攝政王，問天下豈有父母分居之理呢？依臣等愚見，何不請皇父與皇母合宮同居，以盡皇上孝思，誠爲百姓之幸。《詩經》有云：關關雎鳩，在河之洲，窈窕淑女，君子好逑。聖母皇太后性甚賢淑，皇父攝政王謙謙君子，實天作之合……」

順治於金鑾寶座上居高臨下地俯視著文武群臣，俯視著大明降將洪承疇，忽然想起那個流傳已久的秘聞，那個發生在三官廟的桃色疑案——洪承疇本是大明朝數一數二的大將，戰功顯赫，威名凜凜。於崇德六年松錦一役中兵敗被俘，解送盛京，囚於三官廟中，每日望著大明的方向磕頭叩拜，絕水絕食，以明心志。皇太極先後派了數位文武大臣前去勸降，許他高官厚祿，又抓了他的母親和女兒威逼相脅，均不能使之動搖。然而莊妃娘娘向皇太極請命前往勸降，只不過進入三官廟裏小談半日，便讓這座冰山爲之融化，心甘情願地投降了大清。在他剃髮易服的那日，許多八旗官兵都覺得可惜，不明白這位鐵骨錚錚的英雄怎麼忽然就降了，當真就降了。

爲了慶賀洪承疇的歸降，皇太極特地舉行了盛大的封賞禮，並釋放了洪老夫人和洪小姐讓他們一家團圓。洪承疇跪地謝恩，而那位老母親卻當著八旗眾官兵的面杖打親兒，戟指發誓：從今往後，寧可討飯爲生，也絕不吃這不孝子的半碗水一餐飯。而那只有六歲的小女孩洪妍，毫無畏懼地一直走到父親身邊，清楚明白地質問：爹，你真的降了嗎？從小你就教導我要忠君愛國，寧死不屈，現在你竟然背叛了大明，你還是我的爹嗎？

那一天，大清的滿朝文武都看到了，往昔威風凜凜、鐵骨錚錚的洪承疇是怎樣跪在他母親的面前，被罵得狗血淋頭的。他磕著頭，流著淚，一言不發。是那麼萎縮，那麼怯弱，哪裡還有一點點馳騁沙場時的英武剛烈？當他看著年邁的母親拉著六歲的女兒一步步走遠，那灰敗的樣子，真像是一條狗。

她們沒有再回頭，彷彿當洪承疇已經死了，再不須看他一眼。

人們自動爲洪老夫人和洪小姐讓出一條路來，眼看著她們走出大清宮殿，沒有一個人阻攔。八旗勇士敬的是忠肝義膽的好漢，他們用自己的方式對這一老一小兩個女人表示了最大的敬意。

那悲壯的一幕，順治雖未親見，卻一再聽到八旗將士津津樂道地提起。人們都說，有那樣的母親，那樣的女兒，怎麼竟會有一個這樣的將軍呢？人們紛紛猜測那天在三官廟裏，到底發生了什麼詭異的事件，而莊妃娘娘又究竟是用了什麼法寶，使得這位連死都不怕的將軍竟在一夜之間失守變節？他們一直在想方設法地勸降洪承疇，說破了三寸不爛之舌，許遍了天花亂墜之恩，卻始終不見奏效。怎麼一夜之間，他就降了呢？

順治知道，在那些人舌根底下壓著一句沒有說出口的話：與其說洪承疇是皇太極的手下敗將，倒不如說是莊太后的裙下變臣。如今，這個變臣，這個太后的姦夫，竟要改行做皮條客，爲太后撮合另一項姦情嗎？

這大清的後宮裏，是何等的污穢？何等的淫亂？雖說滿人不比漢人那麼多規矩，可是也不能如此招搖無行、肆意妄爲呀。難怪漢人要罵滿人是蠻夷，寧死都不肯剃髮，不肯臣服清廷呢。

順治握住椅柄的手越握越緊，越握越緊，終於忍無可忍，騰地站起身，拂袖而去。讓大臣們竊笑嘲議去吧，讓多爾袞在自己的身後投以怒目吧，讓太后娘娘勃然大怒地教訓他不孝吧——不孝，總比不倫好。

宮牆聳立如叢林，而順治疾行宮中，宛如受傷的幼獸在山林中逃竄。

不，他其實是無處可逃的，皇宮深似海，他有什麼地方可去？洪承疇的奏摺如檄文，而文武百官的朝拜便是千軍萬馬，敵人已經兵臨城下，自己卻有何妙計全身而退？當退無可退時，是降，還是戰？

朱閣成灰，雕梁橫藉，順治驀然止步，發現自己不知不覺竟然走到了已成火場的乾清宮前。當年，崇禎皇帝朱由檢就是在這裏砍殺了自己的愛妃幼女，然後親自撞響最後一次朝鐘召集百官，然而，卻沒有一個人應聲前來。稱孤道寡了一輩子，到這時，崇禎才真正體會到什麼叫做「孤家寡人」。最後，他只得帶著近侍太監王承恩來到萬壽山萬壽亭前，跣足披髮，縊死於海棠樹下，宣告了歷時二百七十六年的大明王朝至此滅亡。遙想那時崇禎帝的心情，也是像此刻的自己一樣悲憤莫名，走投無路吧？雖然貴爲皇帝，生前坐擁四海，可是在他最彷徨最軟弱的時候，卻沒有一個大臣的心向著他。當他親自撞響大明的喪鐘而無人應援時，他是不是覺得枉爲君主，生不如死？

而大順王李自成，敗於吳三桂的遼東軍和滿清八旗的夾擊下，只在皇宮裏住了沒幾天便要退走陝西，臨行前，他將宮中財寶裝滿了幾十輛車子，然後放一把火，讓華美壯麗的乾清宮一夜成灰，他那時又在想些什麼？他對自己從來不曾真正擁有過的帝位與皇宮毫不珍惜，自己保不住，也不要留給清廷，是這樣嗎？可以戰，可以降，可以帶著大堆的金銀財寶逃跑，也可以將所有帶不走的宮殿樓閣燒掉，那時的他，可比崇禎擁有的選擇多得多了，因此，他也決斷得多，乾脆得多，痛快得多，甘心得多。

崇禎不降。崇禎寧可一死。死的時候，不帶走一磚一瓦，連帝冠也放棄，連襪履也脫卻，卻仍放不下黎民百姓，要留血書於胸前，將罪過一肩挑起。他是個亡國之君，卻也是個愛民之君呀。李自成可以燒宮，他不能燒；李自成可以逃走，他也不能逃。因爲，他愛惜這紫禁城，他捨不得！

順治踽踽獨行，渾不覺日墜西山，暮色四合。他撒目四望，感慨萬千地看著這乾清宮殿，彷彿清楚地看到了在這裏上演過的一幕幕亡朝慘劇。這乾清宮主人的位子，朱由檢沒能保住，李自成沒能得到，自己呢？自己會有一天堂堂正正地住進乾清宮，做一個名副其實的大清皇帝嗎？崇禎退到了萬壽亭，李闖退到了西安城，自己，難道可以退回盛京，退回永福宮，退回去做沒有稱帝前的九阿哥嗎？

天邊的星星次第亮起，越來越多，是個挺明朗的月夜呢。烏鴉的翅膀悄無聲息地從月光下滑過，在土坷間留下一道比牠自身大出許多倍的剪影。蛐蛐開始鼓噪，把紫禁城的夜抻拉得格外幽深。

順治徘徊在乾清宮的廢墟中，在這幽靈出沒的時刻，紫禁城深邃寂靜，比任何時候都更像是一座巨大的墓群。走在宮殿與宮殿之間，也就是走在墳墓與墳墓之間。他聽到蛐蛐的叫聲。漢人中間流傳著一種說法：蛐蛐是死人的靈魂寄託，是不瞑目者的亡靈歌聲。紫禁城裏積聚著那麼深重那麼堂皇的怨氣，於是紫禁城裏蛐蛐的叫聲也格外響亮，聲若洪鐘，有帝王氣。

蛐蛐是明王朝的亡靈，烏鴉卻是滿人的祖先，烏鴉和蛐蛐在紫禁城的夜裏遙遙對峙，一個盤踞著天空便自以爲君臨天下，一個雄霸著大地猶抱著復辟夢想。如果有一天蛐蛐還了魂，把烏鴉趕出紫禁城的天空，蛐蛐是不是會飛起來，變成另一種什麼禽鳥昆蟲呢？

順治站在那帝宮的廢墟間，大聲背誦起自己六歲登基大典上的詔書來：

「我太祖武皇帝，受天明命，肇造丕基，懋建鴻功，貽厥子孫。皇考大行皇帝，嗣登大寶，盛德深仁，弘謨遠略，克協天心。不服者武功以戡定，已歸者文德以懷柔，拓土興基，國以滋大。在位十有七年，於崇德八年八月初九日上賓，今諸伯叔兄及文武群臣，咸以國家不可無主，神器不可久虛，謂朕為皇考之子，應承大統。乃於八月二十六日即皇帝位，以明年為順治元年。朕年幼沖，尚賴諸伯叔兄大臣共襄治理。所有應行赦款，開列於後。佈告中外，咸使聞知。」

一口氣背完，順治已淚流滿面，父皇打下的一片江山，難道要丟在自己的手上嗎？便在這時，身後忽然傳來一個輕柔的聲音：「皇上果然在這兒。」

順治猛地回頭，說話的竟然是長平公主。只見她衣袂飄飄地站在圍牆缺口處，空蕩蕩的袖管被風吹得擺來擺去，她洞悉一切的眼神裏透露出智慧的靈光，溫婉地說：「吳良輔說宮裏到處找不見皇上，他以爲皇上去了雨花閣，原來是在這裏。」

「仙姑怎麼知道朕會在這裏？莫非真會神機妙算？」順治看到長平倒有一點高興，他剛剛正想著崇禎朝的典故，而長平便是這朝代最切身的見證人。這使他覺得，在這一刻，他們的心思是相通的，只有長平會瞭解他的傷痛，也只有長平不會恥笑他的悲哀。如果這世上還有一個人可以讓他毫無保留地傾吐心事煩惱，這個人，只能是世事洞明而又遺世獨立的長平公主、慧清禪師。他自己也說不清爲什麼，在這千絲萬縷的國愁私恨中，他竟忽然想起最細枝末節的一件小事，脫口問道：

「仙姑收到朕命吳良輔送去的海棠花了麼？」

「收到了，這些日子，皇上日理萬機，總不得閒往雨花閣來，還未來得及面謝皇上。」長平飄然地走在那些碎石瓦礫間，如履平地，嘆息說：「這根梁雖然燒得看不清面目，可是這麼粗大，應該是大殿正梁了，當初袁貴妃就是在這根梁上上的吊，可是不知怎麼繩子斷了，袁貴妃沒能死成，給摔了下來。我父皇聽見她呻吟，知道她沒有死，便提著劍從她腦後猛砸了一下，將她打昏，又在身上連刺了兩三劍……」

她說的是世上至傷至痛的一件慘事，可是她的語氣舒緩安詳，就好像在介紹一種新的沏茶方法。然而平靜的聲音裏自有一種異樣的魔力，讓人彷彿在她的講述裏可以看得到活生生的事實。剛才還荒蕪殘破的宮殿廢墟在月光下還魂一般地華麗起來，流動著幽然的浮光，彷彿在爲長平的敘述做著無聲的注腳。

「那天，父皇親手砍了我一劍，我疼得昏死過去，不知隔了多久才醒過來，看到旁邊橫七豎八躺著許多屍體，有皇額娘，有袁貴妃，還有許多其他的嬪妃，我妹妹昭仁公主壓在我身上，她的一隻小手裏還緊緊地握著我剛送她的蘭草香囊，眼睛睜得大大的，胸口上洞開著一個血窟窿，血已經凝了，但是好像還有溫度一樣，我動了一下，她的身子和手還都是軟的。我想把她從我身上移開，可是這時候我才發現自己少了一隻臂膀，原來，原來父皇竟然將我的胳膊斬斷了……」

長平的聲音發起抖來，彷彿又重新經歷了一次那骨肉相殘的斷臂之痛。她舉起自己僅餘的那條胳膊，專注地端詳著自己的手掌，接著說：「我又驚又疼，再次昏了過去。重新醒來的時候，已經回到自己的殿閣中了，阿琴阿箏她們幾個跪在我榻邊啼哭，說大明皇宮已經易主，現在是大順的天下了，那闖王李自成，李自成他……」長平說到這裏，不知為何，臉上又微微泛起紅暈。

順治以為她太過激動，並不在意，安慰道：「這些都已經是過去的事了，仙子如今已經出家為尼，遠離俗世煩擾，大可不必再為這些前塵舊事傷心了。」

長平點點頭，問道：「那麼，皇上卻又是為了什麼樣的俗世煩擾在這裏獨自傷神呢？」

「我叔叔要和我額娘成婚，你聽說過這種事嗎？」順治衝口而出。長平一直給他一種亦師亦友的感覺，而且，她是大明公主，他是大清皇帝，他們的身分都是上天給予的，是世間至尊至貴之人。即使她只是一個落魄的公主罷，可他也是一個無能的皇上呀。因此，他對長平一直有種言之不清的知己之感。而且，她又是一個化外之人，沖淡平和，洞微天機，彷彿無所不知而又置身事外，這就更令他覺得放心，覺得在她面前毫無猜忌隔閡，對著別人無法啓齒的煩惱，對著她卻可以不假思索地合盤托出。

「之前我早已聽說過許多關於皇額娘與攝政王叔不軌的傳聞，可是他們既是長輩，又掌握執政大權，我也只好裝聾作啞，不聞不問便是。但是現在，大臣們竟然明目張膽地在朝堂上奏章，稟請叔嫂通婚，這真是成何體統？將禮義道德皇家體統置於何處？又將我這個皇上的顏面置於何處？」順治一拳砸在一根燒得只剩半邊卻還巍然屹立的圓柱上：「權臣專政，穢及後宮，公主博古通今，可聽說史上有哪個帝王，如朕這般悲哀麼？」

長平將袖子拂去斷碣上塵灰，端然坐下，微微地笑道：「宮廷史上，權臣專政的並不罕見，至於穢及後宮麼……我雖孤陋寡聞，也聽說滿人有『兄終弟及』的規矩，做小叔的娶哥哥的遺孀並不違背道德傳統，反而是合情合理的，是這樣嗎？」

順治悻悻道：「的確是這樣。原來你也知道了。他們就是拿著這條祖宗規矩來壓我，逼我認王叔做太上皇。」

長平道：「這麼著，大臣奏請攝政王與太后通婚，也就沒什麼不對了。我聽說在朝堂上，大臣們都管攝政王叫皇叔父王，古往今來，從來沒有過這樣的稱謂封號，可謂獨一無二；倒是他如今要做太上皇，還聽著順耳些，總好過皇叔父王那麼蹊蹺古怪。皇上又為什麼不同意呢？」

順治一愣，若有所悟，抬頭問：「仙姑的意思是說——我應該准了這道奏摺？」

長平道：「貧尼才疏學淺，不敢替皇上亂出主意。不過皇上即使不允，只怕他們也不會放棄，倒弄得騎虎難下，勢成水火，後果不堪設想——輕則母子反目，君臣不合；重則同室操戈，天下大亂。到那時，皇上又將何以自處？我方才聽皇上說到什麼『不服者武功以戡定，已歸者文德以懷柔』，倒不知攝政王算是『不服者』還是『已歸者』，又應當『武功以戡定』、還是『文德以懷柔』呢？」

順治聽了，心驚意動，默然不語。

長平抬頭望著一天星辰，彷彿在辨別北斗七星的方向，半晌嘆道：

「我父皇親手斬斷我臂膀前，曾經望著我的眼睛說過一句話，他說：好孩子，你唯一的過錯，便是不該生在帝王家。生在帝王家，是我不由自主的選擇，這選擇決定了我不能按照自己的意願活著，而必須成爲朝代與政治的犧牲品。皇上貴爲天子，最大的榮耀也就是最大的負擔。倘若皇上不能忍一時之忍，痛一己之痛，便會驚動天下，烽煙再起，甚或江山易主，風雲變色，那又豈是皇上的本意？」

順治至此已經動搖，卻不能一時之間便下決斷，踟躕道：「可是我若准了他們的奏摺……」

長平不等他說出爲難理由，截口道：「皇上若是准了大臣們的奏摺，皇父攝政王便成了名副其實、名正言順的太上皇，便不能再與皇上平起平坐，可是也不能再與兒子搶帝位了，那麼，從此父慈子孝，子承父位，便是天經地義、理所當然的事了。」

順治頓時恍然大悟，答禮道：「多謝仙子點化，一言驚醒夢中人。」

長平笑道：「貧尼不過只是說了幾句現成話兒讓皇上舒心罷了，何必言謝？真正擁有點石成金本領的人不是貧尼，而是太后娘娘。貧尼的心思才略，不及太后娘娘之萬一，不過是體會得出她老人家的用心良苦、用意所在罷了。太后娘娘才華蓋世，遂有皇上的鴻福齊天，皇上只知道自己爲難，卻不知太后娘娘做出這樣的決定，才更是爲難呢。皇上不要辜負了太后的一番苦心才是。」

2

莊妃皇太后端坐在慈寧宮正殿鳳榻上，任憑哲哲坐在一旁冷嘲熱諷地追問，吳良輔跪在地上喋喋不休地請罪，都只是不聞不問，呆若木雞。

哲哲無奈，只得打罵著吳良輔，把問了八百遍的問題又顛三倒四地重新問過：「皇上到底是什麼時候不見了的？侍衛們都找過哪些地方？就沒一個人跟著他嗎？」

吳良輔磕頭如搗蒜，鼻涕一把眼淚一把地回稟：「當時洪大學士的奏摺才剛念了一半，誰都還沒來得及聽明白，皇上忽然站起身甩了一下袖子就走了。等到奴才反應過來緊跟著出去，已經不見皇上的影兒了，召集了侍衛來詢問，也都說沒見著。奴才連建福花園都問過了，也說沒見。」

大玉兒聽到這一句，卻忽然有了反應，驀地問道：「皇上常到建福花園去嗎？」

吳良輔自知說溜了嘴，嚇得忙又磕一個頭，抖著膝蓋回道：「也不是常去，去過一兩次，探訪慧清大師，講些禪理佛法。」

大玉兒暗自不悅，難怪他近日言談常常涉及禪宗，好像對佛教很感興趣的樣子，原來私下裏還偷拜著師傅呢，難爲瞞得緊，自己竟一點風兒也不知道，因變色說道：

「吳良輔，你是這宮裏的老人兒了，比我們早在這裏待了二十幾年，宮裏一草一木都瞞不過你的眼去，哪個犄角旮旯藏著哪些牛鬼蛇神，可比我們清楚得多了。你每天早晚服侍皇上，對他的起居住行最是瞭解，到底還瞞著我多少事情？」

吳良輔嚇得磕頭回道：「不敢欺瞞太后娘娘，皇上每日起行居止，都在起居錄上清楚寫著呢。只有這建福花園一事，因皇上恐太后多心，命老奴不許在太后娘娘面前多嘴，便不曾提起。」

大玉兒道：「那麼你現在給我說個清楚，皇上到底去了建福花園幾次？都是什麼時候去的？找慧清禪師談些什麼？還有什麼人在旁邊？說少一樣，你的腦袋也不必再扛著費事了。」

哲哲不耐道：「這會子都火燒眉毛了，只管問這些沒要緊的做什麼？到底皇上這會兒去了什麼地方？倘若就此走了，那可不成了大饑荒？也不用等多久了，要是明兒早朝還不見皇上回來，大臣們就得起噪，那時連皇上都沒了，你我這皇太后可不成了空頭文章？你好了，做不成皇太后還可以做攝政王福晉，我可只好去死，要不，也搬了去建福花園，同那個什麼大明公主慧清大師做伴兒當姑子去。」

大玉兒聽了姑姑這幾句不陰不陽的話，直覺一股酸氣上沖，慪得眼圈通紅，氣咽鼻塞，卻一句話也說不出來。她一生不知經歷過了多少大風大浪，然而，從來沒有一個時候像現在這般孤苦無助。因爲以往，身邊至少還有一兩位親人陪伴安慰，至少還有福臨這個親生兒子做伴，可現在，最不理解她、怨恨她、躲著她、被人當成話柄兒來攻擊她的，恰恰是這個視若性命的皇帝兒子。他竟然連朝也不問，捽袖而去，躲得人影兒不見。倘若他就這樣從此撒手去了，遠離皇宮，自己的一番心血又爲了誰呢？皇上生氣了可以耍脾氣玩失蹤，姑姑生氣了可以對自己冷言冷語，可是自己也有一腔悲苦無限鬱悶，卻又向誰訴苦，衝誰撒氣呢？當初先皇駕崩，諸王爭帝，自己用了多少心機才將福臨扶上皇位，繼承大統；然而能做到這些，表面看去，出力最多的人卻不是自己，而是多爾袞。

是多爾袞自願輔政，推立幼主，並爲大清入關立下汗馬功勞，這些年來，他百戰百勝，每一次的勝利都使他更接近皇位一步。是多爾袞第一個打進北京城的，也是多爾袞第一個入主武英殿，升朝問政的。如果他要搶了皇位來坐，那真是裏應外合，易如反掌。可是這些年來，多爾袞雖然已經盡得天時地利人和，也常常以皇帝自居，獨權專斷，卻始終沒有真正提出要福臨遜位，所顧忌的不就是與自己的私情纏綿，以及看在福臨根本就是他親生兒子的份上嗎？然而現在，多爾袞立了嘉臘氏爲側福晉，新婚燕爾，春風得意，他的心已經離自己越來越遠了，來慈寧宮的次數也越來越少。倘若他有一天不再留戀自己，又或是和那嘉臘氏生下一男半女，到那時，他還會顧念舊情，繼續對福臨禮讓輔佐嗎？除非自己嫁給他，讓他成爲福臨真正的阿瑪，做理所當然的太上皇。否則，更有什麼辦法可以阻止他向福臨奪位？

可是這番心事，卻能同誰說起？哲哲一副冰清玉潔、貞婦烈女的架勢，恨不得自己賞自己一座貞節牌坊，她怎麼可能理解自己改弦再嫁的苦衷？至於福臨，如果自己告訴他說，他的皇位是靠額娘用肉身子換來的，是自己與多爾袞通姦才生下了他，他接受得了嗎？有些事情可以說，卻不可能真正做到；但也有些事情可以做，卻不可以說。

忠君愛國是大臣們成天掛在嘴邊來說的，古往今來卻有幾人做到？果然做得到，大清的朝堂上也沒那麼多前明降臣了；而皇太后下嫁護皇權這件事，卻是只能切實去做，理由可是不足爲外人道的。

大玉兒的心裏很苦，苦就苦在她這一生，做了太多不能言說的事情。她所經歷的戰場，比任何一個勇士經歷得更多；她所參與的朝政，比所有的滿漢大臣加起來都更中要害。但是，她不能說，而因爲不能「說」，就使她的「做」比別人更艱苦了十倍，更孤獨了百倍。而且，她甚至沒有一個盟友。她所做的一切都是爲了兒子，卻連兒子也不領她的情。人們傷心到極處時，常常會說生不如死，而大玉兒的苦衷，卻是連「生不如死」都不足以形容其萬一的。

哲哲仍在一旁用絹子拭著早已乾了的淚水，咕咕噥噥地抱怨著：

「你是先皇的福晉，又是當今皇上的生身額娘，卻與當朝叔父攝政王有私。這也都罷了，我這當姑姑的雖然長你十幾歲，可是也深知獨居深宮的苦處，所以從來都是睜一隻眼閉一隻眼，明知十四弟深更半夜地在這慈寧宮出出進進，也都假裝看不見，體諒你年輕守寡，就算有些什麼行差踏錯也是人之常情。可是你還不知足，偏要大張旗鼓地辦什麼婚禮，叫天下人看笑話，笑我們到底是蠻子，不講禮數。連皇上都氣跑了，我這心急得就跟煎鍋一樣，我就不信你心裏過得去？」

正絮絮不止，忽聽外邊通報：「懿靖太妃和十阿哥來了。」哲哲「哼」了一聲說：「看吧，又一個撿笑話了的人來了。」扭頭拭了淚，只得不冷不熱地說了一聲「請」。

早有四五個宮女簇擁著貴妃娜木鐘和十阿哥博果爾花枝招展地進來，給兩位太后見了禮，賜座看茶。

博果爾是早被母親教過了的，一進門便問道：「剛才我聽見侍衛們說，皇兄今兒在朝上聽政聽了一半，忽然發脾氣走了，到這會兒都沒找到。所以特來看看，不知皇兄回來了沒有？」

哲哲一愣，板起臉問：「你聽誰說你皇兄發脾氣走了？」

博果爾見太后娘娘臉色不善，嚇得一縮脖子，眼望母親不敢回話。娜木鐘一揚帕子，大驚小怪地道：

「哎喲喲，這麼大的事兒，還用聽誰說嗎？整個宮裏都傳遍了，再過兩天，只怕民間百姓都知道了，茶館裏說書的都要拿來做題目呢。這皇上失蹤的新鮮事兒，古往今來誰聽見過？我起頭聽見說，皇上是因爲太后娘娘要下嫁十四皇叔，因此才發脾氣出走的。我還不信，趕著說話的人一頓好打，罵她們信口雌黃，叫她們墊著瓷瓦子跪在院裏受罰，她們怕了，方招認出來是聽外廷的御前侍衛們說的，說是侍衛們聽得真真兒的，還是太后的親信、洪承疇洪大學士上的摺子呢，奏請十四皇叔和太后合宮同居，這可真出了大新聞了。」

哲哲聽她說得篤定，哪裡是聽什麼侍衛宮女說的，分明就是有內閣大臣通風報信，忽然想起迎春從前說的貴妃與鄭親王濟爾哈朗有染的話來，遂冷冷地道：

「貴妃妹妹幽居深宮，前朝上的事兒倒是聽得真真兒的，連誰上的摺子，摺子上說的什麼話兒，都這麼一清二楚的。真是難爲你記得住。」

娜木鐘紅了臉辯道：「本來是不知道，實在宮裏鬧得動靜太大，說是皇上出走，晚膳也沒用，到這會兒還不見人影兒呢。這麼大的事，我想聽不見也不成了，不得不來問問姐姐，到底這宮裏是要辦喜事兒呢，還是……」說了半句，故意咽住，只管拿眼睛瞅著莊妃一笑。

大玉兒怒火中燒，卻只得強自壓抑，淡淡地說：「皇上不過是一時不悅，四處走走，回來晚了點兒罷了，怎麼到了你這兒，就鬧出這麼些個名詞兒來，又是出走又是失蹤的，還把十阿哥也帶來了。時候不早，你看十阿哥睏得眼睛都睜不開了，你母子還是回宮歇息吧。」

娜木鐘叫起來：「哎喲，話兒可不是這麼說的。咱們往遠了說，十阿哥是皇上的子民，近了說是皇上的親兄弟，做哥哥的下落不明，做弟弟的怎麼好高枕無憂呢？太后說得輕鬆，皇上只是四處走走，可這會兒已經掌燈時候了，皇上還不見回來，這可成了什麼禮兒呢？都說皇上是因爲聽說太后娘娘要和十四皇叔成親給氣的，連朝都不坐了，撒手就走。我一聽，這個急喲……」

哲哲聽不下去，只想尋一句刻薄話兒堵住她的嘴，再顧不得忌諱，譏諷道：「你急什麼？你要是急，也叫鄭親王叔上道摺子娶了你便是。」

娜木鐘聽皇太后說出濟爾哈朗的名字來，自知私情洩露，索性潑出膽來，脹紅了臉說道：「鄭親王叔憐我們孤兒寡母，照應多了點那是事實，可是我們清清白白，絕無男女之私，更無婚姻之念。我原是察哈爾可林丹汗的多羅大福晉，因察哈爾降了，才嫁與太宗皇帝爲妃，蒙先皇恩寵立爲西宮貴妃，與先皇並不是原配，我們滿蒙兩族原本不像漢人有那些子酸文假醋的死規矩，我也從來不會裝哪門子的貞女烈婦，改弦另嫁也並不是什麼醜事，我若想嫁，就大大方方地嫁，堂堂正正地嫁，可我不會不顧我兒子的體面，叫他難堪。」

「誰說太后令朕難堪了？」忽聽順治輕咳一聲，負著手緩緩步進房來，望著貴妃微微帶笑說：

「懿靖太妃也想和母后皇太后一起出嫁麼？那可是宮中的大喜事兒啊。倘若鄭親王上摺子，朕一定准奏，讓太妃娘娘風風光光地出嫁，也是這紫禁城裏一段雙喜臨門的佳話。」

屋中諸人看著三位太后娘娘鬥嘴，都驚惶失措，勸又不好，不勸又不好，正不知如何作態，竟然誰也沒看見皇上來到，俱驚得一齊跪倒請安。尤其吳良輔，滿心以爲這一番腦袋準定搬家，不期然皇上從天而降，那可真是雲端裏飛落鳳凰來，玉皇大帝親口欽了免死牌，直喜得磕頭不迭，眼淚一行鼻涕一行，只差沒有哭出聲來，膝蓋走路，皇上走到哪兒他便跟到哪兒，打著旋兒地磕頭。

娜木鐘之前聽濟爾哈朗親口說，皇上聽了奏摺龍顏大怒，拂袖而去，又問準了到現在慈寧宮裏上上下下急得好似熱鍋上螞蟻，哲哲和大玉兒姑侄兩個正狗咬狗一嘴毛呢，這才興沖沖前來，滿心要當著哲哲的面好好奚落莊妃一番，出一出這些年來仰人鼻息的怨恨。她從前尊爲麟趾宮貴妃，比永福宮的莊妃高出兩個等階，可是只因兒子博果爾比福臨小了三歲，一轉身，福臨登了基，做了皇上，莊妃大玉兒則做了母后皇太后，自己卻只得到一個「懿靖太妃」的空頭封號，博果爾更是連列班上朝的資格都沒有，真讓人生氣。難得這次有了好題目，覷著他們母子反目，想做一篇好文章來叫莊妃沒臉，不料卻被福臨及時趕來截了話把兒，反而將她一軍，明欺著鄭親王膽小怕事不肯耽干繫，竟叫她與太后一起出嫁，這不是擺明了說她倒貼都沒人要嗎？不禁又羞又臊，臉脹得通紅，張了幾次口，卻到底一句話也說不出來。

博果爾今年剛滿七歲，尚在懵懂混沌之際，不時見著這個皇兄便要害怕的，如今看見連母親都落了不是，碰一鼻子灰，自己哪裡還敢言聲，跟奴才一起跪下後就沒敢起來。

還是福臨親手將他挽起，帶笑說：「這麼晚了，十阿哥還沒歇息嗎？」又回頭向哲哲與大玉兒道：「朕因今日午膳吃多了些，胃裏有點積食，四處走走消食，回來晚了，累兩位太后惦記著，真是惶愧之極。」

哲哲一面為福臨前後判若兩人的態度感到驚訝，一面又為在娜木鐘前找回面子覺著得意，遂含糊笑道：「你這孩子，已經做了皇上了，還是這麼饑一頓飽一頓的。」因見吳良輔仍在磕頭，不禁抿嘴兒笑道：「還只管愣著幹什麼？還不快傳令御茶房，叫準備點心？」又打發娜木鐘說，「你們看見了，皇上這不好好兒的嗎？你們總可以放寬心，好好回去歇著了吧。」

一陣風兒地夥著眾人去了，屋裏頃刻只剩了大玉兒母子。

大玉兒這半日被哲哲和娜木鐘一個明槍一個暗箭擠兌得五臟六腑都要翻轉過來，滿腹苦楚正無可訴說，忽見兒子天兵天將似地及時出現，說了這一番慷慨痛快、全力維護自己的話，不禁心頭滾熱，幾乎不曾流下淚來，好容易候著眾人散淨，這才一把拉住福臨的手叫道：「兒啊，你可急死額娘了。」一語未了，哽咽起來。

福臨也雙目含淚，跪下說道：「皇額娘，兒子知錯了，兒子不能體諒額娘的用心良苦，反而讓額娘受了這許多委屈，愧為人子，請額娘教訓。」

大玉兒向來為人沉穩，喜怒不形於色，然而今日大喜大悲之下，真情畢露，雙淚縱流，緊緊抱住福臨道：「兒啊，只要你知道額娘的心，額娘受多少委屈都不會叫苦的。你要記著，不管到了什麼時候，這宮裏，咱們娘兒倆都是最親的。不論額娘做什麼，都是為了你好，你是額娘的命，額娘的血，額娘爲了你，再難的坎兒也要過，再險的關也要闖，可是，你要爲額娘爭口氣，一定要忍耐，要沉住氣，等到你親政的那一天，要做個好皇帝啊！」

3

如果將戰爭比作史詩，將帝王的愛情比作散文詩，將後宮的歌舞比作格律小令，那麼，莊妃皇太后的大婚，便應該是一首含蓄華美的讚美詩。因爲，這場婚禮上，每個人都帶著那麼恭敬虔誠的態度，卻很少人玩笑，生恐流露出不敬，不像是中國人的婚禮，倒更像西洋人在望彌撒。

事實上，這場婚禮也的確有一位來自西方的特殊客人，他就是後來在中國宮廷史上留下顯赫聲名的德國傳教士——湯若望。

北京城的老百姓對於高鼻深目的西洋人並不陌生，早在明朝末年，他們已經攜著紅衣大炮與耶穌的十字架進入中原，並在北京、天津等地建起教堂，傳佈上帝的福音。然而對於清朝宮廷來說，洋人洋教卻還是個陌生的名詞，尤其那些自幼在盛京長大、久居深宮的阿哥和格格們，見了黃頭髮藍眼睛的湯若望，幾乎不曾當作《西遊記》裏的山精妖怪，傳爲奇談。

深居慈寧宮的莊妃皇太后是第一個接受湯若望的，不但常常召見教士進宮，還拜了他爲義父，尊稱爲「湯瑪法」，每天戴著湯瑪法送的十字架習讀《聖經》，並且定期吃西餐、喝洋酒，以示同化。

大太監吳良輔和執事宮女迎春姑姑分頭告訴眾位阿哥和格格以及諸宮僕婢：

「太后說，這位湯傳教父上知天文曆法，下知時政算術，又會造紅衣大炮，比鬼谷子神算還靈驗，簡直會呼風喚雨拘神捉鬼呢。前些日子，他算出天狗吃太陽，叫大家提前準備，可不就是太陽足足躲了半天不曾出來，還是他搖鈴念經地給重新請了出來。他還說，這叫『日食』，多少多少年一次，預示天下大劫的，可是只要能提前算得準，知道趨吉避凶之法，就可以逢凶化吉，遇難呈祥。比方這次『日食』吧，其實范大學士也說早就有預兆的，那日皇上賜宴位育宮，吳世子從太后那兒領賞，賞了一副弓箭，居然糊裏糊塗地射了神鴉下來，范大學士說這是應了后羿射日的典故，這就已經洩了天狗吃太陽的先機了。范大學士說，太后好比王母娘娘，這射日的旨只能由太后來下，這『日食』大劫也只能由太后來救，這解救的法兒，就是太后娘娘與皇父攝政王合宮，這樣就陰陽協調，日月歸位了。因爲這湯教士算卦算得準，替大清擋了一劫，皇太后特意下懿旨封他爲欽天監監正，還說要賜他一座廟堂，供奉上帝菩薩的神位呢。」

十阿哥博果爾笑道：「你們說得不對，太師傅說，那不叫廟，叫『教堂』，上帝也不是菩薩，是他們的『主』。」

迎春也笑道：「主子？那不是跟咱們宮裏一樣了？各位阿哥、格格，就是我們這些奴才的小主子，那麼阿哥、格格的寢殿，不都成了『教堂』？」說得眾人都笑起來。

湯若望遂在數日之際，名噪朝堂內外，京城的臣民百姓無人不知湯瑪法大名，交口稱讚他的法術非凡，都說原來太后下嫁攝政王是天命所歸，要為世人擋災避劫的。

接著，內閣頒出一道上諭云：

「朕以沖齡踐祚，撫有華夷，內賴皇母皇太后之教育，外賴皇父攝政王之扶持，仰承大統，倖免失墜。今皇母皇太后獨居無偶，寂寂寡歡，皇父攝政王又賦悼亡，朕躬實歉從。諸王大臣合辭籲請，僉請父母不宜異居，宜同宮以使定省，斟情酌理，具合朕心。擇於某月某日，恭行皇父母大婚典禮，謹請合宮同居，著禮部恪恭行事，勿負朕以孝治天下之意！」

關於詔書的內容，民間有許多個不同版本；關於詔書的來歷，則說法更多——有說是多爾袞親筆所為的，也有說是漢官洪承疇代筆，更有說莊妃太后文武全才，精通漢文，這詔書八成是她自己親筆所寫，為自己的醜行找個漂亮藉口來掩蓋的。眾說紛紜，如煙霧繚繞，同湯瑪法的「日月歸位論」遙相呼應，成為時下朝野內外最受關注的兩種輿論。

朝廷裏的一舉一動對於民間總是充滿著神秘色彩的，是老百姓飯後茶餘、街談巷議的中心話題，人們幾乎是迫不及待地在等待一場盛事，一項婚姻，一種政治力量的民間扮相，並且不斷猜測著，這婚禮該以什麼規格來進行呢？是用皇上娶皇后的儀仗，還是格格嫁駙馬的陣勢？大婚之後，太上皇與皇太后要住到哪裡呢？如果太后移居睿親王府，做了睿親王福晉，那還能叫皇太后嗎？可是如果讓攝政王住進慈寧宮裏，那豈不等於入贅？攝政王倒插門兒，豈不笑話？還有，睿親王府裏的眾多脂粉紅顏，難道也都一道移入宮中，成為太上皇的嬪妃嗎？那麼她們和先皇的后妃們，又該以什麼樣的禮數相處呢？尤其是當今皇上，在婚禮上如何扮演這個拖油瓶的角色呢？是親自主持叔父與母后的婚禮，還是藏起來不露面？

在這些用意不明的猜議和等待中，一份據說絕對準確的攝政王納彩禮單悄然傳入民間，計有文馬二十匹、甲冑二十副、緞二百匹、布四百匹、黃金四百兩、白銀二萬兩、金茶具兩副、銀茶具四副、銀盆四隻、鬫馬四十匹、駝甲四十副，俱陳於太和殿。至於這份禮單的來源，有說是太和殿管事太監抄錄出宮的，也有說是睿親王府的執事管家透露出來的，總之，都是有名有姓的來頭。

人們津津樂道地交換著關於禮單的具體內容與數字，幾乎人人都可以清楚背誦，如數家珍。便有讚嘆禮品華貴排場的，說不愧是宮廷大婚，若是拿這些錢買官，至少也是個三品；也有說大富人家下聘也比這闊綽，論到攝政王娶太后，如此聘禮其實不算什麼；還有說，其實送什麼都不稀奇，就是什麼也不送也是應當，反正是宮裏拿錢貼給宮裏，左手放進右口袋，不過是個形式。

可是，不知道爲什麼，遲遲不見京城的官府裏有任何動靜，難道他們不需要送禮稱賀、討好朝廷的嗎？舉凡國家慶典，府衙裏不該張燈結綵通告天下麼？禮部是不是已經議定了大婚的儀仗，會遊街嗎？會在午門放爆竹掛彩燈嗎？會大宴群臣嗎？怎麼會連皇親國戚府上的人也都得不到任何內幕消息呢？

京城的百姓自始至終也未能等到他們想像中的大婚盛典，只是有一日，教堂門口的紅衣大炮無故震響，拔天動地一般，接著，便有金輦從教堂裏抬出來，六百御林軍隨後，一面黃龍大纛高豎，威風凜凜擁進宮中。京城百姓俱不知何事，只是被炮聲召了來，喜笑顏開地跟在儀仗隊後頭看熱鬧，眼睜睜看著金輦進了大清門才罷。

直到很久以後，人們才意識到，那便是婚禮了——國父國母的大婚，竟然是在洋鬼子的教堂裏舉行，一概儀式，中西合璧，新郎新娘交換了一個戒指就算成婚了，婚後各歸各家，三日後回門時，睿親王方正式留宿慈寧宮，卻也只是偶爾來往，當作多出一個寢宮罷了——這才是真正的相敬如賓哪。人們都被這意外的舉措震驚了，這舉措超出了他們的想像，也超出了他們的知識，令他們簡直無法給予評價議論，並且因爲自己的無知而羞愧。爲了掩飾這無知這羞愧，便自發地要替大婚找理由，指出這舉措的高明之處，從而顯得他們自己也是高明的。

那傳統的人便說：皇太后認了湯瑪法做義父，那麼教堂便是她的「娘家」了，湯若望便是女方的送親代表，金輦從教堂抬出，就好比女兒從娘家出嫁，自然是理所當應的。

那文明的人則說：西洋婚禮不比中國，沒有太多的繁文縟節，只需幾位近親嫡系做證，由神父證婚即可。屆時新郎新娘將在神的面前許下相伴終生的諾言，便算成婚，又莊嚴又簡潔，皇太后這樣做，是不願糜費的意思。

那刻薄的人卻說：叔嫂通婚，畢竟不是什麼光明正大的事兒，莊妃太后一早借湯若望之口宣揚什麼天作良緣，接著又在教堂裏秘密成婚，分明是混淆視聽，含糊其辭的意思，從而免去朝臣賀表，皇兒觀禮的尷尬。

那寬厚的人便說：太后在教堂成婚的決議，與她下嫁攝政王的宏願相彷彿，都是出奇制勝、驚世駭俗的決勝之舉，再一次顯示了皇太后卓越不群的才識與志氣，充分證明了她母儀天下的胸襟與氣度，確是古往今來第一奇女子。

不管怎麼說，沸沸揚揚了半年之久的太后大婚就此塵埃落定，一度撲朔迷離的紫禁城也重新歸於平靜，大婚後的多爾袞與大玉兒仍然同婚前一樣不定期往來，只是來往得更頻繁，也更理直氣壯罷了。

順治五年十一月初八日，大清幼主順治帝御臨太和殿，降旨稱睿親王多爾袞爲皇父攝政王，追尊太祖以上四世爲皇帝，高祖爲肇祖原皇帝，曾祖爲興祖直皇帝，祖爲景祖翼皇帝，父爲顯祖宣皇帝；十一日，諸王群臣上表稱賀，頒詔，大赦天下，豁免順治元年至三年百姓拖欠錢糧，逃人及隱匿者凡於順治六年八月以前自歸者，皆免罪。

這真是太后大婚，普天同慶，咸聞四海，連南明的魯王小朝廷也被驚動了，尙書張煌言寫了《建州宮詞》三首暗諷清宮荒淫，一時盛傳。有人抄了來呈給多爾袞，多爾袞又拿進宮去與大玉兒奇文共賞。

「上壽稱為合巹樽，慈寧宮裏爛盈門。
春宮昨進新儀注，大禮恭逢太后婚。」

大玉兒看罷，笑道：「就當是南明僞朝廷的弄臣替咱們歌功頌德吧。」渾然不以爲意。

多爾袞見她這般，更喜，讚道：「喜怒不形於色，褒貶不縈於懷，玉兒，你的確不愧爲後宮之首，母儀天下。」

大玉兒黯然笑道：「我這一生，也只是爲了你爺兒倆罷了。只要你們好好的，我做不做後宮之首也沒什麼。」

多爾袞道：「你從前一直說貴妃與你不和，可是前兒大婚宴上，我見她客客氣氣的一派殷勤，還趕著十阿哥來給我行禮。」

大玉兒笑道：「娜木鐘那個人，最是個欺軟怕硬會做戲的，她見阻撓不成，還不上趕著獻殷勤嗎？不過話說回來，見風使舵的人再投機，也好過那些自以爲有傲骨的，不識時務，不知好歹，那才是真討厭。」

多爾袞笑道：「你是說你姑姑啊？那是個老古板，她如今還是不肯好言語待你嗎？」

大玉兒道：「自從你搬來這慈寧宮，姑姑就搬去壽康宮，和壽安宮的那些太妃們做鄰居，到今兒都不肯見我。前兒聽太醫說她病了，我叫福兒去請安，她也不見。」

多爾袞冷冷地道：「那就叫福臨不要再過去請什麼安了，敬重她，叫她一聲太后娘娘；要是不敬，理她是誰？皇太極的寡婦罷了。」

這句話卻是不大合大玉兒的意，心道：倘若你不娶我，我不一樣也是皇太極的寡婦嗎？正要用言語暗彈其志，卻聽得宮中贊儀女官高聲贊唱「皇上駕到，建寧格格到」，只得暫且放下這話，與多爾袞兩個整束衣容，來至大堂坐定，宣進福臨與建寧來。

兄妹倆相隔半步，蟬聯進來，都是青春俊美，便如金童玉女一般，恭謹尊敬，向上行子女大禮。多爾袞看見，忽想起那日關於「太后是王母娘娘、自己是玉皇大帝」的話來，又有莊妃當日說的「要想這『一人』在你之下也不難，你是福兒的親生阿瑪，他是『皇上』，你可是『太上皇』，是人上之人，君上之君，就算讓他給你行禮，那也是容易的。」往日戲言，竟都成真，不禁洋洋自得。因見福臨穿著絳紗袍，戴著通天冠，遠比往時常服鄭重，猜他必有些緣故，故意吩咐道：「今兒朝上也沒什麼大事，不過是商議對新任欽天監監正湯教士該有些什麼賞賜，還有賜建教堂這些個瑣事，皇上可以不用去聽政，在學堂好好念書便是。」

福臨微微一愣，明知多爾袞用盡各種藉口阻止自己臨朝，是爲了獨攬朝政的意思，卻也只得答應著。建寧偷看皇兄臉色不悅，暗暗打主意怎麼誑著他翹課，一道去建福花園裏玩耍才是。

多爾袞又道：「也別只顧念那些漢人的書，他們要真有那些大道理，也不至於把一個好好的江山給斷送了。倒是湯若望，我看他擺弄的那些機器亮晶晶的挺有意思，預知天氣地理，比咱們的測震儀還準。他前日進的一個渾天星球，還有一具地平日晷窺遠鏡都很有趣，他請求使用西洋曆法，我已經准奏了。他說的那些道理也都明白曉暢，所以我叫他從今天起也在學堂教授，皇上不妨和他多請教理論，也免得被那些漢人老師一味給帶偏了。」

福臨仍然稱「是」，並無別話。

大玉兒看著心下不忍，因說起學堂，忽然想起一事：「我聽說你在書桌上刻著行座右銘，什麼『莫待老來方學道，孤墳儘是少年人』，有這回事嗎？」

福臨道：「這是兒用以自警的句子。額娘常教導兒子學海無涯，不可嬉戲廢學，兒無時敢忘。」

大玉兒道：「這雖是一句勸學的好話，可是字面兒到底不祥，還是擦去另寫一句的好。」福臨低頭稱是，復又施禮慢慢退出。

建寧恨不得跟著哥哥一起出來，卻因太后並未有吩咐，不敢動彈，只將一雙眼睛緊咬著福臨衣襟，早追到二門外去。

多爾袞看見，教訓道：「格格年齡不小了，也該向素瑪姑姑學些針線女紅，有個女孩兒的樣子才好。雖說咱們大清的格格不比那些漢室小家碧玉，裹腳縮手的嬌氣，可也到底是皇室貴胄，要講究禮儀態度。當年你額娘琴棋書畫無一不曉，且能歌善舞，豔麗無雙，你也不能太出格兒了。」

建寧聽了發愣，她從小跟隨在太后身邊，宮中無人敢對她教訓呼喝，卻也從來沒有人真心喜歡她親近她，只除了素瑪肯對她嘮嘮叨叨，卻從不敢在太后面前提起綺蕾的名字。多爾袞身居高位，卻忽然就這樣瑣碎的事務向自己教訓囑咐，口吻語氣竟同素瑪一般無二，且這樣毫不掩飾地盛讚她的母親綺蕾，不能不教她覺得新奇震動，反倒不知如何作答，一時間張口結舌，顯出幾分呆相。

大玉兒並不責怪，只向多爾袞笑道：「你做了皇阿瑪王，便這樣婆婆媽媽起來了麼？還是滿洲第一勇士呢。時候不早，用過早膳，也該上朝去了。」

多爾袞笑說：「滿洲的巴圖魯，就只能叱吒風雲，不能兒女情長麼？」遂張開兩臂，候大玉兒親自替他戴上帽子，繫了袍帶，拱拱手笑著去了，臨行前，卻又回過頭來，將建寧多看兩眼，若有所思。

大玉兒候著多爾袞去了，便打發建寧往壽康宮給哲哲太后請安，要忍冬跟著，送一匣子自己親製的丹丸與姑姑養身，叮囑說：「我姑姑的心氣重，迎春那丫頭又牛性，說不定又要給你臉色看，不要同她們計較。」

忍冬笑道：「我們做奴才的，天生便是要逆來順受的，娘娘放心就是了。」

大玉兒嘆道：「我知道你是個有分寸的，可是如今多事之秋，隨便什麼話傳出去，都會惹出好些麻煩。你是我的人，說話行動不得不格外多個心眼，免得被小人得了口實。」又叮囑幾句，待得她們去了，這才對素瑪說：「以後皇阿瑪王在此膳宿，格格住在這裏多有不便，你幫她收拾一下，選個好日子送她去東五所和其餘的格格一起住好了。等下傳東五所的胡嬤嬤來，等我叮囑她幾句。」

素瑪一愣，頓時眼圈通紅，建寧自出生起便是她一手帶大，從未離開身邊半日，聽說要將她送走，真如剜肉一般。然而太后一言出口便是懿旨，決無頂撞違逆之理，只得呆呆地出來，坐在炕沿上一邊替建寧打理衣裳，一邊便暗暗地滴下淚來。

4

自從大玉兒再婚，哲哲太后便病倒了。起初多少是有些挾病自重，裝腔作勢的意思，但是後來便漸成沉痾，竟然弄假成真起來，這日一早，迎春慌慌張張親自奔了太醫院來找院正傅胤祖，說是太后早晨吐了兩口血。

傅胤祖聽了，忙忙帶了幾位太醫齊集往壽康宮會診，有說是肝火旺的，有說是胃氣疼的，有說是濕，有說是熱，有說是虛，也有說是毒的，各持己見，眾議不一，都說：「春末時候，乍暖還寒，最容易招惹無名病症，稍一不慎，便成大錯，不治病，反致病矣。」

一個舉出《千金方》來，另一個便說《本草綱目》；一個說「有陽乘陰者，血熱妄行；陰乘陽者，血不歸經。血行清道出於鼻，血行濁道出於口，嘔血出於肝，吐血出於胃。如今太后是吐血，怎會不是胃上的毛病？」另一個又說：「迎春女官說是痰中帶血，不是普通的嘔吐。咳血出於肺，嗽血出於脾，咯血出於心，唾血出於腎。有火鬱，有虛勞。如今太后年事已高，火鬱傷脾，乃是咳血，非是吐血。」

這樣子議了多時，也沒有定論，太后反被折騰得病情又加重三分，氣得迎春哭道：「都說是國手，能起死回生的，連吐血症都醫不了，還自比什麼華佗、扁鵲？正經民間郎中也不如。」便要貼榜懸紅，滿世界召請名醫去。偏偏敬事房又說太后不許，還教太醫院主治。

迎春罵道：「你們別忘了，壽康宮住著的也是太后，還是太宗皇帝的正宮娘娘、慈寧宮太后的親姑姑呢，怎麼皇太后的話不靈了嗎？」

正鬧著，恰逢忍冬帶著建寧前來請安，迎春道：「你來得正好。太后病重，這些太醫們又不肯好好看，又不肯好好治，我說要張榜求醫，敬事房又不許。現在這宮裏的事兒，只有你們太后說的話才是懿旨，我們太后說的話，竟是耳邊風。」

忍冬道：「哪裡的話，拋開皇太后是先皇中宮不談，她們還是姑侄呢，哪有厚此薄彼的道理？的確是這北京宮裏的太醫院規矩囉嗦，不比咱們原先在盛京的時候，任做什麼事兒，都要經過幾層的手續呢，竟連我們娘娘也沒辦法，總不成爲著這個，把敬事房的人打一頓，又或是召開個禮部會議來討論。你爲這件事發了幾次脾氣，說話從不避人，就不怕那起小人拿著這個把柄到我們娘娘面前討巧賣乖嗎。幸虧是娘娘大度，不但不計較，還誇你是忠心護主。聽說太后病重，我們娘娘急得什麼似的，這不，特地叫我送丹丸來呢。」

迎春打開匣子，聞到沁鼻一陣香氣，奇道：「這是什麼藥？怪香的。」

忍冬笑道：「這是太后給自己開的方子，叫『一品丸』，是用『香附子』又叫作『雀頭香』的，去皮、煮、搗、曬、焙之後，研爲細末，加蜜調成丸子，聞起來香，嘗起來甜，按時服用，可以順氣調經、青春長駐的。不管太后得的是什麼病，都只有效應沒有壞處的。」

迎春不信道：「那不成了萬靈仙丹了？哪有包治百病的藥丸？連太醫院都診不出我們太后得的是什麼病，你們娘娘大老遠的倒會未卜先知？」

忍冬拉了迎春的手一同在廊下坐定，細細說道：

「我們兩個打小一塊兒進宮，一塊兒長大，難道我會騙你不成？這香附子雖然不是什麼萬靈仙丹，不過效用的確很強的，可以治偏正頭痛、熱氣上攻、頭目昏眩。若是蜈蚣咬傷，將香附子嚼爛塗在傷口上，立見奇效；凡一切氣病，比如胸腹脹滿、噁心、氣逆、返酸、煩悶等，都可以用香附子一斤，縮砂仁八兩，炙甘草四兩，一起研末，用鹽開水送服，叫做『快氣湯』；若是心腹刺痛，可以用香附子二十兩去毛，焙乾，加入烏藥十兩、炒甘草一兩，共研爲末，鹽湯送下，便可治癒；又或是心脾氣痛，也可用香附子浸醋，略炒，研成細末，用高良薑酒洗幾次，略炒，也研成末用熱米湯加薑汁一匙送服；不過娘娘說，心脾氣痛或因於氣，或因於寒，若原因不同，治法也都不同……」

迎春道：「我們太后不消說，自然是因於氣了……」一言未了，忽覺不妥，紅了臉不肯再說。

忍冬只裝沒聽見，又舉了幾種香附子的藥方及功效，最後說：「娘娘平時也總吃這丸藥，所以才看起來比一般二三十歲的少婦還要年輕；這香附子雖不能起死回生，可是常服可治頭痛，又能明目，煎湯漱口還能止牙痛呢，就是孕婦吃了，也可安胎順氣，所以可說是只有妙效絕無毒性的。雖然不知道太后娘娘到底患的是什麼病，可是服用『一品丸』總之是不會錯的。」

迎春訕笑道：「母后皇太后文武雙全，又精通醫術。你跟著她這麼多年，也成半個女神醫了。從前我們娘娘是後宮之首，吃『一品丸』倒也合宜；現在皇上登基，母后皇太后大權在握，位居一品，吃『一品丸』當然不會錯；我們娘娘靠了後，連想張榜請大夫，敬事房都不願理會，這『一品丸』合不合吃可就難說了。」

忍冬佯嗔道：「我一直替你們太后擔心，你倒一直只管打趣我。宮裏明爭暗鬥，今兒你升，明兒我降，難道是由你我說了算的？從前姐姐是宮中最高女官時，我是怎麼樣對你的，現在還是怎麼樣對你，難道有過不同嗎？倒是姐姐，以前何等關照我來，如今怎麼忽然就變了副嘴臉呢？如今見面更比從前難了，說不到兩句話就冷言冷語的，那些小人趨炎附勢、踩低拜高原是慣了的，你我在宮裏這些年，有什麼不知道，有什麼沒見過，怎麼也跟著亂起來，只管說這些不鹹不淡的話來陰我，難道我們從前的好就都忘了不成？」說著拿出絹子來拭淚。

迎春不由得心軟，動情道：「好妹妹，是我的不是，我哪裡真是疑心你，不過是說這些話來試你。從前你、我，伴夏、剪秋，我們四個是一起進宮的，分別跟了太后、莊妃、貴妃、和淑妃娘娘。伴夏是因為八阿哥夭折，整個關睢宮和麟趾宮的人都被下令處死，她也跟著冤枉死了；剪秋心癡，跟太監劉公公吃對食兒，一同殉了先帝；就只剩下你我兩個，要是再彼此猜疑，這宮裏就更沒一點人味了。」遂將匣子收下，又拉著忍冬說了許多知心話。

一時建寧請了安出來，迎春猶捨不得忍冬，笑著哄道：「好格格，你自己回宮去吧，讓忍冬再陪我說會兒話。」

忍冬急道：「這怎麼成？太后知道了，是要罰的。」

建寧大包大攬道：「沒關係，要是太后問我，我就說是這邊的太后娘娘留下忍冬姑姑說幾句話，叫我先回來。反正太后又不會跑來問這邊太后的。只要你想好編些什麼話圓謊兒，別等太后問起來，說這邊太后問你什麼話呀，你不知道怎麼回答就好。」

說得迎春和忍冬都笑起來，說：「格格真是人小鬼大，腦筋轉得比大人都快。」

建寧也笑著，早繞過大佛堂，熟門熟路，徑往建福花園裏奔過來。

附注

1、關於太后下嫁攝政王一事，素被列為清初三大疑案之一，史學家們歷年來辯論無休，說法各異。主嫁派證據主要有三：一為時人張煌言〈建州宮詞〉：「上壽稱為合巹樽，慈寧宮裏爛盈門。春宮昨進新儀注，大禮恭逢太后婚。」（《張蒼水詩集》）所謂「新儀注」乃指禮部起草婚禮奏章，一直藏於禮部檔案中，後來因多爾袞死後削爵，遂把此事隱瞞起來，後世鮮有人知；

證據二是一六八八年太后死，謚「孝莊文皇后」，由於曾經下嫁多爾袞，靈柩浮厝於「暫安奉殿」近四十年，至一七二六年初才安葬於孝陵的「風水牆」外；

證據三，也就是最有力的證據，是宣統年間大內閣庫牆垣倒塌，時劉啟瑞任閣讀，在清理遺檔中發現了順治帝頒佈的皇太后下嫁皇父攝政王詔書。劉啟瑞藏有《皇父攝政王起居注》一書，後來傳給兒子劉文興。一九四七年一月廿八日，劉文興在《中央日報》的《文史週刊》發表《清初〈皇父攝政王起居注〉跋》，將此事公之於世。

以上三種論證之外，西嶺雪為著此書，翻閱《清史編年》時又遇一疑點：順治十七年卷中，順治命恩恤其乳母李氏時曾有「睿王攝政時，皇太后與朕分宮而居，每經累月方得一見」之語，母子分宮而居固屬禮儀中事，然而經月一見卻不尋常，或可為太后下嫁多爾袞又一疑證也。當為此時太后已嫁多爾袞，別宮另居，甚或出宮移駕，故而與皇上兒子累月不得一見。否則，倒不好理解後來的康熙帝亦是同順治一般幼年登基，卻得與太后朝夕相處，晨昏定省之故了。

2、《中國歷代后妃大觀》載：博爾濟吉特氏娜木鐘，姓博爾濟吉特，名娜木鐘，蒙古阿霸垓郡王額齊格諾顏的女兒，清太宗皇太極的貴妃。在入宮前為察哈爾汗林丹的多羅大福晉，並生下女兒淑濟……一六三五年改嫁皇太極，時年已廿七歲左右。翌年，皇太極稱帝，立娜木鐘為西宮貴妃，居麟趾宮……一六四一年生皇十子博穆博果爾（襄親王）。一六五二年（清順治九年），加尊號「懿靖」。一六七四年（清康熙十三年）死，時年約六十六歲，史稱「懿靖太貴妃」。

此處福臨稱娜木鐘為懿靖太妃，是為了行文方便，提前使用了順治九年以後的封號。

3、蔣良騏《東華錄》卷六，順治五年十一月冬至，「恭奉太祖配天，四祖入廟，遣官祭告天地、太廟、社稷」，「加皇叔父攝政王多爾袞為皇父攝政王，凡進呈本章旨意，俱書皇父攝政王」。由此可推算，太后下嫁當於此前之事。

第五章　東五所

1

順治六年春天，建福花園的桃樹第一次開花。風在樹梢上繞來繞去，陽光也追著風的腳蹤在枝間穿來穿去，雖然枝條纖瘦，卻已有花香陣陣，透露著春的消息。

這些日子，長平每天做一點功夫，已經將花園慢慢整理出來，搬開碎石，鋤盡雜草，刨鬆土質，去年種下的幾十株桃樹苗如今花團錦簇，沿著女牆芬芳馥郁地圍出一道桃花籬，圍起來的地方也剛剛翻過土，有的地方已經灑下花種，有的還張著大口等待種下新花苗。園子朝南正中幾盆從萬壽山移栽過來的海棠花，更是堆雲簇雪，開得動聲動色。

長平親自操作這些，做得很辛苦，但是從不讓建寧和香浮幫忙，說是金枝玉葉須得好好保護自己的一雙手。

建寧覺得好奇：「仙姑從前也是金枝玉葉，大明朝廷的規矩比我們滿洲人更多，怎麼倒不用保護好一雙手麼？仙姑是同什麼人學的種樹？」

長平臉上微微一紅，喟然道：「那是許多年前，有個從小在鄉間長大的朋友教給我的。」

建寧更加奇怪，心想：你今年也不過二十來歲，從小到大都沒離開過這宮殿半步，又到哪裡去認識什麼在鄉間長大的朋友呢？何況學種樹又不是什麼壞事，怎麼說一說便要臉紅？

長平帶著香浮和建寧，將兩罈花雕深埋在桃花樹下，款款地說：「這是新釀的桃花酒，這桃樹是沒結過果子的，所以這桃花是女兒花，這紹酒是女兒紅，這埋酒的地方只有你們兩個知道，也就只有這麼兩罈，你們倆一人一罈，留到將來成親的時候再挖出來喝。」

「女兒紅？」香浮嘻嘻笑，「桃花酒，這名字真好聽，香香的。」

建寧也喜得不住點頭，雖然從沒喝過酒，可是光聽這名字，已經好像聞到一股花香酒香。而且長平埋下兩罈酒，親口說送給她們兩個一人一罈，那是對香浮和自己一視同仁，把自己看作女兒一般，這比得到那罈桃花酒還叫她覺得喜歡滿足。

香浮問：「爲什麼沒有結過果子的桃花就叫女兒花？結過果子的花，就不能再釀桃花酒了嗎？」

長平微喟道：「是桃花便都可以釀酒，也都叫桃花酒，可是不再是女兒酒。因爲那花已經不是女兒花了。這便好像一個女子，嫁了人生過孩子之後，便不再是處女，不乾淨了。」

建寧忽然想起一事，問道：「爲什麼不是處女便不乾淨了？香浮是仙姑的女兒，仙姑是生過孩子的，那不是說仙姑已經不是處女，不乾淨了麼？」

香浮叫道：「娘親是最乾淨的。」

建寧道：「又不是我說仙姑不乾淨，是仙姑自己說的，嫁了人生過孩子，便不再是處女，不乾淨了。」

香浮急得眼圈兒紅起來，直著嗓子叫道：「娘親最乾淨，娘親就是乾淨的，娘親生一百個孩子也是最乾淨的！」香浮很少發脾氣，難得這樣激動，卻也毫無威懾，倒是淚光瑩瑩楚楚可憐的。長平忙用那隻獨臂將女兒攬進懷裏，輕輕撫摸著她的臉蛋說：「香浮不哭，娘親有你這個女兒，便不乾淨也是不後悔的。」

風從樹枝間穿來穿去，花香一陣濃似一陣，是個陽光明媚的桃花天。建寧剛得到一罈桃花酒，心情好得很，可不想為了乾不乾淨的事和香浮吵架，何況，她也絕不相信仙姑會不乾淨，便笑嘻嘻地說：「算我說錯了，仙姑是世界上最乾淨最好看的人。」

建寧脾氣倔強驕傲，難得肯主動認錯，這使香浮覺得滿足，立刻便原諒了她，卻在母親的懷裏仰起頭來，淚汪汪地問：「可是孩兒的父親到底是誰？」

建寧說：「我猜，一定是位大明的貴族，或者是位大將軍，誓死保衛公主安全，公主感謝他的恩，就以身相許。戲裏都是這麼演的，英雄救美，才子佳人，然後就有了一個孩兒。有齣戲叫《寶蓮燈》，那個沉香還劈山救母呢；還有《雷峰塔》，也是等到那孩子許翰林長大後，中了狀元來祭塔，才將白娘子從塔下救了出來。三聖母和白娘子都是神仙，仙姑也是神仙，又都是住在廟裏，一定不會錯。不過，戲裏的孩子可都是男孩兒呀。」

恰時亞瑟打了水來，長平洗過手，便坐在桃樹下，緩緩地說：「格格知道的戲目還不少呢。不過，真實的故事和戲裏面總是不大一樣的。」

香浮央求：「娘親說給我聽好不好？」

長平撫摸著她的頭髮說：「好吧，本來想等你長大一些再告訴你的，不過，大概沒多少時間好等了，今天便給你講個故事吧。」

建寧最喜歡聽長平講故事，拍手說：「好啊好啊，仙姑講故事。」

長平說：「這要從我這隻斷臂說起……」

建寧大吃一驚，心想：難道仙姑的胳膊是那個人砍的嗎？啊不對，記得皇帝哥哥說過，仙姑這隻胳膊是被她父皇親手斬斷的。難道那個人是個神醫，是他救了仙姑，治好了她的劍傷？也不對，他要果然是神醫，應該替仙姑把斷臂接回去才是。仙姑這樣美麗高貴，卻只有一隻胳膊，多麼可惜可憐。想著，眼中露出憐惜之意，輕輕撫摸著長平那隻空置的衣袖。

長平恍若未覺，輕輕地說道：

「記得從前我同你們說過，我這條胳膊是我父皇砍的。我被砍昏過去，朦朧中聽見父皇瘋了一樣大喊大叫，聽見我的小妹妹只哭了一聲就斷氣了，聽見後宮的嬪妃們哭成一團，後來，一切都安靜下來，大概就是沒死的宮女也都嚇昏了吧。再後來，忽然又吵嚷起來，有許多人闖進宮裏來，又聽到有人喊什麼『皇上萬歲萬萬歲』。我心裏想，是我父皇回來了嗎？勉強睜開眼睛，便看到一個彪形大漢站在我面前，穿著一身鎧甲，很威武雄壯的樣子，接著，我的身子忽然一輕，飛到了半空，原來竟是被他抱了起來，他說他叫李自成，是大順軍的領袖，又說他決不會傷害我的，叫我安心。我怎麼會安心呢，這個是我們大明朝的仇人呀。我一急，又暈了過去。再醒來時，已經在自己的寢殿裏，太醫替我包紮好了傷口，煎好了藥。」

雖然已經是多年前的舊事，可是長平說起時，就好像發生在昨天一樣，建寧和香浮甚至彷彿聞到那股瀰漫在宮中的血腥味。長平說到那個彪形大漢時，建寧只覺得要窒息一樣，長平說到自己暈了過去，建寧也覺得要暈過去了，直聽到她安全被救，方放下心來，輕輕地「哦」一聲。

長平繼續道：「我知道自己沒死，可是父皇、母后還有我的小妹子昭仁公主卻都死在這次劫難中，不禁萬念俱灰，恨不得這便死了，跟他們一起去。可是那李自成不許我死，他派了好多太醫每天看著我，叫我吃藥，還說如果我有什麼不測，就把殿內所有的太醫和宮女都殺了。阿琴她們每天跪在榻邊哭著求我吃藥，太醫們不住地磕頭，老淚縱橫。那些人太無辜，我想，不能夠連累了他們，只得勉強答應喝藥。我在心裏已經是死過無數回的了，可是我的身子卻偏偏一天天好起來……」

建寧打斷說：「幸虧仙姑肯喝藥，不然果真死了，我到哪裡認識仙姑呢？這樣說來，那李自成也不壞。」

香浮也在心裏說：好險，要是娘親那時候死了，便沒有我了。想到自己這個人很可能會不存在，不禁覺得害怕，悄悄兒地掐了自己胳膊一下，疼得一哆嗦，知道這個自己是真實存在的，才放下心來。

只聽長平接著往下說：

「他爲人好不好，我也不便評價。不過他在我面前，倒是斯文和氣的，收起所有的霸氣，從來不說那些打打殺殺的事。他每次來看我，我都閉著眼睛裝睡，不肯同他說話。他也不惱，就坐在那裏自說自話，給我講鄉間的故事，他說他父親是養馬的，他很小的時候已經在幫家裏做農活了，閒時便往樹上扔石子玩兒。一顆石子出手，飛上去的是鳥，掉下來的是果子；再大一點，學會做彈弓，到處尋好牛筋，親自選了硬木杈在石頭上打磨光滑，仍然用石子做武器，可是鳥兒已經不再往天上飛，也跟著果子一齊掉落地了；再後來，學會了使弓箭，成爲百發百中的神箭手，射的便不再是果子或鳥兒，而是敵人，想射誰便射誰，從未失過手，只有一次在承天門前……」

長平的聲音停下來，眼神忽然凝住，彷彿想起了什麼。

香浮急道：「說下去呀，他學會了射箭便怎樣？又在什麼時候失過手？」

長平說：「當時，他也是在這裏停下來，我也是和你現在這樣，覺得好奇，就忍不住睜開了眼睛，望著他，卻不肯問他。可是他看見我抬頭，已經很高興，眉開眼笑地，問我是不是喜歡聽，還說要多說些故事給我聽，可是他又嘆氣說：殺伐生涯實在乏善足陳，他的一生裏從來也沒有過什麼好故事，又說：我給你吹個曲子吧，是我們家鄉獨有的玩意兒呢。然後，他便拿出了一只圓球樣的樂器來……」

建寧叫道：「我知道了，是塤，我和皇帝哥哥第一次來雨花閣時，仙姑吹奏過的。」

長平點點頭，說：「正是塤。那是我第一次親近那天籟之聲，覺得那種悠揚前所未聞，迴腸盪氣。從前我會彈奏很多種樂器，琴、瑟、箏、笛、琵琶都不在話下，可是這隻胳膊斷了，只剩下一隻手，那是什麼樂器也彈不成了。他說：我教你吹塤吧。我看看那塤，上面有七個洞洞，要兩隻手十隻手指輪換著捏住那些氣孔，才吹得出抑揚頓挫來，我又怎麼學得會呢？他說：不怕，我替你另做一個。他每天要處理那麼多政事，可是一閒下來，就開始搗騰泥土，研究一隻特製的塤，居然真被他發明了新的四孔塤出來，別看只有四個孔，可是宮商角徵羽一樣不少，照舊吹得出好曲調來。能夠重新吹奏一種新樂器的誘惑太大了，我忘記了對他的仇恨，認真地跟他學會了吹塤……」

建寧又插嘴說：「還有種樹。」

長平說：「你真是聰明，種植這些事情我原來是不懂得的，也是他教給我。他每天跟我談的就是這樣，怎麼種樹，怎麼吹塤，怎麼做彈弓……」

建寧摩拳擦掌地說：「仙姑教給我好不好？我也要做一支彈弓出來，專門打烏鴉。」

香浮驚訝：「你們不是奉烏鴉為祖先，叫作神鴉，不許傷害的嗎？」

建寧恨恨說：「我最恨烏鴉，黑漆漆的難看死了，叫得又難聽，又像哭又像笑，我們的祖先怎麼會是烏鴉呢？是鳳凰或者孔雀多好，或者像土爾扈特人那樣，奉天鵝當祖先，至少也該是一隻鴿子呀。如果有一天我能做得了主，就下令把天下的烏鴉全殺了。」

長平正想說話，忽然阿笛慌慌張張地跑進來通報，高喊著「太后娘娘駕到」。接著琴、箏、瑟也都圍攏來，匍伏在地，不住發抖，不知道這位權傾後宮兼及朝政的太后娘娘突然駕臨究竟是福是禍，而世外桃源的建福花園從今往後又將會發生些什麼不可預料的大改變。

連建寧也惴惴不安，不知道太后看到自己在這裏會不會見怪，緊緊拉住香浮的手，手心裏微微地沁出汗來。香浮從未見過太后，而且她自出生以來也沒什麼人呵斥過她，便是順治皇帝也都是常來常往情同兄妹的，便以爲這宮裏人人對她都很好，反而毫無懼意。

稍頃，只見大太監吳良輔引著太后大玉兒鳳冠黃袍地姍姍走來，隨行只有兩個近身宮女，都穿著紅襖綠裙，梳著辮子，耳旁戴兩朵花，手上各自捧著托盤錦囊等物。長平緩緩起身，帶著香浮和建寧迎上前來，不卑不亢，彷彿對太后的駕臨早在意料之中似的。

2

她們終於見面了——大明最後一位公主，和大清第一位太后。

她與她之間，不知道誰才應該是這紫禁城真正的主人。

她們靜靜地對視著，並沒有馬上寒暄見禮，好像被對方的風儀所驚羨。

在大玉兒眼中，長平公主是神秘的，高貴的，也是傷感的，落寞的，她代表著一整個逝去的朝代，是這朝代留在紫禁城裏的活動標本，是時代的見證，也是大清軍隊最珍貴的戰利品。她穿著單薄的尼袍，一隻袖子空垂著，彷彿籠著看不見的血腥。因爲那殘缺，使她周身都散發出一種淒迷哀豔的氣質。然而，她仍然是美麗的，即使不施粉黛，即使荊衣麻鞋，即使廢爲庶民，她仍然有一種與生俱來的高貴氣度，令人不敢逼視。大玉兒不得不避開眼神，含笑問候。

長平也非常謙恭地還了禮，以一位禪師的身分而非臣民。她知道真正的對手來了，這太后才是紫禁城裏真正的權力核心，既是後宮的掌權人，也是前廷的干政者。這位科爾沁草原上的格格微笑的唇角微抿著，鼻樑高挺，有著中原女子罕見的剛毅英姿，肌膚是一種羊脂般透明細膩的白皙光潔，使她看上去年齡模糊。婀娜的身材即使籠罩在長可掩足的寬大旗服下也仍然不掩玲瓏，袍子是鵝黃緞面常服，領口、袖端、襟襬、衣裾都大鑲大滾，刺金繡銀，外面罩一件墨綠琵琶襟，也是繡滿四季花鳥，色彩明麗；梳著一字頭，插著翡翠鈿子和大東珠，腳蹬一雙三寸底的繡鞋，手指纖細，尾指戴著長長的金甲套。長平猜想，那是可以打開紫禁城政治中心的鑰匙，倘若用這樣的一雙手來指點江山，那江山必是鋒銳而疼痛的吧。

贊儀高聲唱出賞賜之物：「青玉佛像一尊，琺璃獅子香爐一個，上好的檀香九十束，南海沉香屑九盒，宮製尼袍三套，另有茶葉數筒，點心數盒。」

長平施禮謝贈，坦然接受，淡淡地命阿琴亞瑟接了送進雨花閣內，又引香浮出來給太后見禮。

太后彷彿這才看見建寧，略略驚訝，但也未加苛責，只淡淡說：「你在這裏嗎？素瑪到處找你呢。」

建寧垂頭說：「剛來，這便要回去了。」

太后點點頭，隨即從腰帶上解下一枚精緻玲瓏的玉佩來遞在香浮手上，拉著手說：「這是小公主麼，比我們大清的格格可秀氣文靜得多了。」

長平笑著說：「太后過獎。」親自引著太后步入雨花閣內，命阿琴亞瑟焚香奉茶後，便教諸人都去外邊守著。

琴、瑟、箏、笛面面相覷，都驚惶失色，坐立不安。便是跟隨太后前來的忍冬和小宮女喜兒也都疑神疑鬼，百思不得其解，紛紛圍著吳良輔請教太后臨幸的緣故所在。

吳良輔也揣測不來，卻不知強為知地隨口說：「太后大婚，惠及朝野，當然不能獨獨漏過這建福花園啊。滿人辦喜事講究四處給鄉鄰親戚派送喜餅，太后娘娘這是給長公主送喜餅來了，親自來，是顯著對咱們公主格外看重的意思，到底是這皇宮裏唯一的舊主人嘛。」

忍冬笑道：「怎麼是唯一的舊主人呢？聽說吳公公在這宮裏的日子，比慧清禪師還要長呢。我聽人家說，就算這宮裏少了一塊磚，公公也能知道它原來是在什麼位置上。」

吳良輔嘆道：「我算哪根蔥哪根蒜，又怎麼好算紫禁城裏的老人兒呢？我根本也不算一個全乎人兒。雖然這些年來在宮裏吃也吃過，見也見過，小心一輩子，只求死的時候可以落個全屍，也就算不枉到人世間走這一遭兒了。」

阿琴聽他說得傷感，由不得紅了眼圈，低下頭去。眾宮女也都不好再追問玩笑，並且因為他的感慨紛紛勾起自己的傷心事來，不由都低下頭去。

風聲依然在林梢間穿梭迤逗，然而太陽光已經厭倦了這追逐的遊戲，悄悄躲到雲層後歇息了，於是霧氣一層層圍攏來，挾著那些陳年舊怨，也挾著新生的風聲雨意，潛潛冥冥地逼近了這大明的廢墟，以及廢園中幾個身分各異、命運多舛的清宮僕婢。

太監與宮女的命運，也同太后與公主的命運一樣，都是上天注定的。如果說長平的過錯是不該生於帝王家，那麼瑟、瑟、箏、笛，以及吳良輔的過錯，便是不該走進紫禁城。

這天，僕婢們等了許久，太后才從雨花閣裏出來，滿面笑容，春風和煦。慧清禪師一直將她送至建福花園門口，扶著門框一直看著儀仗隊走遠才轉身回閣。沒有人瞭解這次談話的內容。然而，所有人都本能地意識到，這次見面的意味是不同尋常的。

這一次見面決定了明清兩代最後的較量與合作，並直接影響了此後中國三百餘年的宮廷歷史的撰寫。如果紫禁城的牆壁花木有靈性，它們會因爲這兩個卓越女子的對話而顫慄的。可惜的是，無論牆壁還是花木都不會說話，於是，這世上便再沒有一個人知道那天長平公主和太后娘娘在雨花閣裏關起門來說了些什麼。

但是建福花園的宮女們情願相信她們用整個生命來維護的公主是有法力的，因爲她帶著她們一次又一次地從歷朝帝王手中出生入死，因爲她那麼輕而易舉地贏得了大清小皇帝順治和他胞妹建寧格格的喜愛與親近，如今，她又這樣神奇地獲得了先皇愛妃、當朝太后、攝政王新婚福晉的友誼。她就像一個巨大的磁場，引誘著歷朝的皇上、格格、甚至太后，著了魔般地往這荒蕪清寒的雨花閣跑。如果說這不是因爲她有法力，那又有什麼別的解釋呢？

這些宮女都是跟著公主從前明死裏逃生降了大順，又從李自成的朝廷苟且偷生捱至大清，到底皈依了佛門方能保得性命安寧的。她們一向是這宮裏最溫順謹慎、安分守己的，溫順得猶如一束供奉在清瓶中的無聲無息的野花，安分得好像暗夜裏在銅爐內靜靜焚燒的沉香屑，雖然朝廷一年四季都對雨花閣中有所賞賜，然而大多時候她們是自給自足、從不同這宮裏任何部分發生聯繫的。她們孤懸宮外，與世無爭，生恐發出一點響動引起人們的注意。她們唯一的心願，只是這樣平靜安寧地一直活到老，活到死，到死的那一天，她們也將是無聲無息的，是一種不引起任何人注意的死。

可是太后娘娘忽然來了，太后娘娘忽然來到了這與世隔絕的雨花閣，太后娘娘忽然來拜訪雨花閣裏的慧清禪師，太后娘娘忽然來拜訪雨花閣裏已經變成慧清禪師的前明公主長平，這到底意味著什麼呢？

太后每次駕臨，都會帶來大量的賞賜，並且由於她超乎常人的細心體貼，使所賜贈的每一件物品都師出有名，不容推拒。比如應時應令的花草種籽，專門爲佛誕準備的全素席，或者崇禎從前賞賜漢大臣的某件遺物，如今又被這漢臣重新奉獻出來孝敬當朝攝政王的。

長平每每見了這些父皇的舊物，雖然不至於涕泣流淚，卻也都矚目良久，然後恭恭敬敬地供奉在佛壇上，再三施禮膜拜。她從不在太后面前掩飾自己對前明以及崇禎皇帝的思念之情，甚至臨寫的那首李煜絕命詞《浪淘沙》也就隨意地插在青瓷畫瓶裏，同太后賞的名畫擱在一起。

阿琴粗通文墨，從前原是長平的伴讀丫環，對這些詩詞典故略有所聞，十分擔心憂慮道：

「公主向來在我們面前也很少流露情緒的，怎麼這些日子倒肯和太后親近，推心置腹的呢？她當著太后的面對著那些海棠花拜祭贊禮，毫不避諱；前些日子，我還親眼看見太后拿著這首《浪淘沙》跟公主討論書法，真是嚇得心跳也停了。」說罷從畫瓶裏取出詩軸來，朗朗念誦：

「簾外雨潺潺，春意闌珊。羅衾不耐五更寒。
夢裏不知身是客，一晌貪歡。
獨自莫憑欄，無限江山。別時容易見時難。
流水落花春去也，天上人間。」

阿笛阿箏等等都道：「聽你念得怪好聽的，可是什麼意思就不知道了。為什麼害怕太后看見？」

阿琴解釋道：「這詩背後有個典故，說的是那李後主被宋太祖趙匡胤所俘，委屈求全，寫了這首詩抒發對故國的懷念之情，被人聽到後密報給趙匡胤，於是趙匡胤知道他並不是誠心歸順，就下令叫人賜毒酒把他殺了。現在公主當著太后的面念這首詩，不是明白說她懷念大明、不肯忘本的意思嗎？太后是這麼細心的一個人，不曾體察不到公主的這份心思，倘若因此疑她有異心，忌憚於她，那不是對公主很不利嗎？」

四個人中，阿箏最身高體大，性格也最豪放，開解眾人說：「公主不是輕舉妄動的人，她做事一定有自己的道理，我們無論如何猜不來的，只好依照自己的本分，好好侍候著便是了。她貴為金枝玉葉都不怕死，我們要命一條，要頭一顆，又有什麼好怕的？」

亞瑟哭泣說：「我只怕公主已經看透生死，根本不在乎太后怎麼看她，她說不定巴不得惹怒了太后，好賜她一死，一了百了呢。要不，為什麼前些時叫吳良輔聯繫佟將軍，說要把小公主偷偷送走呢，這不是想留她一條活路又是為什麼？」

琴、箏、笛聽見，都覺著越想越像，忍不住痛哭起來，阿箏便攛掇阿琴說：「你是先皇賜了給吳公公做對食兒夫妻的，別人不知道的事兒，他多少會知道些吧？你不如讓他幫忙打聽著，他不同別人說，難道還不肯同你說嗎？」

阿琴變色道：「我也問過吳良輔，他說在公主面前立了死誓的，絕不告訴第二個人知道，連我也不能說。你們再別問我這件事，也千萬別同人說出吳良輔的名字來，不然連他都落不是呢。你同裴將軍還是遠房兄妹呢，他替公主做事，會告訴你麼？我們可敢跟別人說起他麼？」

眾人知道事態嚴重，況且這建福花園裏秘密多，規矩大，發生過的重大變故遠不止這一件兩件，她們天天守著公主，可是就連她什麼時候懷孕這樣的生死大事都不清楚，也只得如清風拂面一樣聽其自然，更何況香浮還是小小幼女，她若失蹤，而公主又不想讓眾人知道，那人們便是長了八隻眼睛十六隻耳朵也是打聽不出來的。因此白白地犯了半日愁，終究也只是彼此抱頭痛哭一回，互相安慰說：「反正咱們總是約好了的，公主活著一天，咱們侍候她一起念經誦佛；倘若公主不測，咱們也只好一條繩子吊死，到了陰間地府仍舊服侍她，不然，叫她一隻胳膊可怎麼活呢？」哭過之後，反覺心清氣爽，反正想不穿，乾脆不去多想，只管照舊過日子便是。

建福花園仍是那個只以種樹栽花為樂的建福花園，雨花閣也仍然是這個每日焚香禮佛的雨花閣，風雨再大，也一樣地陰晴圓缺，蝶飛草長，便如沒事發生一樣。

3

這以後，建福花園便成了太后的常來常往之地。這日太后再來時，攜了一幅唐寅的裱畫贈與長平，說是上面題有崇禎皇帝的親筆御識。長平捧在手中，看了又看，彷彿想起了父皇生前教授自己吟詩作畫的溫馨往事，眼中淚光閃閃，半晌無語，臨了兒卻忽然說了一句：

「這不是原畫兒，是揭過的。」

太后回宮後，便告訴了攝政王，要他以後對那位漢大臣著意疏遠，不可重用。順治一旁聽說，倒覺好奇，問道：「這樣好畫，為何說是揭過的？母后又何以因為這樣一幅畫而對那位大臣下了定論？」

大玉兒正要趁機教誨兒子舉一反三的帝王眼識，便不肯輕易說出答案，笑道：「你同慧清禪師是好朋友，若不是你，我也不會想到要去探訪她。為什麼你不自己當面問她，倒來問著我呢？」

順治聽了，再來建福花園時，便果然向長平請教。長平道：「雖是好畫，可惜不能獨一無二，裝潢再華麗也是投機取巧的媚俗求利之作，便好比女子失了德行，縱然再濃妝豔抹又如何？」

順治不解：「仙姑以為這畫是贗品麼？我細細端詳了半日，這紙、這墨、這印識落款，明明都是唐伯虎的風骨，不知哪裡露出馬腳，讓仙姑斷定是偽作？」

長平笑道：「皇上的眼光不錯，這的確不是僞作，而是唐寅的真跡墨寶。真跡有限，而人的貪念無限，有些人爲了發財，往往會僞造名畫賣真畫的價錢。而揭畫，就是造僞手藝中最高的一種，就是把畫宣上面薄薄的一層用針挑開，揭出比蠶絲更薄的一層畫皮出來，然後重新托墨裝裱，便成了另一張名畫。因此這張雖然的確是唐寅手筆，卻只能算作半幅真跡。」

順治吃驚道：「宣紙本身已經那麼薄了，居然還可以再揭作兩層嗎？那這門學問的確很高明了。」

長平笑道：「這算什麼？最厲害的揭畫師傅，可以把一張畫揭出三四層來呢。爲了發財，古董商造僞的高明學問多得是。不過，再名貴的畫，如果被揭過了，也就不值錢了，因爲真品只能有一樣，如果真品同時出現了三四件，那就同贋品無異了。只不過，揭畫作僞的贋品比那些臨摹作僞的還是要值一些錢，因爲畢竟沾了真品的邊兒，而且也最不容易判斷。」

順治點頭道：「這位大臣想要給攝政王獻名畫做貢禮，卻又捨不得，於是獻畫之前先揭過一層留存，也真是夠有心計的。可見此人做事處處留有餘地，首鼠兩端，不是盡忠盡孝之人，難怪皇太后說不可再信任重用。沒想到，從一幅貢畫上也可以看出一個大臣的官品來。」

長平道：「德行一詞，原有道理可循，藏跡顯形於談笑怒罵舉手投足間，吃穿用度舉止言談無一不可見人德行。所以才有『道德』一說，『道』即是『德』，『德』即是『道』，若能鑒人之『德』，便知用人之『道』。」

順治笑道：「這樣說來倒容易了，改日下一道旨，叫所有的大臣都獻一幅名畫上來，看誰的畫是揭過的，誰便是不忠的臣子。」

長平道：「當然不可，一則不是每個大臣都喜歡珍藏名畫，未必有佳作獻上，強逼進貢，少不得又要巧取豪奪，盤剝百姓；二則他若不喜歡畫，自然便不會想到要揭畫留存，又或是他即便喜歡名畫，也未必找得到高明的揭畫師傅，所以便有真品獻上，也不代表他是個忠臣；三則若是人人都想到揭畫上貢，那世上的名畫倒有一大半就此打了折扣，可不是暴殄天物。」

順治聽到長平一席話中竟關乎百姓安危、名畫生存、以及臣子忠奸幾個大題目，百姓又放在第一位，而且她隨口道來，毫不遲疑，不禁衷心欽佩，站起身施禮說：「仙子蘭心蕙質，慈悲為懷，倘若是個男子，再無我等鬚眉立足之地了。」

長平笑道：「皇上何須過謙？我不過是旁觀者清罷了。如果真論到賞畫鑒畫的功夫，那真是貽笑方家。」

兩人遂講究起裝裱修復古畫的技藝，如何如何洗，又如何如何揭，以至補綴、襯邊、托、全、式、攢、覆，直說到上壁、安軸，乃至囊函。

順治喜不自勝，回到寢殿後，便命吳良輔將所藏古畫卷軸盡皆取出，放在紫檀四面平螭紋的大畫桌上，一一辨識哪幅是原作，哪幅是修復品，又有哪幅疑為贗品，哪幅有洗過或是補過的痕跡。忽想起長平所提洗畫，一時心癢，特地選出一幅看起來晦暗蒙塵不辨年代的古畫，將附襯的油紙鋪在雞翅木條案上，命吳良輔將案一側支起，用一支毛刷蘸水淋灑。

或許是那畫實在古老，浣洗數次，仍然色暗氣沉，不能明淨。順治端詳再三，向吳良輔計議道：「公主說過，如果畫卷霉氣重，積汙深，就要用枇杷核錘浸滾水，冷定後再用來洗畫；又或者用皂角亦可。可惜宮裏並無此物，倒不知向何處去尋得枇杷、皂角這些東西。」

吳良輔陪笑稟道：「皇上，已經兩更了，畫兒又不會飛，不如明兒再洗吧。枇杷、皂角都不是什麼稀罕東西，只要下一道旨，少不得尋了來，那時再洗，可好？」

催請了三四次，順治方戀戀不捨地洗了手，解衣就寢，猶自感慨說：「大明公主才華出眾，且知仙機，這才是真正的皇家後裔。咱們大清的格格，無論長幼妍醜，總沒一個及得上她。」

吳良輔正要探些消息，趁機道：「我聽雨花閣的宮女說，這些日子，太后隔三差五便去建福花園探訪慧清禪師，有時候說些風花雪月，有時候卻是關起門來一個人也不叫，自己喝茶吃點心，一說大半晌兒呢。」

順治笑道：「公主於太后大婚這件事上居功至偉，太后大概是謝她去了。論起來，她們倆一個冰雪聰明，一個城府深沉；一個卓爾不群，一個特立獨行，的確也有很多話可說。母后在這紫禁城裏也是寂寞得緊，沒什麼人可以說說真心話兒，倘若這大清的太后竟和大明的公主成了知己，倒也是難得的一段佳話。」

吳良輔更加聽不明白，心想：太后下嫁攝政王，群臣爭相諂媚，而後宮褒貶不一，可這與長平公主又有什麼關係？聽說太后與攝政王早在盛京的時候就眉來眼去的，自然不是長平公主做的媒；到了這北京皇宮，攝政王以議政之名在慈寧宮來去自如，連哲哲太后都沒話說，當然更用不著長平公主牽線；至於大婚，那是洪承疇上的摺，湯若望圓的謊，要說他兩個立了大功，那是眾所周知的，至於長平公主，她深居簡出，又是個出家人，可立的哪門子功呢？然而身爲近侍太監，第一條規矩就是不聞不問。皇上沒問的事，他可以主動說；皇上沒說的事，他可不能主動問。就算好奇心蓬勃瘋長如春草，也得一把火燒得乾淨，埋種地下，等到合適的時候，春風吹又生。吳良輔好奇得滿心裏跑耗子，卻只得忍耐著一聲不問，甚至連表情裏都不可以露出好奇來。

方點起安息香來，忽聽簾外有吵鬧聲，竟似是建寧格格的聲音，吳良輔急忙出去看過，不一會兒引著建寧進來，臉上猶有淚痕。順治大吃一驚，急忙坐起問道：「你這是怎麼了？三更半夜地又跑出來和侍衛吵什麼？」

建寧氣急敗壞地道：「皇帝哥哥，我好不容易才跑出來見你一面，可侍衛卻不許我進來，你明天把他們全殺了，替我出氣，好不好？」

順治笑道：「你又說孩子話了。他們攔阻你闖宮，也是他們的職責所在，是爲了保障我的安全，怎麼能說殺就殺呢？」

建寧聽順治這樣說，更加委屈傷心，用手背擦著眼睛哭道：「皇帝哥哥，你不疼我了。倒是我來錯了。我白走這一趟。不打攪你睡覺，我回去了。」

順治顧不得夜寒侵骨，穿著單衣便連忙掀被下床，拉住建寧勸道：「你到底是怎麼了？哥哥怎麼會不疼你呢？不過是看你這麼晚跑出來，怕太后知道了會罵，又或者著了涼，那不是大饑荒？有什麼事，明天再說不好嗎？」

建寧哭道：「哪裡還有明天？太后叫素瑪姑姑送我走，以後不許我在慈寧宮裏住了，要我去東五所跟別的格格們住，給別的嬤嬤管。皇帝哥哥，以後我們再沒有見面的日子了。」

順治暗暗吃驚，心下十分不忍，卻只得娓娓勸道：

「太后新婚，皇父攝政王遷入慈寧宮，每天出出進進，也的確不方便讓你再住在那兒。連皇太后也搬去壽康宮跟太妃們一同住了，你自然要去東五所和格格們住，從此聽嬤嬤們統一教導，學些針黹禮儀，這也是正理，並不是太后不管你了。就是來我這裏，雖然不像以前這樣走動隨意，可是也並不是從此就不見面了，有什麼好傷心的呢？」

建寧雖然並不喜歡與太后同住，覺得束手束腳，可是忽然一下子要被送出慈寧宮，卻又叫她本能地覺得羞恥失落，因為這明明是一種「貶謫」，好比神仙降為凡人，京官貶為縣官。偏偏遇見的每個人都說這是正理，甚至說是為了她好，可她明明知道，有多少人等著這一天，等著要對她不好。一腔鬱悶無可發洩，不禁發脾氣道：

「你也是這樣說，素瑪姑姑也是這樣說，人人都這樣說，說太后這麼做是為了我好。可是既是為我好，原來就不該把我帶到慈寧宮裏，現在要我走，那些格格平時見了我都要冷言冷語的，現在見我搬了去，還不得合起夥來欺負我？」哭哭啼啼，只是拉著順治的手不肯放開。

吳良輔在旁暗暗著急，勸道：「格格，時間不早，讓奴才送格格回宮吧，皇上也該安歇了，倘若明兒起晚了誤了朝，老奴可就罪該萬死了。」

話音未落，順治忽地打了個噴嚏，倒笑起來，吳良輔更加焦慮，撲地跪下稟道：「皇上耶，老奴求您珍重龍體，快上炕躺著吧，要是著了涼，那老奴就萬死莫贖了。」

建寧大怒：「你左一個罪該萬死，右一個萬死莫贖，那是拿死來嚇唬我，攆我走麼？」可是終究也沒理由賴在這裏不去，哭鬧半晌，到底走了。

4

建寧帶著自己的寢具搬進東五所的第一天，便受到了眾格格們的聯手杯葛。

她們就好像提前約好了一樣，對她的到來不理不睬，視而不見。可若說是沒看見，卻又不是的，因爲她們的眼睛分明朝著建寧的方向一瞟一瞟，而且她們的談話忽然變得熱烈起來，話風裏夾槍帶棒的，又分明捎著建寧的邊兒。後宮裏長大的女孩子好像天生就懂得指桑罵槐的說話技巧，無論是唇槍舌箭還是冷嘲熱諷，都可以表達得抑揚頓挫，操縱自如。

建寧強忍著一腔委屈，不肯當眾掉下淚來，惟恐落人恥笑。人家不理她，她便也擺出一副傲慢的神情不與人招呼，用一種虛無縹緲的堅強來僞裝自己。倘若她不是這樣地倔強，那麼假以時日，也許那些格格會放棄對她的戒備和敵意而漸漸緩和，因爲她們對她畢竟也是好奇的。可是建寧太憂慮了，並因爲這憂慮而益發決絕，把自己與別人嚴格地隔離開來，用孤獨來捍衛孤獨，用冷漠來裝飾冷漠。她已經失了與格格們從小一起長大的先機，現在又不肯正視自己的挫敗與沒落，畫地爲牢，從而再次失去了與姐妹們和平共處的機會。

用膳的時候，這種敵對的情緒更加明顯起來，所有的格格都三五成組地聚在一起，只有建寧，看著分給她的那一份飯菜躲在角落裏食不下嚥；到了晚上，更是沒有人肯捱著她睡，格格們甚至爲此新發明了一種遊戲方法，就是猜拳賭輸贏，輸的那個要睡在建寧的旁邊，以此作爲一種懲罰。

其實沒有人在乎這個罰例，因爲並不代表著任何實際的損失，可是那輸的人卻必定要大驚小怪地抱怨一番，彷彿遇到了天下最可怕悲慘的事情，並以此來表示對建寧的輕賤——也許這才是這個遊戲的高潮以及最終目的，她們真正感興趣的不是輸贏，而是決出勝負後那一番裝腔作勢的誇張表演。她們就當著建寧的面來舉行這個帶著明顯侮辱意味的賭賽，然後再當著她的面表現出近乎慘烈的追悔莫及，其實那個賭輸了的女孩是興奮的，因爲她可以有一個充分的題目來發揮她的表演天分，而通常來說，一個格格是很難有機會來表露她們淺薄的喜怒哀樂的。

東五所的規矩是森嚴而刻板的，日程安排千篇一律，著裝飲食千人一面。這裏除了嬤嬤就是格格，嬤嬤的唯一職責就是服侍格格們長大，格格的唯一責任就是等著出嫁。她們難得有什麼節目來娛人娛己，而建寧的到來，無疑給她們刻板枯燥的生活帶來了一種新的刺激，她們尚分不清這是件好事還是壞事，只是本能地興奮著，敵對著，挖空心思地發揮想像力與創造性，想著如何利用這個入侵者來製造新的刺激，並讓那刺激維持得更持久一些。

東五所的格格們空前地團結起來，當然這團結的內涵並不包括建寧這個人；格格們的遊戲空前地熱鬧起來，當然這熱鬧也不是針對建寧而言的，可是卻不能不與建寧發生緊密的聯繫。事實上，倘若沒了建寧，這遊戲也就失去了它的意義，遊戲的花樣便不會如此豐富並且不斷翻新，遊戲的興趣更不會如此高漲並且愈久彌堅。從這個意義上來說，建寧才是這遊戲的核心，是東五所真正的靈魂。

這遊戲中，最受歡迎百玩不厭的一個，是捉迷藏，這是每個朝代每個民族的孩子都會無師自通的一項遊戲，但是這遊戲在這會兒的東五所裏改了玩法，加了佐料，這佐料便是建寧公主——不，也許形容她是藥引子更爲恰當，因爲是她的到來引發了這遊戲的再度繁榮，讓格格們廢寢忘食地醉心於這個遊戲，甚至在睡夢中都要一次次重複，不住地囈語：「捉到了，哈。」

後來建寧一直過了很多年都很害怕聽到這句「捉到了，哈！」總是她孤獨地坐在某個角落，而其餘的格格們裝模作樣興高采烈地捉著迷藏，奇怪的是，不論是輪著誰做那個被遮住了眼睛的捉迷人，她都會準確無誤地找到建寧所在的方向，在她背後這樣子大叫一聲「捉住了，哈！」無論建寧躲到哪裡去，無論她怎麼樣地表現出對這遊戲的厭惡和惱怒，那些格格們總之不會放過她，只要她們開始玩遊戲，建寧就開始隨時準備著那聲恐怖的「捉到了，哈」將隨時在她耳邊響起。她有些懷疑那些格格們是串通好了的，她們之間一定有某種暗語，以此來洩露並指示建寧所在的方向，叫那個蒙目的人找到。她很想躲開她們，可是東五所寢殿就只有這麼大地方，她能躲到哪裡去呢？

令她討厭卻無法擺脫的，除了諸位格格之外，還有那些終日盤旋在紫禁城頂上聒噪不休的烏鴉。不知是不是因爲東五所的陰氣重，烏鴉好像比別處更多似的，而且也更壞，專門在建寧獨自出門的時候在她的頭頂上飛，甚至在她晾曬的衣裳上屙屎。好像連牠們也知道建寧搬出了慈寧宮，沒有人會再護著她一樣。

建寧跟長平學會了做彈弓，眼瞅人看不見，便用石子做彈藥射烏鴉。有兩次被教引嬤嬤們看見，集合了所有的格格們好一頓囉嗦，引得那些格格益發排斥建寧，而建寧也更加痛恨所有的格格和烏鴉，變盡了法兒和那些格格及烏鴉作對。

格格們常常會在早晨偷偷藏起建寧的鞋，故意叫她在早請安的時候會因爲穿衣而遲到，而建寧明知即使自己不在請安隊伍裏出現也不會見責於太后，就乾脆裝病躲懶，卻在格格們都離宮的時候弄濕她們的寢褥；又或者，格格們故意在做遊戲時，假裝無意將烏鴉毛撒在建寧的身上招她忌恨，而她則會立刻反擊，變本加厲地將鴉屎裝到眾格格的脂粉盒裏。

隨著建寧與諸格格的戰鬥不斷升級，她和烏鴉之間的仇恨也愈燒愈烈。東五所的烏鴉就像東五所的格格們一樣，會集合在一起開會，共同商議對付建寧的方法，甚至會懂得集體圍攻分頭襲擊。

那日，建寧又對著樹枝射彈弓，一隻烏鴉也沒打中，悻悻然轉過身準備回屋。忽然只聽得背後「哈」一聲清楚的冷笑，陰森乖戾，教人寒毛直豎。建寧心說不好，轉身欲跑，已經來不及了，只聽一陣風聲，幾十隻烏鴉呼啦啦地自樹枝間飛出，張開翅膀拉成一張巨網，衝著建寧鋪天蓋地地襲來。建寧慘叫一聲，便如被一柄鐵扇扇起一樣，整個身子直飛出去，臉面朝下，重重地摔在澄泥磚地上。

那些烏鴉一襲得手，立刻呼啦啦飛起，就如同牠們來的時候那般迅疾而飄忽，毫無預兆。建寧又怕又疼，魂飛魄散，「哇」地放聲大哭起來。教引嬤嬤們聞聲出來，看見她斜坐在地上痛哭，一張小臉紅白不定的，又是土又是淚，都不禁又是驚訝又是好笑，忙拉起來問道：「格格好好兒的怎麼哭起來？是不是不留神跌跤了？」

建寧哭哭啼啼地指著頭頂說：「烏鴉打我。」

胡嬤嬤笑道：「是有神鴉啄了你吧？你是不是搶牠們的食物了，還是又淘氣扔石子兒了？一定是的，看這一地的鴉毛。」

建寧哭訴不清，明知便是說出來也不會有人信她，益發委屈鬱悶。當晚抽抽咽咽，直哭了一夜。次日早起便有些頭疼發燒起來，而且背部疼痛如火燒。

胡嬤嬤走來拉起她的衣裳一看，只見背部淤紫青腫，彷彿被重物抽打過一般，不禁驚得大叫起來，問道：「什麼人這麼大膽，竟敢暗傷格格？」

建寧有氣無力地道：「我都說了是烏鴉打我。」

胡嬤嬤聽了，仍是不信，心說這位格格不知道又要耍什麼花樣兒了，可是也不得不呈報給太后娘娘，傳令請御醫來診治。太醫自然也問不出個子午卯丑，不過隨便開了幾味驚風祛熱、活血散淤的方子叫太醫院照方煎藥。

然而這樣一番驚動，傳至位育宮，被順治聽見，想起這位妹妹久不見面，倒是著實掛念，專程往東五所來探望。建寧聽見皇帝哥哥親臨探訪，並不覺得喜悅親熱，臉上淡淡的殊無喜色。順治知道她是記恨自己不肯帶她離開東五所，可是太后已然下令，自己總不能將她帶到位育宮同住吧，唯一可做的，只是下令東五所的主管嬤嬤們，說是建寧是有封號的和碩公主，應該擁有自己的配殿，不必與諸格格們同住，又坐著說了幾句寬心的話兒，便起駕回宮了。

建寧益發孤苦，又後悔不迭，恨方才任性，有許多要緊的話不曾對順治提起。眼巴巴兒地指望皇帝哥哥改日再來，卻哪裡等得到呢？

這樣將養了三五日，也就漸漸好起，卻仍然病怏怏地不願前往慈寧宮請安，便繼續稱病躲功課。一個人閒下來，便苦苦地想念起建福花園來，想桃花樹下的兩罈桃花酒，長平那天沒有講完的故事，還有香浮新發明的猜謎遊戲。想著，便再忍不住，這日乘著眾格格在繡房練習針線，便偷偷出了門，躡手躡腳地往院外跑去。

剛到院門口，卻被胡嬤嬤逮了個正著，攔住笑道：「又是十四格格淘氣，從前你在慈寧宮裏有太后管著，就算上天入地我們也管不著，可是來在這東五所，可是教養格格們學規矩的地方，再不容你像從前那樣無法無天的了。」

建寧掙著手，知道動強無用，只得服軟央求說：「嬤嬤饒我這一回，只當沒看見，我不到一個時辰就回來的。」

胡嬤嬤笑道：「你這樣急著往外跑，不是去慈寧宮就是去位育宮，太后疼你，捨不得罵你，我這張老皮可就要被揭了去了。」

建寧道：「我只出去一小會兒，既不是去找太后也不是找皇帝哥哥，只要你不說出去，絕不會有人知道的。」

胡嬤嬤奇道：「那格格是要去哪裡？宮裏統共這麼大，你總不成跑到外廷去吧？」

建寧笑道：「你若肯放我去，我就告訴你，說不定還帶你一塊兒去呢。」

胡嬤嬤只是攔著門不許走，建寧無法，逗她道：「要不我們打個賭，我讓你猜三次，你要是猜得出我去哪裡，我就不去了；你要是猜不出，就要放我走。」

胡嬤嬤仰著頭想了半晌，自言自語道：「你不是去慈寧宮，也不是去位育宮，那能去哪裡？是了，一定是去御花園逛去。依我說也罷了，御花園裏這會兒還沒修葺好，荒禿禿有什麼好看的？」

建寧笑道：「我要去的那個花園，也是修了半截子，沒有御花園大，可是住著位仙姑，也就跟仙境差不多了。」

胡嬤嬤笑道：「格格又編故事呢，這兒皇宮內苑，姑姑倒多得是，仙姑可在哪兒呢？」

建寧道：「我若說得出來，你准不准我出去呢？」

胡嬤嬤被她歪纏半晌，倒也逗起好奇心來，況且絕不相信真會有一位仙姑住在宮中花園，便道：「你若說得出來，又說得有理，我便讓你去。」

建寧道：「那你聽準了。你也是這宮裏的老人，我們沒來你已經在這兒了的，大概不會不知道長平公主吧？」

胡嬤嬤一驚，肅然起敬說：「長公主她老人家已經遁入佛門，法名慧清禪師，這是宮裏人人盡知的。不過攝政王有令，不許我們打擾她老人家清修，所以雖然同一個宮裏住著，可是總沒緣分再見她老人家。」

建寧見她動聲動色，一口一個「她老人家」，顯見對長平頗為敬重，便有了三分把握，笑笑說：「我已經認了公主做姑姑，可是她說這樣稱呼不合禮法；而皇帝哥哥又一直稱她為仙子，所以我便叫她仙姑。她如今住在建福花園雨花閣，我正要去看她，這可沒有騙你吧？」

胡嬤嬤驚訝道：「原來格格竟與長公主相熟，這倒是再想不到的緣法。」

建寧問：「你還不放我去麼？」

胡嬤嬤一時語塞，而且建寧抬出長平來，引得她念起舊情，也不忍攔阻，遂勉強道：「那我便讓你出去一個時辰，可要記著按時回來，見著公主，別忘了替我請安，說我在這裏給她老人家磕頭了。」說著用袖子拭淚，狀甚哀戚。

建寧趁她感傷，哪肯再做討論，早一溜煙飛跑出去，直奔了建福花園來。進了雨花閣，將手一拍說：「我可算活著進來了！」將正在抄經的長平嚇了一跳，回頭看是建寧，笑道：「格格好久不來了。」

建寧見到長平，便如見了親人一般，拉住空著的那隻袖子訴苦道：「太后娘娘下令把我送到東五所去，那些嬤嬤們看得我好緊，哪裡也不許去。連皇帝哥哥也不常見到面，更別說來這裏呢。」又四處張望回顧說，「香浮呢，我好想她。東五所裏住著那麼多格格，沒一個比香浮好。」

長平面有戚色，欲言又止，似乎不知道該如何回答。

建寧急道：「香浮呢？她怎麼不出來見我？我可是好容易才偷跑出來見她這一面，還得趕緊回去呢，不然那些嬤嬤別提有多囉嗦麻煩。」說著也不等長平答話，自個兒拉起簾子往裏屋找去，因不見香浮，復又出來，笑嘻嘻地問長平：「仙姑把香浮藏哪兒了？東五所那些格格最無聊，成天只會玩捉迷藏，怎麼香浮也要同我玩捉迷藏嗎？」

長平無奈，只得拉住建寧手嘆道：「你別找了，香浮不在這兒。」

「她不在這兒？那她在哪兒？她可從來沒有離開過雨花閣呀。」建寧詫異，忽然背心一股涼氣上升，便如那日被烏鴉襲擊前的感覺一樣，大覺不祥。她進門的時候，一張臉還是桃紅柳綠的宛如一張工筆花鳥畫，此時卻忽然蒙了一層黑氣，氤氳蓊郁如同水墨山水，忽一回頭看到在旁邊侍奉抄經的亞瑟，一把上前拉住說：「你不是專管服侍香浮起居的嗎？你一定知道香浮在哪裡，快告訴我，告訴我呀！」

亞瑟連連後退，雙手亂搖說：「我不知道，我不知道，格格別問我。」

建寧益發心驚，放了亞瑟，又轉身拉住長平的手不住搖晃，變聲道，「仙姑，香浮到底去哪兒了？連她也不再理我，不再要我了嗎？」

長平拉著她坐在身邊，緩緩說：「格格別急，香浮前些日子忽然生了急病，這在宮裏是大忌，所以連夜送出宮去診治了。過些日子治好了，還會回來的，到時候一定叫人通知格格。」

「急病？」建寧的臉上暫態間水逝雲飛，褪色成一張雪白的宣紙，喃喃道，「什麼急症？什麼時候走的？怎麼我一點兒都不知道？她送去了哪裡治病？幾時回來？」

亞瑟自香浮走後，日夜思念，六神無主的便如失了魂兒一般，長平怕她悶出病來，便叫她專管侍候自己抄經。這些日子裏，雨花閣諸人都絕口不提香浮小公主，只如石子投湖般接受了現實，別人猶可，惟獨亞瑟心裏卻如油煎般難過，只苦於無人可談，此時看到建寧，不禁又勾起對香浮的思念，哪禁得建寧一再追問，早淚汪汪地七情上面，哽咽道：「小公主她，前些日子患了天花，按照宮中的規矩要送去宮外避痘，已經走了好些日子了……」一語未了，「嗚」地一聲哭出聲來。

建寧只覺彷彿兜頭一陣炸雷轟響，直驚得噔噔噔連退幾步，背後抵住佛案才沒有跌倒，被烏鴉拍擊的那一塊背部卻又火辣辣燒疼起來，直疼得椎心刺肺，彷徨無助地問著：「香浮得了天花？那，她還回不回來？」

她那麼熱切地輪流看看長平又看看亞瑟，眼中滿是乞求熱望，似乎在懇請她們給她一個肯定的回答，告訴她香浮會得健康無礙地返回來，哪怕只是騙騙她也好。

長平不忍，避開她的眼神答道：「等她治好了，便會回來的。」

建寧聽到長平回答，卻又不信了，喃喃說：「仙姑騙我，我聽嬤嬤們說，天花是絕症，染上了，再治不好的。香浮她肯定是再回不來了。香浮回不來了，再也不回來了，香浮沒有了，她不回來了……」

雨花閣裏彷佛忽然暗下來，暗如深夜，不，暗如深淵，好像有鋪天蓋地的烏鴉飛來，飛進雨花閣裏，織成一張黑暗陰森的天羅地網，將建寧困在其中，衝突不出。而所有愛她的和她愛的人，都被那些烏鴉擋在翅膀之外，那裏有她的母親綺蕾，有皇帝哥哥，有莫須有的滿洲少年巴圖魯，還有這位新結識的深宮唯一女伴香浮。哦，香浮走了，再也不會回來了，她和母親綺蕾還有那個射鴉的少年一樣，毫不猶疑地放棄了建寧，將她獨個兒拋擲在孤助無援的皇宮裏，一去不回。

烏鴉無窮無盡地湧進來，佔據了雨花閣的每一點空間，不論建寧躲在哪一個角落，牠們都可以準確無誤地找到她，並且一下又一下重擊她的背部，一下又一下。建寧苦苦忍受著那拍擊，一下又一下，只覺得天昏地暗，可是無處可逃，那些烏鴉是商量好了的，就像那些玩捉迷藏的格格們一樣是商量好了的，不論建寧躲到哪裡，她們總可以找到她，欺侮她，襲擊她，一下又一下。

建寧承受著，承受著，烏鴉的翅膀掀起了一個巨大的看不見的漩渦，將她深深地捲入其中，深深地捲入，終於，她再也承受不住那一下重過一下的拍擊，昏倒過去……

第六章　公主墳

1

吳應熊一直都是個抑鬱的少年，卻非常有分寸，很從容，也很深沉。然而這段日子，他失去了以往的鎮定，變得神不守舍、睡不安枕、並且詞不達意起來。甚至在和順治對奕的時候也是心神恍惚，頻頻出錯。

早在南苑狩獵的時候，順治已經察覺到這位伴讀的不同尋常，這天見他七情上面，便要詐一詐他，故意沉下臉來問道：「你如此不用心，是在戲弄朕呢，還是輕視朕的棋藝？」

憑空降下這樣大一個罪名，吳應熊只好跪下請罪：「皇上恕罪，草民不敢，實在是棋藝平平，不堪對奕。」

順治道：「我給你一個贖罪的機會，如果你實話實說到底有什麼心事，我就饒了你；如果你再設言欺騙，就別怪朕不通情理了。」

吳應熊覺得爲難，大凡一個人有了很重的煩惱，心思和口才就都會變得遲慢，不擅機辯，並且莫名的委屈會使他湧起一種近似「豁出去了」的情緒；而且他壓抑得太久，也著實想找個人訴訴煩惱，一吐爲快，即便那個人是高高在上的皇帝也顧不得了，本來他在京城也沒什麼朋友，好容易遇見一個明紅顏，還給一轉身弄丟了。

南苑狩獵的日子裏，吳應熊沒有一刻不想著明紅顏。尤其她在大雪中突然出現的那一瞬，已經成爲他記憶中最美的定格。她絕美的笑容，黑亮的眸子，她身上的紅斗篷，手中的油紙傘，映著漫天飛雪，便如一剪寒梅，隱隱飄香。只要他閉上眼睛，就可以看到她，嗅到她，沁入肺腑。

那天在雪中，他們沿著城牆根兒走了好遠的路，說了半宿的話，好像把什麼都談完了，又好像什麼都沒來得及說。他甚至沒有告訴她自己的真實姓名。他說不出口。她那麼正義凜然、懷念故國，他能夠告訴她，自己就是叛徒吳三桂的兒子嗎？於是，當她問他的名字時，他含糊地說自己姓應，單名一個雄字，客居於此，跟一個親戚學做生意。因爲自己的謹慎，使他也羞於向她詢問得更多。他只知道她叫明紅顏，在茶館做管賬，除此便一無所知。分手後，他真是覺得悔恨，覺得自己太不瞭解她了，想她想得越深，就越覺得對她所知有限，覺得這思念的空洞和浮淺。

相思與愛慕總是雙胞孿生的，心裏面一旦住進了某個人，思念就會同時進駐他的心裏，即使面對面看著也還會覺得不安，生怕她在下一刻忽然消失，更何況見不著的時候呢？

認識明紅顏，讓他同時瞭解了兩個古老的成語：一個是「一見鍾情」，第二個是「一日不見，如隔三秋」。

從南苑回來，吳應熊第一件事就是奔去了茶館，然而茶館掌櫃告訴他：明紅顏並不是自己的女兒或親戚，只是親戚介紹來管賬的，前不久已經辭了工，說要出趟遠門，什麼時候回來不知道，也許，永遠都不再回來。

無邊的失望和憂慮讓少年吳應熊的心裏充滿了陌生的情緒：相思、渴望、恐懼、嚮往、患得患失。永遠再也見不到明紅顏的恐慌充溢在他的心中，讓他焦慮得要發狂了，每天一有時間就在大街小巷裏穿梭、尋找，可是他自己也知道，這樣做是徒勞的。茶館老闆說過，明紅顏出了遠門，她根本不在北京城裏，就算自己能夠把偌大京城掘地三尺，也還是找不見她的。可是，就這樣呆呆地守在這裏等著奇蹟出現嗎？如果她永遠都不再回來那又該怎麼辦？

就是這過度的思慮使得吳應熊失去了以往的鎮定，而在順治面前暴露了心事。他一反常態，就像一個普通的情竇初開的饒舌少年那樣，把心裏的話一股腦兒地傾倒出來。那都是心窩子裏掏出來的最真誠最私密的話啊。少年所傾慕的第一個少女是他心中的寶藏，絕對不會輕易讓人看見的，如果他肯打開心扉來使人照見，也就是把這個人當成了心腹知己——至少是在傾訴的那一刻把對方當成了知己；同樣的，當一個少年第一次聽到他的同齡人心底最深沉的秘密的時候，也會因爲知道了這秘密而莫名激動，並在瞬間與對方親熱起來，以爲自己走進了對方的心深處，有責任有義務幫他保守這秘密、並且投桃報李地奉獻自己的秘密。

交換秘密是少年人構建友誼的重要橋樑。一君一臣在傾刻間把對方當成了無話不談的知己摯交，都急不可待把自己最重要的秘密推心置腹。而且最重要的是，順治覺得吳應熊的話聽起來好耳熟，就彷彿是替自己說出來的。然後，他如夢初醒地明白了，這也是他自己的故事，自己的煩惱，自己的愛情。他的心底，也藏著一個與眾不同獨一無二的女孩，他也把那個突如其來悄然而去的女孩弄丟了，他也在無望的等待中執著而纏綿地思念著渴望著，這可真是太巧了！

「我也認識一個女孩……」這也是順治第一次跟同齡的男孩子說起那個神秘的漢人小姑娘，他惆悵地說：「你畢竟還知道她的名字叫明紅顏，而且和她說了那麼久的話；我卻是連她的名字也不知道，而且就那一次聊天，她還時嗔時喜地，沒有好臉色。我是發過誓要封她做妃子的，可是宮裏選秀的規矩必須是旗人女子，所以我就算頒旨天下，也是不可能找到那個女孩兒的了。」

「可你是皇上啊，你可以頒一道旨，允許漢女入宮，以表示滿漢一家的決心。」吳應熊獻計，忽然想起一個顧慮，小心翼翼地補充，「可是，如果明紅顏也中了選，皇上可不能據爲己有，要把她指給我。」

順治大笑：「我偏不，你不是說滿漢一家嗎？我自己呢，娶一位漢妃，你呢，我就偏賜婚一位滿洲格格給你。」

吳應熊明知皇上是開玩笑，故意苦著臉說：「那可慘了，我們漢人講究女子要『三從四德』，是要『未嫁從父，已嫁從夫』的，滿洲貴族的規矩可是夫憑妻貴，我要是娶了一位格格，還得天天給格格磕頭請安，可真是苦差事。」

順治說：「我也覺得漢女比旗女好，又溫良恭儉讓，又講究文采女紅，你的那位明姑娘，是不是很溫柔很漂亮？」

「不僅僅是漂亮。」吳應熊陶醉地說，「是一種豔，冷豔，像雪地上的一株梅花。」其實那天茶館附近是不是有梅花樹他已經想不起來了，可是記憶的背景裏是有的，就在大雪深處，隨著她的身影一道出現。直到今天，他想起那天的情形時，鼻端彷彿還能嗅到幽幽淡淡的一陣梅香。

「雪地中的一株梅花。形容得太好了。」順治讚嘆，「我說那個漢人小姑娘，也是那樣一種氣質，一種神韻，冷豔香凝，就像雪地裏的梅花，又傲氣又神氣！」

吳應熊問：「那麼你覺得，那個小姑娘是你見過的最美的女孩嗎？」

順治認真地想了想，搖頭說：「那倒未必。她只是有種特別的韻味，像冰花，整個人是透明的，反射著太陽光，晶瑩玲瓏。其實一個六七歲的小姑娘能有多美呢，也就是『明眸皓齒』四個字罷了，若論漂亮，也還不及十四妹建寧格格。」

吳應熊聽了「建寧格格」四個字，眼前立刻便出現了一個刁蠻驕橫的小公主形象，不禁苦笑搖頭，不敢苟同。

順治並不知吳應熊當初射鴉原是被建寧陷害這段隱衷，只笑道：「你不相信？十四妹真的是後宮裏最漂亮的格格，又聰明，可惜不肯多讀書。」又問，「那麼，你見過的最漂亮的女子是明姑娘嗎？」

吳應熊也認真地想了想，道：「也不是。」

順治詫異：「居然不是？那麼又是誰？」

吳應熊有些羞赧地回答：「是陳圓圓。」

「就是那個『色甲天下之色』的陳圓圓？」順治大為好奇，「那個陳圓圓，到底長得什麼樣子，真的有傳說裏那麼漂亮嗎？」

「她，不僅是漂亮，還很特別……」吳應熊娓娓地講述起來。他本來應該是恨她的，因為她給他的童年和少年帶來了那麼多的羞辱和壓抑。早在見到她之前，他就常常聽到母親念叨著她的名字，母親把她叫做「賤人」、「婊子」、「娼妓」，用各種惡毒的骯髒的辭彙來形容她、詛咒她，因她低賤的蒲柳出身和高超的狐媚手段。小小的吳應熊聽得久了，雖然不是很懂得男人和女人、女人和女人之間的戰爭，卻也知道「陳圓圓」三個字即代表著邪惡與災難。然而切身之恨還是來自於真正的戰爭，來自於大明的覆亡，最重要的是，大明覆亡多少是由於父親的叛國。

天下人都知道，吳三桂是為了陳圓圓才變節的，「慟哭六軍皆縞素，衝冠一怒為紅顏」，那真是彌天大禍、千古奇恥。父親從此牢牢戴上了「天下第一大漢奸」的罪名，而吳應熊的一生也打上了漢奸之子的烙印，永世不得翻身。

他恨陳圓圓，恨這個給母親製造了無數眼淚、給父親帶來了千古罵名的風塵女子。可是，他卻從第一次在宏覺庵裏看到她時，就徹底地原諒了她，甚至，迷上了她。是一個少年對成熟女子的迷戀、尊重，更是一個凡人對於世外仙姝的仰慕、甚至崇敬。

那時候，她已經洗淨鉛華，成了一個帶髮修行的姑子，深居在庵堂裏，以青燈木魚為伴，抄經誦佛為生。冉冉青煙憔悴了紅顏，喃喃綸音代替了歌聲，她再也不是傳說中那個千嬌百媚、「色甲天下之色，聲甲天下之聲」的絕代佳人，再不是那個風情萬種、「舞低楊柳樓心月，歌盡桃花扇底風」的秦淮名妓。她那麼沉默，那麼安靜，那麼心如止水，那麼玉潔冰清，讓人無論如何也不能相信，就是這個女子曾經顛倒眾生，傾覆歷史，左右了明、順、清三朝的風雲變幻。小男孩尚不懂得分辨一個女子的美麗，但是卻已經本能地覺得她好看，那種好看是蘊藏在她的眉梢眼角、舉手投足、每一個眼神、每一聲呼吸裏的，她和他們談論茶道，講解佛經，非但沒有半分風塵味，甚至不帶一點煙火氣，比他生平所見的所有女子都清秀，優雅，而且可親。從此，他便迷戀上那世外桃源的去處，傾慕那世外仙姝的女子，醉心於那女子侃侃而談的茶道禪經。有時候父親忙於政事，久不返家，他也會借著給庵堂送香油口糧的機會獨自前去探訪……

「我就是跟著圓圓阿姨學會的喝茶。」吳應熊最後說，「圓圓阿姨說過：一杯茶，總得有茶水，茶葉，茶杯。再不講究器具環境，這三樣總不可省，不然就不成爲一杯茶了。我父親雖然派了許多人去服侍她，可是她洗杯、煮茶，從不肯假手於人，連泉水也是親自從山下挑上來。她說，這輩子她沒真正做成功過什麼事，能歌善舞只是害了她，皈依佛門也不能避開紅塵，就只有煮茶喝茶這件事，是她可以自己一手一腳來完成的，所以，她一定要親手做好它，做成一杯屬於自己的茶。」

順治悠然神往，讚嘆道：「沒想到風塵中也有那麼出類拔萃的女子！從前聽人說秦淮八豔，只當青樓裏哪會有什麼明珠美玉，不過是文人墨客的誇張渲染罷了。如今聽你說起陳圓圓，才知道傳言不虛，什麼時候能真正見識一下才好呢。」

這天下午的大書房裏，少年順治和吳應熊，一個是當朝皇上，一個是權臣之子，卻興致橫飛地談論著天下胭脂，就像兩個大男人那樣對女人品頭論足，從天下最特別的女孩一直說到天下最特別的女人。兩個人又驚又喜地發現，他們所喜歡的女孩、所欣賞的女人，都是這樣驚人地神似。當吳應熊盛讚陳圓圓的稀世姿容之際，順治也在對長平公主的絕代風華讚不絕口。她們的出身雖然判若雲壤，一個賤為歌妓，一個貴為公主，然而殊途同歸地，都在改朝換代後出家做了尼姑，而且，都熱愛茶道。

從某種意義上說，這一天是兩個少年真正結緣成為知己的開始，也是他們從少年走向成人的重要標誌，那就是男人對於女人的興趣。

2

入秋之後，哲哲太后的病情每況愈下，捱到冬至，終於撒手仙逝，追謚為孝端文皇后。享年五十一歲。

因為是大清遷都後第一次國葬，皇父攝政王以國庫虛乏為名，並未舉行大禮厚葬，只命王公近臣們祭奠致意。靈堂設在壽康宮，大殿和東西兩廡佈滿白幔，旌旗幡幢林立，又設了水陸道場，請了僧道焚香念經數日。其間莊妃皇太后只來了一次，一身玄色長袍，在靈前大禮致祭，一時器聲與哀樂並舉，悲聲大作。皇太后本人有沒有哭過，流沒流淚，誰也沒有看見。

頭七這日，宮中舉行小丟紙儀式，照規矩，要將孝端文皇后生前用過的冠袍履帶、珍玩器皿，由身邊最親近的人在靈宮焚燒。哲哲沒有兒女，這宮裏最親近的人就是侄女大玉兒。然而大玉兒貴爲皇太后，當然不會操此賤役。因此，這差使就只能由主事女官迎春完成。

迎春跪在壽康門外，一邊燒，一邊哭，一邊挑撿出小件的珠寶玩器偷偷藏起，預備自己日後享用——太后死了，自己在這宮裏大抵是再沒什麼好日子可過的，從前都是別人奉承自己臉色，今後大概要輪到自己奉承別人臉色過活，少不得要給人些好處；說不定還會被攆出宮去，那就更需要幾兩銀子傍身了。正自打算著，吳良輔傳旨來了。

大太監吳良輔一走進壽康宮就敏感地聞到了一種氣味，那是老太后哲哲在此衰竭、蒼老、乾枯、脫髮、腐朽、發臭、直至咽氣猶然死不瞑目而留下的一種曖昧渾濁的氣味。不是簡單的臭，也不僅僅是酸，而是混合了體味與藥味，怨氣與屁氣的一種混沌之氣，簡直像一道詛咒。吳良輔立刻就明白了聖母皇太后爲什麼不願意來壽康宮，親姑姑死了都不肯多看兩眼。別說至高無上金枝玉葉的皇太后了，他這個半拉人兒都覺得嫌棄，覺得厭煩，恨不能敬而遠之。因此擰著眉毛捏著鼻子匆匆傳命：主事宮女迎春事主多年，忠心耿耿，太后生前視如己出，恩寵有加。今太后不幸仙逝，身無所出，不忍使其孤獨上路，遂特賜藥壽康宮，命迎春殉主，以郡主之禮附葬。

迎春接了旨，如雷轟頂，號啕大哭，自知求饒無用，只求吳良輔去請忍冬過來話別幾句。

吳良輔卻是一分鐘也不願意多待，他還急著回去覆命呢。一個死了的老太后，一個將死的過氣宮女，他何必要給她什麼情面？只管不耐煩地催促著：「姑姑哭過，就該上路了。姑姑往日做執事女官，好爽快颯利的一個人，怎麼今日這樣黏乎起來？」一邊使眼色與小太監，一左一右拉住迎春兩臂，將毒酒強灌下去。

迎春先還使力掙扎，無奈那酒發作得甚快，不待完全灌畢，已經一口鮮血噴出。接著，眼角沁出兩行淚來，漸漸不動。吳良輔看著死定了，這才滿意地點點頭，親自上前，拔去迎春插在鬢邊的一支銀簪，揣在懷裏。

小太監順子不解，笑問：「吳公公要這女人用的東西幹什麼？就是送到當鋪裏，也值不得幾錢銀子，難道還看得進公公眼裏？」

吳良輔冷笑道：「誰說是我要？我是要送給忍冬姑姑做個念想兒，她們兩個是一同從盛京來到北京的，現在一個走了，另一個能不想嗎？別的做不了，替她捎句話留個信物總還做得到。」

小太監順子恍然大悟：「原來公公是想送個現成人情兒，饒是殺了人，還要叫親屬謝你。人家說『兩面三刀』，公公做人，可不止兩面這麼簡單，那真起碼要算是『八面玲瓏』。公公常教我說做人要留一手兒，這便是您老人家的留一手兒吧？」

吳良輔笑道：「我何止一手？臭小子，學著點吧。」他在宮中度過了二十幾年，從大明看到大順，從大順看到大清，看到太多的波譎雲詭、爾虞我詐。無論是太監宮女，還是金枝玉葉，有的時候，他們的命其實都是一樣地賤。妃嬪們爲了邀寵攬權，彼此勾心鬥角，橫生枝節，無所不用其極，甚至不放過對手腹中的胎兒；太監爲了攀高附貴，或是與宮女對食兒，不惜賣主求榮，殘害同伴；至於那些阿哥們爲了有朝一日坐上金鑾殿，所動用的手段與心機就更加駭人聽聞，動輒就是成百上千人的犧牲與傾軋；就連貴爲九五之尊的皇上，也要時時刻刻日日夜夜地提防警惕，怕被臣子們蒙蔽，怕被妃子們利用，甚至怕被親生兒子們謀害。

暗殺與姦情在宮裏都不是新聞，人死了，不知道是被殺還是自殺；捉姦在床，也不代表當事人真的做過。人的命，在這宮裏賤如螻蟻，輕如鵝毛。弱肉強食，便是唯一的真理。

吳良輔是沒有什麼同情心的，他的人生守則只是巴結所有的勢力，討好最高的權貴，無論誰有可能成爲紫禁城的主人，他都會忠心耿耿又兩面三刀地給予支持。他不會出賣任何人，也從不同情任何人，可以幫助別人的時候，只要沒有風險，他一定會幫；但是如果這個人已經走上絕路，再沒有機會爬起來，他也會毫不留情地衝上去再踏一隻腳，而決不會覺得內疚。他最大的天賦就是，總可以本能地判斷出誰將在短期內取得主導的地位，會給他帶來可能的利益。現在的局勢，不消說是母后皇太后的天下，而太后身邊最親近的人就是忍冬和素瑪。如果他吳良輔可以算是宮中第一太監的話，那麼忍冬就將是後宮第一女官。他是一定要聯合這位第一宮女的勢力的。

忍冬尚不知道迎春的死，她正在侍候太后梳頭，一邊塗抹香脂一邊說：「太后的頭髮近來好像更黑了，『一品丸』真的這麼好用？不但青春長駐，簡直返老還童呢。」

大玉兒明知是因爲新近大婚，陰陽調諧的緣故，卻不便與忍冬說，只笑道：「許是你換的髮式有道理吧。從前天天梳『一字頭』、『如意頭』、『架子頭』不覺得，換了這『牡丹髻』，頭髮蓬蓬的又厚又大，就顯得油光水滑了。」

忍冬道：「前些日子聽娘娘念詩，道是『雲髻花顏金步搖，芙蓉帳暖度春宵』，又是什麼『釵承墮馬髻』，便想著要替娘娘換換髮式，可惜不知道這『雲髻』是什麼樣子，又什麼叫做『墮馬髻』。問那些宮女，也都不知道，最後還是喜兒說，她們吳中女子常梳這一種『牡丹髻』，我便跟她學了來。我想那牡丹原是花中之王，正合娘娘妝扮，又說是牡丹雖好，也須要綠葉扶持，所以我想，這種髮式最好多裝飾些釵鈿才是。」一邊說，一邊打開匣子，自作主張挑了一支點翠嵌珠的翔鳳步搖、一對掐絲鑲嵌的銀鈴、另有金鈿、方勝等，對著鏡子密密地排在太后髮髻兩邊，將一個雍容華貴的牡丹髻裝飾得金碧耀眼，珠翠琳琅。

大玉兒起先聽她一知半解地鸚鵡學舌，分明並不清楚詩中真意，暗暗好笑，因「芙蓉帳暖度春宵」一句正說中心事，不禁雙頰潮紅，呆呆地出神。一時忍冬打扮完畢，扳過鏡子來，才看清鏡裏花顏，真正珠光寶氣，百媚千嬌，不禁失笑道：「這可太累贅了，也太豔麗些，姑姑剛過身，我還在熱孝裏，哪好這樣張狂？還不快摘了去。」

忍冬知道，太后嘴裏雖是這樣說，心裏卻是巴不得要漂亮，好叫新婚丈夫多爾袞看了喜歡，便順著太后的心思勸道：「反正又不出門，又不見什麼人，只在屋子裏打扮給自己瞧瞧，怕什麼不恭敬呢？孝字再重，也是放在心裏的，又不是穿在身上。」

大玉兒嘆道：「你這丫頭，原先不多話的，如今不知同誰學的，越來越油腔滑調，連我也要打趣起來。姑姑英靈不遠，聽見你這樣不恭，說不定抓了你去做陪。」

正說著，忽聽門外贊儀高聲唱道「皇阿瑪王駕到」，大玉兒聽著，臉上便是沒來由地一紅。忍冬忙放下手中的梳子，侍立一邊。

這「皇阿瑪王」的稱法最初還是湯若望的發明，由於其稱呼本身不中不西的怪異有趣，也由於太后對於湯瑪法的尊重，便在後宮流行起來，漸漸竟成了人們對於當朝攝政王多爾袞的官方稱呼。由太后的義父湯若望來爲皇上的繼父確定稱謂，說來倒也不失爲一種趣味，一段佳話。

當下大玉兒滿面春風地站起，親自迎上去接過多爾袞手中的卷軸笑道：「今兒怎麼這麼早下朝？」

多爾袞道：「我原本擔心你，怕你爲你姑姑的事傷心，所以特地早早回來，你倒好興致，換起髮式來了。」

大玉兒笑道：「好看麼？我也是怕你連日操勞，壞了心情，才特地換個髮式，想逗你開心的。」

多爾袞道：「自然好看。常常換換樣子才好，畢竟穿衣打扮才是女子的本分，別只一味爲國事操心，也要想些法子叫自己開心。」

大玉兒軟聲答應著，又問多爾袞渴了還是餓了，一邊命忍冬倒茶，又叫喜兒上點心。喜兒偏進來回報說：「吳公公在殿外求見。」

大玉兒約略猜到什麼事，只說：「這會兒不得空，叫他先回去吧，我改天閒了再叫他。」想一想，又道：「不然忍冬出去問問他，看有什麼事兒。」仍與多爾袞說話。

忍冬出來，找著吳良輔，嗔道：「公公好沒眼色，皇阿瑪王剛進門兒，你就趕著來了，太后這會兒哪有功夫見你呀。天大的事兒，也等明兒皇阿瑪王上了朝再說。」

吳良輔道：「這話跟姑姑說也是一樣的，姑姑得空兒回報太后一聲兒吧——就一句話，說事兒都辦妥了。」

忍冬道：「看你神神秘秘吞吞吐吐的，什麼事兒呀？沒頭沒腦這麼一句，我可怎麼回呢？」

吳良輔這才知道忍冬還不知道迎春殉葬的事，便不肯說是太后的旨意，怕忍冬心裏不痛快，被太后知道了怪罪，只道：「壽康宮太后大薨，迎春姑姑真是個烈女，已經服毒殉主了。」

忍冬大驚失色道：「怎麼會？她怎麼會說死就死了，怎麼都不同我見一面兒就這麼去了？我不信。」

吳良輔低頭嘆道：「一個人但凡起了死念，那便是生無可戀，見不見面，話不話別，都不放在心上了；又或是她來找過姑姑，逢著姑姑忙，就沒見著。不過，我倒是因為往壽康宮送祭品，和她見了最後一面兒，她還囑咐我帶句話兒給姑姑呢，叫您別忘了她，逢著生辰死祭，給燒刀紙上炷，也不枉你們相交一場。還讓我把這根釵子給你，說是做個念想兒。」說著掏出迎春的髮釵來。

忍冬聽了吳良輔轉告的話，原本不信，待見了那根雙花石榴紋銀簪，正為迎春所有，哪裡還會懷疑，掩面哭道：「我們春、夏、秋、冬四姐妹，當年一起進的宮，現在竟然死了三個，就只剩我一個孤零零扔在這見不著人的深宮厚牆裏，還有什麼意思呢？」

吳良輔勸道：「姑姑說哪裡話？姑姑深得皇太后恩寵，怎麼會是孤零零的呢？從今往後，姑姑有什麼事兒，吩咐一聲，吳良輔海裏海裏去，火裏火裏去，絕無二話。」

忍冬聽了，將迎春的石榴簪插在髮間，卻從自己頭上拔下一根喜鵲登梅紋銀鍍金簪來，交給吳良輔道：「那就勞煩公公，裝殮迎春姐姐時，將這釵子給她簪上，就當我給她做伴兒了。」

3

大玉兒這一生中有兩個至大的願望：一是與多爾袞魚水相擁白首偕老，二是看著兒子福臨親政。如果上天可以同時滿足她這兩個心願，那她這一生便堪稱是十全十美，了無遺憾的了。

可是在這一年的秋天，建福花園雨花閣裏，前明公主長平卻要與她做一個交易，以她第一個願望的破滅來交換第二個願望的實現。

長平脫去尼袍，換上了大明皇族的大裝。而且，不是公主的裝束，而是皇后受封的大禮服：她戴了義髻，九龍四鳳的翡翠冠，上有翠蓋，下垂珠絡；深青色地織翟鳥紋間以小輪花的翟衣，領口、袖端、衣襟、底襬，俱織金色小雲龍紋，花團錦簇；配著玉色紗中單，深青蔽膝，醬深紅色領緣織金小雲龍紋，色彩又繁麗又端豔；玉革帶用青綺包裱，描金雲龍，金玉飾件十數件；青紅相半的大帶下垂部分也織著金雲龍紋；青綺副帶，五彩大綬，青色描金雲龍的襪、舄，鞋面上各綴著五顆大珍珠。真個是富麗堂皇，耀眼生花。

大玉兒看著，油然地生出一種不安的感覺，正如建寧第一次看見香浮，有種不速之客闖入空宅、正玩得高興卻碰上屋主人突然歸來的尷尬。她隱隱覺得有什麼天驚地動的大事件發生了，可是一時不能想清楚，這個含蓄沉穩的慧清禪師爲何今天如此高調地表現出她的不在乎，甚至要換上了前明皇后的服飾來提醒自己注意她的地位身分，這簡直是一種挑釁。而且，她即使要在自己面前表現高貴出身和不凡來歷，那也只合換上公主或是命婦的大裝，爲什麼要把自己扮成皇后呢？大明的公主即使出了嫁，又怎麼可能成爲大明的皇后？

換上了皇后大裝的長平美豔高貴，儀態萬方，像一尊觀音像，讓人看到她就想跪下去，對她俯首稱臣。像一尊觀音像般的長平毫無懼色地望著大玉兒，以一種完全平等的口吻對她說：

「我要與你做一個交易，送你三件大禮，換你一句承諾。」

大玉兒更加困惑了，長玉口口聲聲說要與自己做交易，給自己送大禮。可是當今天下已經屬於大清，有什麼東西是她可以擁有而自己沒有的呢？她有什麼資格同自己交易？又有什麼大禮可送？然而，大玉兒在長平面前一貫表現得謙和有禮，即使當此怪異情形也不肯大驚小怪。

這一年中，她已經與長平成爲了知己摯交，尤其從姑姑哲哲死後，她在宮裏就更加孤獨，除了長平，更沒有一個可以說知心話的人。因此雖覺長平妝扮怪異，舉止出格，卻也不肯見責，故作平靜地道：「公主多禮了。」絕口不問禮物是什麼。除了尊重長平的意思外，也是因爲她明知道長平在對她賣關子，而她偏偏不要接招。

長平倒也不介意，端坐在黃花梨嵌楠木癭大椅上，用談茶參禪一樣平靜的口吻說：「我知道太后最大的心願就是看到皇上親政，可是要想實現這目的，就必須先除去攔路大患攝政王。」

「你說什麼？」大玉兒幾乎懷疑自己的耳朵聽錯，或者是自己的漢語尚未臻化境，溝通上出了問題，她遲疑地問，「你剛才說要除去誰？什麼王？」

「攝政王，十四皇叔，義皇父，多爾袞，你的丈夫！」長平一字一句，明確無誤地再三確定目標人物的身分。

大玉兒這回聽清楚了，可她仍然不能相信自己聽到的，她強迫自己冷靜，不要失了儀態，仍然保持著一個太后應有的居高臨下的態度，莊嚴地問：「你是說皇阿瑪王嗎？你想除去他？爲什麼？用什麼方法？」她的潛臺詞是，你一個前明廢公主，有什麼本事除去當朝攝政王？這豈非癡人說夢，螳臂擋車？

「這不重要。」長平居然在微笑，「爲什麼殺他，怎麼殺，這些都是我的事，對你而言，我的理由和方式都不重要。重要的是，這件事對你有好處。」

「你到底在說什麼？」大玉兒終於焦躁起來，「他是我丈夫！」

「他同時也是很多人的丈夫。」長平提醒，「他在睿親王府裏另有福晉，而這次圍獵山海關，真正的目的並不是狩獵，而是迎親。」

「迎親？」大玉兒半信半疑。多爾袞的好色她是深知的，睿親王府裏的美姬妾侍不下百數，即便大婚之後，攝政王也是隔三差五地就要以議政爲名回府廝混，並且最近又從民間搜羅了更多的美女做侍婢。大玉兒不是不知道，可也只能睜一隻眼閉一隻眼，只求能與多爾袞將恩愛夫妻的日子維持到老便已心滿意足。可是這大明公主居然說他又要娶親了，什麼人這麼緊要，竟要勞攝政王大駕長途遠行，秘密迎親？他看中了誰，管她是人家的女兒也好，老婆也好，收進府裏就是了，連侄兒媳婦、肅親王豪格的福晉他都娶了，難道還會忌憚別人嗎？

長平看到大玉兒臉上陰晴不定，略頓一頓，將話說得更清楚明白一些：「今年春天，攝政王親自致函朝鮮國王，求聘朝鮮國公主爲妻，這次以行獵爲名遠赴山海關，就是特地迎親去的。我接到消息說，他們如今已經在連山設立行宮，洞房花燭，山盟海誓了。」

什麼？迎娶朝鮮公主？竟然不等回京就洞房了，這麼急！大玉兒妒火中燒，幾不曾破口大罵。然而她是一個女人，更是一個太后，在最初的妒忌之後，她最先反應到的便是權力。多爾袞迎娶朝鮮公主，這可不僅僅是一宗風流情案，而更是一項政治舉措。山盟海誓，是什麼盟？什麼誓？恐怕決非尋常兒女的卿卿我我吧？

多爾袞將這次迎娶進行得如此急切，更如此機密，難道僅僅是爲了怕自己吃醋嗎？他根本不知道那位朝鮮公主面長面短，卻要遠行千里前往迎親，難道只因爲好色？天下什麼樣的女人他得不到，而除了女人之外，還有什麼事可以讓他更加縈懷？

是皇權！可以比女色更讓多爾袞在意的，只有皇權。他一次又一次，與皇帝的位置擦肩而過，先輸給了皇太極，後來又讓給了福臨，如今做了太上皇，更注定從此與帝位無緣了。他怎麼會甘心？多爾袞曾經說過，他人生最大的理想就是與自己「稱王稱后，坐擁天下」。娶自己是爲了實現這諾言，可是只能實現一半，而注定要失去另一半。也許，早在他對自己明媒正娶的那一天起便開始後悔了；更也許，他娶自己只是一個緩兵之計，或者是對自己的一種補償，而根本沒有打算讓出皇位；「稱王稱后」並不是「坐擁天下」的結果，便只能是「坐擁天下」的前奏。所以，在結縭一年之後，他便開始了新的計畫，修書向朝鮮公主求婚，然後再讓朝鮮以盟國姻親之名具表勸進，擁他爲帝，那便是再順理成章不過了。他自己不好意思提出做皇帝，也不好意思要文武大臣明白說出這大逆不道之語，便要假盟國之口代達己意，同時威脅當朝，這真是天衣無縫的一招妙棋！

大玉兒以自己對多爾袞的瞭解，在瞬息間已經算出了他所有的步驟，可是，她卻沒有阻擋之法。她幾乎是帶著求助的口吻問長平：「那樣，我能怎麼辦呢？」

長平仍然雲淡風輕地微笑著，用聊天般的口吻說道：「所以我已決意替太后翦除心腹大患，當作送給太后的大禮。」

大玉兒這時候已經有幾分相信，卻仍不能清楚。她瞭解多爾袞，所以會清楚地猜出多爾袞的做法與計畫；可是她不瞭解長平，她完全想不出長平此刻到底站在一個什麼樣的立場，下了一步什麼棋，她的目的是什麼，又到底做了些什麼。她努力壓抑著激蕩的心情問：

「禮下於人，必有所求。你既然執意要送我這樣一份大禮，不妨把條件說出來吧，你到底要交換什麼？」

長平微微一笑，眼睛望向佛臺上崇禎皇帝的牌位，淚光閃現，一字一頓：「交換我女兒的一世婚姻，以及我大明的半壁江山。」

大玉兒一驚，問道：「難道你想讓我把紫禁城還給你？」

長平道：「你當然不肯這麼做，我也不會這麼要求。這紫禁城我也住了這些年了，並不覺得有什麼好，我眼看著父親做皇上，眼看著父皇怎麼樣驚惶失措地失去了它，我看著周皇后、袁貴妃她們死在我面前，我的小妹妹昭仁還那麼小，竟然被我父親一劍砍死了。我父皇在砍斷我臂膀前曾經說過一句話：你唯一的過錯，就是不該生在帝王家。生爲公主是我的幸事，也是我最大的不幸，我沒有別的選擇。父皇死在萬壽山，他沒能保住他的紫禁城，死不瞑目，可這是他的命，也是大明的命運，大明注定要在我父皇這一代滅亡，可是我生爲大明的公主，我只得爲大明的延續盡一分力，即使不可爲也須爲之，總得盡到最後一分心。」

大玉兒道：「可是一個聰明人是不會與天作對的，既然你也知道大明並非亡於我滿清，而是亡於天意，又何必強求呢？」

長平笑道：「大明非亡於清，乃亡於順，太后忘了嗎，是李自成的大順軍先殺進紫禁城，逼死我父皇，奪了我江山的。」

大玉兒夷然道：「可是他也沒能做得成皇上，紫禁城注定不屬於他，皇位於他只是南柯一夢罷了。」

長平嘆道：「李自成出身草莽，雖有雄才偉略，帝王之相，卻終究運蹇命薄，配不上紫禁城的貴氣。雖然我大明氣數已盡，上天假人順之手滅我明朝，可這紫禁城也不是什麼人都可以住得慣坐得穩的，李自成雖然進了紫禁城，但他只是過客，不是主人。所以他氣不過，一把火燒了宮殿，重新回陝西稱王去了。」

大玉兒道：「他早已死在湖北通山縣的九宮山了。」

長平道：「這個我已經聽說了。不過，我知道他不是那麼容易被你們抓到的，也不會那麼容易死。他命中注定有八十一年陽壽，就決不會少活一個時辰。只要別一心想著做皇上，總還可以保得一世安康富足。」

大玉兒心裏一驚，不由又信了幾分。自李闖兵敗西逃後，各地先後傳出發現李賊屍首的傳言，朝廷每每派人查核，均無定論。其中傳得最盛的一次，是說李自成帶領十八精騎避入江西界九宮山中，與當地山民衝突相搏，被亂刀砍死。後來朝廷也派人過去查驗屍身，可是屍首已經被劈得亂七八糟，而且糜爛腐朽，不能辨認，當時就有人說，這未必是李賊的真身，只怕本人早已逃脫，而且他劫走的那些金銀珠寶也都不知所蹤，說不定是他攜了，去躲在什麼山深海外做神仙去了。果然不久，便有人說是在什麼山什麼島見過某人，形容其神貌，頗像李自成，朝廷也曾想發兵征討，但因無實據，也因不願自亂軍心，只得作罷。

這件事在大玉兒心中盤桓已久，如今聽長平說李自成未死，暗暗心驚，勉強說道：「那李闖縱然不死，氣數已盡，倘若他想奮其餘力與我大清爲敵，怕不是螳臂擋車？」

長平點頭道：「李自成的確不是紫禁城的真正主人。他自己原也知道這一點，所以才在旗兵入京前就早早地放火燒了武英殿，奔去陝西了。」

「李自成知道自己會輸？」大玉兒又將信將疑起來，「那他又費力打進北京來做什麼？依公主說，什麼人才配做紫禁城的真正主人？」

長平微微一笑：「這就要從我朝開國功臣劉伯溫說起了。太后以爲李自成一介草莽，怎麼會突發奇想做皇帝的？」

「這裏又關著劉伯溫什麼事？」大玉兒更奇，「難不成是那劉伯溫托夢給李自成，讓他做闖王的？」

「雖不是托夢，也差不多了。」長平又斟了一杯茶，侃侃而談，「聽說那李自成小時候，最喜歡打鳥。有一次，他在林子中見到兩隻老燕子圍著自己的窩打轉兒，拍著翅膀驚惶鳴叫，既不肯飛走，也不敢飛近。一時好奇，便爬到樹上去看個究竟，原來是有隻蛇盤旋在燕窩裏，而小燕子被盤在那蛇中間，正銜著老燕子啼叫求救呢。李自成同鳥作對那麼多年，偏偏那日卻善心大動，不顧危險，覷個準，伸手進去猛地鉗住那蛇七寸處，將牠拎出燕窩摔在樹下，不料卻隨手帶出一卷書來，原來便是劉伯溫的《透天機》。書上說，大儒劉伯溫昔年遊於華山，曾經遇到一位道士，向他面授天機，直說得天花亂墜，劉伯溫當下撕下袍襟做紙，刺破手指當墨，邊聽邊記，苦於老道說得太快，只記得個浮皮潦草。可是便是這斷章取義，一鱗半爪，也足以教他輔佐我先祖皇帝朱元璋建成大業的了。李自成得了這書，自此通曉天機，推算出自己有皇帝命，便再不肯甘於平淡，遂揭竿而起，招兵買馬，成立了大順軍。」

大玉兒將信將疑，問道：「這些玄說奇談，無非是草莽起兵時，用來愚昧百姓、虛張聲勢的招幌罷了，如何可以全信？果真那李自成得窺天機，有皇帝命，又爲何會敗於我大清呢？」

長平嘆道：「起初我也是這樣想。不過據那李自成說，自己雖有皇帝命，卻畢竟出身寒微，不能勝任紫禁城的主人。他起兵聚義，本意並不是要奪取皇位，而只想與我父皇議割西北，分國而王；當年他兵臨城下，已經勝劵在握，卻仍然命監軍杜公公縋城入見，要與父皇談判分地。可是父皇優柔寡斷，貽誤良機，而大順軍士氣激昂，已經不能控制，終於破城而入，逼得我父皇自縊。李自成說這本來不是他的初衷，然而事情發展到這一步，他只有求我原諒，希望我答允嫁他爲妻，共同坐鎮紫禁城。」

李自成入京之後久久不肯登基的事，原是大玉兒早已盡知的，今天才知道原因所在，倒有幾分感慨，便對長平的話又多了三分信任，嘆道：

「難怪當年李自成奪了皇宮後，卻遲遲不肯登基爲帝，原來是等你答應做他的皇后。倘若果真如此，倒也的確是安撫民心的一招良策。」

長平道：「那時我年紀小，又正在憤恨難當之際，怎麼都不肯相信他的鬼話，以爲不過是哄我上當的謊言，決不答應。他耐性很好，說我一天不答應，他便等我一天，決不稱王；不然，他就是登了基，也坐不長。」

大玉兒問道：「可是後來他爲什麼還是立了自己的原配爲皇后呢？是你一直不肯答應他嗎？」

長平嘆道：「按照他透露的天機，倘若當日我應了他，也就不會有後來的兵敗燒宮了，攝政王又怎能打得進來？若說攝政王，也堪稱一代梟雄，與李自成不相上下。是他率領清軍入關，是第一個走進紫禁城，入主武英殿的人。可是他這輩子注定與帝位無緣，儘管文功武德超群出眾，卻屢屢與帝位在一步之遙擦肩而過，這就是命。他注定做不了紫禁城的主人。我父皇是接繼兄長的位子做皇上的，他沒能做得長；攝政王若是接繼太宗皇上的位子，也注定是做不長的。這便是我當初苦勸皇上應當為太后大婚欣喜慶幸的原因，因為我知道，天下注定不是攝政王的，除非他做了太上皇，先名正言順，方順理成章。」

名正言順，而後順理成章。大玉兒暗暗心驚，福臨原本不是皇太極的嫡子，而是她與多爾袞偷情所生，長平說名正言順，似乎是暗示自己嫁給多爾袞便可使福臨順理成章成為多爾袞的兒子，以正父子之名。可是這樣隱密的事，長平又從何得知的呢？難道果然有一本《透天機》，而自己和多爾袞的姻緣也在書中早有記載？可是如果照長平所說的，多爾袞不是真命天子，那麼身為他親生兒子的福臨會是嗎？

大玉兒心旌動搖，勉強笑道：「那麼依公主看來，我皇兒可保得住江山永固？」

長平道：「乾坤以有親可久，君子以厚德載物。皇上若想在紫禁城長住久安，須得集合所有的力量，集中各路皇脈帝氣，所謂他山之石，可以攻玉。」

大玉兒只覺長平每一句話都似有千鈞重，由不得她不相信，遂誠心問道：「請問公主，何謂帝氣？」

長平微微一笑，不做解釋，卻忽然談起歷史來：「當年第一個在北京建都的皇族是金，海陵王完顏亮暴政強權，繼帝完顏雍更是為人多疑，機關百出，手段殘酷。即便如此，金朝佔據燕京也僅有六十二年，終被蒙古所滅。」

提起成吉思汗的輝煌業績來，大玉兒由不得將胸微微一挺，昂頭微笑道：「原來公主對於家祖先的故事也很熟悉。這北京城，早在五百年前已經屬我蒙古所有，如今我可謂故地重遊，不知這算不算公主所說的帝氣？」

長平點頭嘆道：「太后如果是男兒身，必為一代明主。奈何陰差陽錯，惟有輔政之緣，卻無掌國之份。太后之子，貴為皇裔，稟承上天眷寵，但卻不是獨一無二的天子。」

大玉兒勃然變色：「天無二日，國無二君。我兒不是唯一天子，難道還有什麼人敢於分庭抗禮、與日爭輝不成？」

長平微笑不語。而大玉兒一言問出，也已明白了：南明皇室猶在，又怎麼能說大清一統天下？順治，的確不是唯一的天子。她不得不放下姿態，恭謹求教：「依公主看來，我祖上何以不能久居大都？」

大都是蒙古建都北京後改稱，當大玉兒提及祖先成就時，不由自主地沿用了這一蒙古歷史上最輝煌時期對北京的稱呼。在她內心深處，其實是認為蒙古高於滿洲，紫禁城真正的帝脈應該是屬於蒙古而非滿清的。只恨，自己不是男人！

在大玉兒的內心深處，其實是從來瞧不起男人的，瞧不起皇太極，瞧不起多爾袞，甚至瞧不起自己的親生兒子福臨。無奈只有男人才可以征服天下，而她，就只能征服男人——而這一點最隱秘的心思，無疑是被公主看穿了。她不禁暗暗籌劃，若有所思，表面上卻努力做到不動聲色。

而長平似乎並無察覺，依然毫無保留地侃侃而談：「蒙古以力奪京，廢棄金中都而建元大都，然而漠古上都未廢，兩都並存，爭戰頻仍，互不承認——自己的部落尚不能統一，何以服天下？因此百年之後，終歸還政漢人，退走中原。我大明太祖皇帝一統天下，臣服九洲。因而，大明與蒙古的恩怨可謂久矣。」

大玉兒昂然道：「二百年前，你明朝滅我蒙古，二百年後，復滅於大清，可見這紫禁城之於大清雖是以力奪京，而於我蒙古，卻是完璧歸趙。我兒爲帝，當之無愧。」

長平搖頭道：「太后所言雖是，然而也正由此可見，漢、滿、蒙，俱各擁有江山一脈，帝氣之宗，卻都沒有十成把握。除非能將三支帝氣合而爲一，方可保江山永固。當今皇上爲滿蒙後裔，已集中三分之二；而我大明帝氣雖在強弩之末，卻足可分庭抗禮，縱不能捲土重來，亦足使江山變色。」

這一點，大玉兒卻是不能不承認的。也許南明朝廷未有實力向大清討還江山，然而持續爭戰下去，必然會日漸削弱大清元氣，未必不有人趁虛而入，漁翁得利。這就像元朝「兩都奪政」，致使朱元彰起義成功；而崇禎與李自成自相殘殺，方使清軍得以入關一樣。歷史，從來都是重複的。

然而，她還有一些不能肯定不願相信的事，關於皇位，關於宗室，豈是長平三言兩語可以定評？遂問：「既然劉伯溫得到《透天機》而輔佐大明立國，大明又何以不能久長？難道《透天機》沒有教會大明皇帝江山永固的秘訣？」

她的語氣裏其實是有一點點諷刺的，然而長平不以爲忤，仍然平靜地回答：「大明得窺天機而坐天下，可是卻在不慎間遺失了兩樣東西，致使天下不能久長。」

大玉兒不由問：「哪兩樣東西？」

「一樣就是《透天機》，在劉伯溫死後就遺失了，二百年後方爲李自成所得；二是昔年元順帝敗退之際，曾私攜傳國玉璽『制誥之寶』潛入大漠，致使玉璽湮沒，同樣二百餘年不見於世。我大明朝曾挖地三尺，搜求四方，終究不能尋得此寶，因此大明朝雖然昌盛，卻一直是沒有玉璽的朝廷，也是沒有玉璽的皇帝，終究算不得真命天子。」

大玉兒一驚猛醒，點頭道：「這個我是聽說過的，那玉璽後來流落草原，輾轉被察哈爾部所得，察哈爾歸順後獻與先皇。俗云『得寶者得天下』，先皇也正因此寶而有意問鼎中原，一統天下。」

她說出這一句，不禁忽發奇想：這過程，多麼像李自成偶得《透天機》因而窺天下？倘若皇太極因爲得到了「制誥之寶」而自認真命天子，李自成當然也可以因爲得到了《透天機》而有理由廢帝自立。多麼巧合，《透天機》與「制誥之寶」竟同時重現人間，卻偏偏又不能爲一人所得。上蒼，終究不願意把所有的福蔭都集於一人之身。她不禁再一次想，歷史，尤其是帝王史，從來都是在重複過去，沒有什麼故事是新鮮的。也許，這就是真正的天機！

到這時，大玉兒對於長平已是心悅誠服，不禁誠心誠意地道：「昔曹孟德煮酒論英雄，曾向劉玄德道：今天下之英雄，惟使君與操爾。如今你我烹茶說帝脈，我雖不才，也不禁要說一句：這紫禁城裏，公主確是我博爾濟吉特的唯一知己。然而請教公主，當今天下，皇家帝氣應分幾路？又如何可以合而爲一？」

長平道：「這紫禁城不屬於我父皇，不屬於李自成，也不屬於多爾袞，自然更不屬於你和我。然而，他們和我們卻是人中龍鳳，是這天下間最有帝氣的鳳毛麟角。倘若將這所有的帝氣都集中起來，使皇脈骨血集於一人之身，那麼這個人就是真正的天命所歸，必當長壽安康，至少可以保得紫禁城三百年安寧。」

大玉兒心中暗暗計算，福臨爲多爾袞與自己所生，他自然可以代表滿蒙兩族最高貴的血統，至於崇禎皇帝的血脈，八成便指長平公主自己，可是李自成的骨血又指什麼呢？因笑道：「天機玄妙，非我輩凡俗可以瞭解，還請公主說得明白。」

長平道：「這便是我要送給太后的第二項大禮，卻也是我要太后還情的條件，還望太后答應了我，才好明言。」

既是交換的禮物，又是交換的目標，這卻是怎麼回事？大玉兒見長平正談得暢快，卻又忽然轉移話題，神龍見首不見尾，左右猜解不開，笑道：「你左一件大禮，右一件大禮，可是每樣禮都說得這樣古怪，叫我真不知道該不該接受呢。」

長平並不回答她的話，卻指著桌上的茶壺問：「太后見過這種茶壺麼？」

大玉兒看了一眼，不在意地說：「你從前說過，這種玉瓷茶具來自耀州，釉面光潔如玉。的確很精緻的。」

長平笑道：「太后賜過我許多禮物，我無以回報，就將這套茶具作爲還禮，送給太后吧，也就是第三件禮物了。」

大玉兒一愣，聽長平先前兩件禮物說得那樣玄妙，而這第三件禮物卻如此微薄普通，猜想斷不會無緣無故送她一把茶壺，這壺中必有古怪，遂拿過來反覆端詳，也沒什麼特別，又斟了一杯茶到杯中，方欲舉起。長平急忙阻攔：「太后不可。」

太玉兒變色道：「怎麼？」

長平道：「茶裏有毒。」

大玉兒豁然擲了杯站起身：「你要毒死我？」

長平笑道：「我若想對太后不利，早已下手，還用等到今天麼？有毒的茶，是給我自己喝的；斟在太后杯裏的茶，是好好兒的西湖龍井，絕沒有錯。」

大玉兒若有所悟，拿起壺來，將壺中水盡皆倒出，反覆端詳，因見壺蓋上有個氣孔，便又將手指按住那孔翻轉壺身，果然又倒出一股水來。

長平笑道：「太后果然冰雪聰明。這叫做雙響壺，正是陝西耀縣的特產，原是李自成送我的禮物，今轉送太后。壺中原有兩股水道，平常倒茶時出來的是外壺裏的水，若是倒茶時用手指堵住氣孔，就可以將內壺中的水倒出。攝政王洞房花燭夜喝的喜酒，可也是從這樣的一把壺中倒出來的呢。」

大玉兒聞言大驚，到這時候，再冷靜也不禁勃然變色：「你派人在攝政王的酒裏下了毒？你口口聲聲說要除去攝政王，原來是給王爺的酒裏下毒？」

長平淡然道：「倘非如此，又有什麼辦法可以確保攝政王不與皇上爭奪帝位呢？」

大玉兒悲痛莫名，憤然道：「不管怎麼說，他是我的丈夫，誰若於他不利，我必千刀萬剮爲他報仇。你這樣做，難道以爲我不敢殺你嗎？」

長平笑道：「我知道太后必會爲攝政王報仇，所以早已自我裁決，不勞太后動手。」話未說完，忽然一口鮮血噴出，臉色轉爲慘白。

大玉兒知她所言非虛，茶中果然有毒，而長平已然毒發，不禁驚駭莫名，喃喃道：「你何苦這樣做？爲什麼要給自己下毒？」

長平喘息道：「我便不死，難道太后會饒過我嗎？我既深知太后心思，又害死太后最心愛的人，太后若不殺我，怎會心安？我替太后除卻心腹大患，這是我送給太后的一份大禮，太后就是不想領我的情，怕也是不行的了。」

大玉兒心驚意動，這半晌風起雲湧，瞬息間不知發生了多少變化，雖然不見刀槍，卻遠比千軍萬馬廝殺疆場更叫她驚心動魄。眼看著長平氣息漸微，喘成一處，想到這些日子裏兩人情投意合，無話不談，不禁頗覺感傷，也著實佩服長平心思細密，似乎早在談話之先已經算準每一件事，甚至提前喝下有毒的茶水來求自己答應她最後一個心願，如此敢作敢爲，不留餘地，的確世間罕見。其實她即將毒發身亡，自己接不接受她的條件都已經沒太大分別，便是答應了她又如何？左右又無人聽見，遂慷慨答道：「好，不論你要求的條件是什麼，我都會答應你。」

長平忽然掙扎站起，向著大玉兒施禮道：「長平先在此謝過了。」想是行動得急了，一縷鮮血自她唇邊沁出，一句話未說完，身子已連晃兩晃。

大玉兒忙將她扶住坐好，誠切說：「不必多禮，你有話儘管說出來吧。」

長平氣吁吁地道：「謀事在人，成事在天。我今天所請，原是一個不情之請——不求太后看在我的面上，只求太后遵從天意——倘若我女兒他日入宮為妃，且生了兒子，希望太后立他為帝。」

大玉兒一愣，重複道：「你女兒？」腦海裏忽然浮起小公主香浮精緻的眉眼，那孩子離奇出宮原是她早聽說的，那時正值哲哲太后病歿，宮中大辦喪事，值衛多有疏忽，神武門任人進出，形同虛設，長平說是女兒患了天花，不敢耽擱，連夜送出去治病。大玉兒雖是不信，也悄悄兒地派人出宮查過，卻沒半點線索，又加上諸事操勞，便將這件事暫時擱起，今聽長平重新提起，便知必有蹊蹺。

讓一個母親做出骨肉分離的決定，是比壯士斷腕更為艱難的吧？大玉兒原也猜測過長平如此安排必有謀圖，卻再也沒想過竟是打著這般主意，詫道：

「你不是說香浮是得天花出宮了？原來是想讓她換個身分再重新進宮，還要我兒立她為妃。這怎麼可以？我大清皇室怎可娶漢人女子為妃？又怎麼可能立漢妃的兒子為太子？」

長平此時氣息漸微，卻仍勉力說道：「滿蒙通婚，原是你們世世代代的風習，血統一說，不過是矇騙天下人的。果然要血統純粹，那也不必聯姻了。皇上是努爾哈赤與成吉思汗的後代，血統高貴；香浮的身上，卻有大明與大順的兩朝骨血，也是尊榮無比；那李自成其實並非我漢人子民，李原是西夏的國姓。倘若香浮嫁了皇上，便是集合了滿、蒙、漢、西夏四股力量，使天下所有的皇家帝氣合為一體，集鰲足四極為一柱擎天，可保江山永固。則我父皇在地下也當瞑目。我已算出，當今皇上會有十年的帝運，十年之後，若一切如我所說，則請太后作主，順應天意，將皇位傳給聖上與我女兒的後代。」

大玉兒大驚，問道：「宮中從來沒人知道香浮的生父是誰，原來她竟是你與李自成所生。那李自成與你有殺父之仇，你方才也說他曾向你求聘，你百般不允，原來卻私下裏委身於他，這豈非……豈非……」

說到「殺父之仇」四個字，大玉兒忽然想起建寧的母親綺蕾來。綺蕾是皇太極血洗察哈爾部的戰利品，她的入宮，正是爲了報復皇太極的殺父之仇而意圖行刺。難道這長平公主與李自成的孽緣也是如出一轍？綺蕾臨終之前，曾將建寧託與自己照顧，然後便自縊而死，如今，長平竟又將這一幕在雨花閣重演。只是那綺蕾臨死之前，有意換上了仙家打扮，表明不戀塵緣；而今長平仰藥自盡，卻是改裝還俗，穿上了大明皇后的盛裝。綺蕾與長平，不同民族，不同身世，然而行事卻一般神秘不可測，這裏面，又蘊涵著怎樣的天機？大玉兒一時浮想聯翩，連說了兩遍「豈非」，卻終究未能說下去。

長平不知是害羞還是迴光返照，雙頰泛起紅暈，喘著氣說：

「李自成幾次向我求聘，我想，他若不能立我爲后便不能登基稱帝，不能成爲紫禁城主人，那是巴不得的事，因此死也不從。戰事一天天逼緊，終於他大敗而歸，自知回天無力，到底不甘心，匆匆在武英殿登了基，立了原配高夫人做皇后，又放火焚燒宮殿。臨走之前，他闖進我的寢殿說，不管怎麼樣，也要做一天我的丈夫，死也不冤。當時所有的人都忙著去撲火，寢殿裏只留下我一個，竟然被他，被他……」長平說到這裏，又吐了一口血，喘息起來。

大玉兒只覺匪夷所思，順治只有十年帝運的預言令她既驚且怒，卻又似被這話禁住，不能發作。眼看著長平越來越萎頓，有心攙扶一把，卻像中了魔咒般，不能說話也不能動彈。

長平顧自喘了半晌，接著說道：「我委身於賊，早該殺身殉父，以全名節。可是，我是大明唯一留在紫禁城裏的皇族血脈，父皇曾經賜我一劍，可我命不該絕，竟然被賊逆所救，這是天意；我懷了殺父仇人的血肉，這也是天意。人人都說當今紫禁城是大明的墳墓，卻是大清的襁褓。可他們不知道，香浮才是紫禁城易主後迎接的第一個新生命。天意要這孩子降生在紫禁城，她注定要做紫禁城的主人，讓大明的最後一點骨血永遠地留在紫禁城。爲了這個孩子，我必須先保住我這條命，爲她鋪好前途；可是現在，有太后幫我看著她成長，我也就可以卸去重擔，含笑九泉了。這也就是我剛才說的送給太后的第二件大禮，求太后照料她一生平安。」

紫禁城，大明的墳墓，大清的襁褓，而它迎來的第一個生命，卻是大順王李自成的女兒！

這究竟是一筆孽債，還是一旨天機？

大玉兒顫慄著，她幾乎已經要被長平說服，卻努力地不願被說服：「你說的話，我一句也聽不明白，如果你想保住大明血脈，爲什麼不去投靠南明，那裏不是你們明朝的餘部嗎？」

長平慘笑著，卻仍帶著一股不屈的傲氣道：

「大明的根在紫禁城，那些人雖然接二連三建立了幾個南明政權，可他們不是帝王正宗，成不了大器。什麼弘光、紹武、永曆，又是什麼福王、唐王、魯王、桂王，這就和李自成在西安建的大順朝，你們在盛京建的大清朝是一樣的，沒有住進紫禁城裏，怎麼好算是真命天子？紫禁城是有靈性的，它會自己選擇它的主人，它的主人，必須擁有真正的帝王血脈，集中了天下最優秀最高貴的人的骨血精神，才可以真正擁有紫禁城的至高權力，使它長治久安。」

大玉兒道：「雖然如此，可是你爲什麼一定要這樣做？如果你想讓女兒幸福，有多少條路可以走，爲什麼偏要選擇以死要脅？你常說：從來茶道七分滿，留得三分是餘情。你自己，又爲什麼這樣不留餘地？」

長平的目光已經迷離，卻仍喘吁吁地喃喃著：「父皇說我唯一的過錯，便是生在帝王家。可這是沒得選擇的。我是帝王的女兒，必須維持一個帝女的尊嚴和責任。香浮也一樣，她也是生在帝王家，有注定的路要走，沒得選擇。太后，難道可以例外嗎？」

大玉兒看著平生第一知己在自己的眼前一點點香消玉殞，不禁想像千里之外的愛人也是這樣掙扎在生死邊緣，心下又是疼痛又是惛怒，不禁流淚道：

「可是你用自己的性命來交換我的承諾，倘若我不接受你的條件，你又如何？你說你害了攝政王，你可知道，他是我這一生中最愛的人？我怎麼可能幫助一個害死我丈夫的仇人的女兒？你把女兒託付給我，就不怕我反而對她不利、用她向你報復嗎？」

長平面色如雪，聲音漸漸微弱，卻仍拚著最後一絲力氣說：「嘉定三屠，揚州十日，多爾袞欠我大明子民的性命何止千萬？不過你放心，我雖然恨他，卻不會親手取他的命。我給他下的不是劇毒，只要你馬上派太醫趕去喀喇城，還來得及救他，那就不用受我的禮，也不必答應我的話。我留下他的命，交給上天來抉擇，如果天意讓他活下去，又或是我女兒沒能生下兒子，那便是大明再無生存之理，我死而無怨。否則，請太后順應天意，體恤故人，容我女兒在紫禁城立足，讓明清兩代的血脈流傳下去，永照日月……」

她倒在茶案下，氣盡力竭，眼睛半開半闔，神智已經漸漸走遠，卻仍喃喃著重複最後一句話，「香浮，媽會看著你，保佑你的。」

大玉兒早已看得呆了。她眼前看到的是長平，心中想著的卻是多爾袞，此刻長平死得有多麼慘，他日多爾袞便會死得有多麼慘。長平說，如果自己此時派太醫趕去喀喇城，還趕得及救多爾袞的命。自己要不要去救？

要，當然要。從十二歲到現在，她愛了多爾袞二十幾年，除了多爾袞之外，從沒愛過第二個人。她並不是一個守身如玉忠貞不二的烈女，除了皇太極和多爾袞之外，她的生命中還出現過許許多多的男人，甚至連洪承疇也是她一度的入幕之賓。可是，真正走進她心裏，讓她痛徹心肺愛過的，卻只有多爾袞！此時他命在危殆，她怎能不救他？

不，她當然不要救。他竟瞞著她去喀喇迎娶什麼朝鮮公主，謀圖兒子福臨的帝位。倘若讓他長命百歲，還有自己與兒子的活路嗎？況且，並不是自己要害他的，是長平公主。長平是大明的公主，是通玄的禪師，她說過每個生於帝王家的人都有自己的命運。如果自己可以救他的命，那麼也可以救長平公主的命，可是她不會救，因爲她要替他、替她的丈夫、替大清攝政王報仇，長平的死就是對他最好的回報，他們冤冤相報，已經自相了斷了。大清攝政王死於大明公主之手，這便是他不能抗拒的命運。

大玉兒站起身，跨過長平公主的身體，拉開雨花閣的門平靜地走了出去。建福花園的風裏有一股蕭索的殺氣，在大清皇太后的身後捲起漫天落葉，打著旋兒，追著她的腳步飛了好遠，好遠……

第七章　親政與大婚

1

順治七年五月初六日，大清攝政王多爾袞率諸王大臣出獵於山海關，二十一日至連山，親迎朝鮮國公主，是日成婚。七月初十日，多爾袞體不適，突然頭昏墜馬，竟纏綿成疾。同年十二月初九日，終告不治，病逝於塞外喀喇城，享年三十九歲。

七月十三日，多爾袞訃聞京城，順治帝詔臣民易服舉哀。十七日，柩車至京，順治帝率諸王、貝勒、文武百官渾身縞服，出迎於東直門五里外，以太子奉迎梓宮之禮接靈，哭奠盡哀。二十五日，追尊多爾袞爲懋德修道廣業定功安民立政誠敬義皇帝，廟號成宗。

順治八年正月初六日，諸王、固山額真、議政大臣等議英王阿濟格罪。阿濟格因在多爾袞發葬之際企圖聚集兩白旗大臣奪政被告發，而以謀亂罪幽禁。

正月十二日，順治帝在太和殿宣佈親政，諸王群臣上表舉行慶賀禮，十四歲的順治帝雖是第一次親政，然而端坐殿上指揮諸將，旁若無人，同時頒詔大赦天下。

十九日，追尊多爾袞爲宗義皇帝。

二月初十日，順治帝尊其母爲昭聖慈壽皇太后。

二月十五日，議政大臣蘇克薩哈、詹岱、穆濟倫原係多爾袞近侍，至是首告多爾袞私備御用服飾，並與何洛會等密謀定議。於是並案會審，議以多爾袞陰謀篡逆，籍沒所屬家產人口入官。二月二十一日，追論多爾袞罪狀，昭示中外，罷追封、撤廟享、停其恩赦。二月二十七日，封故肅親王之子富壽爲和碩顯親王，增注其父軍功於冊。

閏二月二十八日，刑部等審議大學士剛林、祁充格等依附多爾袞罪，下令處死。

……

慈寧宮中，昭聖慈壽皇太后大玉兒盤膝坐在廳中鳳椅之上，命侍女打開所有的窗子。風從一扇窗子裏進來，周遊了一回，又打另一扇窗子出去了，留下花香，是春天呢。大玉兒微微動了動身子，好久沒去建福花園了，當年長平公主一手一腳一枝一葉重新佈置出來的建福花園，此時可曾春暖花開？

素瑪很貼心地剪了桃花進來，插在玉瓶裏清水養著供在案上，彷彿滿園春色關不住，一枝紅杏出牆來。

長平最終也沒能看到自己親手還魂的建福花園。春去春來，那些長平經手栽植的桃花開了又謝，謝了又開，已經結果了，但是長平一次也沒有看到。

大玉兒微微牽動了一下嘴唇，露出一個不完整的笑。今日是她三十八歲壽辰，可是，她卻沒有半點慶賀的心思。一早諸阿哥、格格們前來磕頭祝壽，福臨更是親筆寫了壽帖壽聯，張於慈寧宮門外。大玉兒感慨萬千地看著兒子，半晌，輕輕說：

「只是小生日，不要驚動朝臣，只要御廚做碗壽麵就是了。皇上剛剛親政，日理萬機，別為這點子小事勞心。且我也想靜靜地坐一坐，念念經，當是為皇兒祈福。」

福臨體貼母后心思，果然不來打擾。慈寧宮中香煙藹藹，纖塵不動，皇太后大玉兒的三十八歲壽辰，過得悄然無聲，寂若潭水。唯一動聲動色的，便是桃花的香氣。

大玉兒守著這桃花香，想著長平臨終前與自己的最後一場密談，百感交集。她對長平的感情很難解釋，她毒死了自己一生中最愛的人，可是她成全了兒子福臨的親政，她對自己而言，到底是天字第一號大仇人，還是人生第一位知己、大恩人呢？大玉兒終於在有生之年親眼看到兒子福臨當上了真真正正的大清皇帝，不必再仰人鼻息，而可以完完全全地大權在握，坐擁天下。這全賴長平公主所賜，可是，兒子提前親政的代價是多爾袞的英年早逝，是大玉兒的中年喪偶——她第二次做了寡婦。她能夠不恨長平嗎？她今年已經三十七歲了，年近不惑，她不想再面臨一次喪夫之痛。她真的真的很捨不得多爾袞，她已經愛了他二十幾年了。

大玉兒閉上眼睛，神思回到二十六年前。

那是天命十年，她只有十二歲，卻為著哲哲姑姑的一紙家書，而被裹在層層重裘華服之中，像一具華美而珍貴的玩偶，從遙遠的科爾沁草原送到了盛京，成為四貝勒皇太極的小小妃子。努爾哈赤部落與蒙古各部落聯盟的主要方法就是結親，一宗又一宗的政治婚姻將滿蒙兩族的勢力越捆越緊，而科爾沁的格格們便是這樣一個接一個地被送到了盛京，甚至顧不得她和已經是皇太極大妃的哲哲是姑侄關係，更顧不上她與皇太極的年紀整整差了二十二歲。

洞房之夜對於大玉兒來說是一個恐怖的記憶，行使丈夫之道的皇太極更是猛虎怪獸一樣的人物，十二歲的大玉兒根本不知道情爲何物，她需要的僅僅是親情與友誼，是一點點關懷、陪伴與安慰。而能夠給她這些的，就只有多爾袞。多爾袞只不過比她大三歲，可是已經很懂事，而且文武雙全，智勇過人。於是，她視他爲哥哥、夥伴、偶像，跟他學習騎馬、射箭、讀漢文，依賴他更甚於小鳥依賴陽光。鳥兒在陰天裏也一樣啼叫，可是聲音遠沒有在陽光下那麼歡快；如果陽光久久不見，鳥兒的羽毛也會不那麼鮮亮。

她在這陽光下一天天羽翼豐滿，啼聲洪亮，長成一隻華美豔麗的鳳凰。他們是盛京城裏的一對金童玉女。不知道從哪一天起，他看她的眼神不再一樣，而她在他面前也變得矜持不安。他們彷彿同時發現了，原來，他們是這世間如此親近而遙遠的一對男女，她一直在心底暗暗地埋怨，如果科爾沁的格格一定要嫁滿洲的貝勒爲妃，那爲什麼不是讓她嫁給多爾袞呢？如果她能嫁給多爾袞，夫唱婦隨，琴瑟相和，哪怕就是做平民包衣也是願意的。

他們渴望著，能夠遠離所有的人事與人際，避行孤島，僅僅只作爲一對男女而存在。可是，他們避不開皇太極。皇太極從來視女人爲財富，或者是盟交的信物，而大玉兒在他心目中，一直是初見面時那個裹在重重華服裏的小玩意兒，想起來便會拿出來擺弄一番，想不起來便丟在一邊，他才不理會小玩意也會長大，也有情緒。大玉兒倒也並不在意，也從不與眾妃爭寵，一則她的心裏並沒有將皇太極放在第一位，二則她認爲皇太極雖然對她冷淡，對別的妃子也不過爾爾，他的心裏只有江山遼闊，沒有兒女情長。

然而後來，她發現自己錯了。當皇太極看到綺蕾時，他的驚人的耐心和寬容讓所有盛京宮裏的女人都嫉妒得發了狂。他變得如此多情，愛心無限，即使綺蕾兩度行刺於他亦不放在心上，仍然視她如珠如寶。那綺蕾也真是奇怪，已經嫁了皇上，並且生下女兒建寧公主，卻還要做什麼帶髮的姑子，住家的修士，吃齋念佛起來。然而即使是這樣，皇太極也絲毫不介意，仍然把她捧在手心上憐惜寵愛，只差沒有打一座蓮花台把她供起來當觀音拜。

後宮嬪妃們都氣瘋了，使盡了百寶去爭，去鬧，去陷害綺蕾，邀寵皇恩。而大玉兒的方法是，義無反顧地投向多爾袞的懷抱。她一直認爲，自己和多爾袞並不是偷情，她和他成爲情人是天經地義的事情，就像花朵到了春天會開、果實到了秋天會落一樣自然而然，水到渠成。

在她苦盼了十幾年，幻想了幾百次之後，當多爾袞終於第一次和她肌膚相親時，她幾乎不曾哭出來。他們的身體糾纏在一起，久久都不願意分開，她好像從那天起才發現自己是一個女人，自己的身子是這樣美好，人間的男女之歡是這樣美妙的享受。她盼望著，盼望著一次又一次的幽會，每一次見面都彷彿穿越槍林彈雨，每一次做愛都似乎掀起驚濤駭浪，她知道他們隨時都會死，可是她顧不得。她要他，只要能和他在一起，愛一次，再愛一次，哪怕死也願意。

事情到底還是洩露了，皇太極發現了他們的隱情，死期來了。可是她不願意死，也不願意他死。於是，她選擇第三個人替他們死，選那個插在他們之間的人去死，那就是皇太極。她毒殺了自己的丈夫、當朝皇上、大清開國帝王皇太極，以此換得兒子福臨的繼位、情人多爾袞的攝政，她值得！她不愧是天地間敢作敢爲的第一女英豪！

倘若不是她及時獻與皇太極的一碗參湯，就不會有她與多爾袞的今天。多爾袞最終成爲她的丈夫，與她光明正大堂堂正正地往來，是上天給她的賞賜，是她豁出性命贏來的報償。她們相愛半生，私通經年，卻直到前年才終成眷屬，已經是浪費了太多的時間，耗擲了太久的青春，燃燒了太熾的激情。然而，快樂太短暫了，短暫得還來不及充分地享受，就已經宣告了結束。

大玉兒太不甘心！

長平公主，就是結束大玉兒短暫幸福婚姻的那隻罪惡之手。她以她的獨臂操縱了大清的命運，翻雲覆雨，顛倒乾坤，讓大玉兒的愛之夢在瞬間化爲泡影。最可惡的是，她讓她看到，即使這場關於愛情的夢也是一場泡影，多爾袞，終究是不忠！

她告訴大玉兒，她已經給多爾袞施了毒，但是如果現在施救，也還來得及；她讓大玉兒自己選擇讓多爾袞生還是死；她說這是她對大玉兒犯下的罪，所以她決定用命來償還；她還說，這也是她給大玉兒的禮物，請她完成她一個心願；她說要和大玉兒打一個賭，如果她能把女兒送進皇宮並且誕下皇子，就要大玉兒答應立他爲皇儲，否則便是和老天爺作對。她把一切都想得很清楚，計畫得很周詳，然後用生命來做一個必輸之賭，同時搭上了大玉兒一生的幸福。

而大玉兒，竟然除了就範，別無選擇！

身爲大清太后，榮尊後宮，至高無上，這普天下有什麼事是她不可以做主，有什麼人是她不可以決策的？她曾經令大明良將洪承疇爲她變節，讓大清太宗皇太極爲她喪命，更叫一代豪傑多爾袞爲了她一而再地讓出皇位。只要她想提拔誰，誰就馬上雞犬升天；想處治誰，誰就別想多活一天。可是，她卻留不住自己的青春年華，留不住恩愛歲月，留不住多爾袞的心，甚至留不住一個妻子的身分。

枉爲女人，她一生中從沒有平靜安詳地過過一天。以垂髫幼齡嫁與皇太極爲妃，生活在鶯妒燕醋的胭脂陣中，在愛慕之先已經懂得了嫉妒，從未真正擁有過任何情感卻時時都在害怕失去，生活的主題就是爭寵，婚姻的意義只爲家族，大玉兒從來沒有做過自己，沒有做過一天真正的女人。多爾袞是她選的，也是歷史和政治逼她選的，但是這一次選擇畢竟是心甘情願、夢寐以求的，因爲他是她的至愛，唯一的發自肺腑並願意付諸一生的摯愛。而今，卻又要逼著她選擇親自結束這相親相愛，這相依相偎，這長相廝守的美夢。這何其殘忍？

是多爾袞逼她，是長平逼她，是朝鮮國逼她，是兒子的帝位逼她，是大清帝國的江山社稷在逼她！

天意如此，大玉兒何辜？

那天從雨花閣回來，大玉兒也是像現在這樣，把自己關在慈寧宮暖閣裏避不見人，整整哭了一夜。她抱著自己的胳膊，感覺到身體裏叫做愛與敏感的那部分感情一層層褪去，就好像大海退潮一樣，就好像春蠶吐絲一樣，眼淚就是她的潮水，眼淚就是她的繭絲，溫亮而稠濃，帶走了她身體裏叫做愛與敏感的那部分。

她最終還是決定放棄診救。她被迫放棄的，因爲他先背叛了她。

然而，她卻不能不傷心，不能不憤怒，不能不爲了自己的選擇而仇恨自己。

她一生的眼淚加起來都不會比那一夜更多。如果孟姜女的眼淚可以哭倒長城，那麼她大玉兒的眼淚，可以哭得整個紫禁城昏天暗地，哭得大清的江山天翻地覆，她以這眼淚來哀痛至愛情人多爾袞的命不久長，她以這眼淚來哭祭自己並不純粹的愛情，她以這眼淚來哭出兒子福臨親政的新氣象。

彷彿雨過天晴，大哭之後，必然是大喜若狂——福臨親政了，美夢成真了，只可惜，夢已成真夢已殘。大玉兒身體裏有關情感的那部分，已經永遠隨著那一場大哭，離去了。

她哭的時候，多爾袞還活著，她是唯一可以救他的人，但她已經提前哭過他了，還有什麼可做的呢？所以，到了多爾袞死的那天，她反而一滴眼淚也沒有掉，她的眼淚都已經哭乾了，剩下的只夠保持眼睛濕潤。

從今往後，再也沒有任何人或事可以令大玉兒痛哭流涕。

再也沒有任何人或事可以打得倒難得住太后大玉兒。

再也沒有任何人或事可以讓太后大玉兒爲之心存慈念舉棋不定。

大玉兒，已經不再是一個血肉之軀的普通女人，而是一尊手握天下權柄的女神。

2

整個冬天建寧都在生病。自從那次被烏鴉襲擊受了驚，她就時好時壞，好的時候便淘氣異常，惹事生非，花招百出地和烏鴉以及別的格格們作對；壞的時候便昏昏沉沉，發燒嘔吐，甚至囈語不斷。

於是人們都說是中了邪，又有說是丟了魂，還有說是紫禁城裏陰氣重，近日連連辦喪事，格格八字太輕壓不住，胡嬤嬤聯想起那日格格從建福花園回來便哭鬧不停，則認定是衝撞了花妖，嚷著要到花園裏化紙錢送神去。

然而建寧自己心裏卻明白，她去的不是魂，而是生命中至為寶貴的東西——友情和信任。

順治弄丟了神秘的漢人小姑娘，吳應熊弄丟了冷豔梅花般的明紅顏，崇禎皇帝弄丟了紫禁城的金鑾寶座，吳三桂弄丟了良心和忠義之名，長平公主弄丟了大順王李自成，莊妃太后弄丟了第二任丈夫多爾袞，而大清十四格格建寧，則弄丟了她的親密玩伴香浮小公主。

這是她人生中的第二次重大失落——第一次是她的母親綺蕾。綺蕾的死，叫她知道了生命的無常，使她的童年過早地結束，笑容過早地凍結。然而那時候她畢竟還太小了，還不懂事，對於命運的起伏只會接受，不懂抗拒，因此情感也就不會太過激烈；可這次是不一樣的，這次雖然弄丟的只是一個朋友，卻是她打心眼裏覺得在意、覺得珍惜的。香浮的友情是建寧人生中的第一份禮物，是她主動的選擇，是她在長久的寂寞孤單後找到了香浮作爲自己的好朋友，她以爲她們的友誼可以天長地久隨心所欲，然而，她卻在一轉身的疏忽中便把她弄丟了。

她不過是在東五所裏被烏鴉囚禁了幾日，香浮便患了該死的天花香消玉殞了——建寧認定香浮是死了，患了天花又怎麼還能活呢？她把這筆賬記在烏鴉身上，是烏鴉害了她，使她得病，使她被軟禁，使她沒有時間來探望香浮，從而永遠地失去了香浮。建寧相信，如果自己在，香浮是不會得病，不會出宮，也不會死的。即使得了病，自己也會請皇帝哥哥爲她召太醫，而不必讓她出宮等死。

香浮的死是一個巨大的陰謀，是烏鴉的迫害，是宮裏所有和自己過不去的勢力共同設計好的一個圈套，他們這樣做的最終目標是爲了對付自己，欺負自己，傷害自己。可是，她卻逃不開這些陷阱，這些天羅地網。

烏鴉飛在天上，牠們的位置比自己高，眼界比自己寬，牠們無所不知，趕盡殺絕，逼得自己窮途末路；格格們生活在自己周圍，她們拉幫結夥，比自己人多勢大，比自己耳目眾多，可以齊心協力地對自己形成密不通風的包圍合擊之勢，設計陷害；太后娘娘更是高高在上，她輕輕一句話就可以把自己發落到東五所來，去不到建寧花園，見不到小公主香浮，從而使自己永遠地失去了她。

建寧在沒完沒了的噩夢裏聽到無休無止的烏鴉叫聲，而在那些叫聲裏，有無數穿白衣的女子從宮殿的各個角落裏走出來，就像崑劇裏的旦角那樣，舞著長長的水袖，拖著長長的裙襬，且歌且舞，搖曳生姿。

她們說她們都是這宮殿的舊主人，卻被烏鴉搶佔了位置，是被烏鴉驅趕得無路可逃的亡靈——偌大的紫禁城就好比巨型墳墓，住滿了前朝的亡魂。她們生前都曾經美麗多情，卻死得異常慘烈，而因為烏鴉的侵擾，她們即使死後也不能得到安寧。那些醜陋的烏鴉，那以腐屍為食物的扁毛畜牲，是飛行在陰陽兩界間的靈媒，牠們欺善怕惡，助紂為虐，讓她們的亡靈居無定所，飄泊不安。

建寧在夢裏艱難地辨認著她們的面目，居然都依稀彷彿，似曾相識——

那面容悽楚、眼神黯淡的是明英宗的錢皇后，她哭哭啼啼地說：土木堡之變使得明朝五十萬大軍盡被瓦剌兵擊潰，英宗自己也被俘為質。她每日裏以淚洗面，寢食俱廢，沒日沒夜地跪在地上為皇上祈福。一年後，英宗無恙歸來，她卻已雙目失明，一條腿也由於長久的跪地而殘廢。然而即使是這樣，由於她身後無子，英宗死後，周貴妃之子明憲宗即位，奉母為后，竟不許她與英宗合葬，後來雖經大臣們跪地求情而勉強答應，卻仍讓內臣在陵寢中做了手腳——將通往她陵寢的隧道在距英宗玄堂數丈的地方堵死，使兩人的亡魂不得在地下相遇。她的魂靈在地下遊蕩徘徊，找不到自己的丈夫，只有回到這紫禁城裏尋尋覓覓，卻又被烏鴉翅膀攪起的陰風所打擾……

那些手裏捧著甘露瓶、碧玉簪、九孔香爐、五色龜、甚至繩索成群結隊走來的是明世宗的后妃們，她們七嘴八舌，吵鬧不休，爭著講述那場著名的妃子起義：明世宗渴求長生之道，命宮女每天在御花園採集甘露供他飲用，並由他最寵愛的曹端妃監管。宮女們每天黎明即起，左手持玉杯，右手拿玉簪，穿行林間做採露使，風清月冷，露濕衣衫，淒慘不堪言。曹端妃因與那個曾經發明紫檀香餅而獲寵的王寧嬪是對頭，幾次以採露不利爲由大加鞭笞，令她生不如死。

嘉靖二十一年，御苑池死了隻五色龜，負責看管的嬪妃楊金英、邢翠蓮自知必死，求計於王寧嬪。三人遂決意殺死皇上以自保，並聯合了另外兩位採露使張金蓮、王秀蘭，在清晨潛入端妃寢宮，欲合力將皇上勒死，不料情急中竟把繩子打了死結，勒之不死，反驚動了方皇后。失事後，方皇后追究弒逆主謀，牽連嬪妃二十餘人，因爲王寧嬪一口咬定曹端妃知情不報，端妃遂也無辜被牽。

世宗病癒後，重新調查此案，知端妃冤死，十分思念，遷怒於皇后。嘉靖二十六年十一月，方皇后所居坤寧宮失火，世宗站在萬壽宮前欣賞火景，竟不許救，眼睜睜看著方皇后與宮女被活活燒死，釀成明宮的一大疑案。如今這疑雲慘霧仍然籠罩著紫禁城，方皇后、王寧嬪、曹端妃，以及無辜慘死的數十嬪妃宮女恩怨糾纏，是非難辨，就算再過幾朝幾代也恨意難消，然而此時卻因爲烏鴉的迫害，而使她們難得地走在一起，來到建寧的夢中，向她控訴烏鴉的罪惡……

人數最眾的那一隊是永樂帝的妃子們，生性多疑的永樂在一次後宮之亂裏殺了兩千多名妃嬪，僥倖逃脫的幾個也都被遺命殉葬。走在那些妃子最前列的是來自朝鮮的賢妃權氏，她一邊走一邊唱著一首淒涼的宮詞：

忽聞天外玉笛聲，花下聽來獨自行。
三十六宮秋一色，不知何處月偏明……

歌聲哀婉清澈，若斷若續。殉葬的隊伍好長，如龍行見首不見尾，這些人中包括明太祖陪葬孝陵的四十六妃，明成祖陪葬長陵的十六妃，還有明宣宗陪葬景陵的數百妃嬪，其中那個叫郭愛的妃子才貌雙全，入宮才二十多天，就也被送進了舉行殉葬禮的殿堂，像待宰羔羊那樣把頭頸伸進繩套裏，由宦官撤去踮腳的木床……

明朝末代皇帝崇禎的后妃兒女們，更是死得慘烈難言，身先士卒從容就死的周皇后、自縊不遂又被崇禎一劍砍死的袁貴妃、還有年紀尚幼的長平之妹昭仁公主，以及那些在大順軍闖後之前倉皇投井的妃子們，她們濕漉漉，血淋淋，哭泣著，歌舞著，訴說著，婉求著……

她們說紫禁城本是大明的宮殿，由先祖一磚一瓦建成，數次經歷大火而屹立不倒，如今卻淪爲異族的住處，更被操控於烏鴉的翼下，讓她們怎能心安？

她們拜託建寧，求她幫助她們把烏鴉趕走，她們說，如果她做不到，就會和她們一樣變成紫禁城的幽靈，日日夜夜被這些烏鴉欺負、騷擾。

她們夜復一夜地哭訴啼泣，令建寧即使醒著的時候也恍恍惚惚，夜有所夢，日有所思，常常不知道今夕何夕，身在何地。

建寧在夢裏流離失所，茫然失措，輕聲地哭泣，叫著：「媽媽。」

她從沒有叫過「媽媽」，即使母親在世的時候也沒有。滿人是稱母親作「額娘」的，她不知道爲什麼竟會在夢中喊出這個漢人的辭彙，更不知道類似的夢境，她的母親綺蕾生前也曾經做過的，後宮裏到處都是類似的故事，重複的歷史，角色不斷變換，情節從來不改。

每個宮殿裏都發生過相似的慘劇，每個宮殿裏都徘徊著不甘的亡靈，烏鴉在天上徘徊，蛐蛐在地面控訴，鬼魂和活人佔據著同一個空間，卻穿梭在不同的時間裏，無孔不入。

建寧變得沉默寡言，對誰都不理不睬，沒人時卻嘰嘰噥噥獨自說個不停，吃飯是有一頓沒一頓，晨昏定省一概脫滑，繡課琴操也都拒之不理。東五所的嬤嬤們因爲憐她有病，都不同她計較，只要太后不過問，她們便樂得不理，病得狠了，便照例往慈寧宮回報一聲，略好些時便不聞不問了。

哲哲太后在壽康宮薨了，建寧只「嗯」一聲，不悲不哭，只是按例穿上素服做個幌子；長平公主在雨花閣猝死，建寧聽了，仍是「嗯」的一聲，似乎並不意外，也未見得有多麼傷心，卻找出爲哲哲戴孝時穿的素服來換上，說是替香浮給她娘盡孝。

嬤嬤們覺得不妥，都說：「滿漢有別，哪有大清格格給前明公主戴孝的禮兒，這要是讓太后娘娘知道了，是要怪罪的。格格還不趕緊脫下來呢。」

建寧淡淡說：「皇帝哥哥都說是滿漢一家了，長平仙姑是我的長輩，我爲什麼不能給她戴孝？」

嬤嬤們便抿嘴兒笑道：「格格說得輕巧，『滿漢一家』，說起來容易，趕明兒要是給格格說個漢人婆家，難道格格會答應嗎？」

建寧雖小，也知道不是什麼好話，沉了臉不答。那些嬤嬤們自己取笑半天，都說這位格格脾氣

古怪，舉止荒唐，不要同她認真才好，只是怕太后娘娘看見她無端穿素，未免會降罪服侍的人。好在隔不多久，攝政王於喀喇城病逝，宮中再度縞素盡哀，裝飾得雪洞一般，建寧的素服也就理所當然，無人過問了。

長平死後，順治曾經想過要把她葬在園子裏，讓她永遠地留在建福花園，陪著那些桃花。但是太后娘娘不同意，滿大臣們也不同意；於是另議葬於明室宗陵，漢大臣們卻又有異議，以為長平已經生兒育女，不能再算未嫁之身，況且又出家為尼，更不宜歸於祖陵。換言之，長平的未婚有孕幾乎是明朝廷的一個恥辱，犯不著為她勞民傷財長途奔波，不如隨便葬了就罷。

順治無奈，只得密令吳良輔，在西郊點了一處穴，另起墳塋，秘設靈堂，將長平悄悄兒地葬了，且由吳應熊陪著，親去哭祭了一回。琴、瑟、箏、笛原想一起自縊殉主，被吳良輔苦勸住了，說：「公主已死，孤魂野鬼地葬在這荒郊野外，若是你們再不替她打點照料著，還有誰會記著她呢？便是清明、重陽，生辰、死祭，連個上墳掃墓的人都沒有，你們又怎能安心？」又悄悄兒地拉了阿琴來告訴，「你只要在這裏好好等著，小公主少不得還要回來的。若是你就這樣死了，便再也見不到小公主了。他日公主回到宮裏來，不是半個親人也沒有了嗎？何況，你是先皇賜了我做對食夫妻的，雖無夫妻之實，卻有夫妻之名，要死，也得葬到我家的祖墳裏去，我還沒死，你怎麼好丟下我先走一步呢？」

這樣子勸了幾回，終於讓四人打消了死念，阿笛和亞瑟照舊回到宮裏，交給女官忍冬重新分配，阿箏和阿琴便在此結草爲廬，爲公主守墓。後人謂之「公主墳」，卻多半說不清葬的是哪位公主，又緣何離群索居，遙望京都。

這日順治來看建寧，說起發葬長平公主的經過，建寧心中不樂，怪他不肯帶自己同去。順治道：「你是格格，怎麼好隨便出宮拋頭露面的。哪天我閒了，陪你去建福花園燒炷香，盡盡心意便好了。」

建寧淡淡地道：「等你閒了，怕不要一直等到仙姑的周年祭去？我又不是不認識建福花園的路，又不是不長腳，難道不會自己去嗎？」

自從來到東五所後，建寧與順治的感情便疏遠許多，香浮失蹤後，她只覺得全世界都把她給拋棄了，如今連長平公主也棄她而去，皇帝哥哥親了政，同自己難得一見，也不再像從前那樣和顏悅色，總是行色匆匆斬釘截鐵的，心下大沒意思。賭氣地想，你不帶我去，難道我不會自己去麼？暗暗計算著要偷偷出宮祭拜。

就在順治來的這天晚上，建寧夢見了長平公主。

恍惚是在雨花閣裏，長平寬袍大袖，坐在一架古琴前，依然笑得那麼恬淡，那麼溫和，不過她的兩隻臂膀卻是全的，她用她完整的十個手指行雲流水地彈奏著一支極動聽的曲子，楚楚地說：

「建寧，太后娘娘是不會放過你的，可是，你要好好照顧自己，要和香浮相親相愛，彼此照應。」

建寧從沒有見過公主盛裝的模樣，只是聽人說過，公主在死的時候穿著全套的鳳冠霞帔，這讓她覺得震驚、好奇，她一直覺得那才是長平公主的真面目，並且由衷遺憾未能見到她的遺容，難得此時卻在夢裏見到了，不禁又是歡喜又是稀奇，上前緊緊抱住長平一條胳膊說：

「仙姑，我想死你了。香浮呢，她沒有跟你在一起麼？」

長平停了彈奏，撫摸著建寧的臉蛋笑道：「她活得好好兒的，怎麼會跟我在一起？」

建寧恍惚想起公主已經是死了，卻也並不害怕，反而歡喜道：「原來香浮沒有死。這可太好了。她既然沒死，怎麼不來看我？」

長平道：「她暫時住在一個很安全的地方，要再過兩年才會回來，回來做大清的國母，到時候，你可要好好幫助她啊。」

建寧聽了不懂：「大清的國母？那不就是哥哥的皇后麼？可我聽太后娘娘說，皇后已經定了，是位蒙古格格。」

長平搖頭道：「蒙古公主做皇后只是暫時的，紫禁城的帝王一定要有大明的血脈才能長久，香浮終會成爲真正的皇后，爲紫禁城誕下一位最偉大的皇帝。」

建寧並不關心紫禁城的天下由誰做主，她只是依戀地抱著長平的胳膊問：

「仙姑，你真好，肯來看我。我額娘從來都不肯來見我。我在夢裏看見了很多死去的人，各朝各代的皇后、妃子、格格、宮女，可就是從沒有見著我額娘。仙姑，你見到我額娘了嗎？」

長平道：「你額娘生不同人，死不同鬼，她在生前就已經出了家，死後自然是升仙了，我是見不到的。」

建寧不解道：「仙姑也是出家人，怎麼沒有做神仙呢？還留在這紫禁城裏做什麼？是捨不得香浮麼？」

長平嘆道：「你額娘一生都是爲了別人活著，做過許多可歌可泣的大事，是個偉大的女人；我卻不同，雖然也是爲了國家朝廷，到底做過害人的事，所以不得善終，不能飛仙。」

建寧更加不懂，還要再問，卻眼沉口訥，看著長平慢慢地笑著走遠，想要伸手去拉，再沒半點力氣，掙了半晌，方苦苦喊出一句：「仙姑別走。」猛地坐起，仍是置身在東五所格格屋中，卻哪裡有什麼長平仙姑？然而夢中歷歷，猶然在日，便是那曲鏗鏘悠揚的古琴聲也依稀在耳。

守夜的胡嬤嬤被驚動了走來，邊披衣裳邊問道：「格格是不是做夢驚著了，喊什麼呢？」

建寧道：「我看見仙姑了，她彈得好琴，嬤嬤聽見了麼？」

胡嬤嬤心中一驚，方才她也清清楚楚聽到幾聲琴曲，正在起疑：這三更半夜，深宮內苑，什麼人敢大膽弄琴？未待想明白，卻聽見建寧呼叫，匆匆趕來，聽她說見到了長平公主，不禁暗暗吃驚，便有些相信，可是又怎好順著這不諳世事的格格胡說，傳給太后知道，還不發落自己一個謠言惑眾？當下平了平臉，故意地道：

「格格這是睡迷登了，我這裏守著夜，聽得真真兒的，哪裡有什麼琴聲？」

然而建寧只是堅持，強著說：「就是看見仙姑彈琴了麼，她還跟我說了好一會兒話，說香浮會回來的，她會成爲大清的國母。」

胡嬤嬤更是心驚，只恨不得來捂建寧的嘴，做眉做臉地說：「格格這可是夢話？這宮裏誰不知道皇后的人選早就定了，就是太后娘娘的親侄女，不日便要進京的，可不敢胡說。」

建寧忽然詭秘地一笑，不屑地說：「你懂什麼？我這會兒倦了，也懶得同你多說。你們只看著好了。」

從那天起，建寧的病便一天天好起來，並且信心百倍地期待著，等待香浮重新回宮的那一天。她堅信長平仙姑說的一切都會成爲現實，大清的國母，終究會是自己的好朋友香浮，而自己，將要助她一臂之力。

3

順治做了七年多提線木偶的兒皇帝，每天爲了帝位的朝不保夕與有名無實而憂慮隱忍，如今終於可以名正言順，揚眉吐氣，不能不覺著得意。他最初以爲多爾袞的死會讓母親萬般傷心，爲了安慰太后，也爲了安撫群臣，他做盡表面功夫，厚葬多爾袞，並追尊爲義皇帝。

多爾袞，窮其一生都在爲了帝位而拚搏，出生入死，戎馬倥傯，卻永遠功虧一簣，直到死後才終於得到一個「義皇帝」的稱號——所謂「義」，便是以假亂真，濫竽充數，是次貨，贗品，揭過的古畫。如果他泉下有知，終究還是不能瞑目的吧？

但是後來順治發現，母后對這些事好像並不關心，關於多爾袞的身後榮辱完全不在她的介意中。即使他有意在她面前透露大臣們舉報多爾袞有謀反動意，上奏要將多爾袞削爵定罪，她也不加褒貶，只淡淡地說：「皇上拿主意吧，一切看著辦好了。」又說了些爲君治國的大道理，道是「爲天子者處於至尊，誠爲不易，上承祖宗功德，益廓鴻圖；下能兢兢業業，經國理民，斯可爲天下主。民者國之本，治民必簡任賢才，治國必親忠遠佞，用人必出於灼見真知，蒞位必加以詳審剛斷，賞罰必得其平，服用必合乎則，勿作奢靡，務圖遠大……」諸如此類的話。

順治唯唯諾諾，請了安慢慢退出。至此，他知道自己終於可以發洩兒皇帝時代的所有不滿，隨心所欲地行使一個帝王的權力。他開始大力搜集有關多爾袞謀反的證據和蛛絲馬跡，不住暗示並鼓勵舉報的大臣和親王。

皇宮裏的政治從來都是跟紅頂白。要是皇上不愛紅，再新鮮的血都閃著藍光；只要皇上喜歡白，黑木都可以洗成棉花。既然順治親自動手搜集謀反證據，那還不容易，別說多爾袞平日裏作威作福鋒芒畢露早就以太上皇自居，就算他本來中庸謹慎圓滑如雞蛋，也一樣可以從蛋裏找出大象骨頭來。

壓抑已久的鄭親王濟爾哈朗第一個發難了，咬住多爾袞逼死豪格、強娶福晉這一宗舊案，突施重手，上疏云：「查多爾袞將肅親王無因戕害，收其一妃，又以一妃私與其兄英親王阿濟格。此罪尚云較小，何罪爲大？」

議政大臣蘇克薩哈、詹岱、穆濟倫原本都是多爾袞的近侍，此時卻紛紛跳出來投告多爾袞私備御用服飾、又欲偕兩旗移駐永平府，並與何洛會、羅什、博爾惠、吳拜、蘇拜等密謀定議等事。

順治對於多爾袞強娶母后一事耿耿於懷久矣，卻礙於朝廷曾以自己的口吻頒下詔書而不便發作，現在得了肅親王福晉這個題目，又有了蘇克薩哈等人的舉報，正可盡洩胸中積恨，遂下旨搜查睿親王府，並重懲英親王阿濟格。

於是，睿親王府裏私藏的龍袍被搜出，四方聯合動意稱皇的密謀被揭發，所有參與謀反的親信同黨被舉報，一時間朝廷裏陰風苦雨，人人自危，小皇帝在大赦天下的同時也大開殺戒，給所有的文臣武將一記極為震撼的下馬威，讓天下臣民在數日之內清醒地意識到並牢牢記住了——真正的順治王朝開始了，當今天下，屬於九阿哥福臨！

多爾袞生前戰功無數，兼有入關定鼎之勳，位極人臣，然而一旦人亡勢亡，所有的光輝包括死後享之未暖的哀榮盡被收回，家人與財產被籍沒，親臣近戚被定罪刑訊以至流放殺頭，昭示海外的告示上明明白白羅列著他「逆天專政」、「擅娶朝鮮國王族女」、「親赴喀爾喀處，求取有夫之婦」及「營建親信私宅、糜費帑金數百萬」諸項萬死莫贖的逆謀大罪，以證明他的死不足惜。

這之後，少年天子雷厲風行，在為肅親王豪格平反、增注其軍功於冊的同時，且擢封其子富壽為和碩顯親王；另外，曾被多爾袞處分的遏必隆、希爾良、希福、祖澤潤、雅賴、納穆海、噶達渾、敦拜、覺善、馬喇希、法喀等也都各復世職，還其家產；又命各地為打獵放鷹往來下營而圈佔的民地，都退回原主；命兵部整頓驛政、軍紀；定襲職例，定諸王、文武諸臣陪祭、扈從、接駕、送駕儀注，定元旦、冬至、皇太后誕辰、皇后誕辰之禮儀；定各直省鄉試差員例，定行軍律，定有功漢人世襲武職，定八旗科舉例……

多爾袞的時代，徹底地過去了，而且，再無翻身之日。福臨的時代，迅猛地來臨了，並將錦上添花地，在登基大典不久，更要舉行一次婚禮大典。

大婚，對於少年天子而言，在某種程度上具有著與親政同樣重大的意義，因爲這代表著當朝天子已經長大成人，不再是一個乳臭未乾的孩子，而是一個正經八百的男人了，從此將告別垂簾聽政的時代，擁有獨力的人格與人生。

親事是多爾袞在世時便已擇定了的，遵循著滿蒙聯合的基本國策，大清的后冠，注定是屬於蒙古草原科爾沁部博爾濟吉特家族的女兒。太宗皇太極后妃十四人，其中蒙古族占了七個，而且五宮之中，有三位都是博爾濟吉特氏，即皇后哲哲、宸妃海蘭珠和莊妃大玉兒，其中哲哲是姑姑，而海蘭珠和大玉兒則是親姐妹。

福臨繼承了帝位，娶蒙古格格爲后的傳統自然也要一併繼承。可是，他還沒有找到他心目中那個美麗聰慧的神秘漢人小姑娘。六歲時，他曾經親口許諾過將來要立那個小姑娘爲后的，在沒找到她之前，他真不願意隨便找一個沒見過面的蒙古格格舉行大婚。況且，這場婚事是多爾袞替他擇定的，是多爾袞生前諸罪的餘孽未盡，如今多爾袞已經被挫骨揚灰了，可是他所欽定的新皇后卻仍會乘他餘威大搖大擺地進駐皇城，成爲後宮之母。這是令福臨覺得最難以忍受的。

然而，皇帝的大婚非爲家事，乃是國策，關乎民族大業，國家興亡的。大清初立，北疆之固全賴蒙古，滿蒙聯姻的重要性比以往更加突顯。立誰爲后、何時大婚、婚宴禮儀、皇后儀仗、以至婚後住在哪裡，都已經由禮部商議妥當，自始至終，不由福臨做主。他的任務，只是到時候出席充任新郎一職而已。

這宗意義非凡的婚典的第一個步驟，是在位育宮舉辦家宴，迎接遠道而來的卓禮克圖親王，也就是太后大玉兒的親哥哥吳克善。當年是吳克善貝勒送妹妹博爾濟吉特大玉兒到盛京，嫁與皇太極爲妃的；現在，又是吳克善親王送自己的女兒博爾濟吉特慧敏來到北京，嫁與當朝皇帝順治爲后。

當年的少年貝勒如今已經成爲滿面風霜的老親王，可是性格同二十五年前一點沒變，見到大玉兒時，仍然當她是那個乖巧伶俐的小妹妹，淚眼花花地說：「我把敏兒交給你了，以後，你好好教導她吧。」

大玉兒看著侄女兒，那懵懂天真的十三歲的慧敏格格，彷彿看到二十五年前的自己。當年，哲哲皇后用一紙家書將十二歲的侄女大玉兒召進盛京，如今，她又用一紙家書將十三歲的侄女慧敏召來北京。歷史的重複乃是爲了發展，爲了延續，爲了子孫萬代的繁榮昌盛。如果時間可以重來，她只是一個普通牧民的兒女，可以敖包相會，那麼，她願意那個人是多爾袞。她會和多爾袞在十五的月下情歌對唱，繾綣終宵。滿頭珠翠，錦衣玉食的日子，她已經過得很厭倦。如果可以選擇，也許她更願意輕裘寶馬，縱轡遼東。那已經遠離了的科爾沁草原呀，珍藏著她博爾濟吉特氏的少年夢；那彎弓射雕的馬背上，曾經載著她與多爾袞兩情相悅的往事。

這麼快，這麼快這一切就消失了。她得到了天下，得到了無上榮華，可是，她卻失去一切她所愛的——皇太極死了，多爾袞死了，姑姑哲哲也死了，現在，連唯一的知己長平公主都死了。大玉兒就像當年初進宮時一樣孤獨，甚至，比那時更加悽惶。因爲十二歲的大玉兒至少還抱有對將來的期待，對愛情的渴望；而如今年近不惑的大玉兒已經應有盡有，也便無可戀棧。

然而，歷史卻並不肯在這個時候結束，新的故事總會開始，新的人物總要來到。只是，清宮裏所有的故事，都好像是片段重演，只換角色，不換情節。連吳克善也說：

「玉兒，你當年進京的時候，也是這麼大年紀，也是我送的親，一轉眼，二三十年過去了，我老了，你可還是這麼著。」

大玉兒笑道：「哥哥說哪裡話？哥哥怎麼算老？當年我嫁到盛京的時候，先皇三十四歲，也就和哥哥現在差不多少。敏兒可比我強多了，一入宮就立爲皇后，又和皇上年齡相當，品貌匹配，是真正的天賜良緣。她不會像我當年那麼苦的。」

吳克善也笑道：「願如太后吉言。咱們科爾沁博爾濟吉特家族，可是專門出皇后的家族啊，滿蒙世代姻好，博爾濟吉特的族徽會永留青史的。」

參加宴會的都是些王公近臣，紛紛舉杯道賀，說些恭喜同喜的吉祥話兒。惟獨大婚的主角順治卻一直鬱鬱寡合，只略吃了兩杯酒便推說頭昏，要出去走走。太后不悅道：「你舅舅難得來一趟，你陪他多喝兩杯，急著走做什麼？」

福臨勉強笑道：「舅舅不會怪我的。」說罷轉身便走。

吳克善覺得不安，望著皇上女婿的背影滿臉茫然，諸王公大臣也都忽然靜寂，惟有范文程笑道：「皇上雖然治國有方，可畢竟還年未弱冠，說起婚事，到底不好意思。」

諸臣想到皇上也會害羞，都不禁哄笑起來，吳克善這才釋然，仍與諸王推杯換盞，盡興而歡。

順治獨自出了位育宮，一言不發，只顧低頭匆匆行走，吳良輔緊隨在後，不知道皇上要去哪兒，也不敢問，一直走到御馬監，看他上了馬，自己便也牽了一匹騎上去，無奈馬術不精，方出門已經被皇上甩得老遠，只怕皇上大婚前夕別再鬧一回失蹤，自己這項上人頭可就不保，直嚇得魂飛魄散，幸好在宣武門前卻見皇上已經勒住了馬頭，躊躇遙望，似乎舉棋不定。

吳良輔這才確定皇上只是心中煩悶，想要到處走走，卻不知道要去哪裡，便湊上前去，獻計說：「湯瑪法的教堂就在附近，皇上不如去那兒坐坐？」

福臨想一想，搖頭說：「不好。這個人陰一套陽一套，只會拍太后馬屁，同他說話，不出三天就要吹到太后耳朵裏去，不是給自己找不清淨？」

吳良輔念及許久不見阿琴，便又慫恿說：「要不去公主墳轉轉？公主的祭日也快到了，盡盡心意也好。」

福臨說：「也好。」方調轉馬頭，卻又打住，說，「我一身酒氣，如此去倒對公主甚是不恭，還是隔天專門備了香燭茶水再祭吧。」

吳良輔只得又想了一回，道：「那麼，便去吳世子的行府裏坐坐可好？也就在附近不遠。」

福臨這方臉有喜色，說：「甚好，好久沒有見他，這便去看看他吧。」

轉眼來到絨線胡同吳應熊府上，應熊自是嚇了一跳，連忙接了駕，請入內閣入座，跪下行迎見禮。

福臨拉住說：「我是當朋友串門兒的，又不在宮裏朝上，行什麼君臣大禮？」因看到四周堆著許多行李傢俱，十分詫異，問，「你莫不是要搬家？」

吳應熊道：「才接到父親家書，說是近日進京，所以提前爲他老人家收拾寢具。再者我自己也要準備行囊，所以一併收拾起來。」

順治想了一想，笑道：「正是，你不提，我差點忘了。提前告訴你個喜信兒：平西王這次來京，是來接受金冊金印賜封的，此後另有重用。我提前跟你道喜了。」又問，「你自己的行囊？你要出遠門兒嗎？」

按理皇上既然說了「道喜」，吳應熊便該跪下說「謝恩」才是，然而他明知父親所有榮耀，都是從這降清賣明中而來，「平西王」三個字好比恥辱柱，一橫一豎地記錄著父親發國難財的斑斑劣跡，官做得越大，恥辱也就越重，更有何喜可言？父親這些年來南征北戰，不是殲滅南明餘黨，就是圍剿義軍殘部，總之是爲了滿人打漢人，自己此次隨父從軍，難道也要與父親一起並肩作戰，與漢人爲敵嗎？因不願就這個話題談下去，只道：

「臣也給皇上道喜了。普通人家講究三十而立，成家、立業，是人生兩件大事。皇上年未弱冠，已經在一年內既親政又大婚，可謂雙喜臨門，把平常人一輩子的心願都完成了。此後國泰民安，四海昇平，建立不世基業，那是指日可待。而皇上政務繁忙，日理萬機，不再上書堂，自然也不需要伴讀郎了，因此只等皇上大婚後，臣便要告辭離京，浪跡天涯去。」

順治苦著臉說：「你就好了，可以滿天下到處走，去找你那位明姑娘，可是我……唉，你是知道我心思的，我才不要娶那個蒙古公主，她是多爾袞選定的人，倒要朕來喝這杯苦酒。這可真是，不該來的來了，不該走的倒走了。」

這是皇上家務事，何況願不願意都非娶不可，吳應熊自然更加不好接口，只得笑道：

「應該是舊的不去，新的不來，皇上大婚後琴瑟和諧，後宮粉黛三千，不久兒孫繞膝，還怕不熱鬧嗎？」

君臣二人酬酢應和，都把真心藏起，虛情寒暄，把些迷雲煙霧來遮住自己的本心，只說些現成的客套話兒。在吳應熊是覺得，福臨已經親政，是高高在上的當朝天子，再不能同以前那般言語無忌了；在順治則是覺得，吳應熊遠行在即，一心只盼自己大婚好放他早早離宮，再不把自己的喜怒哀樂放在心上，便有些鬱鬱不樂。

兩個人影子還未分開，心卻已經先走得遠了。

4

自從二月進京，卓禮親王吳克善與女兒博爾濟吉特慧敏在行館裏已經住了整整六個月了。然而，大婚的日期仍然遲遲未定，吳克善三番幾次託了巽親王滿達海等人在朝堂向皇上奏請舉行婚禮，順治帝只是託辭親政之初，無暇他顧，將婚期一延再延，並且大有繼續拖延下去的趨勢。

吳克善暗暗著惱，眼看秋風乍起，再不行禮就要到冬天了，到時大雪封路，連家都回不去了。只得老下臉皮，求了懿旨親自進宮向太后說項。

來了慈寧宮，大玉兒正與洪承疇下圍棋，聽到哥哥來到，十分高興，連聲說「請」。洪承疇便要請安告辭，大玉兒笑道：「哥哥乃是至親，又不是外人，無須回避。」又命素瑪看茶上點心。素瑪原是大玉兒的親姐姐、宸妃海蘭珠嫁到盛京時，從科爾沁帶來的家生子，與吳克善也相熟的，看見本家王爺來到，殷勤不同尋常，不一刻將各色茶點擺滿了一炕桌子。

大玉兒失笑道：「這傻丫頭，還是心實，我哥哥便是大肚子彌勒佛，也吃不下這許多呀。」又讓王爺說，「哥哥好歹每樣嘗幾口，也不枉素瑪的一片癡心。」

吳克善進宮前本是滿腹的牢騷，見了這般陣仗，心早已慈了，和顏悅色地喝了茶，又拈塊薑米糕慢慢地嚼著，緩緩奏道：

「太后明察，我爺兒倆在行館裏已經住了一春一夏，眼看著秋去冬來，再不行婚禮，就要在京城過冬了。原打算我先回去，只把敏兒留在京裏。無奈敏兒哭哭啼啼，非要同我一道回，所以來向太后討個主意：或是我們一道回去，再等消息；或是把敏兒留下，我自己先回，等有了準信兒再來。」

大玉兒沉吟道：「哥哥說哪裡的話？慧敏是欽定的皇后，有什麼準不準信兒的，怎麼會讓她來了又走？皇后大婚，哥哥怎麼能不在場？納彩禮可交給誰呢？我這就著禮部商議，務必儘快擇定良辰吉日，舉行婚禮。」又轉身含笑向洪承疇道，「這一道懿旨，就由洪大學士代擬了，你明兒先與眾臣工們通個口風，到了朝上，務必同聲同氣，齊心協力，勸得皇上同意才好。」

洪承疇笑道：「太后娘娘放心，卓禮親王放心，大婚是喜事，這紫禁城裏，也的確要好好辦一場喜事來熱鬧熱鬧了。微臣一定盡心盡力，促成這樁好事。」

吳克善聽到太后一口應承，又聽洪承疇答應幫忙說通，料想他們裏應外合，上下協力，這次必定會有好消息，便放下心來，又坐著說了幾句閒話，方歡歡喜喜地告辭。回到行館，歡天喜地地說：「這回好了，太后已經親自下旨，很快就有信兒來的。那些嫁妝箱子，都要趕緊準備起來，標好序目，千萬別漏掉一件半件。」又將早已備下的妝奩禮單翻查一遍，再三核實。

果然沒幾日，宮裏便有旨下來，定準了八月十三行納彩禮。到了這日清晨，太和殿正中設立節案，內閣官員鄭重取出「節」來放在案上，丹陛下作爲禮物的馬匹成左、右排列，俱披紅掛彩。正使、副使、執事官員、文武大臣一身朝服，各就各位。吉辰一到，正、副使跪聽宣制官宣制：「皇帝欽奉皇太后懿旨，納蒙古科爾沁部博爾濟吉特氏爲后，命卿等持節行納彩。」讀畢，大學士洪承疇取節授正使，正使持節下丹陛，副使隨行，御仗前導，正、副使出宮，校尉抬著龍亭，衛士牽馬，出太和中門，直奔吳克善下榻的行館。

吳克善一早做好準備，見了洪承疇，滿口稱謝，受過彩禮，即行納彩宴，用餑餑桌一百張，酒宴桌一百席，羊八十一隻，酒一百罈，均取吉慶祥和之意。接著又行大徵禮，正、副使向吳克善出示禮單，除了馬匹外，另有黃金二百兩，白銀一萬兩，緞一千匹，以及許多金、銀器物等。吳克善謝了接過，又取出妝奩禮單來請洪承疇指點，詢問該有何添減酌加處。洪承疇看時，只見描金帖子上密密麻麻寫著彩禮明細，計有：

金如意三柄、玉如意一對、帽圍五百七十三匣、領圍五百七十三匣、各色尺頭二十七匹、各色福履五百七十三匣、各色花巾五百七十三匣；紫檀雕花大寶座一張、紫檀雕花炕案二對、紫檀事事如意月圓桌一對、紫檀茶几二對、紫檀足踏二對、紫檀雕花架几案二對、紫檀雕花架几床一張、紫檀書格一對、紫檀雕龍盆架一件、紫檀雕花大櫃二對、紫檀雕花匣子二十件、紫檀雕花箱子二十只；朱漆雕龍鳳箱子二十只、朱漆雕龍鳳匣子二十件、大紅緞繡金雙喜帳子一架、紫檀雕福壽鏡二件；脂玉夔龍雕花插屏一對、漢玉雕仙人插屏一對、脂玉雕鶴插屏一對、脂玉、漢玉雕魚龍、仙人山子、喜梅仙人山子、和合山子、荷蓮雙喜六件；金福壽雙喜執壺酹盤一對、金粉妝一對、金海棠花福壽大茶盤一對、金如意茶盤一對、金福壽碗蓋一對；金胰子盒、金桂花油盒、金漱口碗、金抿頭缸、金牙筯、金羹匙、金釵子、金漱口盂、金洗手盆各一對；另有四季衣裳、金銀珠寶，不計其數。

饒是洪承疇見多識廣，看了這副嫁妝陣勢，也不由咋舌。他早知蒙古雖然地處偏僻，然而博爾濟吉特家族福蔭綿久，家底頗豐，絕非初初建國的順治王朝可比，卻也沒有想到會豐厚到如此地步，不禁笑道：「這可把皇上的大徵禮單比下去了。」又問，「我看這上面許多梳妝洗漱用具，好不細緻周到，自然是給皇后備下的，只是怎麼全是金器，連銀的也沒一件？」

吳克善笑道：「讓大學士見笑了，小女有個怪癖，偏愛金器，無論食宿、梳妝、玩具，非金不喜。若吃飯時，盤子碟子碗筷有一樣不是金的，就飯也不要吃，水也不要喝了。」

洪承疇心裏暗道：「這般刁鑽難纏，怎可爲一國之母？」表面上卻只笑著奉承，「皇后至尊，便鋪張些也是份內之事。古來名媛淑女，多半都有些獨特的癖好。」

吳克善笑道：「小女入宮封后，雖是家事，也是國務，她自幼生長於蠻疆荒野，疏於禮教，將來未免有不到之處，還望洪大學士一旁指點。」說著又奉上一張單子，卻是爲洪承疇預備下的一份謝媒厚禮。

他知道這位洪大學士與太后關係匪淺，猶在自己這親哥哥之上，因此這份禮備得著實不輕，因打聽得洪承疇喜好古董收藏，便於此大做文章，禮單上除了金銀若干外，特別又有脂玉雕西番瑞草方彝一件、古銅雲雷鬲一件、雕漢玉觥一件、古銅三足爐一件、漢玉獸面爐二件、古銅蕉葉花觚一件、靈芝花觚一對。

洪承疇見了，喜出望外，笑道：「格格金枝玉葉，才貌雙全，入宮後貴爲國母，我還要仰瞻天儀呢。」這才著意指點道，「皇上不慕奢華，卻喜雅致，王爺這禮單上物種雖然富貴堂皇，卻少寓意；況且親王是太后的親哥哥，一定知道太后偏愛玉器，禮單上一色的金器，卻沒有什麼上好的美玉，倒像是把皇后的喜惡看得比皇太后更重了，也似不妥；只是這會兒現去預備呢也遲了，縱然急急弄了來，品質若非上乘，反爲不美。我府裏倒有幾件玉器，雖非極品，意思卻吉利，王爺若不嫌棄，我這便著人準備，乘夜搬來館裏。」

吳克善道：「怎麼好讓大學士破費？」

洪承疇笑道：「我與王爺一見如故，朋友尚有通財之義，何況你我？且又不是非有不可的傢俱，在我不過是個擺飾，有沒有都是個意思；在王爺卻是面子大事，皇后大婚，非同小可，我身為臣子，理當盡心。」不由分說，提筆在禮單後另外添寫：

紅碧瑤玉堂寶貴盆景一對、事事如意榴開百子點大翠大盆景一對、五彩八仙慶壽缸一對；脂玉、綠玉、翡翠果盤、大碗八對；脂玉、漢玉、翡翠各式鹿茸瓶、蓋瓶八十件。

吳克善看了大喜，頓時把洪承疇視為人生第一知己、天下第一俠客，恨不得磕頭拜把子。一時納彩宴結束，正、副使與校尉、士衛等先行回宮，洪承疇卻獨自留下來，仍與吳克善推杯換盞，至夜方散。

隔了一日是八月十五中秋節，冊后封印的大日子，天上月圓，人間團圓，京城百姓家家張燈結綵，人人披紅掛綠，宮中御路上鋪著厚厚的紅氈毯，從承天門一直鋪至位育宮，午門內各個宮門、殿門彩燈高懸，太和殿、中和殿、保和殿高懸彩綢，貼著紅雙喜字，迎風招展。

吉辰一到，禮部堂官引著順治帝先往慈寧宮向太后行禮，然後往太和殿閱冊升庭，一時金鞭響起，樂工齊奏，諸王公大臣，有品命婦，都穿了大裝於午門內肅立，只等鳳凰來儀。

直等了半日，皇后儀仗方冉冉而來，順治帝率隊迎出門外，只見旌旗蔽日，鼓樂喧天，正、副使騎馬先行，皇后儀駕、冊亭、寶亭隨後，接著是皇后的鳳輦，前有四命婦導引，後有七命婦扈從，都一概騎馬，內監在鳳輿左右扶輿步行，內大臣、侍衛於最後乘馬護從。浩浩蕩蕩的皇后儀駕在午門前停下，九鳳曲柄蓋前導，鳳輿進午門，穿過太和門，於太和殿階下皇后降輿，太監執提燈前導，皇后在近侍女官的簇擁下進入洞房。

殿內遍鋪重茵，四周張設屏幃，觸目一片紅海。順治派遣兩位親王作爲男方代表奏請太后駕臨位育宮，大玉兒既是皇上的母后，也是皇后的姑姑，既是主婚人，也是女方長親，大裝盛裹，儀態萬千，在禮樂儀仗的導引下乘輦從內廷來到太和門外。順治帝步行迎出太和門，親自扶引太后入位育宮主持大典。

一時禮成。尙食率屬官端進五穀雜糧，每樣食品上各放匕箸，跪奏帝后。順治揖手請皇后對坐，兩人先行祭禮，接著行合巹禮，繁文縟節，不一而足。其後尙食、尙宮等諸女官退去，婚禮終於接近尾聲，卻也到了高潮。福臨之前早已由宮中精心挑選的八名女官教引周公之禮，已非童子之身，雖然百般不願意，然而車到山前，也自會駕輕就熟。於是走過來拉起慧敏的手，軟語溫存幾句，爲她解去衣帶。慧敏默然坐著，微微發抖如花枝輕顫，半推半就，任由順治擺佈。

紫禁城，大明的墳墓，大清的襁褓，此夜，終於迎來了它的第一任蒙古皇后。

第八章　女樂

1

博爾濟吉特慧敏，人如其名，確是慧黠聰敏，極活潑好動的一個人。論起刁蠻淘氣，猶在建寧之上，而比建寧更爲霸道，也更喜歡講究排場。

她自幼長在蒙古，一生下來就貴爲格格，又是早早欽定了的大清皇后，在科爾沁時，那真是萬千寵愛於一身，夏著紗，冬穿棉，山珍厭了吃海味，打完奴僕罵丫環，惟我獨尊，無所顧忌，人生唯一的義務就是等著進京做皇后，統領後宮，母儀天下。小小年紀已經養成了頤指氣使、捨我其誰的態度，自負有娥皇、女英之尊，妹喜、妲己之貌，滿腦子都是千金一笑、金屋藏嬌這些個帝后故事，而所有故事都有一個共同的女主角，那就是她自己。

在她的心裏，后位是從她一出生就已經在等著她的，皇上也是從她一出生就已經在等著她的，京城裏所有的榮華富貴、所有的王公貴族，都從她一出生就已經在引頸以待，等著她芳駕天降，一睹仙顏的。然而來了京裏，卻發現皇上對這宗婚事冷冷淡淡，百般推拖，把自己父女在行館裏一擱就是半年，簡直是沒等封后就進了冷宮了。不禁羞憤難當，在心裏將那個未謀一面的皇上夫君不知咒罵了幾千幾百次，封后行禮的心早已冷了，恨不得這便轉身回蒙古去，然而回鄉之前，總得在長安街上好好玩玩逛逛吧，不然豈非白來京都一次。

因為婚事遲遲未定，也因為行館裏長日無聊，吳克善又一向對女兒百依百順，見不得女兒受委屈，便想方設法哄她開心，慧敏哭鬧著要上街去玩，吳克善雖覺不妥，卻也禁不住女兒捱磨，只得應了，撥了幾個隨從包衣護著格格出街遊玩，再三叮囑早去早回。

慧敏在大漠上早已見慣了富貴榮華，卻從沒有見識過這般的熱鬧繁華，長安街上，店鋪一個連著一個，吃的玩的穿的戴的琳琅滿目，應有盡有，直讓她目不暇接，見什麼都覺稀奇。她打小兒以為金子就是世上最寶貴最精細的，這會兒卻發現京都人一只羽毛毽子也能做出精緻花樣來，萬事萬物重在機巧，價值倒是其次。比方那些吃的，糖葫蘆紅通通亮晶晶成串兒地紮在草人上，只是看著已經讓人流口水了，還有什麼豌豆黃、驢打滾、炸油條、元宵、粽子……都是自己從沒見過的，真想每樣都嘗一嘗，可是包衣們跟在身後，死活不讓買，說怕街上東西不乾淨，格格胃口嬌貴吃壞了肚子，回頭不好向王爺交代。

慧敏恫嚇：「我非要買，你們不讓，我回去就讓父王斬了你們腦袋。」

包衣明知道不可能真為這點事掉了腦袋，然而格格既然下了令，也只得做惶恐狀，當街跪下磕頭道：「格格息怒，小的寧可自己掉腦袋，也不敢讓格格壞肚子。」

沒說上兩句，街上人早已圍過來看熱鬧，沒一會兒圍得裏三層外三層，比看雜耍還起勁。慧敏又羞又憤，只得低低喝道：「還不快滾起來？」從此再不敢當街教訓奴僕。然而怎麼樣躲過父王耳目，獨自上街玩耍的心卻從此熾熱起來，一門心思與父王鬥智，倒把進宮的事給忘在了腦後。

機會並不難找，那就是父王進宮面聖、或是去某位王公府上赴宴的時候，慧敏便裝扮成婢女的樣子，在心腹婢女子衿、子佩的掩護下，悄悄溜出王府。子衿和子佩都是世代為奴的家生子，自幼服侍格格，連名字也是格格取的，取自《詩經》：「青青子衿，悠悠我心，我縱不往，子寧不嗣音；青青子佩，悠悠我思，我縱不往，子寧不來。」

慧敏早知自己是皇后命，要做滿蒙漢三族的國母，時時處處都忘不了端起皇后架子，給奴婢取名字也要合乎典故，特意取個漢人的名字以示與眾不同。「子衿」、「子佩」的名字叫出來，蒙人都覺拗口，卻也只得順著格格的興頭說好聽，有學問；那略通漢學的卻以為不妥，說《子衿》這首詩說的是一個女子久等情人而不至，連音信也不通，最後一段乃是「眺兮踏兮，在城闕兮，一日不見，如三月兮」，作為未來皇后，給自己的貼身婢女取這樣一個名字，其實大不吉利。然而誰又是吃了熊心虎膽敢在格格面前說這番話的？反正老王爺吳克善不通文墨，不拘小節，他老人家都不管，別人又何必多嘴？

子衿與子佩兩個也都在十二、三歲年紀，正是淘氣的時候，聽說格格想出街去逛，都巴不得陪著，開開眼界。因此出謀劃策，十分盡力，遂想了個「偷樑換柱」的妙法兒——倘若子衿陪格格外出，就讓格格扮成子佩的模樣，而子佩則妝扮成格格待在屋裏魚目混珠；輪到下一次子衿坐莊，就由子佩陪著扮了子衿的格格出府，謊稱奉格格之命出去購置脂粉。行館不同王府，侍衛們容易大意，加之三人行事機密，裏應外合，又大膽又細心，竟然屢屢得手，沒一次出錯。

如此不上半年，她們竟把長安街逛了一個遍，每每出街，必要饕餮一番，從小吃店到大酒樓，盡情嘗試，逢著耍猴戲撂地攤的，概不放過，穿街走巷，搜奇覓異，每次都要購回一大堆稀奇玩意兒，什麼小巧精緻的胭脂盒，紅綠松石穿紮的項鏈手鍊，民間刺繡的圍裙，唐僧師徒四人的捏糖人兒，一套一套的《西廂記》剪紙，甚至小孩子的五毒肚兜，不管有用沒用，但凡看得上眼便說一聲「我要」，從不還價。

慧敏因爲自恃長得美，喜歡打扮，用在穿戴上的心思便格外重，綾羅綢緞是成匹成匹地扛，胭脂水粉一匣一匣地抬，頭飾手鍊每款一件，鏡子梳子逢見必買，買回去了又覺得俗鄙，配不上自己大清皇后的身分，於是統統扔掉，然而下次上街看見了照舊還要買。

好在都是些坊間玩意兒，便是將整個攤子買下也不值什麼，因此慧敏也好，子衿子佩也好，都是平生第一次真正領略到錢的好處，購買的樂趣愈來愈濃，喬裝外出的興趣也益發高漲。

然而便在這時，宮中大婚的日子卻定了下來，慧敏被鳳駕鑾輿擁入宮中，從此不見天日。

入宮前，慧敏不知多少次夢見過紫禁城，夢到自己指點六宮的威儀。在她心裏，原以爲紫禁城貴爲皇宮，不知道要富麗堂皇到什麼地步，一定有看不盡的華彩，就跟瑤池仙境一般。然而進了宮，卻也不過是些大房子大院子，難道還大得過崇古草原去？便是那些傢俱陳設，也多半笨重拙大，不是紅木便是紫檀，與蒙古王府裏沒太大分別，遠沒有長安街熱鬧有趣。只有太監是自己從來沒見過的，先還覺得稀奇，可是很快就發現這是最沒道理的一種人，不男不女，鬼鬼祟祟，光是看看已經讓人倒盡胃口。最可氣的當然還是皇上，他根本就沒有把自己當成皇后，當成天下間最美麗最尊貴的慧敏格格來看待，而是不理不睬，冷冷淡淡，好像自己只是宮中芸芸女眷之一，並無特別出眾之處。這不是睜眼瞎子是什麼？

只有皇太后娘娘是真心疼愛自己的，是自己的親姑姑，是科爾沁草原上飛來的鳳凰，和自己同聲同氣，同血同宗的。可是，她是那麼忙碌，明明皇上已經親政了，可是朝廷政權還有一半是實際掌握在太后手中的，洪承疇、索尼、湯若望這些個人，三天兩頭地往慈寧宮跑，說是同太后議政。議什麼政？政務不是皇上的責任嗎？太后既然插手接管了一半，那皇上在幹什麼？爲什麼他也天天忙得見首不見尾？

還在大婚第二天，皇上便照舊上朝問政了，酌規定律，調兵遣將，並繼續追究多爾袞及其餘黨的罪狀。八月十六日，以多爾袞曾濫收投充，將其名下投充人近兩千名發回原州縣，與平民一體當差；十七日，准兵部奏言，設馬步兵經制，命諸王議政大臣會訊，控譚泰阿附多爾袞等罪十款，對質皆實，著即正法，籍沒家產，雖有臣子起奏皇上剛剛大婚，殺人不吉，卻也只允了子孫從寬免死，譚泰阿仍然死罪。

順治窮追不捨地對著一個已經死透了的多爾袞掘墓鞭屍，近乎洩憤。都說婚禮是人生中至高無上的快樂，然而新婚的順治就好像剛剛遭遇過一場天災人禍似的煩躁不安，決獄行罰之際聲色俱厲，勵精圖治以至廢寢忘食，有時召集臣子密議竟至夜深，甚至在太和殿屏風後搭了一張床榻，晚了就在此歇息，索性連寢宮也不回。

八月二十一日，朝廷以冊封皇后及上皇太后徽號禮成，頒詔全國。同日，南明與清軍戰於舟山橫水洋，大敗，南明魯王妃及大學士張肯堂等皆自殺。捷報傳來，順治帝卻並不見得高興，只淡淡地說了聲「交禮部商議嘉獎事」便退朝了。「自殺」兩個字讓他想起了崇禎皇帝，也想到了長平公主，「不成功，則成仁」，是明貴族的天性嗎？

滿蒙兩族都是草原上的梟雄，世世代代分而合合而分者數次，便是自己族內的廝殺也從未停止，他們早已習慣了勝者為王，敗者為奴，但是，都用不著去死。一個部落打敗了另一個部落，就把那個部落的妃子娶過來做自己的妃子，盛京五宮中的貴妃娜木鐘和淑妃巴特瑪，就都是這麼嫁給父皇的，這沒有什麼不好。可是現在大清滅了大明，卻沒聽說誰娶了明朝的妃子或公主為妻，她們爭先恐後地去死，連宮女都是這樣，屍體填滿了後宮的御井，這是為什麼？他真希望可以向長平公主討教，與她一邊喝茶一邊談生論死，點評江山。除了長平，他想不出還有誰能與自己這般開誠佈公地對話，毫無保留地交談——他是連母后改嫁這樣的奇恥大辱都可以拿來向長平請教的。

長平之死對於順治是一筆莫大的損失，這在事情發生之初的時候還不覺得怎樣，隨著時間的推移，這種失落反而越來越鮮明地突顯出來，使他每每在滿腹心事無人可訴時，因為想到長平而愈感孤獨。今日，這種孤獨和滄桑的感慨又被魯王妃的自盡重新激起了，宛如投石入湖，漣漪不斷，一圈一圈擴得越來越大，波及無邊。退了朝，他仍然籠罩在這種莫名的傷感氛圍中不能自拔，然而這一份傷感卻又不能與外人道——大清皇帝竟爲了南明魯王妃的死而哀悼，這說得過去嗎？說出來，怎麼對得起浴血廝殺、戰死舟山的大清將士們？

然而他這副怏怏不樂的樣子看在慧敏眼裏，卻又是一氣：她難得陪順治上一次朝，滿心以爲自己才是今天的主角，可是那些沒眼色的大臣，卻照舊長篇累牘地奏章議政，對於頒詔之事不過例行文章地輕描淡寫了一筆便算數，就好像朝堂上每天都有新皇后坐殿，每天都有新封號要頒詔天下似的。而最煞風景的自然還是皇上，在朝上板著一張臉還可說是天子之威，做什麼回到宮裏也是這樣垂頭喪氣長吁短嘆的，連正眼兒也不瞧自己？簡直白白浪費了這麼多帶進宮來的好衣裳好頭面，浪費了今兒個爲著頒詔禮而精心妝扮的這副花容月貌。

慧敏在妝扮上是下過苦功夫的，也是既有天資又有家資的，可以一年三百六十天，髮型服飾天天都不重樣兒。首飾盒子打開，簪、釵、梳、篦，珥、鐺、釧、環，不計其數，僅止清宮裏不常見的冠梳，就有「飛鸞走鳳」、「七寶珠翠」、「花朵冠梳」等幾十種，都不知有沒有機會戴。而子衿和子佩兩個，訓練有素，各有專長：子佩專管脂粉頭油，會梳十幾種髮式，再加上絹花釵環搭配著，又能變換成幾十種花樣；子衿則專管四季衣裳，又擅刺繡，格格貼身的衣物都是她親手繡製，最能體貼主子心思。

三個人黎明即起，爲著這一日的盛典櫛沐梳洗，將慧敏打扮得如一朵盛開的牡丹花般，卯足了勁要令朝堂上下的人爲之驚豔。不料入了朝，上自順治，下至群臣，竟然都對皇后的天人之姿視若無睹，照例進表稱賀後便把她當透明人，只管議政去，什麼南明，什麼舟山，什麼魯王妃自盡，什麼吳三桂進京，可不把人絮煩死？

其實這也難怪，慧敏今年不過十三歲，縱然生得嬌美些，也還是個小女孩，只是臉蛋兒精緻，身材卻是談不上，更無風韻可言。這些文武大臣府裏都是妻妾成群、脂羅成陣的，漂亮女人不知見了多少，如今入了關，正是對江南佳麗垂涎三尺的時候，又怎麼會對一個十三歲的蒙古小姑娘傾心？況且她是皇后，高高在上，人臣們眼觀鼻，鼻觀心，總沒敢正眼兒看她，自然也無法驚豔。

可是慧敏卻著實地失落了，身處人群卻無人喝彩的孤獨，是比陷落深宮獨守空閨的寂寞還更加悲哀的。而她的天性是驕縱任性的，有什麼怒氣一定要發洩出來。順治的失落感只能用唉聲嘆氣來表達，慧敏的失落卻是雷霆萬鈞的，她一回到位育宮的第一件事，就是隨手拿起一只羊脂玉瓶用力砸碎，然後怒視著順治等他發問。

順治不得不問：「你這是幹什麼？」

慧敏倨傲地揚著頭不答。她等著他來問第二遍第三遍，求她哄她跟她說溫婉的話，就像洞房花燭夜那樣，然後她就會原諒了他，跟他分享自己的心事和快樂，跟他說長安街上的趣事，並且趁機要求他陪自己微服出宮，一起手拉手地逛長安街去。

一想到和福臨一起拉著手在長安街上徜徉，慧敏激動地幾乎要發起抖來，也正如洞房花燭夜那樣。那天晚上，她這樣子輕輕地發著抖，好比花枝微顫，而他，輕輕地揭去她的蓋頭，在她耳邊說著溫暖的話語，替她解開衣衫，一層一層地解開，一層一層地除去，溫柔地待她……慧敏幾乎要為自己的回憶和想像感動得流淚了。然而，她遲遲等不到福臨的第二次發問，不禁疑惑地睜開眼來，卻發現不知何時，順治已經走掉了——他竟然、竟然在自己大發脾氣的時候不哄不問，顧自走掉了！

慧敏的眼淚終於流了下來，卻不是因爲感動，而是因爲憤怒、因爲羞辱、因爲仇恨——入宮前在行館裏被冷落半年的舊恨，還有入宮後繼續被置之不理的新仇交織在一起，讓她不管不顧地隨手再抓起一隻青花瓷瓶用力擲向門外，擲向順治去之未遠的背影，痛罵著：「你走，就別再回來！」

「走了就別再回來」，這是任何一對民間夫妻吵架時，做妻子的那個都會對著丈夫衝口而出的一句詛咒。本意約等於「你別走，走了，也要趕緊回來。」事實上，那做丈夫的通常也總會很快回來的，不回來，又能去哪裡呢？

但是宮裏就不一樣了，當丈夫是一位皇上的時候就不一樣了。他說不回來就不回來，不回來，也有很多地方可以去，可以住，宮裏不知有多少雙眼睛對他望眼欲穿，不知有多少顆芳心對他朝思暮想，多少張床榻等著他一灑龍澤。慧敏是多爾袞選定的皇后，這一條就夠讓順治心煩、不待見她的了，更何況她的脾氣還如此暴躁驕縱，毫無溫順可言，同她在一起，每一分鐘都是受罪，都是在提醒多爾袞的陰魂不散，餘孽未消。如今她親口發話讓自己走，還讓自己不回來，那真是求之不得呢。

所以，他很輕鬆地就讓皇后如願了——走了，真就不回來！那一日，距大婚才只七天。

科爾沁卓禮親王吳克善尚未回歸，仍然隔著一道宮牆住在京城的行館裏。可是，他聽不到心愛女兒的哭聲，看不見掌上明珠的眼淚。他以爲自己將女兒送進皇宮，登上鳳輦，就是給了她一生的榮光，卻不知，他是親手把女兒送進了禁獄，縱有千金萬玉做嫁妝，卻獨獨遺落了溫情與快樂。

初十日，當朝國丈、卓禮克圖親王回歸大漠，太后親自主禮，命親王以下尚書以上及親王、郡王之福晉等設宴餞行；同日，平西王吳三桂入宮辭駕，順治帝欽賜金冊金印，命其統領所部及世子吳應熊入川征剿。慧敏鳳冠隆妝，在大殿之上與父親辭別，贊禮官宣過聖旨，教坊司便鼓樂齊鳴起來。慧敏遠遠地看著父親，知道這一別，只怕再見無期，科爾沁草原，或許今生今世都回不去了。她覺得難過，恨不得投進父親的懷裏放聲大哭。可是不行，早在見駕前，太后已經千叮嚀萬囑咐要注意禮儀，不能任性，失了皇家的體統。因為，她是皇后。

皇后！慧敏覺得深深的寒意，她是皇后了，這意味著，她得到了至高無上的地位，卻失去了為人最起碼的自由，甚至，連流淚的權力都沒有。

2

風兒纏繞在枝頭，宛如追逐，追來追去，海棠花也就開了，像落了一樹的紅雪。順治這天起得早，不待太監侍候，自己親磨了墨，寫張題款「絳雪軒」，囑咐人貼在門頭上。

這是一座新修的小型殿宇，位於御花園東角，面闊五間，中間凸出抱廈三間，門窗都用楠木製成，權充順治寢宮——他把位育宮讓給了皇后慧敏，自己長住在絳雪軒內。還在這裏修殿，還是建寧的主意，因爲離東五所最近，穿過瓊苑東門便是。當然順治向太后稟報的時候不是這樣說的，他的理由是這裏離御花園近，有益於吸取天地精華，靜神養心。其實在順治心裏，在哪裡修殿都無所謂，只要離皇后遠一點就好，越遠越好。

順治的心裏一直都是偏向漢妃的，自從六歲時見了那個神秘冷豔的漢人小姑娘，他就一直希望能召漢女入宮，而長平公主在他生命中的出現，更使他堅定了對漢文化的追求，對漢美女的嚮往。可惜事與願違，他貴爲天子，擁有整個天下，卻不能擁有婚姻的自主權，不能隨心所願地挑選一位心愛的女子爲妃。他唯一能做的抗議，就是爲自己另外修建一座宮殿。

建殿時，他特意下命在院裏修築了一座方形花池，池子四周用五色琉璃瓦爲緣，宛如一個巨大盆景，專門用來移栽建福花園那五株古本海棠樹的。那是長平公主生前的至愛，是她每天對著焚香祭拜、寄託哀思的花樹，如今，則成爲順治紀念長平的信物。

好在大玉兒並不知道海棠的來歷，只是責備順治不該把偏殿當寢宮，冷落皇后。順治託辭自己常要在夜裏批閱奏章，又要早起臨朝，同皇后住在一起很是不便。恰逢欽天監湯若望正在慈寧宮裏陪著太后娘娘談天說地，聞言也在一旁幫腔說：在歐洲的宮廷裏，皇上與皇后也都是分開住的，即使是夜裏同床，也是雨散雲收後便即分開，各回各殿。說是這樣有利於養生，是一種宮廷禮儀。太后聽了笑笑，便不再反對，反而把慧敏叫到面前來講了些勸慰的話。慧敏初嫁媳婦，尙且年幼，哪裡好意思反對分居，只得應了。

從此，這絳雪軒名爲書房，實爲寢宮，順治不但讀書閱摺在此，有時召臣議事，甚至召妃伴寢，宴請內臣，也都是在這裏。絳雪軒遂成爲清初宮廷裏一個暫時而獨特的政治中心，位育宮反而名存實亡，不過是皇后的寢殿罷了。

這日，絳雪軒海棠花開，香氣注滿了不大的庭院，有一種馥郁的相思。順治睹物思人，自然而然地想起了長平公主，想起她的茶道和塤樂，想起她風清雲淡的笑容，智睿優雅的談吐。他很想找個人聊聊長平，聊聊建福花園的故事，而遍尋宮中，這個人只能是建寧公主，她是福臨與長平的友誼的見證人，也是當事者。一念既起，順治發現自己很想念十四妹，而且，也已經很久沒有見她了，遂命吳良輔：「去東五所傳我的命，請十四格格。」

建寧自絳雪軒落成後只來過一次，早盼著要過來好好玩一天，只是一則嬤嬤們看得緊，二則如今不同以前，皇帝哥哥親了政又成了婚，她冒然前來，若是撞上臣子議事、又或是妃子爭寵，說不定要捱一頓訓的。難得這日皇兄親自下旨來請，那真是天大的面子，東五所的嬤嬤們一齊驚動起來，爭著給建寧更衣妝扮，生怕疏漏半點，惹得皇上怪罪她們苛待了格格。

一時打扮齊整了來至絳雪軒，在花池前見著順治，行了禮，笑嘻嘻地問：

「皇帝哥哥，你今天怎麼心情這樣好，想起找我玩兒了？」

順治笑道：「你看這海棠花開得多麼好，讓我想起從前雨花閣的海棠餃，特意命御茶房做了一籠來，請你一塊嘗嘗，是不是從前的滋味。」

建寧聽了，從前建福花園種種頓時翻上心頭，眼圈一紅，說道：「可惜香浮吃不到……」

宮女在花池前設下几案，順治與建寧兄妹兩個入了座，賞花吃餃子，說起雨花閣的舊事，都是滿腹辛酸想念。建寧說：

「香浮沒有死，她會回來的，還要嫁給你做皇后呢。仙姑親口跟我說的。」

順治道：「別胡說，長平公主怎麼會跟你說這種話？又是什麼時候跟你說的？」

建寧說：「是在夢裏跟我說的。」

順治笑道：「原來是做夢。那怎麼當得準？」

體諒妹妹寂寞無伴，難免胡思亂想，並不放在心上，只道，「難得今天沒事，陪你去建福花園走走吧。」

建寧笑道：「仙姑和香浮都不在了，如今建福花園空蕩蕩的，有什麼可看？倒是教坊司成立了這麼久，除了年節裏聽他們奏些吉祥常樂，就沒見認真演過幾齣戲，不知道是不會，還是不肯。皇帝哥哥要真想帶我好好玩一天，就讓那些女樂們專門爲我一個人唱一齣大戲，那才有意思呢。」

順治道：「那有何難？這就傳令教坊司準備。」遂命吳良輔傳命下去。

一時吃過餃子，兩人乘了小轎徑往教坊司來。女樂們俱已準備就序，都穿著綠緞子單長袍，紅緞月牙夾背心，青帕束髮，用著寸金花樣金髮箍，打扮得嫵媚妖嬈，見了聖駕，一齊風吹柳擺地跪倒，鶯聲燕語：「奴婢給皇上請安，給十四格格請安，皇上萬歲萬歲萬萬歲，格格千歲千歲千千歲。」

建寧愛熱鬧，看到那些女樂們穿紅著綠便已滿心歡喜，遂問道：「你們會些什麼戲？怎麼都是一樣的打扮？不分生角旦角的麼？」
教習越前一步稟道：「回格格話，教坊司是沿襲前明所設，專司宮中樂奏之事，主要以吹、拉、彈、唱爲主，一兩支曲子還可以，整齣的戲卻是沒有排過。」
建寧掃興道：「光吹曲子有什麼意思？吹得比長平仙姑還好嗎？」忽然想起一事，因問道：「你們會吹塤嗎？」
教習茫然不知，跪下道：「格格恕罪，本部吹奏之樂，僅有龍笛簫管，這塤之一器，奴婢連聽也沒聽說過，更別說吹了。」
建寧益發不屑，斥道：「真是孤陋寡聞，連塤都沒聽說過，還不如我呢，也好意思做教習。」順治見那教習滿臉惶愧，不禁笑道：「御妹別難爲她了。就讓她們揀拿手的曲子彈唱幾曲吧。」
建寧歡歡喜喜地說：「好呀。」隨在繡榻上坐下，便命女樂彈奏起來。方聽了半曲《齊天樂》，已覺不耐，頻頻搖頭，問那教習：「你這裏有人會唱崑曲嗎？要旦角的戲。」
教習說：「整齣的戲沒有，不過有幾支散曲子，是新練習的。」
建寧沉吟道：「散曲？那有什麼意思？我要有故事的，《玉茗堂四夢》知道嗎？《紫簫記》、《紫釵記》、《南柯記》、《牡丹亭》，隨便哪一齣都行。」
這些個曲目還是從前宮裏款待平西王在暢音閣放戲時，太后大玉兒隨口說出，被她暗暗記在心裏的。然而，這些已經足以讓教習人吃　驚的了，心裏爲難，只裝作不懂，滿臉堆笑地奉承道：

「格格見多識廣，只是教坊司爲慶禮奏樂而設，並不曾學過這些散戲，真是貽笑方家……」囉囉嗦嗦說了半天廢話，只是不肯。

建寧失望已極，正覺無味，卻有一個小小女樂越眾而上，跪下稟道：「奴婢會唱《迷青瑣倩女離魂》。」

教習喝道：「誰許你亂說話的？坊裏從不曾教過這個……」

那小女樂道：「是我進宮前就會的。」

那教習還欲教訓，早被建寧喝止：「她說會唱，那就最好。」又問那小女伶，「那是說的什麼故事？」

女樂答：「說的是官宦小姐張倩女的母親悔婚，欺負女婿王文舉家貧，將他趕走，張倩女魂離肉身，追趕相伴的故事。」

建寧心裏一動，問道：「魂離肉身？那王書生難道不覺察？」

女樂答：「不但不覺得，他們還一起過了五個年頭，生了一對兒女呢。張倩女因爲想家，日日哭泣；王文舉想著，生米已經做成熟飯，岳父岳母大概不會再怪罪，就帶著倩女和一對兒女回家了。沒想到張家還有一個倩女，五年來一直昏睡著重病不起，直待這個倩女來了，向床上一撲，那床上的倩女才醒過來，這個倩女倒又不見了。原來是兩個倩女的魂兒和身子終於合在一起了。」

建寧想那些夢裏的明宮女子莫非也都是倩女離魂？同人家講，還個個都不信她，原來這樣的故事在戲曲裏也都是有的。又見那小女伶眉清目秀，口齒伶俐，穿著桃紅連身直裰裙子，腰間繫一條墨綠灑花綢帶，打扮得與眾不同，很是喜愛，拍手道：

「這個故事好！曲子也一定好！你這便唱來。」

女伶向樂師耳邊說了幾句，打個手勢，便眉眼一飛，雙袖翻起，搖搖擺擺地唱了一段《雙調》：

「人去陽臺，雲歸楚峽。
不爭他江渚舟，幾時得門庭過馬？
悄悄冥冥，瀟瀟灑灑。我這裏踏岸沙，步月華。
我覷這萬水千山，都只在一時半霎。」

順治訝道：「這曲詞好不雅致。」輕輕念誦，「我覷這萬水千山，都只在一時半霎。若然果能如此，有何心願不能實現？」不禁想得出神。沉吟間，女伶早唱了一段《紫花兒序》，調轉《小桃紅》：

「我驀聽得馬嘶人語鬧喧嘩，掩映在垂楊下。
唬得我心頭丕丕那驚怕，原來是響鳴榔板捕魚蝦。
我這裏順西風悄悄聽沉罷，趁著這厭厭露華，對著這澄澄月下，驚的那呀呀呀寒雁起平沙。」

那女伶不過十幾歲模樣，然而娉婷秀媚，粉面朱唇，唱做俱佳，一雙眼睛尤其靈活，跟著手指尖忽左忽右，一雙手柔若無骨，捏著蘭花指，看著好像很慢很優雅，其實翻轉得很快，猶如蝴蝶穿花，柳絮隨風；說快，又其實很慢很從容，一招一式俱演得清楚，且腰肢柔軟，腳步翩躚，唱到高潮處，裙角翻飛，煞是好看，將一曲《調笑令》唱得宛轉悠揚，盪氣迴腸：

「向沙堤款踏，莎草帶霜滑。
掠濕裙翡翠紗，抵多少蒼苔露冷凌波襪。
看江上晚來堪畫，玩冰湖瀲灩天上下，似一片碧玉無瑕。」

順治兄妹倆一個欣賞詞曲的古雅清麗，一個迷戀故事的香豔離奇，都各自得趣。正在興頭上，忽聽太監來報：「皇后駕到。」

順治不悅道：「她怎麼來了？」仍端坐不理。

一時慧敏皇后在隨侍宮女簇擁下姍姍駕臨，眾女樂停了彈奏，口稱「皇后千歲」，跪迎於地。建寧也只得站起，馬馬虎虎行了個禮。皇后的隨侍宮女也都上前給順治和建寧見禮，皇后也甩著帕子問了一聲「皇上金安」。

順治見她盛裝華服，滿頭珠翠，從者如雲，個個手裏捧著金漱盂、金妝盒、金扇子、金柄拂塵，還有兩名太監隨後抬著漆金雕鳳的檀木椅子，隨時侍候就座，陣勢如同王母娘娘下凡，益發不喜，只淡淡「嗯」了一聲，不假辭色。

慧敏心中惱怒，在鳳椅上端坐了，冷笑道：「皇上每日說政務繁忙，連位育宮也難得一去，倒有時間來教坊同戲子取樂。」

建寧在口頭上從不肯輸人的，又急於爲哥哥出頭，便皇后的面子也不給，立即反唇相譏：「是我求皇帝哥哥帶我來逛逛的。皇后只是在宮裏隨便走走，也要帶上全套嫁妝箱子嗎？知道的是皇后娘娘駕幸教坊司，不知道還以爲你要回娘家呢。」

慧敏登時大怒，雖不便與小姑子計較，卻把滿腹怒氣向那女樂發洩，喝斥道：「誰許你平白無故打扮成這般妖精樣子？成何體統？」

順治笑道：「她正在唱《迷青瑣倩女離魂》，是女鬼，不是妖精。」

慧敏冷笑：「女鬼？那就是白骨精了，想著吃了唐僧肉，好得道升仙呢。」

建寧偏要同皇后搗亂，聞言故意笑嘻嘻地向那女樂道：「就是的，你會唱文戲，會不會打武戲呢？會不會扮白骨精？我最喜歡看白骨精同孫悟空打架了。」

偏偏那小女伶好似聽不懂三人的口角，不知懼畏，認認真真地回答：「也學過一點的，只是打得不好看。」

順治大樂，命道：「無所謂好不好看，格格喜歡，你就打起來吧。若有頭面，也一起扮上。」

教習早嚇得面色雪白，篩糠般抖著跪稟道：「教坊司不是戲班，沒有行頭，奴婢們還是為皇上、皇后、格格演奏一段曲樂吧。」

建寧道：「你這教習真是奇怪，我說了要看戲，你說不會，沒有；難得有個人會，你又三番四次攔著，什麼意思？既然你說會奏樂，那就奏一段白骨精的鑼鼓來，讓她好好打給我們看。」

教習不敢再攔，只得命樂師們敲起鑼鼓點子，那女伶遂連翻了幾十個跟頭，打些花拳繡腿，也不過是些空架子，況且沒有孫悟空配戲，並不好看，也不符合建寧的興趣。然而建寧為了同皇后搗蛋，故意做出津津有味的樣子來，不住大聲叫好，又同哥哥擠眉弄眼。

慧敏怒氣難耐，猛地站起，喝道：「別敲了！我這就傳一道旨給禮部，教坊司裝神弄鬼，狐媚成風，太沒樣子，明日即黜免女樂，不得有誤！」

教坊司諸人先前見他三人唇槍舌劍，不禁人人自危，生怕得罪了任何一方都免不了受池魚之災，卻再沒想到，兩句話不到竟將個教坊司散了，自己這些人卻向何處去？嚇得一齊跪倒，磕頭求饒。

順治大沒意思，怒道：「你這算什麼？」

慧敏傲然道：「我身為皇后，管理後宮禮樂原是職責所在，皇上若是捨不得這些戲子，大可與我到太后娘娘面前評理去。」

順治明知她無理取鬧，然而這句「捨不得戲子」的頭銜著實難聽，若真為了教坊女樂之事與她鬧到太后面前去，大為不妥，只怕太后聽信她一面之辭，還真以為自己鍾情戲子呢。不禁又惱又恨，拂袖道：「好一個職責所在，你想要皇后威風是吧？那就請便！」

建寧難得遊玩一天，卻又被皇后攪散，十分氣不過。眼看哥哥氣得臉色發白，便要設個法子替他出氣，因拉住哥哥衣袖笑嘻嘻地道：

「皇帝哥哥，既然教坊散了，你把這個女樂賜給我做宮女好不好？」

順治因為不能與慧敏為了黜封女樂之事認真計較，無形中在她面前輸了一陣，正是羞憤交加，聽到建寧這樣說，那等於是給自己扳回一局，如何不肯，頓時欣然允諾：

「就是這樣吧，吳良輔，傳我的命，這便將她編入宮女簿冊，歸十四格格使喚。」

那小女伶絕處逢生，大喜過望，趕緊跪下來給順治和建寧磕頭謝恩，臉上又是淚又是笑，竟是十分動人。順治微微一動，問她：「你叫什麼？」

小女伶心思機敏，十分伶俐，聞言答：「奴婢的名字是進宮後統一取的，如今女樂免了，名字自然也可免過不提，請皇上、格格為奴婢賜名。」

建寧笑道：「你是為了唱《迷青瑣倩女離魂》惹的禍，就叫倩女怎麼樣？」

順治道：「不雅，且重了戲中人名兒，也未見別致。」

建寧便道：「那不如就叫青瑣吧，這總夠雅了吧。」

順治仍然搖頭道：「也不妥，『青』字音同『清』，犯忌的。」

兄妹倆自顧自說話，便當皇后不存在一樣。慧敏不禁在一旁氣得發抖，她自幼養尊處優，呼風喚雨，雖然性情霸道，卻從沒有同人口角的經驗，遠不如建寧天天變著法兒與眾格格作對，滿腦子都是刁鑽古怪的念頭。皇后地位雖尊，然而建寧仗著皇上哥哥撐腰，兩人交起鋒來，慧敏遠不是對手，而且哥哥賜宮女給妹妹，也不容得她反對，只得憤憤道：「還起什麼名字?現成兒的就有，白骨精嘛。」

順治只做聽不見，慧敏越生氣他就越高興，慧敏越是輕賤這個小女伶，他就越要做出重視的樣子來，親自爲女樂賜名，故意認真地思索道：「你看她們身穿斑衣，腰繫綠綢，不如就叫綠腰如何?又有意義，字面又漂亮。」

建寧拍手道：「果然又好聽又好看，綠腰，好名字，以後你就叫綠腰了。」

那宮女十分知機，立即磕頭謝恩道：「謝皇上賜名，謝格格賜名。」

順治眼看著皇后氣得臉色發白，暗暗得意，笑道：「好了，以後你就跟著十四格格吧，朕什麼時候悶了想聽戲，就找你們去。你剛才這曲子詞真是不錯，『驀聽得馬嘶人語鬧喧嘩……原來是響嗚榔板捕魚蝦……驚的那呀呀呀寒雁起平沙』，哈哈，真是不錯，不錯。」說罷，攜著建寧大笑而去。

無論是順治也罷，慧敏也罷，還是建寧格格，這一天的事在他們三人看來，都只是嘔氣使性子的尋常口角，是生活裏至爲屑末的一樁小事。然而那些教坊的女樂們卻因此而遭了殃，糊裏糊塗地被捲進一場無妄之災中，就此風流雲散——次日，禮部果然傳皇后懿旨：解散教坊司女樂職位，改由太監擔任。女樂們哭哭啼啼，怨天尤人，卻終是無計可施，只得一步三回頭地出了宮。

爲著慧敏皇后的一時之氣，清宮此後三百年中，再也沒有出現過女樂。

3

慧敏在宮裏住了一年，卻好像已經過了一輩子。她越來越清楚地感覺到敵意，感覺到危機四伏——皇宮裏最大的敵人就是寂寞，寂寞是無處不在，無遠弗屆的，它滲透在銅壺的每一聲滴漏，宮牆的每一道縫隙，簾櫳的每一層褶皺，門窗的每一格雕花，太監的每一個脅肩諂笑，嬪妃宮女們的每一句竊竊私語、每一個曖昧的眼神裏。

颳風的時候，所有的樹葉所有的紗帷都在悄悄說著「不來不來」；下雨的時候，所有的屋簷所有的花瓣都在輕輕哭泣，流淚不止。雨水從紅牆綠瓦上沒完沒了地流下來，太監和宮女走來走去，連腳步聲也沒有。偌大的皇宮就像一張血盆大口，吞進青春，吞進歡樂，吞進溫情的回憶，而只吐出無邊無際的寂寞渣滓。皇宮的牆壁連太陽都可以吃得進去，再暖麗的陽光照進來，也仍然是陰冷而蒼白無力的。

四季已經挨次輪迴了一遍，此後的生活都將是重複的，再沒有新鮮事可言。

慧敏是在秋風乍起時入宮的，僅止七天，就與皇上分宮而居。順治總是說朝政繁忙，可是結婚不到一個月，他就以行獵爲名出宮遠遊，經楊村、小營、董郭莊等處，十天後才回宮；正月初一過大年，是皇上與皇后一起接受群臣朝拜的日子，可是他又託辭避痘再度出宮，巡幸南苑。避痘？難道他怕得痘，自己就不怕了？正月三十是萬壽節，又一個帝后共宴的日子，然而無巧不巧地，皇上唯一的兒子牛紐突然死了，朝賀自然也就取消。後來建了絳雪軒，說是書房，實爲寢殿，從此他就更加絕足位育宮了。左右配殿連廊各七間的偌大寢宮裏，充斥著金珠玉器，雕樑畫棟，卻仍然無比荒蕪，空空蕩蕩。

慧敏只得自己帶了子衿、子佩在御花園堆雪玩兒，堆得人樣高，眉毛眼睛俱在，又替她戴上鳳冠霞帔，胸前掛了五彩絲絛，攔腰繫了裙帶綢緞，迎風飄舉，遠遠看去，宛如美人。宮女們都指指點點地吃吃笑，慧敏看了，卻忽忽有所失，她第一次想到，其實任何一個宮人，甚至一個玩偶，給她戴上鳳冠送上鳳輦登上龍床，她也就可以做皇后做貴妃做美人了；而自己，也恰如一個穿了鳳冠霞帔的玩偶，曠置宮中，除了鳳冠，又有什麼呢？

到了春暖花開，年節慶宴一個接著一個，熱鬧非凡，可是那些熱鬧都是浮在水面上的，打個水漂兒就不見了，留不下一點痕跡。慧敏盡職盡責地在每一次宴慶出席時盛妝駕臨，脂粉衣飾成爲她在深宮中唯一的喜樂，與其說她喜歡宴會，倒不如說是她喜歡給自己的打扮找到了好題目。

每次盛會之前，她總是對著鏡子久久地看著自己的花容月貌，看它在子佩的打理下越發地眉清目秀，顯山露水。美人如玉，而脂粉便是雕琢玉器的磨石，會把姿容打磨得益發精緻玲瓏，晶瑩出色。每每這時候，她就會有種莫名的感動，有種不能自知的企盼，覺得好像會有什麼特別的事情發生。可惜的是，從來也沒有什麼好事發生，至少，是沒有讓自己高興的事發生。

最恨的是夏天，脂粉在臉上停不住，略動動就化掉了；然而最愛的也是夏天，因爲可以穿上顏色鮮麗質地輕薄的紗綢。許多綾羅都是在夏天才可以領略到好處的，尤其有一種西域進貢的如煙如霧的「軟煙羅」，罩在旗袍外面既不擋風又不吸汗，穿了等於沒穿，然而卻比沒穿多出多少情致。裙裾搖擺地走在御花園裏，慧敏的眼角帶著自己翩飛的裙角，想像自己是九天玄女走在王母娘娘的瑤池，有一種動人的風姿。

慧敏已經貴為皇后，她不可以再指望升到更高的位置，獲得更多的榮華，不可以指望皇上以外的男歡女愛，甚至不能指望生兒育女，因為皇上根本不到位育宮來。她的日子，就只是承受寂寞，捱過寂寞，與寂寞為伴，也與寂寞作對。而消磨時光的最好辦法，就是妝扮。慧敏在寂寞中想出了許多改良旗袍的新花樣，比如有一種「鳳尾裙」，上衣與下裙相連，有點像旗袍，卻又不完全是，肩附雲肩，下身為裙子，裙子外面加飾繡花鳳尾，每條鳳尾下端墜著小鈴鐺，走起路來叮咚作響，是戲曲服裝裏稱之為「舞衣」的，有些民間的嫁娶也會當作新娘禮服。子衿淘了衣服樣子來，慧敏便親自設計，取消雲肩，改成硬綢結的蝴蝶絛子，原本在裙子外的繡花鳳尾也不再是一種單純的裝飾品，而把裙子後襟裁開，將鳳尾嵌入其中，與裙子渾然一體，鳳尾下的小鈴鐺則改為花草流蘇，既保持了鳳尾裙的別致俏麗，又去掉了那種村氣的熱鬧，而改為優雅秀逸。

這件改良鳳尾裙是慧敏的得意之作，是她的聰慧與品味的結晶，然而，沒有看官的妝扮就像是沒有觀眾的戲臺，又有什麼意義呢？新娘穿鳳尾裙是為了新郎和滿堂賓客，戲子穿鳳尾裙是為了米飯班主，自己盡心盡意盡善盡美地打扮，卻又是為了誰呢？想到戲子，慧敏終於給自己找到了一個好節目，巡駕教坊司。

然而她怎麼也沒有想到，那麼多次醉翁之意不在酒地徘徊御花園，都未能和就住在御花園東角絳雪軒的順治碰上一面，百無聊賴地繞過半個後宮，卻在教坊司不期而遇了。更沒想到的是，她又一次在三言兩語間便得罪了他，或者說，是他在三言兩語間便激怒了她——爲了一個教坊司的下賤戲子。

不，她不想的，這不是她的本心，她沒有想過要和他針鋒相對，水火不容。她每次對鏡妝扮的時候，都在幻想這一副玉貌朱顏落在順治眼中會有多麼美，她渴望著他的讚美，他的驚豔，他的欣賞，他的溫柔。

可是沒有。沒有驚豔，更沒有溫柔。

她終於遇見了他，在自己最美麗的時刻，然而他便如睜眼瞎子一樣無視她的美麗，她的尊貴，她的仙姿神韻，而只還給她一副冷心冷面，冷嘲熱諷，還和建寧格格一唱一和，把戲子充作宮女賜給建寧來對她示以顏色——戲子做了宮女，也就有機會升答應、常在，被天子臨幸，封爲貴人、妃、嬪，甚至貴妃，和她爭寵奪愛！

慧敏絕不後悔自己罷黜女樂的懿旨，皇上這樣對她，她不過在自己權力所及的範圍內稍示反抗，有什麼錯呢？可是這卻引起了後宮的一片譁然，四面楚歌，她們說她好妒成性，是醋缸皇后，連太后也特意把她叫去，含沙射影地說了些寬容爲懷的假仁假義，分明是怪她任性，認爲是她嫉妒、脾性不好，才會惹怒皇上，遠離位育宮。

其實年僅十三歲的慧敏雖然已經嫁爲人妻，然而大婚七天就同皇上分宮而居，對於男歡女愛之事尚在一知半解之間，並不特別熱衷。她渴望順治，不過是因爲寂寞，也因爲後宮裏所有的女人都是這樣地渴望著，不知不覺便也影響到了她，使她相信得到順治寵愛是後宮最重要的功課，是後宮女人的最高成就。她未必好妒，卻十分好勝。是好勝心讓她希望得到順治的歡心，從而叫其他的妃子們望塵莫及，也是好勝心使她的行爲與心意背道而馳，從而令她與順治的距離越想拉近就離得越遠，於是榮寵與熱鬧也離她越來越遠。

自從教坊司女樂之事後，慧敏恨死了建寧，恨她的不敬，更嫉妒她與皇上的親密，並且這嫉妒也延伸到其他的格格身上，因爲她們全都是皇上的好姐妹，可以在皇上面前撒嬌說笑，比自己這個皇后還有特權；她當然更恨那些與她爭寵的妃子們，她甚至嫉妒那些沒有封號的宮女，因爲她知道她們心裏也都在做著飛天夢，盼望得到皇上的恩寵，圖謀與自己一較高下，她恨她們心裏的念頭，恨她們未經暴露的欲望，恨她們對後宮生活充滿幻想，比自己過得更有盼頭，有滋有味；她也恨宮裏唯一的至親太后娘娘，因爲她竟然不替自己做主，竟然任由皇上另建絳雪軒，竟然在大婚之後又聽任皇上冊立其他嬪妃。

她把所有的人都恨了個遍，也得罪了個遍，除了子衿子佩，宮裏沒有一個人的心向著她，就連位育宮的宮女們也不喜歡自己的主子，因爲她的喜怒無常，刑罰無度。她們在她面前小心翼翼，謹言慎行，連句風趣點的笑話也不敢說，就好像行屍走肉一般。這本來是慧敏嚴格推行的紀律，然而當她終於把所有宮女都訓練成木偶泥塑後才發現，這樣，又有什麼趣味呢？

如果慧敏可以低下頭，靜下心，好好地認清楚自己在宮中的地位和優勢，聯合所有可以聯合的力量，也許她是有機會擺脫這寂寞的。太后是她的親姑姑，又再三向哥哥保證要照顧好這個侄女，俗話說「打斷骨頭連著筋」，如果她能夠溫順乖巧一點，至少太后的歡心總是可以保得住的；還有那些格格們，不乏與她年齡相當志趣相投的，尤其建寧公主，骨子裏其實和她是一路的人，都是既愛熱鬧又慕奢華的；再則，妃子們地位雖不如她尊貴，可好歹是個伴兒，稱得上是姐妹，只要她肯稍施恩惠，妃子們沒有不趕著獻殷勤陪小心的；甚至，如果她肯好好調教子衿子佩，在身邊容得下幾個絕色宮女吸引皇上的目光，也未必不奏效。

可惜她還太小，還不懂得這些籠絡人心的小手段，更不懂得以退為進的大道理。她對於交際太沒有經驗，又自幼不知約束，從小到大的教育都是「只要我想，就可以得到」，得不到便哭，便鬧，便發脾氣，最終總還是要得到。從來沒有人逆得了她的意，從來沒有人會對她認真呵斥，她是天生的寵兒，予取予求的慧敏格格，至高無上的大清皇后，從來沒有想過要為什麼人什麼事低頭。即使對方是皇上，是太后娘娘，也不行。

於是，寂寞愈來愈重，從無形到有形，宛如一道黃金枷鎖，將她沉重地捆縛成一個美麗堂皇的蝴蝶結。她的怨氣和恨意，也隨之越來越重，從無形到有形，訴諸於咳嗽、四肢懶動、氣虛無力等種種症狀，不得不時時宣太醫入宮問診。到後來，為著太后責怪她不該輕傳懿旨、廢黜女樂的事，她愈發賭氣，索性挾病自重，把一日兩次慈寧宮請安的晨昏定省也免了。

到了這個時候，慧敏，終於把自己活成了大清皇宮裏真正的孤家寡人。

4

慧敏錯怪了太后。對於順治的冷落中宮，大玉兒並非不聞不問，只不過，她得到了錯誤的情報。

這情報的傳遞者是太醫傅胤祖，製作者卻是順治皇帝。

不過，追本溯源，那授人以柄的，卻仍是慧敏本人。是慧敏的小題大做給了順治一個絕好的藉口，讓他藉以大做文章，想到了一個李代桃僵、金蟬脫殼的妙計。

這日，皇上忽然宣傅太醫進殿，劈頭便問：「這些日子你天天往位育宮跑，給皇后診脈，應該很清楚皇后的病症。依你看來，以皇后健康狀況，還適宜與朕同房嗎？」

傅胤祖一愣，心說：皇上炕頭上的家務事，怎麼倒問著我呢？你願意幸臨哪個宮殿，自有尚寢太監侍候著，再不然，還有心腹宮女傳遞消息，怎麼也輪不上我這當大夫的說話呀。皇后一沒生病，二沒懷孕，有什麼不適宜同房的？一時未解聖意，不敢輕易回答。

順治見他不語，索性說得更明白一點：「朕每每從元育宮回來，都會感到不適，身體發熱，四肢綿軟無力，這是怎麼一回事呢？」

傅胤祖渾身冷汗冒出，這方明白順治的真心，原來他是不喜歡皇后，不想跟皇后在一起，又不好明說，便拿我做法，要我僞稱皇后有病，不宜行房，來使他金蟬脫殼呀。誰不知道大婚這麼久，皇上難得去一次位育宮，又談何身體發熱，四肢無力？分明是他頭腦發熱，翻臉無情呀。可是他是皇上，他怎麼說，自己也只能怎麼聽了，難道還與他辯個真僞是非不成？爲難之下，只得謹慎回答：「皇上聖躬違和麼？那是因爲政務繁忙，操勞過度所致，最近的確不適於再有房事，理當休養生息，養精蓄銳爲宜。」

順治聽了，大違本意，他只是不喜歡皇后，可不是不喜歡房事。傅太醫建議自己養精蓄銳，那不是叫他禁欲做和尚？明知這老太醫是在跟自己裝聾作啞，遂冷笑道：

「冷落後宮的罪名，朕不敢當；古人說最難消受美人恩，朕倒覺得最難消受的，是美人的怨恨。傅太醫的意思，是要朕成爲後宮的罪人、爲眾妃所怨麼？況且太后每每垂訓，以爲子嗣緣薄，難道朕也拿你這番話回稟太后，說傅太醫以爲朕不宜房事，理當養精蓄銳、清心寡欲嗎？」

傅胤祖至此，再無法佯癡扮愚，被逼無奈，只得乾笑兩聲，回稟：

「小人不敢。皇上日夕焦心疾首於前殿，復又殫精竭力於後宮，實有違養生之道。小人才疏學淺，未能照料聖體於萬全，罪該萬死。小人大膽進言，皇后娘娘體性燥熱，易染傷寒之症，實不宜與皇上頻繁親密。倘若太后垂詢，小人也是這般回答。」

順治這才略有和悅之意，緩緩地點了點頭道：「有勞傅太醫了。」

隔了兩日，傅太醫果然將這番話回稟了太后，而太后明知有假，卻也不好太過干涉兒子的床幃私事，逼他盡人夫之責了。

其實大玉兒精通醫術，察言觀色，並不相信傅胤祖的話。然而慧敏入宮一年，性情暴躁，惟我獨尊，連太后也不放在眼裏，略教訓她兩句便要稱病脫滑，也著實該給她一點教訓；而且傅胤祖是宮裏的老太醫，素來誠實持重，他這樣說一定有原因，八成便是受自己的皇上兒子所託，自己一味追究下去，必會傷了福臨的面子。

爲了立侄女兒爲后，大玉兒沒少跟福臨磨牙，他肯退一步讓慧敏入宮封后，她也總得讓一步容他另建別宮。她要的結果不過是大清的後宮裏，永遠由博爾濟吉特家裏的女人稱后，只要保得住這個皇后的封號，她才不管兒子在哪個妃子的床頭多待了一宿半夜。畢竟，大清的子嗣重要，總不能爲了兒子與媳婦耍脾氣，就叫福臨無後吧？

更重要的是，福臨親政之初，經驗未足。從前多爾袞攝政時，爲了掩天下人耳目，總是以議政爲名入宮探訪，而大玉兒也十分關心朝政，事無巨細，都要成竹在胸，所有奏章連同批文逐一細閱，這個習慣一直保持到現在。雖然睿親王已死，然而鄭親王卻仍將奏章按例每日送入慈寧宮給太后審閱。凡見到順治批決不當之處，大玉兒便要指出來與兒子條分縷析，磋商再三，結果總是福臨退讓居多。久了，母子倆少不了會有些齟齬。

大玉兒也知道兒子心裏委屈，可是爲天下計，不得不勉力敦促。但是皇上已經這麼大了，總不能事事都違著他心願，管頭管腳，越俎代庖。因而有時候明明看到順治聖裁不妥，只要沒什麼大礙，便也睜隻眼閉隻眼，由著皇兒拿主意；並且因爲前朝的事過問得太多，對於後宮之事，也就不好插手太多了。甚至在大玉兒心中，多少有些疑心兒子冷落中宮是衝著自己，就因爲慧敏是自己的親侄女，福臨對慧敏的厭棄，多少出於對自己變相的抗議。

然而越是這樣想，大玉兒就越覺得不便對兒子約束太多，不能把兒子逼得太盡。外朝與內廷，她總得選擇一樣，皇上是當朝天子，太后爲後宮之尊，他們本來就應該各自守在自己的領域裏，互不牽制，然而很明顯，太后的權力從後宮一直蔓延到前朝，即使多爾袞死了，也仍沒有還給順治完整的親政大權。既然她仍不能完全放權於兒子親政，那就不得不在自己的後宮勢力上適當收斂，做出相應補償。

漸漸的，大玉兒與福臨這母子倆好像達成了某種不成文的平衡，往往是大玉兒在外朝政務推進一分，就會對後宮家事退讓三分。

還在大婚之前，順治八年五月二十八日甲辰朝堂，外轉御史張煊曾上表控告吏部尚書陳名夏結黨行私，銓選不公。本來只要下令徹查即可，但是因爲案子涉及到洪承疇，太后便以商議皇后及皇太后儀仗爲名，臨幸大臣們議政的禮部，言語間暗示張煊所奏之事發生在大赦之前，即便有什麼疏脫不到之處，也不當再議。

她本意只是要大臣們放過此案不理，開脫了洪承疇即是；沒想到那些大臣們爲了討好太后，竟然矯枉過正，羅織罪名，說張煊既然認爲陳名夏有罪，從前做御史的時候怎麼不說，現在調爲外轉御史卻又要上表誣告，分明是心懷嫉妒，誣衊大臣，竟給論了個死罪。

這件事一直是順治的心結，讓他清楚地意識到朝堂的真正當家並不是自己，而是身在後宮的皇額娘。大婚之後，他第一件事就是密查張煊彈劾陳名夏之事，並交吏部再議。吏部諸臣體會太后心思，遲遲不做回應，九年正月初八，順治以巽親王滿達海議覆不利為由，罰銀一千二百五十兩，尚書朱瑪喇、卓羅各罰銀一百兩，其他官員也各有罰俸。群臣這才慌亂起來，不得不鄭重其事，為張煊昭雪。

且說這巽親王滿達海，便是當初為卓禮克圖親王吳克善出頭，幾次三番在朝堂上催請順治帝及早舉行大婚典禮的人。大玉兒聽說此事，又是好氣又是好笑，別說一千二百五十兩，便是再多的銀子對巽親王來說也不算什麼，順治這麼做，不過是要殺雞儆猴，給諸臣甚至自己施以顏色，予以警告。

是夜，洪承疇進宮請安，求太后庇護。大玉兒教他供認無諱，可保無虞。洪承疇踟躕：「當日議了張煊死罪，如今我若認罪服判，只怕要以命抵命。」

大玉兒笑道：「你只管照我說的話去做就是了，皇上是我兒子，他的個性我最瞭解，外表決斷，內心柔弱，吃軟不吃硬。只要你肯服軟認罪，斷不至死罪；只要保全性命，縱有什麼責罰，也權且擔著，不過一年半載，總有復職之日，怕什麼？」

洪承疇領命出宮。大玉兒即命御茶房煲了參湯，命素瑪捧著，親自送往絳雪軒給兒子補身。在大玉兒心裏，其實未必有多麼看重洪承疇，她一生所愛之人，自始至終也只有多爾袞一個。可是他負了她，把她丟在這淒風冷雨的深宮裏苦度殘年，她總不肯為他安安靜靜地守寡，總要為自己再找一個陪伴。洪承疇比她大了整整二十歲，從前縱馬揚鞭手握兵權時，還有幾分將軍的威武，如今做了文官，做了降臣，又已經年過半百，兩鬢斑白，從前的魅力早已消失殆盡。

然而，他畢竟是她唯一的入幕之賓，是知情者，是她干預朝政建立功勳的第一塊奠基石。雖然他處處都不及多爾袞，可是他忠於她，他是爲了她才改弦易轍，投降大清的。他曾經英勇抗清，與皇太極、與多爾袞鬥了半輩子，被俘之後絕食絕水，連生命也準備放棄，可是，就是她，用一碗參湯做餌，讓他放棄了尊嚴與忠義，甘作她的裙下之臣。直到今天，她仍然是他放在朝堂上的一雙眼睛，不管當今聖上怎麼樣輕視他討厭他都好，卻仍然要在許多大事上倚重於他。從皇太極到多爾袞再到順治，洪承疇與范文程，一直都是朝廷砥柱，皇上的左膀右臂。

大玉兒想，她不僅僅是在爲自己保全洪承疇的性命，也是爲了自己的皇帝兒子。她不能讓皇上在一時之氣下做出將來會追悔莫及的錯事。當年，她是用一碗參湯勸降了洪承疇，如今，她要再用一碗參湯留住他的命。

福臨正在批閱滿達海等人的議覆奏摺，聽說額娘駕臨，連忙將奏摺翻轉，起身請安。大玉兒假作不知，只是命素瑪呈上湯來，催促福臨喝下，自己坐在一旁含笑看著，恰是母慈子孝，天倫和睦。

母子倆天南地北地聊了半夜，從南明永曆帝逃到雲南說起，一直聊到從前大明的盛世光景，不免想像後宮裏佳麗三千、脂粉如霞的盛況。大玉兒因說：

「從前周天子一后、三夫人、九嬪、二十七世婦、八十一御妻；秦始皇一統天下，盡收六國女子充入後宮，人數過萬；漢元帝時，掖庭三千，按朝廷官員等級，依次分為昭儀、婕妤、容華、美人、八子、充儂等十四級，爵位俸祿類同諸王列侯；隋煬帝時，在皇后以下另外設置貴妃、淑妃、德妃三夫人，九嬪、十二婕妤、十五世婦，寶林、御女各二十四人，采女三十七人，此外還有宮官六尚、六司、六典；唐代風月鼎盛，玄宗時宮嬪多達四萬人；到了大明，朱元璋整肅後宮，皇后以下只有諸妃一級，即貴妃、賢妃、淑妃、莊妃、敬妃、惠妃、順妃、康妃、寧妃等，又立六局一司，六局為尚宮、尚儀、尚服、尚食、尚寢、尚功，六局的首領為宮正，掌管全局事務和宮女，一司為宮正司，掌監察謫罰。明朝滅亡前，據說有宮女九千餘人，在李自成闖宮的時候逃跑了一批，咱們來了後又裁減了一批，年老的或是曾經被幸的都送出宮去，只留了一百幾十個，加上我們從盛京帶來的包衣侍女也不過才二百來人，比起歷朝歷代的皇宮來，那可真是太冷清了。」

順治笑道：「太后對歷代後宮封號的設立比禮部那些大臣還要熟悉呢，怎麼忽然想起同兒臣說這些？」

大玉兒笑道：「額娘是想提醒皇上，別只顧著朝政，也要想想子嗣延綿，開枝散葉。額娘打算命禮部商議明年選秀的事。你以為額娘做什麼要苦背那些封號，那是記下來要同皇后說的，好讓皇后知道，我們大清的後宮比起歷朝歷代來已經是冷落非常了，好使皇后不要反對選秀。」

順治聽見母后不但沒有責怪自己冷落中宮，還答應要替自己勸說皇后放寬懷抱，頓時放下心來，笑道：「後宮之事全由額娘做主，又來問兒子做什麼？」

大玉兒道：「我知道你一直喜歡漢人女子，然而我們大清的規矩是不許漢女入宮，所以想同你商量個萬全之策。」

順治聽了大喜，問道：「額娘果然允許兒臣納漢妃入宮麼？」

大玉兒道：「照規矩，清宮秀女是要從八旗軍官的子女中挑選，這是祖宗家法，原不可背。」

順治臉上一僵，轉面不語。

大玉兒微微一笑，接著說：「不過，如今我們的將士裏已經有許多漢人軍兵，他們和我們的八旗子弟一起並肩作戰，爲我大清江山永固立下汗馬功勞，也與我滿人無異了。所以，額娘想讓禮部裁議，提拔那些有傑出表現的將軍，賜他們旗姓，讓他們隨入旗籍，那麼他們的女兒入宮便不算違了規矩。」

順治恍然大悟，笑道：「額娘想得周到。」

大玉兒長嘆一聲，緩緩地道：「寂寞的滋味，額娘是明白的。這皇宮雖大，然而沒有一個知心人陪在身邊，那也無味得很。我們是母子，骨肉至親，額娘又怎能不爲皇兒打算呢？」

順治聽了，若有所覺，嘿笑不答。大玉兒又坐一時，叮囑了幾句「早些安息，勿太勞神」的話便起駕回宮了。

順治親自扶了太后上轎，一直送至御花園外，眼看著轎子走遠了才回，又獨自坐著想了半晌。他原本一直爲著洪承疇與太后私通的傳言耿耿於懷，一心要捏個錯兒重懲奸臣，然而今晚額娘深夜來訪，語帶雙關，借著選秀的話抱怨自己獨居深宮之苦，這讓順治不能不對懲治洪承疇之議再三踟躕。

洪承疇正是額娘口中的「知心人」，所謂「皇宮雖大，然而沒有一個知心人陪在身邊，那也無味得很。我們是母子，骨肉至親，額娘又怎能不爲皇兒打算呢？」表面是說額娘要爲皇兒打算，其實是希望皇兒爲母后打算，爲她保留這深宮中唯一的「知心人」啊。額娘既然已經婉轉地開了口，若自己一味不理，則非但不孝，而且不忍。

順治不禁躑躅。

次日上朝，群臣議覆，重審陳名夏、洪承疇，陳名夏厲聲強辯，而洪承疇招對俱實。群臣上表，奏請順治帝從輕寬免，順治遂下旨將陳名夏革職，而洪承疇留任，張煊厚加恤典，贈太常寺卿，錄其子乙太常卿用。

月底，順治下諭內三院：「以後所有的奏摺章表，直接上呈給朕御覽即可，不必再給鄭親王看了。」太后很明白，所謂奏章不必給鄭親王過目，其真實意義便是不要讓自己插手。因爲鄭親王看不到奏章，自然也就不能再像從前那樣，每大將奏章送進慈寧宮來給自己審閱。順治不便明著要求自己放手朝政，卻行這釜底抽薪之計，從鄭親王下手，斷了奏章進宮之路。

二月初六，巽親王滿達海病逝，大玉兒在朝中又少了一位親信大臣，她甚至有些疑惑：滿達海之死，會不會與這次平反事件有關呢？自己保得了洪承疇的官，卻未能保得了滿達海的命，憑一個人多麼精明強悍，算無遺策，又怎麼算得過天數？大玉兒不由得有幾分心淡起來，而且洪承疇的事，也讓她感覺自己好像欠了兒子一個人情，她知道，兒子對於自己的種種牽制已經十分惱恨了，她不想再進一步激怒他，疏隔母子之情。況且皇上親政，要求獨覽奏章也無可指摘，自己總不能明著奪權干政吧？非但不便干政，並且在管理兒子的家務事上，也要收斂三分。

慧敏裁黜女樂，大臣們多有議論，順治特意把那些奏章摺在一起送到慈寧宮給太后過目，言下之意，無非是要她看看這個皇后侄女是多麼離譜。更荒謬的，是皇上竟然對皇后的懿旨毫不阻攔，並且說：「她是皇后，管理後宮是她的權力，即使有不當之處，也只得遵從，不好傷了皇后的顏面。」這番話分明是說給自己聽的，是在告訴自己——皇后有權裁黜女樂，皇上當然更有權獨斷獨行，每個人都有自己的權力，旁人不可干涉。

以太后的冰雪聰明，當然聽得出這番話外之音，言外之意，因此傅胤祖以皇后有疾故奏請帝后分宮，大玉兒明知有詐，也只得允准。她想起自己剛嫁給皇太極的時候，也是少不諳事、不解風情的，姑姑哲哲爲此沒少數落自己，怨自己不懂得梳妝打扮、宛轉承歡。但是慧敏這個侄女，對於妝扮倒是不需要人教的，真正是箇中高手，人也很聰明，才學雖然談不上淵博，但對一個後宮女子來說也就算上乘了。只是性格驕縱了些，嬌豔有餘而柔媚不足，個性梗直不懂轉圜，處處樹敵。最可惡的，是不知好歹，非但不能成爲自己的左膀右臂，還要給自己處處添堵，一味耍性子。不禁對侄女的疼愛之心也漸漸淡了，明知她獨守空房的委屈，也只有置之不理了。

如果說洪承疇是皇上送給太后的一個人情的話，那麼慧敏就是太后還給皇上的一份大禮。大玉兒與福臨這母子倆，就是在這樣的你進我退、若即若離、互相較力也互相謙讓中，獲得了一種不足爲外人道的平衡。

附注

皇上大婚，按清宮規矩，應在坤寧宮舉行。然而順治八年八月，虛歲十四的皇帝福臨舉行大婚之際，坤寧宮尚未修復。史載順治十二年四月，坤寧宮上樑安吻，文武百官在正陽門舉行迎吻大禮；而乾清宮的修復則一直推遲到順治十三年五月方始完成，七月初六日，順治臨御新宮並發佈詔書。《清太祖實錄》中提到，順治大婚時，曾請孝莊太后駕臨位育宮，主持大典。

「絳雪百年軒，五株峙禁園。」絳雪軒建於順治年間，至乾隆中年時已達百年。乾隆曾多次站在這裏觀賞盛開的海棠並做詩讚美。但關於建園的準確年份及五株古本海棠的來歷，卻未見更多記載。

順治廢后的原因，據史料記載主要因為兩點：一是皇后為多爾袞選定；二是皇后生性善妒。順治稱其「足稱佳麗，亦極巧慧」，然而「處心弗端」，見到「貌少妍者即憎惡，欲置之死」，裁免女樂改用太監吹管彈弦顯然也是因為妒忌。但她本人卻極講究衣飾，「凡諸服御，莫不以珠玉綺繡綴飾」，甚至在膳食時，「有一器非金者，輒怫然不悅」。

第九章　沙場何必見硝煙

1

吳應熊追隨父親入川，一路曉行夜宿，跋山涉水，沿途每每遇到南明散軍和反清復明的農民起義軍伏擊，吳三桂均指揮若定，一路有驚無險。順治九年二月，吳三桂率部由保寧入成都，與南明大西軍白文選部大戰於嘉定，白文選潰逃，嘉定遂降；三月三十日，又克佛圖關，取重慶；四月，攻取敘州。

吳應熊從前隨父征戰時尚在年幼，如今在京城過了幾年無波無浪的平靜日子，再重新回到這戎馬生涯中，不免比從前多出許多感慨。眼看著父親威武豪邁的大將風範，他真不知道是該佩服父親的智勇雙全，戰無不勝呢，還是該悲哀他的槍口倒戈，爲虎作倀。每一次戰役，他都處在焦灼不安中，說不清是希望父親獲勝還是戰敗。勝，則意味著又有無數大明子民死在父親的刀劍下；可是敗？那畢竟是自己的父親啊，難道要讓他爲他收屍？

蜀地多山，如今那些川谷溝壑裏，到處都充塞著明清兩部戰士的遺體，死亡的怨恨把天空都染得陰鬱了。真正的腥風血雨。吳應熊和士兵們一起冒著雨打掃戰場，每一具屍體都令他傷感，只覺得所有的明軍和清兵都是他的手足。血跡湮濕了南明將士的征衣，也同樣塗抹著大清官兵的盔甲，他們的亡魂充盈在曠野中遊蕩不息，哭泣著尋找合適的歸宿。戰場不是他們的家鄉，戰死卻是他們的命運，當戰士走過死亡，是不是就可以得到永恆的安息？

吳應熊不知道，如果有一天自己戰死沙場，是不是也能夠得到安息——大抵是不可能的，因爲他便是死了，也是大明的叛臣，是穿著清軍的服裝、作爲滿洲的兵勇與明軍對敵而死的，死後，他的靈魂將歸於漢人還是滿人呢？他走在屍體成堆的山谷裏，仔細地辨認著每一張失了生氣的面孔，那些大多都還是很年輕的生命，在死之前或許是擁有很多表情的，或兇惡或恐懼，或悲傷或無奈，然而此時，他們都變得平靜，彷彿熟睡。

雖然都是一些失去了感覺和感情的屍體，吳應熊仍然小心翼翼地搬抬著他們的屍體，彷彿怕把他們的酣夢驚醒——他們的亡魂，在夢中已經回到家了嗎？他們的老母親，可在倚門翹首？他們的妻子兒女，從今失了支撐，漫漫人生，將何以爲繼？

然後，吳應熊便看見了那一對祖孫，那白髮蕭蕭的老婦人，是戰士的母親嗎？那身姿婀娜的女子，可是戰士的女兒？奶奶的白髮和孫女的衣角一起在風雨中擺盪著，她們久久地站在屍體堆中，並不尋找，也不哭泣，她們就只是那樣久久地站立著，沉思著。吳應熊很想走近去看清楚那對不同尋常的祖孫，然而她們穿著大明的服飾，是自己的敵對面，他冒然走近，說不定會激怒她們。

漸漸地，明清兩部的屍體被分別地搬離開來，各自在樹林中找到風水寶地，堆放在一起，等待埋葬。清兵在吳三桂的主持下對著戰死的同伴酹酒祭奠，吳應熊忽然有一種強烈的願望，他很想走到那另外一邊的叢林去，走去明部祭禮的隊伍前，向那些同樣死在這場戰役中的南明官兵磕頭弔唁。

吳三桂走近兒子，將一隻手按在他的肩上，沉聲說：

「好男兒馬革裹屍，死得其所，不必多愁善感。這還只是序曲，大戲還在後頭呢。探子說，大西軍統帥南明秦王孫可望派遣李定國、劉文秀兩路出師，分別攻打廣西、四川，李定國率步騎八萬出湖廣，由武崗、全州去桂林；劉文秀率步騎六萬出川南，由敘州、重慶圍成都。到時候，可是一場惡戰啊。」

吳應熊驚心動魄，只得道：「父親教訓得是。」又問，「兒久聞李定國、劉文秀驍勇善戰，每每臨陣指揮，如有神助，好像能預知對方戰略，總是搶佔先機，事半功倍。倒不知與父親相比如何？」

吳三桂笑道：「雖然從未交手，不過我聽說大西軍每到一地，甲仗耀日，旌旗布野，鉦鼓之聲震天地，軍容之盛，罕有其匹。老百姓視若神明，每每夾道歡迎，守城官兵更是不戰而降，拱手揖進，實是生平未見之勁敵，我也早想與他們有一場較量了。」

吳應熊聽父親雖然說得豪邁，卻難掩憂慮之色，顯然對和大西軍作戰這件事並無信心，不禁一面為父親擔心，一面又暗暗欣慰南明尚有忠臣良將，可與大清抵死一戰。同時，他更困擾自己將來要走的路，是不是就這樣一直追隨著父親南征北戰，做一個殺人機器，踩著戰士的屍體一路加官進爵，或是直到有一天自己也戰死沙場，成爲眾多屍骨中的一具？

葬禮完畢，已然天色向晚，淡淡一彎新月顫巍巍地懸掛在天邊，益發給這淒風苦雨的修羅場增添了幾分詭異慘澹之色。戰士們已經回營了，吳應熊卻仍然獨自坐在墳塋前默默沉思，彷彿在等待墳墓中的靈魂走出來與他交談，又或是守候著那些屍骸變成枯骨。

是那些枯骨成就了父親今天的榮華，南明的、大清的、漢人的、滿人的，他們的屍體交橫疊錯，越壘越高，直到有一天築成一座平西王府。屆時，那王府中的每一根梁柱、每一道牆壁都是一具枯骨，整個府裏到處都會充溢著屍臭味，飄蕩著這些戰死的亡靈，南明的、大清的、漢人的、滿人的，他們早晚有一天會來向父親索命。

不知坐了多久，月亮已經移至中天，風雨也漸漸地歇了，吳應熊站起來緩緩地向明部死士的安葬地走去，一路走便一路慢慢地解去身上的盔甲——他不要作爲一個清兵去探望他的手足，去探望與他同宗同族的兄弟們。他，本應該是他們中的一員。可是，他終究是沒有勇氣拿起刀槍來與清廷敵對，與父親敵對。

在清宮伴讀的這五年裏，他已經看得很清楚，大明的氣數盡了，再掙扎也是徒然。他希望這戰爭停止，卻又不願意看見所有的同胞都臣服於清。他便是這樣地矛盾著，自己被自己審判，自己被自己定刑，自己被自己車裂。他唯一能做的，不過是走去那些明部戰士的墳塋前磕一個頭，致以最後的祭拜，就好像拜別自己的兄弟。

轉過樹林就是明部戰士的墳墓群了，他等待著與成百上千的大明忠魂擁抱，或者，接受他們的審判。然而，他第一眼看到的，卻是兩個人，兩個活人——就是白天在戰場上見過的那對祖孫。她們彷彿在回應吳應熊的心聲似的，竟然先他一步，齊齊來在這墓碑前長跪著，無聲地慟哭。即使只是兩個背影，也已經濃郁地傳達了她們沉痛的哀傷，甚至，那不僅僅是沉痛或者哀傷所可以形容的。她們承載的，是更爲巨大更爲複雜更爲深沉的情感。是什麼呢？吳應熊感覺到有一種自己所熟悉的悲哀，彷彿就來自他自己的心底裏，可是，嘴裏卻是說不來、形容不出的。

聽到響動，那對祖孫抬起頭來，那孫女更是隨著一個抬頭的動作已經轉身跳起，拔劍在手，整個動作流利迅捷，一氣呵成，顯然身懷絕技。吳應熊猛然就呆住了，他不能相信自己的眼睛，即使月光是如此幽暗，即使闊別五年，即使從前也只是一面之緣，他仍然清楚地認出了——那是明紅顏！曾在大雪中與他做傾心之談的明紅顏！

他終於找到了她，不，是遇見了她，這是天意！戰場上沉鬱陰冷的氣氛忽然就一擊而散了，取而代之的是一股淡淡的幽香，那是大雪中的梅花，無論何時，無論何地，只要吳應熊想起明紅顏，那股梅香就會像音樂一樣拂來，瀰漫了整個天地。

「紅顏？我一直在找你！」吳應熊幾乎要淚流滿面了，他多麼慶幸自己剛剛脫掉了那套暴露身分的盔甲。明紅顏來到這裏很明顯是爲南明死士祭奠，如果讓她知道自己是清兵，她怎麼還會看自己一眼？

「應公子，是你？」難得明紅顏也認出了他！她還記得他！她轉身扶起身邊的老婦人，介紹著，「這是我奶奶，這位是應公子，京城人。」

吳應熊忙上前行子侄之禮，恭恭敬敬地道：「明老夫人。」

不料那位老夫人卻輕輕一揚頭，沉緩地道：「老身姓洪。應公子既是京都人，怎麼會來到這裏？」

吳應熊倉皇應對：「哦，我是做小生意的，途經此地，因為有個表兄曾經在大西軍當兵，聽說這裏有戰事，便想來此拜祭。」

這番話說得其實漏洞百出，然而洪老夫人祖孫自己也是一堆的秘密，便不追問。且洪老夫人似乎病得相當重，說話間已經咳了幾次，竟然咳出血來，身子晃了幾晃，幾乎跌倒。明紅顏忙用力扶住，連聲叫：「奶奶，奶奶，你怎麼樣？還撐得住嗎？」

吳應熊見狀，也忙上前扶住老夫人另外一邊，用力撐住。

洪老夫人站穩身子，長嘆道：「我的日子到了，妍兒，扶我回去吧。」

吳應熊忙道：「我送送二位吧？你們住在哪裡？老夫人病得這樣重，有沒有請大夫？」

明紅顏道：「我們住在客棧裏……」她似乎猶豫了一下，然而最終還是說，「有勞應公子。」答應了他的相送。

他們第一次在茶館相識的時候，他便在雪地裏等了她半個晚上，提出要送她回家，卻被她婉言拒絕了；這是他們的第二次見面，她終於答應讓他送她，這是不是代表著，她答應了讓他走進她的生活？吳應熊滿心裏都被這種感恩的情緒充滿著，只覺著充滿了力量無處發洩，因爲兩個人扶著老夫人走得甚慢，便提出要由自己來背老夫人。洪老夫人原本見他身形並不魁梧，拒絕了幾回，然而見他一再堅持，便同意了。即使身上負著一個人，吳應熊仍然覺得渾身輕盈，幾乎要飛。當他們穿越樹林來到驛道上，攔了一輛轎子扶老夫人入座時，他甚至覺得有一點不捨。

一行三人來到客棧，吳應熊立即發現這祖孫倆的日子相當拮据，那是一間「人」字號下房，飯菜也相當馬虎。幸好他隨身帶著銀票，當即取出來，命掌櫃的給換了間乾淨的「天」字號上房，又叫請大夫來替老夫人診治。

明紅顏並不推辭，也不道謝，只是默默地看著他忙碌。這叫吳應熊更加感到心酸憐惜，而同時又有種敬重，卻不再是從前肅然起敬的那種敬畏，而是由衷的敬佩。他敬佩這女子的含辛茹苦，她生活在這樣困窘的境地中卻毫無愁苦之色，而仍然舉止高貴，態度從容，是什麼樣的力量在支撐著她，而這又是一個怎樣堅強自制的姑娘啊！即使她沒有任何表示，他也很清楚她心裏的委屈和感謝，然而她不說，因爲所有的言辭都是虛浮的，爲了奶奶，她不能拒絕他的幫助——便是她拒絕，他也一定會堅持——有些人喜歡說謝謝，說了，就好像兩清了，再不欠對方什麼；但有些人越是感激就越不會說出來，因爲他們要記著，要還𧶘。

一時大夫請了來，因是深夜看診，滿臉的不情願，只隨便把了把脈，翻開眼皮看了看，又叫伸出舌頭來，便說無大礙的，索紙筆來開方子，道：「這湯藥是在我店裏煮好了送來呢，還是你們取了藥在客棧裏煎？」

吳應熊借著遞毛筆，將一張銀票悄悄塞進大夫手裏，問道：「大夫不要再斟酌斟酌麼？」那大夫訕笑兩聲，果然又凝神細診一回，遂拱手邀吳應熊來至外間，問道：「不知老夫人是公子的什麼人？」

吳應熊答：「是家祖母。」他這樣說是爲了客氣，卻也是真心裏的隱隱渴望——如果他可以同紅顏在一起，那麼她的奶奶不就等於他的奶奶嗎？

大夫嘆道：「說出來還要請公子見諒，老夫人大限已到，縱有仙丹妙藥也回春無力了，不如儘快準備後事吧。」

吳應熊驚道：「剛才你不是說沒有大礙麼？」

大夫道：「做大夫的，自然是要這樣說，難不成張口便說喪氣話麼？其實方子是可開可不開的，不過盡人事而聽天命罷了。」

吳應熊這才明白他剛才那樣說，不過是想騙取一點醫藥錢，及至見了自己的豐厚打賞，覺得已經賺夠了，這才肯實話實說。想到明紅顏不日便將成爲失親之孤，更覺可憐，凝神想了一回，嘆道：「既然這樣，還是開一副藥吧。便讓老夫人少些痛苦也好。」

一時大夫開了方子，吳應熊交小二隨大夫去取藥，自己回來向明紅顏道：「大夫已經開了藥，說無礙的。」

洪老夫人歇這一會兒，已經慢慢回過神來，聞言睜開眼來微微一笑，嘆道：「應公子真是好心人，老身自己是什麼情形自己知道，公子別再爲老身破費了。」

吳應熊一陣辛酸，雖然只相處了這一小會兒，他卻覺得已經認識這老夫人許多年了似的。這祖孫倆都有一種神秘的魅力，讓人能夠在極短的時間裏便對她們傾心相與。

他走近榻邊，想安慰老夫人幾句，然而發出聲音來，竟然有幾分哽咽：「老夫人若不嫌棄晚輩無能，但有所命，晚輩在所不辭。」

洪老夫人點了點頭，微微一笑，閉上眼睛。吳應熊知道老夫人對他尚不信任，不願意交淺言深，再要表白堅持，就近乎糾纏了。且折騰了這大半夜，天邊已經微微見明，也該是告辭的時候了。他心裏一分鐘也不願意同紅顏分開，然而趁人之危，又豈是君子所爲？不得已盡了最大的理智逼迫自己拔起腳來，走到門邊卻又忍不住停下，回身想說不要送，然而明紅顏並沒有送他，本來還想再叮囑幾句，又覺得像在邀功，只得又站了一會兒，帶上門走了。

走在路上，他的腦子一點點冷靜下來，從重逢明紅顏的喜悅與感傷老夫人的命不久長中清醒過來，他漸漸意識到一件事：老夫人自稱姓洪，然而孫女卻叫明紅顏，這是一個很大的疑點。要麼她們不是親祖孫，這明顯不太可能，那種血濃於水的親情不是可以後天培養得來的，而且兩人的氣質裏都有著極其相似的東西，一種無可形容的高貴，那是滲透在骨子裏的東西，血脈相傳；要麼就是她們中有一個人的姓氏是假的，而這個人，只能是紅顏。

是的，明紅顏，她真正的名字很可能是「洪顏」，「明」是一個假姓，表示忠於大明的意思；就好像自己去掉一個「吳」字，僞稱「應熊」，「應」也是假姓一樣。

是的，就是這樣，明紅顏與應熊，他們兩個都用了假名字，一個是在真名前加了一個字，另一個則是把真名字去掉了一個字。這就是緣分！

吳應熊爲了這個發現莫名地興奮著，彷彿窺見了明紅顏一個很深的秘密，從而更加深入地瞭解她，也接近了她。他想他要不要向她揭穿這一發現，印證他的推斷呢？然而，他馬上就否定了自己的這個想法，如果他逼她以真面目真名姓相對，那麼是不是自己也要實話實說呢？如果他說了他是吳三桂之子，她還會願意同他做朋友嗎？

吳應熊回到帥府，洗漱更衣，剛合眼便又醒來，恨不得這便再去客棧拜訪明紅顏，又覺這番猴急未免冒犯。如此努力隱忍，一直捱過午食，這才騎了馬緩緩踱來。路上又特意彎至酒館裏買了些熟食糕點，一併攜了往客棧裏來。不料來到門上，小二竟說洪老夫人祖孫已經退房起程了。

吳應熊只覺兜頭一盆冷水，驚得身子都涼了，急問：「去了哪裡？」

小二道：「這可沒有說，不過那位姑娘留了一封信給公子。」說著取出信來。

吳應熊抖著手拆開，只是寥寥幾行：「家祖母自謂大限將至，葉落歸根，急於返鄉。明紅顏拜別公子，頓首。」連頭帶尾共二十一個字，吳應熊一連看了幾遍，彷彿不能相信再一次與明紅顏失之交臂，抓了小二的胳膊問：「那洪老夫人的家鄉是哪裡？」

小二苦著臉道：「我們哪裡知道？她們的房費是公子昨天付的，還有剩的碎銀子在這裏，請公子點點。」

吳應熊整個人已經傻了半截，愣愣地接了碎銀揣入懷中，仍然對著那紙留書呆呆地看了又看，半晌，方想起問她們是怎麼走的？及至知道了是雇馬車，又問是向哪邊走，小二照例答不知道。吳應熊再無他法，只得收了書信走出去，低垂著兩臂，便如失魂落魄一般。他怎麼也沒有想到，自己想了明紅顏這麼久，找了明紅顏這麼久，盼星星盼月亮地，好容易盼至今日的重逢，卻又像流星閃電一般，稍縱即逝，乍聚還離。倘若把客棧換成酒館，便是五年前的故事重演，他再一次失去了明紅顏的蹤跡。而因爲這一次他已經比五年前更瞭解她，於是，也就比五年前傷得更重，痛得更深。

儘管明紅顏已經說得很清楚，她們的遠行是爲了讓洪老夫人早日返鄉，葉落歸根；然而吳應熊仍然不能不想，她會不會是爲了躲他，會不會已經知道了他的真實身分，所以要遠避他。他仔細回想明紅顏祖孫的說話，明紅顏大概是在京都居住多年的緣故，已經完全聽不出口音來；但是洪老夫人卻仍有濃重的鄉音，好像是福建一帶，莫非，她們是福建人？那麼明紅顏說洪老夫人要落葉歸根，是不是就意味著她們祖孫去了福建呢？如果自己朝著向福建方向的驛路急追，也許可以趕得上她們。對，就這樣，追上她，再也不要同明紅顏分開！

吳應熊渾身一震，重新打起精神來，回到客棧，仍將那些碎銀取出交與小二，索紙筆來給父親寫了封信，叮囑送往清軍駐營去，自己這便揚鞭上馬，一騎絕塵。

2

洪承疇官拜內閣大學士，深得太后恩寵，位極人臣，呼風喚雨，好不威風。然而他有他的苦惱，他的悲哀，他的恐懼，他的無奈——他已經整整十年不曾安睡了。

太醫幫他開了各種湯劑丸藥讓他睡覺，然而，他總是在夜深之際驚醒——為著一個整整重複了十年的噩夢。

總是一樣的背景，總是一樣的情節，總是一樣的畫面，總是一樣的悲慟，重複了整整十年，那血跡卻依然新鮮，那疼痛也依然刻骨銘心。洪承疇就好像犯了天條被困在通天河裏，每日承受萬箭穿心之苦的沙悟淨，被同一種痛苦糾纏了十年而不得超脫，他知道，如果想要自己卸下這一身枷鎖，換回一覺安眠，除非時光可以倒流回十年前的松山，倒流至他的妻兒死難之前。

那是崇禎十四年，薊遼總督洪承疇奉命率十三萬大軍馳援錦州，與大清多爾袞部戰於松山。那是一場異常艱難的戰役，大小戰鬥無數，雙方死傷無數，經年累月而相持不下。多爾袞兵圍松山，洪承疇早已做好城在人在，城亡人亡的準備，卻不料皇太極使一招攻心計，竟然派人擒來了他年邁的老母親和妻子兒女相要脅。

錦州城下，八旗列隊環視，皇太極命士兵押著洪氏一家四口，推到大軍最前方，縛於柱上，聲明只要洪承疇投降，就讓他全家團圓，且賞以高官厚祿，否則，便將洪門老小當眾開膛破肚，血祭戰爭中死去的八旗將士。

洪承疇離家已久，日日夜夜思念著自己的至親骨肉，卻怎麼也沒想到重逢會是在這樣的境地。不禁大驚失色，虎目含淚，站在城頭大喊：「娘，恕孩兒不孝，不能相救。若娘今日有何不測，孩兒他日必斬清賊頭顱向母親謝罪。」明軍將士也都義憤填膺，交口大罵皇太極手段卑鄙，挾人母以邀戰，非男兒所爲。

皇太極哈哈大笑，令將士齊聲喊話道：「洪承疇，你枉稱孝義，難道要置老母幼子性命於不顧嗎？你又算什麼英雄？算什麼男人？」

洪承疇大怒，高喊「放箭」，射死了幾十個喊話的兵士。然而旗兵向來勇猛，並不畏死，但有士兵倒下，立刻便有更多人湧上來對著城頭叫罵，先還只是勸降，後來便只是罵人，污言穢語，辱及婦女，叫道：「皇上已經許了我，將你夫人賞給三軍，每天侍奉一個帳篷，讓兄弟們輪流享受，也嘗嘗漢夫人的滋味。」又道是，「昨晚上我兄弟已經享受過了，說是滋味好得很哪，今晚就輪到我了，我做了你老婆的男人，我不就成了你這個老匹夫的連襟了，那與你也算是有點交情了。」片刻之間竟將洪夫人在口頭上姦淫了數十遍，直氣得洪承疇目眥欲裂，大聲喝命：「放箭！放箭！給我殺！」

暫態之間，箭林如雨，旗人雖舉盾相擋，仍被射死無數。那些士兵們多有父子兄弟一齊上陣的，見親人死亡，又怒又痛，遂不管不顧，竟連皇太極的命令也不聽，將洪門一家自柱上解下，一邊押著後退，一邊用力鞭打，便當著城上城下千萬人的面，打了個撲頭蓋臉，且一邊打一邊仍唾罵羞辱，粗話不絕。

那時，女兒洪妍不過五歲，兒子洪開只有三歲，兩個孩子吃不住疼，只顧躲閃哭叫起來。洪老太太卻只是泥胎石塑一般，瞑目養神，不語不動。洪夫人奮力掙扎著喝命：「洪妍，不許哭！洪開，不許哭！不許給你們的爹丟臉！不許給我們洪家丟臉！」

洪妍聽到娘教訓，立即收聲止住哭泣，雖疼得小臉扭曲抽搐也不哼一聲；洪開卻畢竟年幼無知，大哭大叫起來：「娘，我疼呀，爹，我疼呀。爹，你快來救我呀，救我呀！」

那些旗兵聽得哭聲，更加得意盡興，原原本本將這哭聲放大數十倍向著城頭喊話上去，一齊哭爹叫娘，學得惟妙惟肖，叫著：「爹啊，我疼啊，救我呀！你不來救我，你算是什麼爹呀？」那數十個粗魯漢子竟學三歲稚兒的口吻哭叫求救，本來甚是滑稽，然而城上的將士們聽了，卻是心如刀絞，不忍卒聞。

洪承疇的親兵侍衛含淚請求：「將軍，我們打開城門衝出去吧，不能再讓他們這樣羞辱夫人和小公子！」

洪承疇鋼牙咬碎，卻只往肚子裏吞，斷然道：「萬萬不可！他們百般挑釁，就是等我們打開城門，將士們心浮氣燥，只想救人，不想廝殺，必會畏首畏尾，投鼠忌器。那時清賊勢必趁機破城，洪承疇可就成了大明的罪人了。」

親兵勸道：「不然，就讓末將率百十精英殺出去，搶得夫人回來。」

洪承疇仍然不允：「我們想得到這一招，皇太極豈有想不到的？說不定早就等著我們用這一招，好俘虜我們更多的人做爲要脅。若犧牲我洪氏一家，可保得大明萬代江山，洪某豈有憾哉？」

眼看眾兵士先因旗兵百般辱罵洪夫人而俱感面上無光，灰頭土臉；繼而洪開又哭得軍心動搖，了無鬥志，都眼巴巴地望著自己拿主意。洪承疇知道，這一刻正是群情激湧之際，但是若再拖延下去，必致軍心渙散。遂痛下決心，咬牙自親兵手中接過弓箭來，親自彎弓瞄準，竟然對著兒子洪開的胸口，一箭射去。

城上城下的人一齊大叫起來，救援不及，只聽得那小小的三歲孩兒慘呼一聲：「爹呀！」斃於箭下。洪妍撕心裂腑地大叫一聲「弟弟——」向前猛衝，卻掙不開押縛士兵的手，又急又痛，一口血噴出，竟暈倒過去。一時兩軍將士都屏息靜氣，連一絲喘息聲不聞。連皇太極與多爾袞等也都驚得呆了，再也意想不到洪承疇會出此殺子明志之計。

就在這時，一直沉默的洪老太太卻忽然睜開眼來，衝著城頭大喝：「殺得好！兒子，殺得好！不愧是我們洪家的人！殺呀，再給我一箭，不要顧惜我，你要爲了天下所有的母親而犧牲你自己，娘會爲你驕傲！殺呀，殺了我，殺出我們大明將士的志氣來，殺一個義無反顧，勇往直前，殺了清賊覬覦我大明江山的賊子野心！」

任憑她唾罵喝叫，八旗士兵竟無一言可回，他們都被這老婦人的氣概驚呆了。一個手無寸鐵的老人，一個三歲孩子的祖母，竟可以這樣置生死於不顧，面對八旗百萬鐵騎而毫無懼色，他們都是自命英雄的好漢，豈能不愧？誰家沒有父母，誰人不生子孫，試問如果有一天異地相處，別人這樣凌辱他們的老母幼兒，他們又當如何？

眾旗兵一時垂頭喪氣，鴉雀無聲。押著洪家人的士兵都本能地撒開手來，讓他們母子姐弟見最後一面。洪夫人一步一步地走過來，抱起兒子，輕輕闔上兒子的眼睛，然後，緩緩地抬起頭，看著高踞城頭的丈夫。

洪承疇與夫人的眼神在空中相撞了，那一瞬間，他已經瞭解了結髮妻子的選擇，不禁虎目含淚，心膽俱裂——是他親手殺死了他們的兒子，她會怨他恨他嗎？從今往後，當她想起這父子屠戮的一幕，她可會原諒他？她出身於名門貴族，自小錦衣玉食，被父母家人捧在手心裏長大，嫁了自己之後，更是呼奴喚婢，尊榮威儀，平日裏便是粗話也不曾聽過一句，一生中何曾受過今天這般委屈。方才那些旗人士兵那樣詆毀羞辱於她，一定會令她有生不如死之痛，如今又要親眼目睹兒子慘死於丈夫的箭下，叫她如何承當？

然後，那最可悲可痛可驚可嘆的一幕發生了，洪夫人看也不看環繞周圍的士兵，竟低低地唱起一首歌來。他遠在城頭也聽得清楚，竟是催眠曲！她只當小兒子是睡著了，她不要他再看到眼前血腥的一切，只當是做了一個夢，而她要用自己的歌聲哄她重新入睡，睡一個長長的好覺。

那溫柔的歌聲彷彿有一種奇異的力量，低沉而清晰，響徹兩軍，讓每一個人都聽得清清楚楚。漫天血雨都被母親的歌聲吹散了，利箭的傷痕也被母愛所撫平。她的兒子不會再痛苦，也不會孤單，她將會陪他一起遠離這廝殺，這羞辱，這脅迫，他們的靈魂將自由地飛走，一起回去溫暖的家中。

她輕輕放下孩兒的身體，像是怕驚醒了他，她緩緩地站起身來，走向那些士兵。士兵竟然本能地後退，在這樣一個心碎的母親面前，他們終於覺得了愧意，爲他們方才那些肆無忌憚的粗俗和不敬覺得罪惡和不恥。這個女人，這個剛剛才承受了極度的羞辱，接著又眼見了極度的殘忍的悲痛的母親，她在此刻已經晉升爲神。

更讓人驚異的，是這個女神忽然笑了，笑得那麼坦蕩，明麗，毫無怨懟，她對著城頭的丈夫，對著大明的方向再望了深深一眼，猛回頭，向著一個士兵的長矛猛衝過來。那士兵躲閃不迭，矛尖貫胸而入，洪夫人雙手抓住長矛，再一用力，長矛穿過身體，將她自己釘死在立柱上。

她站在那裏，淚流下來，血流下來，面色痛苦不堪，嘴角卻噙著微笑，這笑容是如此痛楚而高潔，竟讓那個持矛的士兵忍不住對著她跪了下去，連他身後那些剛才辱罵過洪夫人的士兵也都一齊跪下來，彷彿在神的面前爲了自己的罪行懺悔。

洪承疇在城上見了，便如那長矛也同時將他穿透了一般，痛不可抑，竟將牙齒也咬碎半顆。身後的將士們再也按捺不住，叫道：

「將軍，再不要猶豫了，我們趁現在殺出去，爲洪夫人報仇！」

「爲洪夫人報仇！爲洪夫人報仇！爲洪夫人報仇！」將士們鬥志洶湧，群情激憤，都摩拳擦掌，只恨不得立刻殺出，殺他一個痛快。

洪承疇眼見妻兒同時赴死，再無後顧之憂，猛一揮手：

「開城，殺出去，無論親仇，不須留情，我們洪家，豈可受滿賊要脅！」

「殺！」大明將士們一片歡呼，頓時打開城門，衝殺出去……

「殺——」洪承疇大叫著自夢中驚醒，冷汗涔涔，衣衫盡濕。耳邊猶自轟響著士兵們高亢的喊殺聲，而壓在那一切聲音之上的，是夫人臨終前的一曲催眠歌。

今晚他的夢做得有點長，以往常常在那射向兒子的一箭發出之前就會驚醒。他千百次地回想，如果時間倒流，他還會不會射那一箭？如果早知道在那樣痛苦的犧牲之後，結果仍然是投降，當初又何必以身家性命相抵抗？

他的兒子是枉死了，他的夫人是冤死了，他們會怨恨他的，會將這怨恨帶到九泉之下，合成一道罪惡的詛咒，綿綿不息。而他，將永生永世活在這詛咒之下，無可遁形。

那一戰是大明勝了。當時的明軍目睹洪夫人與小公子之死，都殺紅了眼，衝出城去，俱以一當十，奮不顧身；而那些八旗兵士卻爲洪門一家的氣概所震懾，又愧又懼，了無鬥志，被殺了個措手不及，草草應戰，便鳴金收兵。

那是整個長達兩年的松錦戰役中，清軍受創最重的一次戰鬥。

然而又能如何呢？一次戰鬥的勝利對於整個戰役的失敗來說，又有什麼意義呢？

僵持兩年，大明還是敗了，他也被皇太極生擒，押回盛京，囚於三官廟。皇太極出盡百寶，始命漢臣范文程勸降，後又祭出洪老夫人和女兒洪妍相要脅。他們母子、父女終於相見，然而洪老夫人說的卻是：「你兒子死得好！你媳婦死得好！你的母親、女兒，也絕不會令我們洪家蒙羞！」

他跪下來，恭恭敬敬地給母親叩了三個響頭，含淚應承：「母親的教訓，兒子明白了！自古忠孝難兩全，兒子不能爲母盡孝，就此別過！」

整整三天，他滴水未進，只盤膝而坐，對著大明的方向，闔目待斃。

然而到了第四天，莊妃娘娘大玉兒忽然來訪，說是奉皇上之命爲洪將軍送參湯。他不理，她便自顧自地坐在他身旁，一股說不出的幽香細細傳來，跟她的髮絲一起被風拂向他，黏向他，倏地便直鑽到心裏去，拔也拔不出來。他怎麼也沒料到會是這一手，不禁面紅耳赤，心如鹿撞，不由將眼睛微開一線。

尚未看清，忽聽得她「哧」地一笑，聲音幽細不可聞，卻就響在耳邊：「你不喝，我來餵你。」她當真要餵了，噙一口參湯，湊過唇來，口舌相哺。那溫軟的唇壓在他暴裂乾結的嘴唇上，是一種心悸的難受，又是那樣舒服，女人小小的舌尖伸一點點在唇外，於他結了痂的唇上輕輕舔逗著，太難受了，他忍不住呻吟，「哦……」方啓唇處，一口參湯驀地滑入，鮮美啊！不等他回味，第二口湯又送到了，他毫不遲疑地喝下去。喝下去，同時噙住了那送湯的矯舌，那哪裡是舌，分明就是蛇。蛇妖嬈地舞，妖嬈地舞，舞在他的口中，翻騰跳蕩，如饑似渴。

「將軍，我熱……」衣服忽然綻開，露出酥胸如雪。雙臂如藤，抱住他，纏住他，女人整個的身體也化做了蛇，在他懷中不安地扭動，太不安分了，一隻手在他身上游走，捏一捏，揉一揉，微微用力，不至於疼，可是癢，癢從千竅百孔裏鑽出來，受不了，受不了了！

那隻手，忽然插入胯下，驀地一抓，盔甲下，一柄麈根不由自主，騰地躍起如旗。旗到處，丟盔棄甲。

所有的堅持、主張、節義、忠烈都顧不得了，宇宙間只剩下這方寸之地供他馳騁，衝殺。

他猛然翻身坐起，將女人掀至身下，這就是他的戰場了，那高聳的雙乳便是丘陵山峰，微隆的小腹是平原曠野，接下來草原茂密，水源充足，他竭盡最後的力氣、全部的意志拚搏著，發洩著。逐鹿中原。他要征服她，佔有她，享用她，從而也被她徵用。

「啊——」洪承疇大叫著再次醒來。這算是美夢嗎？或者，是比浴血沙場更爲慘烈的噩夢？

這一陣是他敗了。不僅僅敗在戰場上，更敗在了床上。

一洩千里。一敗塗地。

與大玉兒的一夕雲雨繳了大明名將洪承疇的旗，更摧毀了他的鬥志與誓死效忠的決心。她從他的懷裏爬起來，一邊對鏡梳妝，一邊斜睨著他輕笑：

「你一定在想，不如死了的好。可是，如果想死，爲什麼不死在昨天，死在前天，死在被俘的時候呢？既然不食周粟，卻又享用了滿洲的女人，做都已經做了，後悔來得及麼？除非你殺了我這個人，就當剛才你什麼都沒做過。你下得了手麼？」

他下不了手。他的心氣已經全散了。她刺中了他的死穴，掌握了他的命門。他敗在她手下，便成了她的奴隸。從此，她要他東便東，要他西便西，連死都不得自由。他惟有對她俯首稱臣，永不相負。

不負她，便負國。他就此成了從前最爲自己不恥的漢奸。

他永遠都忘不了剃髮後與母親的第一次見面，洪老夫人怎麼都不能相信自己忠勇的兒子竟會變節，她指著他斥罵：

「你忘了，你兒子是怎麼死的？你忘了，你老婆又是怎麼死的？現在，你降了，你叛國了，你還對得起她們，還配做我的兒子嗎？我就是乞討爲生，就是死，也不會吃一口嗟來之食的！」

「爹，你真的變了嗎？」小女兒洪姸瞪著一雙清澈的大眼睛望著他，彷彿在等待他的否認。

然而，他面對那雙坦蕩純真的眼睛，竟然無言以對。

「姸兒，我們走！」洪老夫人看著孫女兒：「姸兒，你是跟你這個豬狗不如的爹錦衣玉食，還是跟著你白髮蒼蒼、一貧如洗的老奶奶相依爲命？」

「我跟奶奶走！」洪姸斷然答，再看了父親最後一眼，便毅然回過頭去。人們自動爲洪老夫人和洪小姐讓出一條路來，眼看著她們走出大清宮殿，沒有一人阻攔。她們一步一步地走遠，再也沒有回頭，彷彿當洪承疇已經死了，再不須看他一眼。

是年五月癸酉，洪承疇正式剃髮易服，投誠大清，順治元年隨軍入中原，先臣服於皇太極，後效忠於多爾袞，如今則稱臣於少年天子順治帝，然而歸其根本，他唯一的真正的主子，就只有皇太后大玉兒一人！

他再也沒有見過母親和女兒，也曾派人到處尋找過，可是，他又害怕見面，害怕她們的高貴照見他卑微的靈魂。母親是不會原諒他的，女兒是不會原諒他的，長眠於地下的妻子和兒子也是不會原諒他的，他是永遠的罪人，永遠的，不得償贖！

然而今夜，他又見到母親了，母親終是捨不得他，來看他了。她身上穿著一件奇怪的壽衣，眼神哀楚，交織著憐惜與怨恨，久久地望著他，半晌，輕輕斥道：「不孝的兒啊！」

洪承疇只覺一種說不出的悲哀傷痛貫穿心胸，如同撕心裂肺一般，他忽然變得好小，好無助，好想牽住母親的衣襟哭訴他的委屈，又想跪下來請求母親原諒，然而，他的四肢口舌就好像都被鉗住了一般，既不能動彈，也不能說話，只有眼淚汩汩地流出來，流出來。

洪老夫人走過來，伸出手輕輕拭去兒子的眼淚，嘆息著：「你這不孝的兒啊！」她的聲音裏又是責備，又是慈愛，因她是母親，再怪他，也還是愛他，捨不得他。

洪承疇淚流滿面，心口疼得彷彿有千鈞重錘一下又一下地砸擊著，卻苦於不能說話。他好希望母親能夠再多說幾句，哪怕就是打他罵他也行，就只不要再一次丟下他，不理他。沒有母親，他就是一個孤兒，再多的風光再高的俸祿也仍是孤獨。只要母親可以原諒他，許他奉養，便將他每日笞撻責罵又如何！

然而，洪老夫人只是再嘆息了一聲「不孝的兒啊」，竟然轉身走開，任憑洪承疇在身後千呼萬喚，也不肯回頭。

「娘，別走——」洪承疇猛一翻身，摔落下地，疼得渾身一震，驚叫失聲。家人和護院俱被驚動了起來，只當有刺客偷襲，一時上房的上房，拍門的拍門，燈籠火把地鬧將起來，及至見老爺好端端地無事，都納悶問道：「老爺方才喊什麼？」

洪承疇猶呆坐於地，汗下如雨，聽到人聲，呆呆地問：「你們可看見什麼人來過沒有？」

家人道：「沒有啊，門窗都關得好好的，何嘗有什麼人來？老爺別是發夢迷糊了吧？」

洪承疇又喘了一回，這才慢慢醒來——果然又是一個夢！可是這一回，他多麼希望不僅是夢呀！他多麼渴望真地再見母親一面！雖然是夢，然而那心痛多麼真切，母親的一言一行歷歷在目，多麼清晰，母親，你究竟在哪裡？

忽然院內一陣嘈擾，管家慌慌張張地帶了一個小廝進來說：「老爺，這人說是老王的侄子，給老爺報信兒來的。我跟他說老爺已經睡下，叫他明兒再來，可他說有急事要秘報老爺，等不得明天。」

洪承疇在家人攙扶下慢慢站起，邊活動摔疼了的手腳邊道：「醒也醒了，有什麼事，叫他說吧。」

那小廝抓下帽子在地上磕了個頭，哭道：「老爺，小的是爲老爺看守祖陵的老王頭的親侄子，因家鄉發災，到京來投奔我叔叔，幫著做些雜活……」

管家聽他囉囉嗦嗦，不耐煩地踢了一腳罵道：「問你有什麼事急報老爺，只管說這些用不著的，難道叫老爺大半夜的起來聽你說書？」

小廝被踢得晃了一晃，忙簡潔道：「老夫人歿了。」洪承疇只覺腦頂轟然一聲，作聲不得。那管家猶自未解，只管斥罵小廝：「滿嘴裏胡說些什麼？說清楚些！」

小廝哭哭啼啼地道：「我說得仔細，爺又嫌囉嗦；我說得簡單，爺又不懂，到底叫我怎麼樣好呢？」囉嗦半晌，方漸漸理論清楚。

原來，日前洪老夫人忽然攜同孫女洪妍進京來了。洪家祖籍福建南安，然而效忠大明王朝多年，建功無數，遂得大明皇帝親賜地產，舉家遷入京都，並於京郊建陵。洪老夫人自知大限已至，生爲洪家人，死爲洪家鬼，怎麼也要與丈夫、媳婦、還有那早夭的小孫子洪開在地下結伴，遂撐著最後一口氣趕回京城，方一抵京就咽氣了。是洪妍一手操持了這簡單的葬禮，她在送祖母棺槨入陵園的時候，遇到了守陵的老王，老王一邊幫小姐料理後事，一邊私下裏叫侄子趕緊來府上報信。

眾人聽了這番奇聞，都又驚又奇，大放悲聲。洪承疇卻顧不得哭啼，只隨便抓了件衣裳披了便往外走，一邊急命：「牽我的馬來！」

管家勸道：「老爺多年沒有騎馬，天又這麼黑，不如備轎吧。」

洪承疇哪裡聽得進去，只連聲叫著：「備馬來，快！」

直到騎上馬背，洪承疇這才淚下如雨，一路打馬狂奔，那淚珠兒便像斷了線的珠子一般在風裏飛灑出去。他現在知道了，剛才，真的是母親來了。母親來看他，向他告別。不管她怎麼樣生他的氣都好，即使她至死不肯原諒他，卻仍然捨不得他，要千里迢迢地趕來見他最後一面。

他痛徹骨髓，母親為什麼不能早一日來京，早一日叫他知道消息，或者多撐一日半日也好，那麼，他就可以當面見到她老人家，給她磕頭，求她恕罪。他不知道，母親在來京的路上是否曾計畫要和自己見面，是沒有時間了，還是她猶豫再三仍然決定放棄他，任他做一個無母的孤兒。但是，母親終究是母親，再忍心也終不能徹底，即使魂離肉身，卻還是御風踏月地來看他了，她終是忘不了這不孝的兒子啊！不孝的，不孝的兒啊！

洪承疇心痛如絞，眼看著陵園拱門上「洪」字依稀可見，忽然身子往前一傾，摔下馬來。尾隨在後的家丁見狀一齊大叫，守園的老王也聞聲趕出來，急忙扶起老爺叫著：「老爺，老爺，怎的了？」

洪承疇勉強站起，卻只覺眼前迷茫，頭昏昏眼花花，茫茫然地伸長著兩手問：「我娘在哪裡？她老人家在哪裡？」

「老夫人已經葬了，碑還未立呢！」老王哭著，扶著老爺一隻胳膊，引至一座剛剛塡土的新墳前，「這便是老夫人的墓了。是小姐塡的土，我本來勸小姐等老爺來塡土，再見老夫人最後一面的，可小姐不答應……」

「小姐呢？小姐在哪裡？」洪承疇哽咽著問，「我女兒洪妍呢？叫妍兒來見我！」

「洪小姐看著老夫人下葬，哭了一場就走了。我想留她，可是留不住啊。」

洪承疇再也忍不住，跪倒墓穴前，放聲大哭起來。他知道，女兒是在躲避自己，不原諒自己，甚至不肯讓自己再見老夫人遺體一眼，他只是不知道，這是洪妍自己的意思，還是母親的遺願。羞愧、傷痛、絕望、掛念，種種情緒一時堵在心口，不禁搜肝瀝膽地一陣大慟。

家人們擔心他年邁之人經不起這般大起大落，苦苦勸慰：「老爺雖然孝順，可也要珍重自己的身子。這風寒霧大，老爺也要節哀才是，千萬別哭壞了身子。」

這般勸了多時，洪承疇方漸漸止住哭聲，哽咽道：「老夫人既已下葬，不好再驚動遺體。然爲人子者，怎能容許先人身後事如此草草？我這便上朝稟請皇上，告假持服，請僧道誦經百日，爲母親超度。」說罷，又復跪下，重重磕了三個響頭。

家人牽過馬來，他踏著蹬子，連蹬了幾下，卻再上不去，恰好老管家帶的轎子也已經來了，遂上轎回府。

次日五月初十庚辰，大學士洪承疇重孝上朝，具本請旨，以母喪故乞假歸殯，盡孝終制。

順治詫異：「有這等事？」因是親政以來第一例，一時躊躇不決，遂謀之於范文程。

范文程啓稟：「若依漢例，爲人子者，逢丁憂可離任守孝，持服三年。」

順治道：「大學士爲大清棟梁，不可一日誤朝。何況三年？豈非胡說？」遂向洪承疇道：「雖孝悌乃人子大義，終以國事爲先。如今院務正繁，仰仗大學士處多矣，還望節哀順變，以大局爲重。何況孝在心而不在表，又何必拘於形式？」遂命照舊上朝議政，但可於家宅內持服盡孝。又命禮部打點賜祭之物，准許朝中王公大臣以下按例祭弔，悉按親王之份禮待。

洪承疇無奈，只得叩頭謝恩出來，到母親靈前慟哭一場。仍舊每日換了朝服奉命入直，下朝後再換上孝服盡人子之道。一則傷亡母親，二則思念女兒，又每日奔波於朝堂與陵園之間，不幾日，便得了一症，耳鳴目眩，兩耳常聞異聲，雙眼不能視物，起坐間每每恍恍惚惚，有時又自己望著半空咕咕噥噥地說話。家人十分著慌，每日忙著請醫問藥，都知道此爲傷心太過之故，只恨不能替主人分憂，只得四下裏尋找小姐，卻哪裡找得到。

又過了幾日，碑已刻得，立碑之時，洪承疇免不了又痛哭一場，以頭撞碑，幾不曾碰出血來。雖然家僕人再三勸阻扶起，終究不能快意，病勢愈重，漸成陳痾。心中不免怨恨順治不通情理，心道倘若是滿臣父母亡了，難道也不許守孝扶靈麼？終究滿漢有別，與他非親非故，名雖君臣，實則主僕，將我漢人看得豬狗一般；又想自己半世英名只爲降清之舉盡付東流，連女兒也瞧不起，真是上辜父母，下愧子孫，縱然簪纓披蟒，終究無益，不過苟延殘喘罷了。如今母親亡故，亦不能盡孝；而他日自己大去之時，更是怕連個送終的人也沒有，果然如此，碌碌半生，所為何來？不禁大生悔意，將從前爭名奪利、誇功耀富之心盡皆灰了。

3

吳應熊追趕明紅顏車騎，一直追出百餘里，沿途但見客棧酒肆，便前往探問有沒有見著這麼樣的一對祖孫路過，那奶奶病容憔悴而舉止高貴，那孫女豆蔻年華而貌美如花。他原以為這樣一對祖孫走在人群中必然十分惹眼，然而一路問來，竟沒一個人見過。

這樣子追了半月，想想洪老夫人抱病遠行，她們坐車而自己騎馬，出發時間只隔半日，不可能走到自己前頭去。便又掉頭往另一條路上問回去，卻仍是不得要領，不禁猜測八成是追錯了方向，她們未必便是去福建，雖然老夫人是福建口音，安知洪家祖陵便在福建？或者兩地結親，她嫁到了異鄉也未可知。

這日走來保寧，沿路不時聽到百姓議論，知道大西軍劉文秀部自月前進軍四川，蜀人聞其至，所在無不回應，諸郡邑為吳三桂軍所占之地次第收復，大西軍與清軍戰於敘州，殺清總兵藍一魁，復取重慶，又殺清將白含貞、白廣生等。吳三桂連吃敗仗，已率部退守保寧，駐地就在於此不遠。吳應熊聽到清軍官死傷名單，不禁心驚肉跳，總算聽得父親性命無憂，這才放下心來，一時思父心起，遂打聽清楚駐營所在，一路尋來。

吳三桂正與心腹部將佈署新戰事，看見兒子回營，倒也歡喜，略責備了幾句他擅離軍營，便命擺酒菜來慶祝父子團圓。反是吳應熊放心不下，問道：「我這一個多月走了許多地方，聽到百姓議論，說是川湖一帶以父親的名義貼出許多告示，這是怎麼回事？」

吳三桂冷笑道：「這是南明朝廷使的反間計，想誣陷我私下裏和永曆帝結盟，好叫大清朝廷除了我。想當年，皇太極也是用這麼一條反間計害死了明朝大將袁崇煥，現在，南明東施效顰，竟學了這一招反過來對付大清，真是三十年河東，三十年河西。就是沒想到，會用在我身上。」

關於袁崇煥將軍之死，是吳應熊自小熟知的，那時大清國號未立，皇太極猶稱大汗，與明朝廷連年惡戰，最大的勁敵就是袁崇煥。於是范文程向皇太極獻了一條計——不和袁崇煥的軍隊硬拚，而到處散播謠言，說袁已經與滿軍結下同盟，「縱兵入關」。崇禎皇帝聽信謠言，果然下令將袁崇煥滿門抄斬，家屬十六歲以上全部斬首，十五歲以下的男子流放，女子賜給功臣家爲奴，袁崇煥本人被綁至菜市口，施以「磔刑」。袁崇煥忠君報國，奮勇殺敵，一生中建功無數，卻死得如此不明不白。而這還不算最悲慘的，更可哀痛的是京城的老百姓們不明真相，都以爲袁崇煥是真奸細，都把他恨透了，不但在看行刑的時候大聲叫好，交口辱罵袁崇煥是漢奸，還搶著要買他的肉來吞咽，竟然將他連皮帶肉一塊塊吃進肚子裏。袁崇煥一生都爲了朝廷爲了百姓而戰，竟然死於朝廷之命，百姓之口，真可謂千古奇冤，死不瞑目！

吳應熊所以對這個故事記憶深刻，是因爲他自小便有一種恐懼：雖然袁崇煥死得冤枉，然而由

此可見百姓對漢奸的痛恨之深，如果有一天他們得了勢，豈不也要把父親綁在柱上一口口地吃掉？因而每每想到袁崇煥之死，吳應熊便會感到不寒而慄，這種恐懼在今天再一次被喚醒了——同樣是反間計，父親，會落一個怎樣的下場？

「父親，這……」

吳三桂看到兒子一臉驚惶，哈哈大笑：「我兒不必驚惶，今非昔比，大清可不同於前明，當今聖上年紀雖小，卻知人善用，洞察入微，又怎麼會輕信南明的這招反間計呢？」說著取出一樣東西來授與兒子。

吳應熊展開看時，卻是一封川湖總督羅繡錦呈報皇上有關吳三桂告示的奏摺，不禁狐疑抬頭：「這奏章怎麼會在父親手中？莫非……」他本想問是不是父親派人殺了信使，截了奏章，又覺不像，話說半截便咽住了。

吳三桂只笑不答：「你再看看這個。」又將一樣東西授與兒子。

吳應熊再看，竟是順治手諭，述以羅錦繡上奏事，並云：「朕與王誼屬君臣，情同父子，豈能間之。」並告訴尼堪出師事，命吳三桂所部在四川配合伐敵。

同樣是一招反間計，清廷曾用此計陷害明將袁崇煥，致使忠臣慘死，三軍渙散，大明一敗塗地；然而還是這招計，南明用以離間吳三桂與清帝，順治卻非但不見疑，反更委以重任，又有什麼理由不叫吳三桂感恩圖報、誓死效忠呢？吳應熊不禁再一次慨嘆：大明的氣數，盡了。

果然，吳三桂道：「皇上對我開心見誠，恩重如山。我本當面謝龍恩，奈何軍務在身，不得擅離。若是我兒能夠代我進京面君，叩謝聖恩，方見得我對皇上的一片忠心與誠意。」

吳應熊詫異：「父親要我進京？」

吳三桂道：「這些日子我父子並肩作戰，我見你一直鬱鬱寡歡，分明志不在此。我也不想勉強你。雖然我做的一切都是爲了你，又自小教你弓馬武藝，卻並不希望你像我一樣過這茹毛飲血九死一生的日子。倒不如讓你遠離生死之地，在京城學些爲人處世之道，結交些達官貴人，將來襲了官職，也好有些照應。況且聽聞恩師洪大學士令堂猝逝，朝堂上下俱有奠儀相贈，我雖不能親往執子侄之禮，也須你代我弔唁致祭，以全禮儀。」

吳應熊自幼見慣了父親殺伐決斷，難得聽他說些知己體貼的家常話，不禁感觸，只是好容易離了紫禁城那個金籠子，聽說又要回去，大不情願，正打算找些藉口出來婉拒，忽聽他說起洪承疇來，遂道：「洪老夫人去世了麼？其實叫副將送些奠儀就好，又何必我去呢？」這句「洪老夫人」出口，卻是心裏驀地一動，猛然問，「父親，您可知道洪大學士籍貫哪裡？」

「恩師祖籍福建南安。你怎麼問起這個來？」

吳應熊心中更驚，已有三分念頭，又問：「洪大學士是不是有個女兒？」

「是啊，不過聽說十年前在戰亂中離散，到現在也沒找到。」

這便有五六分了，吳應熊急急再問：「她叫什麼名字？多大年紀？」

「小女孩家的名字，爲父怎會記得？不過聽說他們父子失散的時候，洪小姐只有五六歲，如今過了整整十年，應該有十五六歲了吧。」吳三桂笑道，「我兒今天好像對大學士的事特別關心。」

吳應熊聽見，一顆心怦怦狂跳，幾乎這便要跪下來請求父親下書求親。然而轉念一想，事情雖有七分模樣，畢竟未可確信，若是自己弄錯了，豈不是一場大烏龍？除非往洪府中親自拜訪，與洪大學士當面印證，才有十分把握。因此倒把那去京之心迫切起來，反催促父親：

「那便請父親準備奏稟皇上的戰報，還有祭祀洪老夫人的奠儀，兒子明晨便起程如何？」

附注

1、《清史編年》載：順治九年正月三十日壬寅，順治帝諭內三院：「以後一應章奏，悉進朕覽，不必啟和碩鄭親王，其各省漢官敕書俱著翻譯清字啟奏記檔，敕上止用漢字給發。」二月初六日，和碩巽親王滿達海逝世。滿達海，清太祖努爾哈赤之孫，已故禮親王代善第七子，終年三十一歲，追封和碩簡親王。五月初十日庚辰，大學士洪承疇以母喪請終制，順治帝以院務正繁，命照舊入直，私居持服。二十七日丁酉予其母祭葬如例。

2、松錦一役，盡見於拙作《後宮》，此處重翻舊事，將原文挪用，還望讀者見諒。

3、關於反間計事，《清史編年》載，順治九年七月十九日，南明方面假刻吳三桂告示，為反間計，清川湖總督羅繡錦上報，順治帝轉告吳三桂，諭云：「朕與王誼屬君臣情同父子，豈能間之。」並告以尼堪出師，命吳三桂所部在四川配合。

第十章　綠肥紅瘦

1

和所有有機會一睹天顏的後宮女子一樣，綠腰自在教坊司裏見了順治並承蒙當今聖上賜名後，就不能自已地做起了飛天夢。她是學過戲的，原比同齡的少女略知些人事，有些手腕，又薄有姿色，心思機敏，這夢便不免做得比常人更大膽些，也更真切些。仗著是皇上親賜給十四格格的，自覺身分比別的宮女矜貴，普通的才人、貴人尚不放在眼中，更不要說是東五所中那些沒有封號的格格們了。

她早已看得清楚，格格其實是後宮裏最沒有殺傷力的小動物，她們礙於身分，規行矩步，說每一句話做每一件事都有著嚴格的限制，念不完的太后吉祥，理不清的繁文縟節，上有太后諄諄教誨，下有嬤嬤管教提點，平時偶爾和小宮女們玩笑一下或還可以，略親近狎暱些就要被嬤嬤們嘮叨不懂禮數不合身分不分尊卑，若是打罵宮女，則被視爲沒有仁愛之心，不懂得嫺靜體下。她們最主要的功課就是晨昏請安與學習女紅，最奢侈的享受，就是偶爾宮中放戲或者參與家宴時有歌舞助興，最樂衷的話題就是下一個節日還有多久，會有些什麼賞賜，最光明的前途就是指婚給一位尊貴的王爺或世子，最殘忍的遊戲就是聯起手來欺負某個看不慣的格格，比如建寧——格格的朋友只能是格格，格格的對手仍然是格格，除了自相殘殺和相濡以沫，宮裏就沒有任何人可以與她們為伴或為敵。

格格們自命是天之驕女，並不能真正看清楚自己的悲劇。但是綠腰旁觀者清，卻在走進東五所第一天就清楚地估計出所有角色的權力與分工。這也和她曾經學過戲有關——戲裏總是有主角與龍套，有生、旦、淨、末，有唱、做、念、打，誰能夠擔當什麼戲份，需要什麼樣的對白，絕對同她所可以擁有的特權相關。要認清楚角色，記清楚臺詞，打清楚手勢，要有出色的亮相，奪人的唱腔，俐落的身段，然後才可以成就一齣好戲。

綠腰還不是一個絕色的戲子，但卻有了一雙戲子的眼睛。從戲子的眼裏望出來，宮裏所有的事都是戲眼，所有的人都是龍套，而主角，則是她自己。即使，她只是一個婢女——然而皇宮戲裏，身分與戲份從來都是兩回事。《宇宙鋒》、《打金枝》、《鍘美案》、《趙氏孤兒》、《狸貓換太子》……可哪有一齣是由皇上唱主角的呢？

綠腰給東五所的每個人都劃分了不同的角色與戲份，自己是頭牌，格格們是龍套，小宮女們是鼓奏湊趣的樂師，嬤嬤們好比班主，而皇上，是唯一的觀眾——所有的戲，都圍著主角唱；但是所有的人，都是唱給觀眾看。

在東五所裏，格格的地位雖然尊貴，卻沒有任何實際的權力，除了整齊劃一的賞賜，沒有什麼東西是真正屬於她們自己的；嬤嬤們雖是奴婢，卻制約著整個東五所的秩序與配給，她們喜歡誰，就可以放誰的假，把最好的飯食發給誰，不高興誰，則會聯合所有的奴僕給她臉色看，讓本已難過的日子變得更加陰鬱；小宮女在這裏是最沒地位的，但卻是最有希望的一群，因爲她們只是過渡，是跟格格們一樣，在此學規矩，稍微大一些就要分配入各宮各殿任職，可能是太后宮，也可能是妃子殿，表現好的可能會被提拔爲尙寢或司膳，而最有前途的一種，自然是被皇上選中爲妃——儘管這希望是那麼渺茫，但總比完全沒希望的嬤嬤要好吧？所以嬤嬤們雖然有權力有職責管教小宮女，卻往往留情三分，不肯把壞事做得太盡，誰知道哪一天哪個小宮女會忽然得寵，飛黃騰達呢？

從底層升上來的妃子們最是記仇，輕易得罪不得。反而是那些格格，不管嫁得多麼威風，總歸是要嫁出宮去的，對她們再好也不能跟了去，而她們出嫁後難得回來一次，見太后和皇上還沒功夫呢，難道會來東五所看顧侍奉過她們的老嬤嬤麼？多餘對她們盡心，還不如多照顧幾個小宮女來得實在呢。而綠腰明明白白是皇上親自賜給建寧格格爲婢的，還親自爲她賜名，親口說會來聽她唱戲，她的地位自然就格外特殊，得寵的機率也遠比其他小宮女爲高，嬤嬤們又有什麼理由不巴結呢？

綠腰唯一覺得難以劃定角色的就是建寧公主。建寧是將她從教坊司裏搭救出來的大恩人，是她最直接的主子，她當然不是龍套，可也不像班主，倒是有一些像觀眾的，畢竟自己是在爲她服務著，並希圖她的一聲叫好一句打賞——可是建寧又可以賞賜自己一些什麼呢？她自己擁有的也不多。不過，她雖然不能賞什麼，卻有罰的資格與權力，而且建寧的個性不同於其他格格，脾氣上來不管不顧，發作起來將自己剮了也是有可能的，未必會在乎什麼格格的嫻靜仁德。她連皇后娘娘都不放在眼裏。皇后可是一句話就可以黜了樂坊司的人哪。

想起樂坊的一幕，綠腰就覺得害怕，那可真是生死懸於一線啊。皇后娘娘可以把所有的女樂一起趕出宮去，自然也可以下道懿旨將她賜死。如果建寧格格說晚了一句要她爲婢的話，說不定皇后已經把她九族都誅了。由此她也越發覺得自己的舉足輕重，覺得自己才是這紫禁城的真正主角。樂坊的建立是爲了讓她有機會被采選進京充入後宮，女樂的黜免，則是因爲她已經和聖上朝了面，並且賜了名，於是女樂便失去了存在的意義。尤其是建寧後來一時興起，又替身邊的幾個侍女分別改了名字叫作紅袖、紫衣、緋巾，以同自己的綠腰匹配，就更讓綠腰覺得別的人全是爲了自己才生出來的，如果沒有自己，也就沒有了紅袖、紫衣、緋巾的存在。根本這整個王宮、整個世界的存在，都只是爲了配合她這個主角的光采演出而搭建的。

一個人有了這樣的主角意識和宏圖大志，她的日子就會變得忙碌。

人人都覺得無聊且枯燥的東五所生活裏，綠腰卻忙碌極了。她要不輟練習，不是說曲不離口拳不離手嗎，說不定什麼時候皇上還要來聽她唱戲呢；她還要學習針指，既然這是後宮女子們必須的功課，好勝的綠腰又豈甘人後？她還要陪建寧做彈弓打烏鴉，當然只是建寧在打，她的任務只是望風，可那也是相當艱巨的任務呢，因爲倘若建寧給嬤嬤們抱怨，她可是要被建寧鞭打的——不過建寧每每只是恐嚇，並沒有真地對她鞭笞過。

而建寧自從有了綠腰的陪伴，乖戾與淘氣比從前更勝七分，因爲有人把風，使她無論打烏鴉還是給別的格格搗亂都更加方便，也更花樣百出。這使格格們不住投訴，而嬤嬤們不住抱怨：都說人長大了就會懂事，這位格格怎麼越大越任性呢？然而這位格格是在太后身邊長大的人，又是皇帝最疼愛的親妹妹，說她不懂規矩，就等於忤逆太后與皇上，誰又肯討這個罵去？因此即便是建寧淘上了天去，嬤嬤們也不敢在太后面前露出半分聲氣，非但如此，偶爾太后問起，她們還要替建寧百般遮蓋。

綠腰看透了這一點，更加有恃無恐，只管出奇鬥勝地想出各種鬼點子逗建寧開心，惹得嬤嬤們怨聲載道：有個大鬧天宮的格格已經讓人頭疼了，這可好，又來了個調三搞四的小猢猻。然而綠腰遠比格格得人心的地方是：她雖然淘氣，卻從不會不敬，見著各位嬤嬤十分守禮，嘴甜腿勤，說的比唱的還好聽——況且嬤嬤們久在深宮也覺寂寞，閒時也往往會叫綠腰給唱幾句曲子解悶兒，對她並不反感。

有時候，綠腰的歌聲會把別的格格也引到建寧的屋中來，建寧把綠腰當作奇貨可居，高興起來，也會很大方地讓綠腰打扮起來唱支曲子，或是說些戲目故事來給眾人取樂。綠腰是從民間采選上來的女樂，又學過戲，原有些見聞閱歷，能言善道，常常給格格們說些宮外的趣聞軼事，很能討人歡心；然而如果逢著建寧那天不高興，就會當著格格們的面關門閉窗，再叫綠腰唱得細細的，聲聞窗外，故意地吊人胃口。

綠腰總是溫順地服從，心裏卻很爲這個游戲興奮，因爲她覺得那些格格們鬥氣的中心是自己，整個東五所的生活中心都是自己，每個人都對她好奇，每個人都關注她的一舉一動，追隨著她的眉梢眼角一顰一笑而陰晴圓缺。因爲這樣，她對所有人都採取一種既像巴結又像敷衍的態度，那巴結裏有著憐憫的意味，而敷衍中又不失殷勤，那情形，正相當於戲班的頭牌應酬有錢的豪客。東五所是個大戲臺，而她，是唯一的主角，每當那些格格和嬷嬷們圍著她說笑，聽她唱戲講故事，又或是以她爲武器來互相鬥氣時，她就會格外清晰地意識到自己的主角地位，並爲此激動萬分。

然而這一天，綠腰不情願地發現，一位不速之客的到來，奪去了她在東五所裏引人注目的主角戲份。

2

這日剛用過早膳，東五所忽然來了一大群人，皇太后親自陪著一位渾身縞素的漢人少女走來，叫所有的人都到大殿中按次坐定，太后拉著那少女坐在上座，鄭重說：

「這位是定南王的千金孔四貞，定南王已於七月初四在桂林全家殉國，只留下貞兒一人逃生。我如今已經認了貞兒爲義女，留她在宮裏，來東五所和你們一起生活。你們都是她的姐妹，要彼此愛護，情同手足，明白嗎？」

諸格格自是一齊低頭回答「承太后教誨」，都走來向四貞問好，又自報名姓。建寧看那孔四貞雙眉高高挑起，飛揚入鬢，一雙眼睛明如星辰，鼻子挺直，齒如編貝，舉止神情遠不同於她日常所見的這些女子，又偏偏似曾相識，像誰呢？卻一時想不起來。心中油然生起一股親近之意，便不像平時那樣見著眾人紮堆便獨自走開，也和眾格格一起拉著四貞的手問長問短。

四貞少不得又將父親殉國前的情狀再說一遍，道是：「五月裏，大西軍李定國與馬進忠部合兵十萬進軍湖南，攻克靖州，陣斬我清兵五千餘人……」

格格們深居宮中，從來不聞朝政之聲，對於戰爭更是毫無所知，聞言都問：「五千多人都死了嗎？難道我們大清沒有大將駐紮在靖州嗎？」

太后代為答道：「駐在靖州的是我大清總兵張國柱將軍部，然而大西軍兵強馬壯，軍容之盛，罕與為擬。靖州一役，張國柱全軍覆沒，幸張國柱本人逃出性命。唉，這些事，一時同你們說不清，說了你們也不懂，不必細問，且叫貞兒往下說吧。」

四貞遂接著道：「李定國乘勝進取武崗，六月，自楓木嶺進取寶慶，我清軍死傷被俘者五千餘，損失家口一千五百餘名。李定國又命各營出祁陽，合趨全州，令馮雙禮率兵四萬先行，攻全州；自率兵六萬繼進，欲行合圍之勢。全州破，李定國令大部隊不要入城，急趨桂林……」

格格們更加不懂，盡皆訝然：「你不過和我們一般年紀，怎麼會知道這些事，說得這樣清楚？」

四貞道：「我每天跟在父王身邊，聽他講習兵法，指揮戰事，聽也聽得熟了。」

格格們又問：「那你會打仗嗎？」

四貞道：「略知一二，卻未曾真正親自帶兵作戰，若論單打獨鬥，幾十個人也還攔不住我。」

格格們更覺驚訝，便如看到傳說中的俠女一般，都瞠目結舌。太后笑道：「你們打小兒生長在宮裏，金枝玉葉，養尊處優，哪會懂得這些？可憐貞兒跟著定南王南征北戰，奔波倥傯，年齡雖和你們差不多，吃的苦卻多多了。」

四貞續道：「我父親率兵與大西軍激戰於大榕江，因兵力不敵，敗走桂林。那時清軍橫屍遍野，慘狀異常，我父親也身負重傷，命在旦夕。一邊派兵向續順公沈永忠求援，一邊閉城自守，苦戰數日夜。七月初二日，李定國率所部急馳桂林城下，發兵攻城，初四日，搭雲梯攻上西北環山城；馬進忠部也攻破武勝門，與李定國部成合圍之勢。我父王知道大勢已去，決計殉國，遂將我們全家上下一百多口召集在一起，所有的珍玩也都集聚在屋中，對我們說：今天，我們一家人就在此殉國了，黃泉路上再全家團聚吧。說完，拿出匕首來，一刀捅死了我母親……」

眾格格驚駭莫名，一齊大叫起來，這樣的慘事別說耳聞目睹了，便連想也未曾想、夢也不曾夢過，聞言不禁都戰戰兢兢地問：「你阿瑪捅死了你額娘，你就在旁邊看著嗎？那，你又是怎樣逃出來的？」

惟有建寧卻意動神馳，想起長平公主從前說過的崇禎帝死前劍斬親女的一幕，不禁恍然大悟——難怪覺得她像一個人，卻又一時說不出來。原來，她既像是長平，又像是香浮，就好比那母女二人合為一體再一分為二。她們都是漢人貴胄，都曾親眼目睹親人相殘的慘狀，都是全家覆滅獨善一身，她們的眼睛裏，都流動著一種絕望的破碎的清冷的幽光。建寧看不見自己。她不知道，她自己的眼裏，也有那樣的一種幽光。

四貞說到父母的慘死，眼中晶瑩閃爍，卻並不是眼淚。她的眼淚，已經在目睹父母身亡的一刻流盡了，她可以活下來的唯一理由、目的、意義，就只是爲了報仇。而一個滿心仇恨的人，是不可以哭泣的，因爲那是最無用無能的表現。眼淚會使人的意志軟弱，會把憤怒之火澆熄，會令人的勇氣消失。孔四貞應承自己，大仇一天未報，就一天不許見哭聲，不可以放縱自己，像尋常的小兒女那樣哭泣流淚。她高高地倔強地昂著頭，一滴淚也沒有，平靜地敘述下去：

「我本來已經決意跟隨父母共赴黃泉，可是想到父親死得冤枉，如果我們一家人都死了，誰來京城向朝廷稟報實情呢？因此我跪下來對父親說：讓女兒單槍匹馬殺出去吧，如果天可憐見，保佑我去到京城，我會稟明太后，爲父親鳴冤。父親聽了，重重點了點頭，又點了一百精兵護送我出城。我剛殺到城門口，忽聽得身後大亂，回頭時，便看到漫天火光，正是定南王府的所在……」

建寧的心忽然銳利地疼痛起來，她彷彿又看見了母親的背影，看見了母親俯下身去拾起那隻斷翼的蝴蝶的姿態，那一道剪影映在熊熊的火光裏，完全融進了孔四貞的講述。她終於想到了自己，她和四貞都是一樣的孤獨的孩子哦，她們的親人都永遠地離開了她們，而把一段沉重慘傷的歷史交給她們去背負。她在這一刻認定四貞是她的朋友，是香浮小公主失蹤後走向她的唯一知己。帶著一種同仇敵愾的情緒，她脫口問道：「那你父親的仇報了嗎？他到底有什麼冤情？」

大玉兒不等四貞回答，攬過她來將手撫著頭說：「好孩子，總算老天有眼，保佑你來到京城，從此你就是我的親閨女，我再不叫你吃苦就是。死有重於泰山，輕於鴻毛，定南王以身殉國，滿門忠烈，朝廷決不會坐視不理的。」又向眾人道：「今後都要管孔姑娘叫貞格格，你們要彼此敬愛，和睦相處，都記住了嗎？」

自此，這位貞格格就在東五所裏居住下來。她性情隨和，態度大方，又沒什麼架子，深得眾位格格、嬤嬤以及小宮女們的愛戴，就連性情乖僻最難討好的建寧也肯對她另眼相看。這真叫綠腰覺得難過。

綠腰是東五所裏唯一打心眼裏不喜歡貞格格的人。可是，這位貞格格的見識閱歷可比一個小戲子廣博得多了，學問又好，功夫又高，有時興趣來了打一套拳腳，那真是動如脫兔，靜若處子，秋風掃落葉一般，更遠非綠腰那些花拳繡腿可比。而且她又是一位格格，地位尊貴，身世傳奇，曾經真刀真槍地在沙場上出生入死，堪稱是智勇雙全。綠腰就是再自以爲是，也知道不是貞格格的對手，也沒有辦法忽視貞格格的特殊角色，也不得不和東五所裏其他的人一樣對貞格格以禮相待。

不過綠腰仍然未肯承認自己是配角、是龍套，她想：兩個班子打擂臺，唱對臺戲那是常有的事。就當是來了個野台班子跟自己打擂好了，日子久了，新鮮勁兒過去，這位貞格格還不是要跟別的格格們一樣變得面目模糊？一個在金絲鳥籠裏長大的人，是不可能比自己生活得更豐富更精彩的。

綠腰就是在這樣一種近乎無望而又充滿希望的生活裏一天天捱著，等著真正屬於她自己的大戲開鑼。

孔四貞的入宮對於前朝也是一種震動，不過當然，他們更爲震驚的是定南王孔有德之死，是廣西的全境失陷，是駐軍的戰事告急。南明大西軍勢如破竹，連復數城。

七月，李定國率部北取永州，清守將紀國相、鄧胤昌、姚傑等數十人皆死；

八月，李定國於廣西招南明兵部尚書劉遠生、員外郎朱昌時、中書舍人管嗣裘等參贊軍務，共議興復，時南明殘部胡一青、趙印選、馬寶等尚留廣西屯聚山谷，聞訊也都相率來會，李定國迅速占柳州，下梧州，收復廣西全境，乃遣書約鄭成功會師。並乘勝遣馬寶率師東下廣東，取陽山，破連山，聯合連山瑤官並瑤民萬餘陷連州；

九月，李定國揮師入楚，遂下衡州，遣馬進忠、馮雙禮北取長沙，召張光翠出寧鄉進佔常德；

十月，李定國所屬張勝部進抵湘陰；馬進忠部抵嶽州；高文貴部進江西，克永新等縣，圍吉安。「兵出凡七月，復郡十六、州二，闢地將三千里，軍聲大振。」

十一月，大西軍白文選部五萬人攻辰州，清湖廣辰常總兵左都督徐勇戰死。

十一月二十三日辛卯，尼堪率清軍攻衡州，李定國設兵埋伏蒸水，雙方激戰，自黃昏戰至黎明，凡數十合，殺傷相當，尼堪陣亡。

尼堪是清太祖努爾哈赤的親孫子，他的陣歿遠不同於普通旗將，事聞朝廷，上下震動。當日，順治坐朝，文武大臣列班奏表，議追尼堪爲莊親王。大臣們議及一年來戰事頻仍，傷亡慘重，都有灰心放棄之念，議擬棄湘、粵、桂、贛、川、滇、黔七省，與南明朝廷議和。

順治憂心忡忡，卻不露聲色，只振作了顏色鼓舞士氣道：

「朕以爲，我大清初建，四海來歸，雖仁政遍於天下，而南人未必聞之。朕聽說大西軍兵馬雖壯，但諸將領間爾虞我詐，爭權奪勢，內訌不止。大西軍將領孫可望於雲貴一地私建宮殿，出入乘金龍步輦，儼然以帝王自居，有持異議者，他便回應『人或謂臣挾天子以令諸侯，豈不知今天子已不能自令，臣更挾天子之令以令於何地、令於何人？』他要求僞永曆帝朱由榔封李定國爲西寧王，李定國聽說後，不喜反怒，說是『向來封賞出自天子，孫可望也不過是王而已，有什麼資格來冊封我呢？』因此兩軍分裂，嫌隙更大。前些日子南明欲行反間計，離間朕與平西王吳三桂，被朕識破。當時大西軍劉文秀部本已勝券在握，而平西王集精兵擊其一路，令其潰敗撤圍，遂得保寧大捷。而劉文秀亦被罷職，發配雲南閒置，令名將無用武之地。這便是我大清君臣一心，協力取勝的明證。僞帝永曆軟弱無能，大西軍四分五裂，縱然英勇，也終究是烏合之眾，何足懼哉？只要我朝上下齊心，推行仁政，南明之覆亡只在旦夕，眾愛卿不必過慮，議和之奏，實爲不妥。」

諸王公大臣們聽見順治分析南明朝政之事，如同親見，都覺又驚又佩，不敢說話。惟有吏部尚書朱瑪喇上前一步奏道：

「皇上英明。然而殲滅南明非在一朝一夕，我大清國庫虛乏，各軍糧餉不足，十一月初二，我朝以固山額真卓羅爲靖南將軍，同固山額真藍拜等率軍往廣東增援，防李定國部南下，就因爲錢糧不足，只僵持了一個月，即於十二月初八日又撤回京師。此類事接二連三，『錢糧不足』，實爲我駐軍首要大患。況且連年災荒，百姓流離失所，人心思反，危機四伏，大順軍餘部猶分散各處，蠢蠢欲動，也是一個潛在的威脅。李定國攻克廣西，不僅南明殘部會聚，民間亦多嘯眾回應，禍在肘腋，不得不防啊。」

順治聽不入耳，不耐煩道：「這些事，朕早已聽說了，諸位還有什麼要說嗎？」

當皇上問「還有什麼要說」的時候，那意思分明就是讓人「什麼也別說了」。偏偏議政大臣多羅額駙內鐸不識眼色，亦上前一步奏道：

「湖廣總督祖澤遠前日奏報到任後所見，曾云：『荒村野火，廖落堪悲，鵠面鳩形，死亡待踵，民窮於財盡，兵弱於力單』。可謂字字血淚，令人堪憂啊。臣等以爲，議合只是緩兵之計，給我大清時間豐盈國庫，集攢兵資，讓人民休養生息，讓將士養精蓄銳，再勿令『民窮於財盡，兵弱於力單』。倘若不肯議和，任由此等情形僵持下去，到時候不只是湘桂七省失陷，只怕南明不日便要進軍北京，撼我朝廷了呀。」

順治怫然不悅，反問道：

「依你們說，如果我們放棄了湘黔七省，大西軍就不會再北上進犯了嗎？倘若我們與南明議和，而南明不肯，我們怎樣做？又或是南明表面上肯了，暗地裏卻仍然發兵北犯，我們又當如何？更或者，永曆朱由榔肯了，而大西軍首領不肯，我們又如何？大西軍將領孫可望、劉文秀等居功自傲，各自不服，縱使永曆僞朝廷肯與我們議和，而大西軍某部仍舊擁將自立，繼續北犯，那時候我們又當如何？難道還要替朱由榔先平了內亂，再坐下來慢慢議和嗎？」

幾句話，問得索額圖啞口無言，惟有喏喏後退而已。順治遂告退朝，特命人宣吳應熊入宮來，往絳雪軒說話。

吳應熊自入京來見了洪承疇，打聽得洪小姐芳名洪妍，益發斷定其與明紅顏是同一人。然而畢竟不能親眼見到，且聽說洪小姐浪跡天涯，又告失蹤，不禁失望莫名，也只得留下來慢慢打聽，仍住在宣武門內絨線胡同世子府中。這日聞說皇上見召，忙穿戴了往宮裏來，太監引著，一路穿牆過院，並不走宮門，只沿著內左門旁一道永巷抄近路徑往御花園絳雪軒來。沿途只見兩道高牆直插到雲裏去，偶有值侍經過，看見太監引著個年輕公子，雖不認識，也知是位貝子王爺，都垂手問好。

寒冬臘月，御花園一片寥落敗景，剛經過一場雪，正在半消半融間，露出殘枝枯葉，未及打掃。惟有幾株梅花開得茂盛，凌霜傲雪，香氣馥郁。吳應熊看見梅花，便想起明紅顏來，明眸皓齒，一顰一蹙，俱在梅香中徐徐泛起，格外分明。他很想站下來細細玩味，無奈皇上在等著，不得不趕著來見。

絳雪軒裏濃薰香鼎，錦褥重圍，卻是一片晴暖溫軟之象。順治見了吳應熊，招手笑道：

「你進京多時了，我們總沒時間坐下來好好聊聊。難得今兒有閒，你倒是同我詳細說說這些日子的沙場見聞。」

吳應熊見了禮坐下，笑道：「有什麼可說的？無非是兵來將擋，自相矛盾。《三十六計》，《孫子兵法》上盡有得寫的。」明知此前每一役俱有戰書稟報朝廷的，遂也只是輕描淡寫，將自己參與過的幾次戰事約略一述。

幸好順治也並不追問，只頻頻點頭說：「平西王帶兵打仗是有一無二的名將，若是大清能多得幾位這樣的大將，南明何愁不滅？」遂向吳應熊問計道，「今天在朝上，居然有大臣提出要與南明議和，你怎麼看？」

吳應熊一愣，在他心裏，也不止一次想過，倘若大清與南明議和，會是怎樣的局面。作爲漢人子弟，他當然希望大明王朝可以偏安南疆，留得半壁江山。然而這樣說了，豈不表示自己心繫南明，對清廷不忠？議和之說，由滿臣提出來，最多視爲目光短淺；由漢人提出，卻無異於心懷叵測。然而皇上既然問起，又不能不說，因此避重就輕道：

「自古治國者，以力得天下，以德服天下。臣以爲百姓之憂不止在天災戰亂，亦還有人爲之禍。諸如山西太原、平陽等地，既經水災，又遇逼稅，民不聊生，故有思反之心。他們反的不是老天爺，不是水災，而是官府，是賦稅之苦。倘若皇上能夠免徵賦稅，讓農民有時間休養生息，他們自然會安居樂業，一心務農，又何必派兵鎭壓呢？從前大禹治水，以疏導而不以築堵，民心亦然。」

順治大喜，道：「你說的和我想的一模一樣，我就說要推行仁政，要大臣們別光是提出一大堆難題，卻不肯動動腦子，幫朕想一些解決難題的辦法。稍遇挫折就說要議和，要是議不成怎麼辦？

難道要朕把皇帝寶座讓給朱由榔來坐嗎?這些飯桶!」

吳應熊暗叫僥倖，心道：只差一步自己就變成飯桶之一。見皇上既然聽得進去，便趁機要爲百姓說幾句話，遂道：

「我這幾日在京裏聽到一件傳聞，不知真假：說是清苑縣有三百多名縣民，因爲房子地被一個叫王儀的官員占奪，幾次來京城告御狀，可是非但沒能告成，還被刑責杖打。臣以爲，若是此事當真，那麼皇上的仁德之名真是盡被這些貪官給敗盡了，百姓流離失所，求告無援，又怎能不反呢?」

順治一愣，當即心思電轉，已經有了一個主意，嘆道：

「這可真是一言驚醒夢中人，且不管是真是假，有這種傳言已經有辱朝尊了。明兒上朝，總要拿他做些文章，好叫百姓知道朕的愛民之心。你可知道告狀的人叫什麼?」

吳應熊道：「只知道領頭的一個叫路斯行。臣以爲，那些縣民既然幾次上京告狀，總是因爲忠於皇上，相信皇上會爲民做主。如果他們認爲朝廷官官相護，那便不會來告狀，而要學李自成、劉國昌之流，落草爲寇了。由此可見，百姓們還是擁戴朝廷的。」

順治深以爲然，點頭說：「所以更要好好地嚴辦幾個貪官來以儆效尤，也給百姓一個交代。」又道：「好了，不說這些叫人頭疼的話了，你走了這麼久，這麼些地方，可找到那位明姑娘了嗎?」

吳應熊笑道：「驚鴻一面。」

順治訝然，笑道：「你見著她了？她如今在哪裡？聽你把她讚得天上有一人間無二，朕對她好奇得很呢。」

吳應熊嘆道：「可惜只見過一面，旋即又失散了。我找了五年才見到她這一面，真不知道下次再見，又要等到何年何月。」

自從知道了「明紅顏」就是「洪妍」，他便一直處於左右爲難之中，既想對順治或是洪承疇說出真情，請他們幫助自己普天下尋找芳蹤；又擔心洪妍忠於南明，痛恨洪承疇與吳三桂之叛國行徑，一旦雙方身分暴露，便會從此陌路天涯，勢不兩立，因此話到嘴邊，終究還是決定緘默。而順治已經被觸動心事，點頭嘆道：「難怪你說是驚鴻一面呢。爲什麼越是心愛之人，就越難以相聚呢？」

吳應熊問：「皇上還沒有找到那位神秘漢人小姑娘嗎？」

「談何容易。」順治悠然長嘆，「倘若朕能找到那位姑娘，絕不會讓她走開的。你說，一個人被人這樣地記著，她自己的心裏，會不會有一點覺得呢？」

吳應熊從未這樣想過，聞言倒覺得新鮮，若有所動，不確定地回答：「會有的吧？人是萬物之靈，尤其皇上的心上人更是人中翹楚，天地毓秀所鍾，更應該心有靈犀才是。」

順治嘆道：「只是，就算她心有所動，也未必知道就是因爲我想著她的緣故。那又怎麼樣呢？」

這位少年天子今天似乎特別感慨，有無數的心事要發洩出來，聲音裏有難以形容的寂寞與哀傷：「我一直用心地記著她的模樣，我好怕自己會把她的樣子忘了。」

他說得這樣鄭重，讓吳應熊不禁動容：「皇上，也有怕的事嗎？」

順治望著窗外，神情無比憂傷。窗子是關著的，他其實什麼也看不見。可是，他望的也許不過是自己的心。記憶的深處，那個六歲的神秘漢人小姑娘永遠明眸皓齒，清麗如菊。十年生死兩茫茫，不思量，自難忘。當年的小姑娘如果還活著，如今早已長大成人，她還會記得他嗎？還有，他所記得的她，是真實的她嗎？

天子的心裏也有恐懼，那就是時間與命運。他望向冥冥中那不可見的時間大敵，很慢很慢地說：「我怕隔了這麼多年，即使有一天她來到我面前，面對面站著，我也認不出她；又或是有一天我終於找到了她，而她已經齒搖髮落，紅顏不復。」

吳應熊聽到「紅顏」兩字，不由得心裏一撞，久久不語。

梅花的香氣透窗而入，在屋子中徘徊不息。

次日順治上朝，果然命九卿大臣嚴查會審路斯行一案，不日查獲，遂親諭戶部：「將戶部尚書車克等及原任知縣周瑋分別處分，將王儀等所領八莊房地退還受責之三百餘民，仍全免九年地租，以示朕愛養小民之意。此外，各地方凡係戶部圈給地土，不得妄援此例，瀆告取罪。」又下令免山西太原、平陽、汾州等府，遼、沁、澤等州所屬四十四州縣本年水災額賦。

此令一下，百姓自是拍手稱快，齊讚皇上聖明，天恩浩蕩；而諸臣見議和之事未果，皇上忽然板起臉來嚴查貪官污吏，都不覺心中惴惴，噤若寒蟬，生怕皇上此舉是旁敲側擊，「項莊舞劍，意在沛公」，惟恐身受池魚之災，再不敢妄提「議和」二字了。

4

正月三十是福臨的生日，他一早往慈寧宮給太后行過禮，又在朝堂上接受了群臣進表稱賀，照例要回後宮接受諸貝勒、格格以及嬪妃們祝壽。

位育宮裏，子衿、子佩一大早便帶著諸宮女忙裏忙外，在案上鋪了紅氈子準備擺放禮物，又早早備下招呼客人的茶果，薩滿座上祭了三牲，龍鳳座下放了預備人磕頭用的織錦墊子。一切準備停當了，方撮哄著慧敏鄭重大裝，重新梳頭勻面，單等順治下了朝，好與皇后共登御座，接受賀拜。

去年正月三十，皇子牛紐突然夭折，弄得宮裏淒風苦雨的，連萬壽節也沒有正經慶賀。其實誰都明白，牛紐是皇上的第一個兒子，是皇上十三歲時與指導他性事的侍寢女官生下的孩子，先天不足，能順利降生已經是異事了，活下來更是不易，夭折其實正常。但是人們卻不肯承認這樣簡單的事實，反而搞風搞雨地在宮裏鬧出許多妖蛾子來，一時謠言四布，甚至有人懷疑是皇后醋妒成怒，暗下黑手，要不怎麼那樣巧，皇后前腳進宮，皇子後腳就死了呢？即使不是皇后親手所害，也至少是因爲皇后的意頭不好，沖了皇子，可見是無福之人。

這些話，究竟也不知道是誰說的，可是樹葉兒窗簾子都知道，雨珠和風聲也都知道，它們嘁嘁嚓嚓，竊竊喁喁，不知怎麼就傳到了子衿、子佩的耳朵裏，不知怎麼就傳進了皇后慧敏的耳朵裏，不知怎麼就傳遍了整個後宮的各房各殿。然而奇怪的是，當慧敏勃然大怒要抓住幾條舌頭來治罪的時候，卻發現竟然找不出一個人來，因爲從沒有人明確地在她面前說過這番話，就連子衿子佩也不曾轉述過。她自己也想不明白，當初是怎麼知道的呢？

宮裏的消息傳得真快，牆那麼高，壁那麼厚，規矩那麼嚴，竟也一樣穿得透而且傳得快。絳雪軒和位育宮離得那麼遠，但是皇上在軒裏的一舉一動，慧敏就是不想知道也不行。哪個宮女今夜又侍寢了，哪個妃子懷了身孕，她都知道，知道了就不能不生氣，生氣也無濟於事，因此就更氣悶。雖然她沒有說出來，可是子衿子佩也都知道了，也都在陪她鬱悶，陪她等待，等待與皇上再次相見的日子。

整整一年。終於再次等來了皇上的聖誕，今兒是他的生日，是萬壽節，他總不能不來了吧？然而等來等去，直到日上三竿了，卻半個人影也不見。倒是派去御花園折梅插瓶的小宮女回來，嘴快地說：

「子衿姐姐，我看見十阿哥、十四格格、還有淑媛娘娘他們都穿戴得整整齊齊，往絳雪軒那裏去了，跟的人手裏捧著托盤，好像是送壽禮去的。皇上今兒是不是不來位育宮，要在絳雪軒接受拜賀了？」

子衿聞之大驚，心說：這可怎麼跟皇后娘娘稟報呢？她心裏還藏著一個說不出來的苦衷，就是自己是皇后的陪嫁奴婢，是一入宮就受封的女官，理所當然的妃子人選。然而皇上大婚七天就同皇后分房，從此絕足位育宮，自己連同皇上照個面兒也難，封嬪自然也是鏡花水月，遙遙無期了。大好青春，如花美貌，難道就要這樣陪著個虛名皇后蹉跎歲月，老死宮中了嗎？爲著今天的皇誕，她早在私下裏悄悄備辦了一份獨特的壽禮獻給皇上，那是一條用金絲繡著九條龍的腰帶，在巴掌寬的地方繡出九條龍，而各自姿態迥異，鬚髮皆張，針線的精緻可想而知。那是她躲過眾人耳目，用了整整兩個月才繡成的，她想，皇上見了腰帶，知道她的一片苦心，一定會憐惜於她，恩寵於她的。可是皇上都不肯到位育宮來，腰帶豈非同人一樣，連面聖的機會也沒有，更遑論侍奉呢？

正想得出神，子佩插了花走來，在她肩上輕輕一拍：「傻丫頭，別人忙得腳打後腦勺，你只管發什麼呆？」

子衿吃了一驚，忙隨手將腰帶藏在針線籃子裏，冷笑道：「爲誰辛苦爲誰忙？有這會兒忙的，更有過會兒哭的，我勸你還是閒下來靜心想想的好。」

子佩笑道：「這可瘋了，無緣故的我哭什麼？」

子衿道：「你既然這麼鎮定，那就由你去稟報娘娘好了，就說皇上今兒不來位育宮，正在絳雪軒接受拜賀呢。問問娘娘看，咱們是去呢還是不去？」

子佩聽了，便像憑空聽了一聲雷，呆呆地站著，恨不得將耳朵堵起，當作沒有聽見方才子衿的說話。

子衿看她那個樣子，又冷笑了數聲，只得自己走進暖閣來，笑吟吟地對慧敏稟道：

「娘娘，皇上已經下朝了，因為說御花園的梅花開得好，招呼大家都往御花園去，一行拜壽，一行賞梅花。娘娘看皇上的興致可有多好？咱們這便也往那邊去吧？」

慧敏臉上變色，哼了一聲道：「他身為一國之尊，賀壽禮這種大事不在寢宮行禮，倒跑到書房裏聚會，算怎麼回事？什麼賞梅，分明是不把我這個皇后放在眼裏。他既然不願來位育宮見我，我倒巴巴地跑去，那不是輸了給他？我偏不給他這個臉。」

子衿暗暗嘆息，心道：皇上都已經兩年不來位育宮了，你什麼臉面都掃地了，還只管撐著，可撐給誰看呢？表面上卻仍然只得擠出笑臉來勸著：

「話不是這麼說，皇上的大壽，自然要隨他的意思，願意在哪裡擺壽就在哪裡擺壽，皇上喜歡賞梅花，咱們湊個趣也好，總不便在這大喜的日子裏駁了皇上的面子呀。」

此時子佩也已鎮定下來，聽見子衿勸皇后，也忙在一邊幫腔道：「子衿說得是，娘娘請看，這是剛打御花園裏折來的梅花，果然開得漂亮呢。咱們與其待在屋子裏賞一枝梅，倒不如去御花園裏看滿樹的梅花去，也是踏雪行運的意思，娘娘往年帶咱們堆雪人，玩得何等盡興，今年還一次不曾去踏過雪呢。」

終於勸得慧敏打起精神來，勉強起身，披了紫貂大氅搖搖擺擺地出門。子衿子佩帶著小宮女跟在後面，有搬椅子的，有拿手爐的，有捧唾盒的，有提點心籃子的，子衿親自捧著皇后送皇上的壽禮，命子佩拿著賞人的銀錁子，一行浩浩蕩蕩地往御花園來。

此時一起一起的賀壽人群大多已經磕了頭，領過壽麵散去，絳雪軒裏只剩下十阿哥博果爾、十四格格建寧和那位從天而降的漢人格格孔四貞，正同順治坐在炕上，四個人圍著炕桌，一邊一個抓子兒賭糖果呢。

看見皇后進來，博果爾同貞格格忙跳下炕來行請安禮，建寧卻仍坐在炕上，只隨手揚了一下絹子，含含糊糊地說著：「皇后娘娘吉祥。」

慧敏忍著不肯發作，含笑向順治道：「皇上好興致，臣妾給皇上請安，祝皇上福如東海，壽比南山。」子衿子佩率著眾宮女也都花團錦簇跪了一地，鶯鶯燕燕地喊著「萬歲萬歲萬萬歲」。

順治往時看到慧敏招搖炫耀儀仗非凡便覺反感，然而今天是他壽辰，將壽堂擺在絳雪軒已經理虧，見皇后非但沒有興師問罪，反而滿面春風地問好，倒也意外，因此含笑伸手道：

「免禮，皇后遠來辛苦，要不要上炕來暖一暖？」

貞格格聽見，早已將薰爐旁最暖的位置讓出來請皇后坐，子衿子佩呈上壽禮，又遞手爐到皇后懷中。

慧敏自與順治分宮別居後，還是第一次看他這樣溫言相向，不禁心花怒放，隨在順治身邊坐了，眼角眉梢全是喜悅，紅粉緋緋地笑道：「你們剛才在玩什麼？我也算一個。」

博果爾道：「在抓大把兒，皇后也喜歡玩麼？」

慧敏卻是沒聽說過什麼叫「抓大把兒」，看去卻是一些羊拐骨，剔去肉絲，洗成灰白色，用手掌手背抓著玩兒。皺眉道：「這樣骯髒東西，有什麼可玩的？不如我們翻繩兒吧。」

順治笑道：「那是女孩子們才玩的東西，且只合兩個人玩，我們這些人玩那個，太悶了。」

建寧道：「那就猜謎語吧，誰輸了學狗爬。」

慧敏道：「太不尊重了。難道皇上輸了，也要學……成何體統？」

建寧笑道：「那就誰輸了誰唱一段。」

慧敏道：「更加不妥，下九流的玩意兒，哪裡是我們學得的？」

建寧不樂，諷刺道：「你左一個『不尊重』，右一個『不妥當』，既然要顧皇后體面，就在位育宮裏打個佛龕把自己供起來得了，沒事兒又下凡來做什麼？」

慧敏登時翻臉，冷笑道：「格格既然喜歡，我也不攔你，不如這便妝扮起來，給我們唱一齣助興如何？唱得我高興了，說不定打賞你幾個大子兒呢。」

建寧大怒，板了臉說：「皇后要聽，那也容易，我這便叫綠腰來唱一齣《倩女離魂》。只可惜皇后脾氣大，威風氣派，把女樂給裁了，沒人打鑼鼓，只好聽她清唱。」

慧敏聽建寧翻起舊賬來，那正是心中弊病所在，不禁面脹臉紅，眼淚直在眼圈兒裏打轉，滿心要想一句狠話堵回去，無奈口才遲慢，不是建寧對手，氣得渾身發抖，卻只是說不出話來。

子衿子佩見娘娘被建寧擠兌，急得心如油煎，生怕好端端一場聚會又要鬧得不歡而散，苦於不敢插嘴，暗地裏不知念了幾千幾萬遍佛；博果爾是弟弟，又生性怯弱，只要皇帝哥哥在前，再不肯多說一句話的；順治則向來不理兩人鬥嘴之事，樂得看熱鬧。

惟有貞格格見不是光景，忙打岔道：「我先給皇后娘娘出個謎語吧，娘娘要是猜不出，就說個笑話；娘娘要是猜對了，就罰我說個笑話。」

順治道：「這個很好。」

博果爾問：「要是說得不笑了又如何？」

四貞道：「那就罰一杯酒。」

建寧占了上風，便不再趕盡殺絕，嘻笑道：「酒在哪裡呢？」

子衿難得見局面有轉機，趕緊湊上前稟道：「娘娘因要祝賀皇上壽辰，早已備下幾罈好酒，一併抬來了。」說著收拾几案，布上酒壺酒盞，一一斟滿。

順治見那酒杯十分古樸玲瓏，且酒汁呈琥珀色，未及入口而醇香四溢，不禁點頭讚道：「好酒，皇后細心。」

慧敏臉上略有喜意，這才緩和顏色，向四貞道：「便請貞格格出題。」

四貞道：「謎面是『雞血』，謎底是一個字，也是一樣東西，就在這屋裏有的。」

「屋裏有的？一個字？」慧敏左右張望，看見瓶裏插著各色孔雀與雉雞翎毛，便問，「莫不是個『翎』字？」

四貞搖頭道：「娘娘先想想這雞血的血是什麼？」

順治笑道：「我知道了，是『酒』字。」四貞笑著點頭，同順治互一照杯，啜了一口酒。

建寧不解，問道：「爲何是『酒』字？」

慧敏卻已醒悟過來，道：「申猴酉雞，雞爲『酉』解，血當『水』講，可就不是一個『酒』

字。」

四貞笑道：「娘娘解得好，也不算全輸。」

博果爾道：「不算輸，那誰講笑話呢？」

慧敏倒也不推脫，搶著說：「我輸了，我認。不過，講笑話之前，我也先給貞格格出個謎語，如果你也猜錯了，我們就兩清，如果猜對了，我再認罰。」

四貞道：「這合理。」

於是慧敏也出了一個，說是：「一個男人戴帽子。」

博果爾問：「也是字謎麼？」

慧敏道：「是個字，也是個人。」

四貞讚道：「一謎兩解？這可有點難了。」

順治笑道：「果然是個『字』謎。」

慧敏笑道：「皇上已經猜到一個。還有一個呢？」

博果爾詫異：「已經猜到一個了嗎？爲什麼不說？」

四貞也已經猜到了，卻故意不說破，只道：「皇上說是『字』謎，也就是說，這個謎的其中一個謎底就是『字謎』的『字』，『字』字帽子下面一個『子』，『子』爲男，所以，『字謎』的謎底便是『字』。」

建寧早已笑倒了，捂著肚子道：「好長的一個繞口令。另一個謎底我也猜到了，就是我的名字，建寧的『寧』字，男爲『丁』，男人戴帽子，是個『寧』字對不對？」

博果爾恍然大悟，道：「難怪說謎底是個『字』，也是一個人，原來就是『建寧』格格。可是十四妹是女孩子，這男人戴帽子，好像不大合適呢。」

慧敏冷笑道：「原來十四格格是女孩子嗎？我看她伶牙俐齒好勇鬥狠，就把這事兒忘了。」

四貞眼看又起戰端，連忙打岔道：「我沒猜出來，是我輸了，我給大家講個軍中的笑話吧。」

慧敏自覺已經在建寧面前扳回一局，心情頗好，笑道：「是我輸在前面，我先講吧。」

建寧倒也不覺得慧敏笑她像男人有什麼侮辱，渾不在意，只想有笑話可聽，便點頭說好。於是慧敏與四貞先後說了，五人又重新賭過，將酒飲了，盡歡而散。

順治難得看到慧敏天真活潑的一面，忽覺這個皇后也不是那麼可憎，杏眼桃腮，活色生香，自己把她在位育宮裏冷落了那麼久她也不怨恨，還心無芥蒂地前來祝壽，被建寧搶白了也不發作，還和大家有說有笑，倒也不失爲一國之母的寬容大度。因此將一腔柔情喚起，等到席散，眾人依次辭去，子衿送上紫貂外氅來，順治隨手接過，親自替皇后披上，笑道：「朕送皇后一起回宮吧。」

此言一出，慧敏及子衿、子佩等俱是大喜過望，幾乎不知道怎樣奉承才好。一行簇擁著來至位育宮，順治攜著慧敏的手步入殿內，明明是從小待慣了的地方，如今看著卻只覺陌生，故地重遊一般，倒有些感慨，笑道：「皇后將這屋子佈置得閨房一樣，哪還有一絲男人氣？」隨手翻檢著擱在藤几下的針線籃子。

慧敏但笑不語，只是很深很深地看著順治，彷彿要將這難得的溫柔一刻銘記在心。「執子之手，與子偕老」，這一天，她已經等了整整兩年。兩年冗長沉寂的後宮日子，使寂寞厚重得有形有色，築成一道厚厚的牆，叩打上去，連絲回聲也沒有。然而皇上的笑容，就如一道和煦的春光射進重重陰霾中，照亮她的沉鬱。終於，終於可以「執子之手」，是否，從此便可以這般平和相愛地過下去，直到「與子偕老」？

她想，這一天是皇上的生日，正月三十，多麼美好的日子，普天同慶，龍鳳呈祥，她要永遠記住這一天，並且以後每年的這一天，她都會與他一同慶祝。他們將攜手並肩，度過未來無數個花融月暖的豐麗日子，他終將補償她，以往的疏離陌生在今夜之後都將成爲過去，而未來，未來的好日子長著呢。

忽然，順治從籃中拿起一條腰帶來，讚道：「好精緻的針線，是誰做的？」

慧敏詫異地接過，道：「我從未見過這個，眼生得很。」

順治笑道：「是條男人腰帶呢。」

慧敏大急，道：「這裏怎麼會有男人腰帶？皇上可別冤枉臣妾。」

順治看她發急，更加逗她道：「分明是男人的東西，你看，還繡著龍呢，難道是哪位王公貝勒落下的不成？」

慧敏急得眼淚迸出，賭咒發誓道：「一定是有人存心陷害。我這把所有的宮人叫來拷問，要是被我查出來是誰下的蠱，一定剁了她的手腳！」

那腰帶正是子衿偷偷給皇上繡製的那條，見皇后發覺了自己的秘密，嚇得魂飛魄散，正想跪下來承認是自己的針線，忽聽皇后說要查出來剁去手腳，嚇得哪敢再認，低了頭一絲大氣兒也不敢出。

順治起初看到腰帶上繡著九條龍，便知道是給自己的壽禮，以為皇后故意放在針線籃子裏讓自己發現，給自己一個驚喜；及至看到慧敏賭咒發誓地說不知道出處，反而疑心起來，板下臉問道：「這腰帶用明黃緞底繡金線，又是九龍，這是犯禁的。從前睿親王謀反，在府裏秘製龍袍御帶，這些日子裏，朝中頗有幾個大臣想為睿親王翻案，難道皇后也有參與嗎？」

慧敏勃然變色道：「謀逆大罪，臣妾豈敢擔當？若皇上以為私藏御帶是犯禁之舉，不如這便下一道旨，將臣妾滿門抄斬好了。」

順治冷著臉道：「皇后這是認罪了？就不怕我把你交給宗人府拷問？」

慧敏昂起頭，她聽到一種細微而恐懼的火藥點燃引線般的絲絲聲，那是危險的報警，然而她已經控制不住她的怒氣，明明在心底裏一再告誡自己要遠離那火線，一邊卻親手明火執仗地湊近去點燃那火捻子，凜然道：

「皇上不必恐嚇臣妾。臣妾自然知道，謀逆是滅門之罪，要誅連九族的。只是皇上可別忘了，太后娘娘是臣妾的親姑姑，也在九族之內。倘若臣妾謀反，說不定便是皇太后指使。皇上可要把太后娘娘也綁起來，一起送去宗人府嗎？」

順治被她這一句噎得無話可對，不禁惱羞成怒，恨道：「很好！很好！原來是有太后撐腰！」

站起來便走。

慧敏大為後悔，追至殿外，拉住順治衣袖道：「皇上，你真的不信我？」

順治站住，斜斜地睨著慧敏，唇邊忽然泛起一個冷冷的笑，輕慢地道：「你需要朕相信嗎？你已經貴為皇后，又有太后撐腰，就算真的在位育宮裏再立一位皇上消受你的龍袍御帶，朕也不能誅了你的九族，是不是？」說罷，用力一甩袖子將慧敏推開，再不回頭。

慧敏猛地站住，腦子忽然就空了。順治的話雖狠，畢竟是相罵無好語，尚還可以支持；然而噙在順治唇邊那個捉摸不定的微笑卻著實地傷透了她，那笑容裏，盛著形容不出的輕蔑和侮慢，就好比一柄鋒利的劍刺穿了慧敏的心，那是比任何一種語言都更加殘忍而具傷害力的；還有他揮袖推開她的那輕輕一掌，彷彿她是沾在衣袖上的灰塵，又或者骯髒的小動物，被他嫌惡地隨手撣掉或是一腳踢開。

她站在空落落的位育宮寢殿門廊下，看著順治匆匆離去的背影，沒有追趕，沒有呼喚，甚至，沒有流一滴眼淚。眼淚在沒有流下前已經凍結在心裏了。這麼冷的天氣，連睫毛都已結了霜，怎麼還會有眼淚的出路？

後宮的空氣稀薄，此前一直使她時時感到窒息。然而這一刻她忽然明白，那是因為她身體裏充滿了不能回應的渴望。當渴望無法滿足，便會尖叫至缺氧，獨自在寂寞的罅隙裏瘋狂。

只有掐滅渴望，才能掐死瘋狂。她在這一刻決定關閉自己。

她已經期待得太久，彷彿一莖柔弱的花朵期待陽光。如果這期待一直得不到回應，她便會慢慢地麻木，枯萎；然而一場危險的空歡喜摧毀了她，使她在猛烈的陽光下迅速脫水，瞬間枯亡。

孤寂和冷漠重新籠罩了整個位育宮，陰翳比以往任何時日都更加深重，天邊彷彿有雷聲隱隱，慧敏筆直地站立，有如雕塑，以一種前所未有的冷酷與堅定在心裏默默發誓：

「我詛咒他！我，博爾濟吉特慧敏，科爾沁草原上最尊貴的格格，用盡全身心的力量，來詛咒當今聖上愛新覺羅福臨！今生今世，我絕不會再給他一個笑臉，絕不會再對他有半分溫情，絕不會再為他掉一滴眼淚。我以我自己的美貌與快樂為祭品，從今天起，不再妝扮，不再笑語，以此向天地鬼神宣誓，交換上蒼對順治的懲罰——我要他和我一樣，永遠都找不到可以真心相愛的人，永遠都不能得到理想中的愛情；即使遇到，他的快樂也不會久長，痛苦只會因為短暫的恩情而更加深重，比從來沒有更悲慘絕望！他將留不住他生命所有的至愛，並因此痛不欲生，一蹶不振，直至自己把自己送給死亡！」

這是來自大清王朝入主中原後第一任皇后的詛咒。這惡毒的詛咒雖然沒有宣諸於口，卻彷彿已經被天地所共知，天色忽然沉暗下來，一陣冷風襲過，宮女們情不自禁齊齊打了一個寒顫，輕聲驚呼：「又要下雪了！」

附注

1、關於孔四貞的正野史俱有記載。其身世為定南王孔有德遺孤一事無異議，關於其歸宿卻版本眾多，有以皇太后義女賜婚說，亦有為順治納為妃子說。

《清史編年》載：順治九年七月初四日，孔有德倉皇計窮，遁走無路，聚其寶玩於一室，手刃其家室，閉戶自焚死。本日，清偏沅巡撫金廷獻奏報：大西軍陷桂林，定南王孔有德自縊。清廷聞訊震驚。

葉夢珠《續綏寇紀略》卷三載：「七月四日城陷，有德自縊死，家屬一百二十餘人皆遇害。有女曰思貞，單騎突圍出，奔京師，上疏言其父死難及續順公沈永忠頓兵不救狀，世祖憐之，將冊立為妃，知先許字孫延齡，乃止。至康熙元年，遣回，給配將軍孫延齡。」

第十一章　選秀

1

孔四貞迷上了刺繡。她的長期舞刀弄劍的手一旦拿起繡花針來，立刻就被它的纖細輕巧征服了。在那綿綿密密連續不斷的穿針引線中，所有的回憶和思想都被擠了出去。刺繡一定要氣定神閒，容不下半點塵心雜念，這是自我救贖的一劑良方。

然而四貞的心不靜。閉上眼，就聽到父親的匕首刺進母親胸膛的聲音，並不響亮，「撲」的一聲，卻刺骨鑽心——同時刺穿了母親和四貞兩個人的心；睜開眼，就好像又站在城頭之上，回首看見定南王府的熊熊之火照亮了夜空；每一天早晨醒來，她都彷彿剛剛經歷過一場浴血廝殺，剛從重圍中逃出命來，護送她的一百精兵紛紛倒在她的身後，有被砍掉了肩膀的，有被刺穿插了大腿的，有的撲在地上，腸子流出來血糊了一身，猶自高仰著頭向她嘶叫：「小姐，記得爲我們報仇啊！」她忘不了這些聲音，她不能辜負這些生命，活著的人比死去的人承受著更多的負擔與責任，她的心裏充滿了憤怒與仇恨，要努力抑制這些，唯一的方法就是刺繡。

她是繡房裏最刻苦的學生，雖然粗手笨腳，毫無天分，時時被繡針扎傷，可是一直堅忍不拔地練習著，風雨不輟，絕不叫疼。入宮以前，她把報仇想得很簡單，以爲自己只要可以殺出重圍，進京告狀，便可以爲父親討還公道——父親的死，不僅僅是因爲大西軍李定國部兵強馬壯，更是因爲續順公沈永忠明明接到告急卻按兵不動，不肯救援，陷父親於孤軍重圍之中，以至全軍覆沒，闔家自焚。此仇不報，爲人子女者安能苟活？

然而皇太后表面上對她百般體恤寵愛，議政時卻避重就輕，只是表彰定南王滿門忠烈，以身殉國，對於續順公不肯發兵救援的事實卻隻字不提。而她做了格格，長居在重門深院的東五所裏，再不能像從前那樣行動自由，除了仰瞻天威之外，也別無他法可想。

她很快發覺，在後宮裏，唯一的求生準則就是邀寵。她也知道，皇上很看重她，如果她肯施一點手段，不難封妃稱嬪。然而，英雄兒女，恥於以色事君，那樣，不是忠孝，倒是有辱家教了。再者，四貞猜測那並不是太后願意看到的。太后心思縝密，明察秋毫，既然願意收留她在後宮，不可能沒有考慮過封嬪的方式。然而她一見面即認她爲義女，封爲格格——其實四貞本來就是定南王郡主，太后的抬舉只是在稱呼上拉近了關係，在地位上卻並沒有實質性的提高——其目的，不過是坐實她與皇上的兄妹之名，提醒她不要有非分之想罷了。

四貞猜想，那是因爲她是漢人的緣故。太后對於皇上的親漢傾向已經很不滿了，雖然答應旗籍漢女可以參加選秀，卻絕不會願意選一個像孔四貞這樣有政治主見的漢女爲妃子，免得她左右了皇上的意見。如果太后不願意皇上娶她，那麼就算她用手段籠絡皇上，強行得到一個賜封，宮中的日子也是艱難的。而且做了後宮女子，就更要尊太后爲長，晨昏定省，惟命是從，那時再提報仇之事，便成了妃子干政，罪名匪輕。

君子不立危牆之下，不飲盜泉之水。孔四貞雖然不能逆太后之意走出宮去，卻不願意做出任何會讓人誤解她想攀龍附鳳的舉止。爲了表明心念，入宮以來，她一直以守孝爲名，簡衣素服，不施脂粉，並且主動稟明太后：兒時父母曾爲她訂了一門親事，夫家孫延齡，情願三年孝滿後出宮相從。太后欣然允諾，笑道：「那時，你就以格格的身分從宮中出嫁，我必叫禮部辦得風風光光的。」從此，名份就這樣定了，前途也這樣定了。她爲她自己和順治之間，劃下了一道銀河，不可逾越。後宮東五所，成了她的錦繡牢籠，她唯一可以做的就是隱忍，一邊恭謹地侍奉太后，一邊刻苦地練習針黹，靜待時機。每日裏最主要的功課，就是在繡房中錦上添花。

宮裏的繡架分爲大綳、中綳、和小綳。大綳是宮女們刺繡被面披氈這些大件繡花製品的，張起來，要五六個宮女同時分工合作，半個月的功夫才能繡好一幅活計；中綳是繡龍袍鳳襖的地方，功夫最考究，但也最常用，選的是一流的繡女侍候；小綳則是做些小玩件兒，諸如絲帕、蓋頭之類，同時也是格格們學習針黹的課堂。

那些繡女大多是從前明遺留下來的宮女，來自江南蘇杭一帶，針黹功夫一流。雖然背井離鄉已久，然而吳儂軟語，腰細手巧，一望可知是南國佳麗。只是年紀略大，多半已經過了二十歲，邀恩爭寵已是沒什麼希望，只好憑著一流的針黹功夫在宮中獲個三餐一宿，平穩安靜地等老。

宮女服侍過十年而未被皇上臨幸過的便可出宮嫁人，然而這些宮女在明清更替時原有許多機會大大方方地走出去，卻只因無處可去而不得不留在宮中聽天由命。不論是崇禎當朝也好，李自成篡位也好，多爾袞輔國也好，順治親政也好，她們總之是繡花度日，單是針短線長便已穿過四季風雨，餘景殘年。盛世，她們憑一雙手吃飯；亂世，也不過是一條命交託。在這個世上，她們沒有太多可留戀可期冀的事情，也便沒有畏懼憂慮。

她們都是一些最平和不過的人，除了刺繡，便心無掛礙，因而技藝與日精進。她們是入世的尼姑，未嫁的寡婦，用黯淡的人生繡出絢麗的綢緞，將紫禁城裝點得更加花團錦簇。

四貞身處那些宮女之中，在繡藝日漸稔熟之餘，心態也益發平和，雖然還只會些平針、鋪針的基本針法，然而當她拿著小綳端坐刺繡的時候，當真是風清雲淡，波瀾不驚，已經再也看不出剛進宮時那種剛烈激昂的樣子。

太后將她的種種努力與變化看在眼中，頗為滿意。後宮女眷們照規矩要輪班侍候太后，但是太后並不喜歡太多人奉承，大多時候都是叫人在偏殿休息，有事時才傳喚；但是有時也會留下中意的女眷陪自己聊天下棋，賞花作畫。四貞閱歷非凡，見識過人，時常有驚人之語，想人所未能想，道人所未能道，每每令太后有意外之喜，因此是最常被留下來侍候的。有時順治來請安，也陪在太后身邊聊天說話，每與四貞相談，她亦有問有答，卻安靜從容，絕無搔首弄姿之舉，媚笑諂言之聲。時日久了，太后更看重四貞，而皇上亦十分敬重，反常常將些時事與她討論，聽聽她的意見。

四貞心中，頗嚮往唐時女相上官婉兒，然而她心裏很明白，這宮裏只有一個女人可以彈劾朝政，那就是太后。而在精明過人的太后面前，女子的聰明，最好只限於淺見微識，趣語軼聞即可。真正的大智慧，則只能惹來殺身之禍。因此，儘管太后留她陪侍的次數越來越多，時間越來越長，與她聊天的內容也越來越深，大到朝廷的新舉措，深到阜上與格格們的婚事，都常常會拿來同她討論，然而她卻恪守本份，只分析利弊，而絕不代策代決，提供任何建議。因爲她知道，太后與她商討的根本目的，並不是要聽她的意見，而只是在自己跟自己梳理思緒。她要做的，只是扮演一個最好的聽眾，在適當的時候接一兩句話幫太后鎖定情緒，理清思路，然後等待太后自己得出最終的路徑。

這天，她們談起的是建寧格格。

「聽說你和建寧格格相處得不錯。」大玉兒這樣開腔，用著十分讚許的慈愛口吻，「這真是不容易。建寧這孩子自小跟著我長大，被慣壞了，萬人都看不進眼裏去，你能收服她，可見難得。」

四貞忙陪笑道：「是十四格格不嫌棄四貞出身蠻武之家，寬和體下才是。」

太后點點頭，卻恍若未聞，仍接著方才的感嘆說下去：「這孩子生性倔強傲慢，萬人看不上，覺得誰都不配做她的朋友；將來只怕也看不上男人，覺得誰也不配做她的丈夫。她的這個額駙人選，倒是幾個格格中最讓我頭疼的。你也知道，咱們滿蒙兩族的男人，都是粗莽武夫，馬背上長大的，哪裡懂得什麼溫存體貼。將來建寧嫁過去，還不得三天吵兩天鬧的。」

四貞不明所指，只得繼續陪笑道：「怎麼會呢。格格金枝玉葉，無論誰做了額駙，自然都是加倍小心憐惜的，哪裡會吵嘴？」

太后搖頭嘆道：「那也說不定，都說皇帝女兒不愁嫁，其實那不過是老百姓心裏的揣想罷了。遠的不比，單說這宮裏，咱們的皇后娘娘，按理一個大清皇上，一個蒙古公主，這婚事也算天造地設了吧，兩個人該是恩愛互敬的才對。可是你看看他們，倒像前世仇人一樣，連面兒也不見，哪裡還像是夫妻，真是日夜叫我操心。我因此特地下令要在秋天舉辦一次選秀，允許漢人女子入宮。就爲著漢人的禮教周到，或者倒還會找到皇上滿意的人選。」

皇上選妃，已涉及國策，而自己又恰恰是漢女，倒叫四貞不好答話，卻又不能無所表示，否則更顯心虛，只得仍繞回到建寧頭上道：「皇上三宮六院，一個不合意還有第二個；格格擇夫可是一輩子的大事，太后是打算在滿洲八旗子弟中選呢，還是也指給一位蒙古王子爲婚？」

大玉兒慢慢地道：「滿蒙聯姻雖是我大清皇室的傳統國策，然而也不必各個公主都嫁蒙古王子。我在想，或者招一個漢人駙馬，也許更合格格的意，也更見得我大清視滿漢爲一家的誠意可不光是口頭上說說的，而是身體力行。你是漢人，你說呢？」

四貞大吃一驚，格格出嫁非同尋常，這不僅是一宗婚姻，更是一項政策，皇上娶漢女爲妃尚被視爲混淆血統，格格嫁漢人爲妻豈非更是奇恥大辱？然而這句話由皇太后口中輕描淡寫地說出來，就好像在議論要賞給某人一件什麼玩意兒般稀鬆平常。她第一次在皇太后面前感到不寒而慄，也是第一次明確地意識到了向來所誤以爲的皇太后對建寧另眼相看的恩寵，其實全是假象，她一直都覺得皇太后的仁慈後面還藏著另一張臉，卻一直都想不透是什麼，然而今天被她第一次清楚地看到，她卻覺得害怕了。她戰戰兢兢地試探著：

「太后的意思，是看中了某位漢人王爺，要為十四格格指婚麼？」

大玉兒微笑道：「我也是突發奇想。不過，建寧的性子是選誰都不會高興的，到了那一天，你要勸勸她，還有……」她意味深長地看著孔四貞，慢慢吐出兩個字，「皇上。」

2

順治十年春，乾清宮與坤寧宮的重建終於正式動工了。同時修復的，還有宮殿西側的儲秀宮，那是為了秋天的選秀在做準備。

這年春天，建福花園的桃花就好像瘋了一樣，開了一叢又一叢，直開到三月底柳葉都肥了還不肯謝。建寧與四貞在桃花林中散步，略一動肩回首，樹上的桃花就飛落下來，灑在兩人的肩頭襟上。建寧忽然很想念很想念長平仙姑，當她走在桃花樹下，她就情不自禁地想起四年前這桃林第一次開花的情形。

長平仙姑親自勞作，卻輕易不肯叫她和香浮幫忙，說是金枝玉葉要好好保護自己的一雙手。是她求了好久，長平才應允她在已經挖好的坑裏栽下桃花的，然後再自己親手培土，這樣子一連栽了七八株，直到她玩得盡興了才罷。從沒有人待她像長平那樣好，那樣遷就，那樣溫和，那樣恰到好處地縱容著她又管束著她。長平仙姑是建寧今生遇到的最像母親的人。

建寧對自己的親生母親綺蕾記憶不深，而莊妃皇太后更是高高在上，可敬可畏不可親，惟有長平，對她才是真心憐寵的。長平是連釀製桃花酒，都要給她和香浮一人一罈的。她把自己看成她的女兒一樣。如今，桃花一年一度地又開了，可是，長平仙姑在哪兒呢？香浮小公主又在哪兒呢？仙姑明明在夢裏告訴自己說香浮會回來的，可是，爲什麼她至今都還見不到她？桃花都開了，香浮卻還沒有回來，她到底什麼時候才肯回來呢？當她回來的時候，自己還認得她嗎？

建寧長喟一聲，有些感傷地告訴四貞：「這園子裏的桃花，有幾棵還是我親手種的呢。」

「真的？」四貞有點意外，刁蠻驕傲作威作福的十四格格連繡花針都不願拈起，竟肯泥手種桃花？她不由微笑，「多半是叫太監幫忙，你自己做監工吧？」

「哼，我才不願看見那些臭太監呢。真是我親手種的，你不信？」建寧認真地說，「當然不是我一個人，還有仙姑，還有香浮，還有琴、瑟、箏、笛幫忙，我們大家一起種的。」

於是，建寧給四貞講起了長平仙姑與香浮小公主的故事，講起了桃花與海棠，講起了茶禪一味，也講起了香浮的失蹤和長平的暴斃，講到後來，她的眼圈兒紅了，眼淚掉下來。

四貞怦然心動。長平公主，大明的最後一個公主，斷臂的公主。那也是她的主子啊，真正的主子。她在這一刻的心情極其複雜，既爲了骨子裏本能的忠義而激蕩，又爲了現實中的改節而難堪，畢竟，她是背叛了她的大明主子，而投靠了清廷的，並且，做了清朝後宮的格格。但不管怎麼說，她和長平，是僅有的在改朝換代後依然走進了這後宮建福花園裏的兩個大明貴族。就憑這一點，她與長平，便是有緣的。

她將手輕輕撫弄著那桃花的樹幹，也有了某種流淚的衝動。然而她把那淚咽下去了。這一點點感動，比起眼看親生父母死在熊熊烈火中的悲壯又算得了什麼呢？她進宮的目的，可不是為了忠君，為了感動，為了同情或者懷念，而是為了復仇。她不能行差踏錯哪怕半步路。她看著建寧，想起自己還有任務沒有完成。那任務與沙場征戰沒有半點相似，可是，卻不容出錯，不能失敗。

自從四貞知道太后要將建寧指給漢人為妻，就覺得心中惴惴不安。倒不是為了建寧擔心，而是怕自己捲在這場是非中，不知道將要扮演一個什麼樣的角色。太后要她勸勸建寧與皇上，自然是明知無論建寧本人還是皇上都不會贊成這門親事，太后尚不肯面對，卻要自己來擺平，可見這任務的艱難，而且，她用的還是命令的口吻。

是的，太后的態度很溫和，彷彿話家常時隨口掃起的閒話。然而這更可怕。因為她甚至不是鄭重地拜託，如果是那樣還可以有婉辭的可能，她就是那麼順口一說，便是定論，四貞連說「不」的機會都沒有。

不能對太后說「不」，就只有向建寧遊說了。

「你對漢人，好像特別有好感。」四貞發出了自己懷柔劍勢的第一招，做說客，注定是一個長久而艱難的工作，不可能一招制敵，甚至不可以讓對方感覺到自己是在出招。她必須學會莊妃皇太后的談判技巧，將一件大事說得輕描淡寫，彷彿話家常，而後出招於無形。

此刻，四貞便是這樣很隨意自然地說著一句閒話，「比如長平公主，香浮，還有我，甚至綠腰和琴、瑟、箏、笛，你對我們漢人，比別的格格好多了。」

「咦，真的。」建寧好像第一次考慮這個問題，嘻笑著說，「真是的，我才發現自己原來有這麼多漢人朋友呢。」然而她的笑容很快又黯淡下來，她的漢人朋友，都不久長，比如長平，比如香浮。誰知道四貞同她做朋友又會做多久呢？她有些依戀地問：「你不會離開我吧？」

「總不能一輩子待在宮裏呀，我原又不是這裏的人。」四貞微笑，很順利地使出第二招，直奔主題，「況且，就是這宮裏的，也不會一輩子待在這兒，總要出嫁的，你看你的幾位姐姐，不是都嫁出去了麼？你總也要嫁人的。」

「嫁……」建寧的天性裏一向缺少平常少女的羞澀窘縮，聞言並不覺得不妥，只是有些新鮮，有些怔忡，有些朦朧的感慨，「嫁人真可怕，都不認得他是誰，說聲嫁，就跟著人走了。我每次看到格格們出嫁，她們都是哭得死去活來的。不過，總算可以出宮了，也許是件好事。」

「是呀，嫁了人，就可以過另外一種生活了，其實嫁誰倒沒什麼相干，反正太后和皇上爲你選的，一定是最好的。」四貞多少有些違心地說。「格格的婚事，都是要太后指婚的吧？」

「是吧？」建寧有些不確定地說，她還從來沒有想過這個問題。說到「指婚」，不知爲什麼，她忽然想起那個一去不回的射鴉少年來，不由抬起頭，看著天上飛來飛去的烏鴉，忽然沒頭沒腦地說了一句，「這烏鴉叫得真難聽。」

四貞的臉騰地就紅了。她說不準建寧這句話是不是在諷刺自己，可是她的確很難堪地覺得，自己的聲音比烏鴉的叫聲更加難聽，並且開始越來越痛恨自己這個說客的身分了——尤其是，在建寧將她與長平公主相提並論之後。

慈寧宮裏，太后大玉兒同皇帝說了福臨談的，也是同一件事。

「這些年來，你給平西王的賞賜越來越厚，他的權勢也就越來越大，有人對我說，他在西南獨霸一方，其排場威風連南明小王朝都比不上呢。如果他有一天起了什麼異心，倒是不好控制的。」大玉兒若有深意地聊著這些朝廷大事，卻不等順治回答，輕輕地話鋒一轉，又說，「上次為了南明反間計的事，你給了吳三桂一道安撫御旨，說『朕與王情同父子』，處理得很好，是做大事的態度。然而那究竟是句空話，做不得準，一半次說說安撫人心還管用，事情過了也就過了，終究落不到實處。」

順治已經習慣了母后的說話方式，一句話裏往往藏著至少兩三種玄機，表面上談的是一件事，實際裏指的卻是另一件事，而最終的目的則是第三件事，因此不便輕易接招，只笑問：

「額娘以為怎麼樣才算是落到實處？」

太大玉兒仍然用一種輕飄平淡的口吻，似乎很隨意地說：「除非兩家結了親，長長久久地做親戚，在這君臣之上再坐實一個姻親的名分，那才會讓人心落穩，名至實歸，讓吳家世世代代為我大清效忠。你不是一直誇獎吳應熊好嗎？那麼給他一個額駙做做，倒也不算便宜他。」

順治一愣：「額娘的意思是要給吳應熊賜婚？那額娘打算把哪位郡主指給吳應熊呢？只怕王爺們未必樂意。」

大玉兒笑道：「要是隨便指一位郡主，那是王爺跟吳三桂結親，跟咱們有什麼關係。而且兩邊都是王爺，只不過一位是滿洲的王爺，另一位是漢人的王爺罷了，終究是旗鼓相當，也見不出我們的皇恩浩蕩啊。」

順治更加震動：「額娘難道想指一位格格給吳應熊？可是如今宮裏未出閣的格格中並沒有適齡的呀。」

「怎麼沒有，十四格格就很合適呀。他們倆郎才女貌，一個是金枝玉葉，一個是少年英雄，一個未娶，一個未嫁，現成的天賜良緣。」

「十四格格？」順治呆住了，「十四妹才十二歲。」

「我十二歲的時候，已經做了你父皇的妃子了。」大玉兒理所當然地說，「你娶慧敏的時候，她也不過才十三歲嘛。十二歲不算小了，民間多少姑娘十二歲已經生兒育女了，何況皇家嫁女，爲的是體統政策，又不要她當家理事，管年齡做什麼？屆時宮中自然會陪送廿四個男女跟她過府，一應大小事務，出入禮節，他們自會指點她的。你還怕她受委屈不成？」

說來說去，只是選定了十四格格。順治心裏十分難過，半晌方道：「可是十四妹的性情剛烈，又心比天高，怎麼會肯嫁呢？從咱們大清建朝至今，還從未有過一位格格賜婚給漢人的呢。」

「那更好，更顯示了皇上對於『滿漢一家』的決心。把建寧指婚給平西王之子，一則是與平西王結親，讓他永遠效忠我們；二則也是公告天下，讓天下人知道，在皇上眼裏，滿人和漢人並無貴賤之分，親疏之隔，那是比做多少表面文章，頒什麼功勳賞賜都更管用的。」

順治聽母后口口聲聲國家社稷，更無一言半語替建寧著想，不禁心中難過，垂頭道：「我想同十四妹談一談，看看她的意思。吳應熊雖好，未必合十四妹的意，如果她心裏實在不願意……」

不待順治說完，大玉兒已經沉下臉來，喝道：「那怎麼好由得她？小老百姓家裏還講究個婚姻大事，父母之命，媒妁之言呢，我們皇家御苑倒沒規矩了不成？爲格格們挑選額駙，是我這個太后的職責所在，總不成爲著疼愛她們，就把她們養在宮裏一輩子，誤人青春吧？我看這門親事甚好，明兒就頒諭禮部，叫他們擇吉納彩。」

順治聽了，無話可說。發嫁公主的確是太后的權力，自己雖是皇上，但是便連自己的婚事也是做不得主的，何況十四格格呢？只是，叫他怎麼對妹妹開口？

大玉兒笑了：「這你倒不必操心，我會叫貞兒好好勸勸她的。有時間你也跟貞兒談談吧。這些事情，她倒看得比你們明白。」接著話題一轉，又提到了選秀的事上，「後宮虛空，好容易前年得了一個皇子，還沒過百日就死了。皇后進宮這麼久，也沒見開花結果。充實後宮勢在必行，可不能再耽擱了，下個月就是選秀的正日子，忙完了這件大事，再忙十四格格的事。你總抱怨額娘替你選的皇后不如意，這回選秀全憑你自己的意思，選蒙女也罷，漢女也罷，我都不過問，如何？你也知道，爲了漢女入宮的事，那些老臣子跟我饒了多少口舌，破天荒頭一遭兒，怕也沒下回了。」

順治明白，這是赤裸裸的又一次交易，她不過問他選秀的事，他也不要阻止她嫁女。何況他即使阻止，也無濟於事，只徒然使得母子反目，群臣無主，禮部爲難。他只有沉重地點了頭。

3

對於後宮來說，選秀往往是比大婚更令人期待的。因爲大婚的女主角只能有一個，而且毫無懸念，注定是屬於科爾沁草原博爾濟吉特家族的；而選秀，卻是千萬人的盛會，是所有十二至十六歲旗人女子的大婚，並且具有無限的可能性與豐富的觀賞性。

大清的選秀是三年一次，三年前福臨尚未親政，因此這年秋天的大選，便成了順治王朝的第一次選秀。它的意義幾乎可以與登基相比，而遠比大婚要令人期待。因為大婚時的順治是被動的，違心地接受一個攝政王替他擇定的皇后，按部就班地完成所有的儀式，完全沒有選擇的快樂與驚喜。選秀卻是不同的。成百上千的女子被送到京城來供給他挑選享用，這是把帝王的權力和尊貴落到實處的重要體現，是代表順治王朝到來的鮮明標誌，也是皇上由男孩成長為男人、具有了與親政身分相匹配的一種資格認證——他凌駕在三宮六院之上，凌駕在大清百姓之上，凌駕在八旗權貴之上，凌駕在金鑾寶座之上，他，終於擁有了完整的主權，完整的後宮生活！

最重要的，是這次有隨了旗姓的漢人女子充選，他終於可以挑選合意的漢女為妃，天可憐見，那個神秘的漢人小姑娘會不會也在其中呢？順治對這次大選充滿了期待，並且特意叮囑吳良輔，要儘量對漢女網開一面。

成千上百的滿籍女子被各旗參領一車車地連夜送進皇宮，車上豎有不同顏色的雙燈，標識著候選秀女的出身地位。但是不管怎麼樣煊赫都好，此時都像卸貨那樣卸載在神武門口，巳時點名後魚貫而入，穿過門洞來到順貞門外候選。太監首領吳良輔率領著眾太監對這些嬌豔的花季少女進行嚴格的初選，五官端正是最基本的條件，皮膚黯黑、粗糙、長斑、有痣以及身材稍胖、稍瘦、略高、略矮都是不合格的，然後聽其聲，觀其行，量其臂，其中聲音略粗、雄壯、嘶啞、渾濁，以及手腕稍短、五指粗壯、腳趾分開、舉止輕佻的也都要檢除。每個少女都有一面牌子，寫著姓氏、籍貫、年齡等，面試合意的就把牌子留下，不合意的就「撂牌子」。

在這個檢選的過程中，吳良輔親自執行的惟有「量腕」一項，這很方便他的袖子裏被不斷地塞入各種珠寶與銀票，或是指令明確的字條。他不動聲色地把這一切納入懷中，然後親自挑選出二百餘名女子，其餘的便被本旗原車遣回了。

通過了初選的少女們終於有機會走入真正的宮廷，儘管此前一再被教訓不要東張西望，儘管懷抱裏都是滿滿的忐忑與不安，卻還是不能控制自己的好奇與興奮，忍不住向左右偷偷地窺視——不論最終能不能留在這裏，她們總算是曾經走進後宮了。就憑這一點，也足可炫之鄉鄰，誇耀終生。

吳良輔注意到，這其中唯一沒有向左右看的秀女就是佟佳平湖，他之所以記住了她的名字，一是因爲她是漢女入旗，自然會得到他的特別關注；二是因爲她的出手特別大方，打點吳良輔的賞賜竟是一對雕刻玲瓏的小白玉獅子。她的臉上有一種超乎年齡的嚴肅與端莊，目不斜視，步不高舉，聲線雖然略顯幼嫩卻十分平穩，走路的時候，裙上的飄帶紋絲不動，而帶上金鈴則細不可聞。

這是一個天生的皇后人選。吳良輔在心底悄悄對自己說，她其實完全不需要給任何人賄賂，再嚴格的篩選也不可能將她剔除，而且她是正藍旗固山額真佟圖賴之女，其祖佟養真早在清太祖努爾哈赤時已經挈家來歸，賜姓佟佳，就衝這一條，自己也會讓她入宮的。但是她出手如此大方，顯然是下定了決心要闖進宮來，絕不容許任何失誤的。

吳良輔對她有莫名的好感，不知怎麼就很想幫她一把。雖然後宮的複選已經超越了他的職權範圍而由忍冬接手，但是他想，必要的時候，他會向忍冬求情的。

忍冬還是第一次主持這樣盛大的典禮。數百個女子集中在高不見頂的大殿中是一種近乎壯觀的景象，她們繡帶招搖綠鬢如雲，不說話已經是風聲鶴唳般鼓動著某種秘不可宣的氣氛，再若有一點竊竊私語，那簡直就是一陣陣海浪源源不斷綿綿而來，可以撼山動地，摧枯拉朽的。

站在這海浪般的芸芸眾生前，忍冬不由得有了一種莊嚴與驕傲相混合的威儀感，已經站在高處了，還要高高地揚起下巴，很慢很清楚地咳了兩聲。人群刷地靜寂下來，數百雙眼睛齊刷刷地盯著她，彷佛她就是代表著皇家權威的最高長官。她知道自己在這時候該有兩句訓話的，太后娘娘此前曾經提點過她，吳良輔也把前明的規矩知無不言地向她講解過，可是偏偏這時候，她卻忘得一句也不剩了，好不容易開了口，卻只有最簡單的幾句話：「既然來了，就要守規矩，以後你們會知道的。」

這話語的空洞與她面容的莊重多少有點接不上軌，秀女們便都眼睜睜地看著她不做聲，好像在等她再多說點什麼。忍冬自己也很想再說幾句更有份量有內涵的話，然而實在是不能了，她莫名其妙地望空揮了一下手，回頭對嬤嬤們說：「開始吧。」至於開始什麼，她自己也不清楚。

幸好嬤嬤們是清楚的，那都是從前明宮女中精挑細選出來的有經驗的嬤嬤，她們對這紫禁城比忍冬熟悉得多，對皇家的規矩也遠遠比忍冬知道得多，對於選秀的程序及規則，就更可以做忍冬的老師了。

這時候，便有一個老嬤嬤耳語般地提點忍冬：「該讓她們脫衣裳了。」

忍冬愣了一愣，機械地大聲重複：「脫衣裳。」這聲音把她自己和秀女們都嚇了一跳。當眾脫衣，多麼讓人難堪的事情。數百個赤裸的少女身體，如何面對？忍冬在後宮生活了半輩子，可至今還是處女之身。她自己從來都沒有當眾裸過身體，而除了侍候莊妃皇太后洗浴之外，也從未見過任何女人在自己面前裸體。但是現在，她卻這樣莽撞粗魯地命令二百多個女子脫衣。如果她們不肯聽從或者質疑，她真不知該如何面對。

然而秀女們比忍冬更早地鎮定下來，畢竟，她們之前早已接受過最基本的選秀訓練，知道會有哪些步驟，面對什麼樣的難關。所以只是略微遲疑了一下，便有一個略爲年長的秀女俐落地將自己的衣裳一層層脫了下來，率先站在了最前列。其餘的少女便如受了鼓舞一般，也都很快脫光了衣裳，齊刷刷地列隊站妥。

忍冬對那個一馬當先的秀女有點感激，不禁特意地打量了她一眼，在心裏讚嘆著：真是個美人兒呀。蜂腰猿背，螳臂鹿腿，那樣豐滿的胸，那樣纖細的腰，那樣緊綳的臀，那樣筆直的腿，真是年輕，真是豔麗，這才叫少女呀。她想，如果她是男人，也會愛上這樣的女子的。

嬤嬤們走上前，開始依次對秀女們摸乳捫肌，又叫她們打開雙臂嗅其腋下。少女們羞愧地低著頭，忍著淚，但當檢選嬤嬤說一聲「不合格」，並將那女子拉出隊列時，那眼淚便忍不住了，有些秀女甚至當眾放聲痛哭起來，一邊手忙腳亂地穿著衣裳，彷彿一朵盛開的花蕾在瞬間枯萎，變得像秋天的葉子那樣皺巴巴起來。

忍冬很欣慰地看到那個美人兒一般的秀女很輕易地通過了檢驗，並迅速地穿好了衣裳，還特地理了一下頭髮。她不禁走過去對她說：「你很好。你叫什麼名字？」

「紐祜祿遠山。鑲黃旗。」秀女很恭敬地回答，溫暖地微笑。

忍冬點點頭，把這個名字記在心裏。她不想在答案揭曉之前說得太多，於是慢慢穿過秀女的隊伍，看到有三個嬤嬤在圍著一個少女議論著什麼，便走過去問道：「怎麼了？」

嬤嬤退後一步，面有異色地回答：「這位平湖秀女年齡太小了，身子也單薄，我們不知道該不該算合格。」

忍冬回頭，便看到了那個小小的女孩，她的相貌幾乎不能用美麗或者漂亮來形容，如果剛才那位鈕祜祿遠山堪稱「紅顏」的話，那麼面前的這個女孩便是「絕色」——她的五官都精緻如畫，畫得太精緻了，眼角眉梢都流露出精耕細作的痕跡，以至於那妝容下的本來面目竟顯得有些高深莫測；皮膚是一種近乎病態的白皙，像是剛剛剝了殼的生雞蛋，滾動著一種柔嫩，一種晶瑩，看得人驚心動魄，覺得隨時都會有蛋汁流出來；小小的乳，小小的臀，雖然年紀尚幼，可是體態的輪廓卻已經顯現出來了，像一朵早熟的花蕾，含苞欲放，但那種「熟」是不自然的，揠苗助長一般的，帶著一點點妖媚，一種不正常的近乎邪惡的誘惑；而且她周身散發出一種淡淡的、若有若無非蘭非麝的藥香，使她整個人益發有一種無可形容的神秘幽豔。

這使得忍冬在看到她第一眼的時候就有種隱隱的不安，她有點不希望這個小女孩入選，說不清為了什麼，只是本能地不願意見到她。可是這女孩好像天生就是為了選秀而活著的，她的眼、耳、口、鼻、髮、膚、頸、肩、背都恰合標準，身材雖然單薄，但是嬌嫩細膩，而各種規定裏並沒有一條是以乳房尺寸來決定選廢的，況且身材面貌的評選權在於外宮的太監，而不在她手上。她的任務只是檢驗皮膚肌理與體味，並且考察繡綿、執帚等一應技藝。

「讓她穿上衣裳吧。」忍冬只能這樣說，她想，也許可以在後面關於技藝的考核中讓這個過分特別的女孩落選。

然而，再一次事與願違了，平湖的刺繡技巧堪與後宮的繡女相媲美，執帚拂塵的動作也優雅如舞蹈，根本她做每一件事都像在跳舞，或者舉行某種儀式，有種說不出的莊嚴與典雅。而且她對於各種考試表現得從容自如，駕輕就熟，好像比忍冬更要熟悉規則。倒是那位遠山秀女，她的刺繡就只會最基礎的平針，而且針腳還不夠平整，對於鼓琴、磨墨更是手忙腳亂，但是她的陽光燦爛的笑容使這一切都顯得微不足道，她一邊曲不成調地彈著琵琶，一邊自信地微笑的眼神就彷彿在說：我彈得很差嗎？那又怎麼樣，我反正又不是來宮裏彈琴的。

的確是這樣。忍冬在心裏回答她，接過牌子來放進鋪著黃色錦袱的畫匣裏，接著又重新轉回到平湖秀女的面前，問她：「你幾歲了？」

「十二歲。」平湖細弱而恭敬地回答。她的聲音嬌婉動聽，宛如浮屠之鈴，纖弱而清晰，直抵人心；她的眼神裏也有一種堅定的尊貴的神情，剔透晶瑩，同樣直抵人的心裏；而她的過於嬌嫩的身體，此刻也有了答案，就是年紀的幼小，她幾乎是卡著選秀的年齡下限挑上來的，是所有秀女中最小的一個。

這是個為後宮而生的女子。忍冬不得不對自己說。既然繁複苛刻的考試也不能令她落選，那又何必與她爲難呢？

就這樣，包括遠山和平湖在內的一百二十名秀女，在順治十年的初秋，翩然走進了剛剛修復的儲秀宮，成爲順治王朝第一批進宮的秀女。偌大的紫禁城後宮，瞬間變得華麗而熱鬧起來。

4

選秀大典舉行得熱火朝天，可是建寧卻無權參與，這真叫她坐立不安。她一次又一次地央求嬷嬷們：「爲什麼不讓秀女和我們一起上繡課呢？爲什麼她們刺繡的時候我們需要回避？」

胡嬷嬷說：「她們還在學規矩，還沒有成爲真正的主子，如果讓她們隨便在後宮走動，跟主子與格格們來往，說不定會帶壞了後宮的規矩。只有等她們瞭解了所有的宮規，並且經過皇上與皇后的親自挑選，升爲小主以後，才可以在後宮走動，那時格格才可以去儲秀宮探訪她們，她們也可以偶爾來東五所拜訪格格。只要再過兩個月，格格就可以見到她們了，何必急在一時呢？」

建寧等不得，到底還是換了身宮女的衣裳偷偷溜進了儲秀宮，正遇見秀女們在做遊戲，她們比東五所的格格們會玩多了，有的在翻繩，有的在踢毽子，還有的在糊燈籠。水竹篾的架子，碧紗糊的罩子，蓮花座上插著描金蠟燭，用一根披星戴月的秤桿挑著，十分別致精巧。建寧看那秀女正要劃擦火石蠟燭，忍不住走過去說：「讓我來點。」

那秀女抬起頭來，忽然一愣，眼中竟然泛起淚水，但也許是燭光的照映。建寧看著她，也覺得心上莫名地一撞，有種說不出來的震動驚撼，幾欲窒息。正想說話，綠腰已經急匆匆地找來了，帶著哭腔說：「格格還有心情糊燈籠呢，奴婢剛才聽見胡嬤嬤她們說，太后要給格格指婚一個漢人額駙，眼瞅著就要洞房花燭了。」

「什麼？」建寧一驚，失手將燈籠跌落，火苗舔著碧紗，瞬間燒作一團。她心中雖然並沒有太多的滿漢之分，然而在宮中長大，耳濡目染，也知道滿洲格格下嫁漢人不是什麼光彩的事，不禁如水澆背，呆若木雞。

綠腰還要伸手去撿那燈籠，被炙得將手一縮，怪叫起來。建寧如夢初醒，跺腳道：「我問皇帝哥哥去！」顧不得再理睬那秀女，拉起綠腰便往絳雪軒來。

可是順治不在，絳雪軒的侍衛說不知道什麼時候會在。建寧只得坐在御花園的芍藥欄外等，一邊不住地問綠腰：「你聽誰說的？我怎麼不知道？」

「不是一個人，所有的嬤嬤都在這麼說。」綠腰一五一十地告訴，原來太后已經將格格指婚給了什麼平西王之子，納彩問名都舉行過了，連日子都定了，消息才漸漸透到東五所來，給一個嬤嬤無意中聽到，不免向胡嬤嬤饒舌。那些嬤嬤們都拿著當新聞，說：

「從前說笑話，要把格格指個漢人駙馬，誰知道果然成真了。也怪，這麼大的事兒，怎麼連個信兒也沒聽見呢？不說別的，照規矩，不是早該指定教習嬤嬤指導格格爲妻之道嗎？這等過了門兒，還不得鬧笑話兒？」

建寧聽到這一句，忽然呆住了，她知道一定是真的了，問誰都沒有用。綠腰沒有撒謊，賜婚一定是太后的意思，而存心要看她笑話則是所有東五所嬤嬤的德行。胡嬤嬤，皇后，皇帝哥哥，皇太后，沒有人會幫她的。就算找到皇帝哥哥，也是沒有用的。

「我們走吧。」建寧快快地說。綠腰並不敢問去哪裡，只好在身後默默地跟著。她們都沒有留意到，早有一個宮女悄悄越過她們，直奔了慈寧宮去。

四貞正在刺繡，聽到小宮女慌慌張張地走來說，建寧格格已經知道指婚的事了，現在正坐在建福花園的桃樹林裏哭呢，請貞格格快去勸一勸吧。

該來的總會來。孔四貞暗暗嘆了口氣，放下繡綳匆匆趕到建福花園，果然看到建寧坐在桃樹下痛哭。樹上的桃子已經熟透了，因爲沒有皇上的命令，任何人都不可以隨便摘取建福花園的桃子，就算它們熟透跌落也沒有人敢撿，所以地上散落了許多紅透的桃子。

四貞聽建寧說過，這些桃樹都是長平親手種的，長平公主從沒有機會吃到自己親手種的桃子，所以每年桃樹上結下的第一批桃子，順治都要親手摘下來讓吳良輔送去公主墳上祭。但是今年皇上好像忘了上祭，不知他是被選秀的事分了心，還是因爲妹妹的出嫁而煩惱，以至於忽略了長平公主的桃子？

此時，建寧坐在桃樹下，想起那罈女兒酒。仙姑說過，那是留給自己出嫁的時候喝的。可是，自己多麼不願意出嫁呀，嫁給一個漢人！

看到四貞，建寧的淚流得更兇了，嚷道：「我才不要嫁人，我才十二歲，太后幹什麼急著要趕我走？東五所裏那許多郡主年齡都比我大，憑什麼要先發配我？」

孔四貞在心底裏又嘆了一聲，蹲下身來，一邊用手絹替建寧擦眼淚，一邊緩緩地勸道：「怎麼是發配呢？太后才不捨得格格離了眼前呢。格格是太后一手帶大的，太后怎麼會不替格格精心挑選一個好歸宿呢？我聽說禮部已經在重建額駙府，規格比妃子殿氣派多了。就在建國門外，離宮不遠，格格什麼時候想回宮，抬腳兒就回來了，府裏住半年，宮裏住半年，不比日日月月待在這裏活得自在？你不是一直說東五所的日子太悶嗎，以後去了宮外，就是女主人了，平西王長年不在京，你上無公婆，下無妯娌，滿府裏惟你最大，想逛街也行，想把房子拆了建花園也行，想回宮來住著不回去也行，不是比現在愜意？」

建寧省悟過來，猛回頭望著四貞質問：「原來你早就知道了，卻一直不同我說。你跟他們是一路的，就把我一個瞞在鼓裏。」

四貞心裏一驚，暗說這是一雙什麼樣的眼睛啊？如此惶急、憤怒、傷心、失望，就好像遇到了世上最可怕的事，又或是想通了人間最深的秘密一樣。她覺得自己被這雙眼睛看透了，又覺得是自己背叛了這雙眼睛裏曾經的真誠與信任，覺得自己好像出賣了誰。她有些自己瞧不起自己起來，卻仍然克制著聲音，不緊不慢地駁道：

「什麼你們、我們的？皇上是你的親哥哥，宮裏都是你的血親同胞，我才是外人呢。實話告訴你吧，這些話都是太后跟皇上同我說的，皇上要我找個機會慢慢兒地勸你，還叫我告訴你，那位平西王世子文武雙全，又一表人材，他自小入宮伴讀，跟皇上一起長大，皇上也覺得是個好人選，才替格格答應了的。我還沒來得及同你說，綠腰這蹄子恁的多嘴，巴巴兒地當件什麼要緊事來報告，大喜的事兒叫她說得跟天災人禍似的，回頭驚著了格格，問你有幾個腦袋擔當？」

綠腰嚇得趕緊跪下了，一聲也不敢出。建寧的眼睛也垂了下去，眼裏那簇忽閃忽滅的火苗兒黯淡下來，沒那麼烤得人的眼睛生疼了。

四貞定了定神，接著勸道：「我們做女兒家的，長大了總歸要嫁人。父母之命，媒妁之言，誰是可以自己做得主的呢？就好比我吧，打小兒家裏就給訂了孫家，統共連面也沒見過，卻也只好等著到了日子就一頂轎子抬過去。那時候我又沒父母兄弟做主，就算有什麼不如意，連回娘家哭訴的福分也沒有。不比格格是金枝玉葉，又有太后和皇上撐腰，雖說是嫁，可是額駙府裏一草一木都是皇上賜的，同入贅也沒什麼分別。別的格格不是指給滿洲貝勒就是嫁給蒙古王子，少不得要長山闊水，風沙大漠，一輩子也難得回一次中原，那才真叫發配呢。格格從前在盛京住過，難道還沒過夠那天寒地凍的日子嗎？格格身在福中不知福，只管同太后、皇上嘔氣，要是像我這樣，連個嘔氣的人也沒有，那也是命，又能怎樣呢？」

建寧道：「這還不容易，你要是不願嫁，讓皇帝哥哥納你為妃就好了，我替你跟哥哥說去。」

四貞紅了臉啐道：「我一心為你，你倒打趣我。讓你一個人哭去，看誰還理你？」轉身走開。

至此，該說的話都已經說盡了，然而她知道，要消化那些話，還得有一個過程。以建寧的任性與單純，越是勸著她，就越可能逼得她反著來，倒是由著她的性子鬧一會子，然而再靜下來想一想，或許就好了。反正每個姑娘出嫁前都是要哭一場的，早哭晚哭都一樣，就由著建寧在今天哭個夠吧。只是，不能讓太后知道。不然，就成了她的失職了。四貞暗暗留意著建寧的動靜，並且開始著意佈局，反正，一切有皇上撐腰。

但是建寧已經不想哭了，她的心思已經被另一個念頭給分散了，那就是四貞的背叛。不論孔四貞說得多麼冠冕堂皇，背叛就是背叛，預知太后要對自己不利而沒有告訴自己、還要充當太后的說客就是背叛。

建寧覺得孤單，孔四貞終究不是自己的朋友，不是真正的朋友。指望她代替香浮是不可能的。長平仙姑與香浮小公主是沒有人可以代替的。建寧撿起一隻桃子，忽然很想很想長平仙姑，仙姑去了那麼久，自己還沒在她的靈前祭拜過一次呢。皇帝哥哥答應過要帶自己去，卻一直食言。如今自己受了這樣大的委屈，非得到仙姑的靈前哭訴一回，不然是任誰也不會瞭解自己的委屈的。

建寧決定出宮。

而她出宮的方式幾乎和當年慧敏出府如出一轍，先是向四貞借了她從前的衣裳，說做刺繡樣子，接著稱病請假，卻命綠腰扮成自己的模樣躺在寢宮裏，然後換了衣裳再披上簑衣，把自己遮得嚴嚴實實的，趁一個雨天裏偷了嬤嬤的腰牌溜出宮去。這些日子爲著皇上選秀的事，朝廷上下一片忙亂，後宮裏每日趕製吉服繡屏，連東五所的格格與嬤嬤們也有任務，輕易地讓建寧的小把戲得了逞；而守門侍衛則早已收到四貞的密令，故意假裝躲雨，並不肯仔細盤問，只遠遠打個照面兒就由著建寧輕輕鬆鬆地混出宮去。

然而建寧出了宮，卻不知道該往東還是往西，茫然無措地逢著人便問：「長平仙姑葬在哪裡？」卻哪裡有人知道？一路經過無數茶肆食寮，繡鋪油坊，許多新奇玩意兒，都是從未見過聽過的，只是不論要吃什麼拿什麼，人家都管她要銀子，拿不出來，便不肯給。

即使是這樣，她也仍然興致不減地走走停停，東張西望，看吹糖人的是怎麼將一塊糖稀在捏捏吹吹下變成一隻孔雀，看把戲人如何敲鑼打鼓地讓猴子銜旗打鬥，看拉洋片的人口沫橫飛地吸引了遊人坐在一條長凳上往小孔裏探頭探腦——只可惜她一文錢也沒有，不能知道那孔孔裏到底有什麼可看。

經過一間銀鋪時，她看到櫃檯後面的老銀匠正對著化銀燈在吹氣，用一根吹管將燈火吹成細細的一條化去銀水。建寧覺得新奇，且也走得累了要歇腳，便逕自踅進去尋到一隻繡凳坐下來，手拄了下巴看得出神。

老銀匠許是活計正在火候上，一口氣不斷，沒功夫招呼建寧，見是個小孩子，穿戴整齊，頭臉乾淨，亮晶晶全是雨水，以爲她是來避雨的，便不理會，由得她坐在一邊。直待整塊銀子化完了倒入模具，這才站起身在藍布圍裙上擦著手問：

「姑娘是要打點啥還是買點啥？這裏有各式新款的銀墜子、釵子，看中哪個，試一試？」

建寧便認真地看了一回，見那些麻花針、梔子針、銀耳墜、梅花鏈、繡花鐲、扭絲鐲、花鳥戒指，以及各式雕花鈕扣，都纖細雪亮，帶著銀飾特有的素雅輕薄，牽動著人的心。因看到一隻雕著麒麟的長命鎖，不大認識，便指著問：「這個是戴在哪裡的？」

老銀匠見她連長命鎖也不認得，倒納罕起來，道：「這是長命鎖，給小娃娃戴的，姑娘從前沒有戴過麼？」

建寧搖搖頭說：「我是旗人，不興這個的。」

老銀匠笑道：「原來是這樣。我們漢人家裏的小孩子，一滿月就要戴上這長命鎖的，把小命兒鎖住，使鬼神都不來侵犯他。富人戴金鎖，窮人戴銀鎖，再窮的人家也要打把黃銅鎖戴上。直長到十二歲上，娃娃有力氣對付陰府裏的小鬼了，這才給他解了去，還要擺一桌開鎖酒，來慶賀小孩子長大成人呢。」

建寧悠然神往，羨慕道：「那一定很熱鬧。我將來有了自己的小孩子，也要給他戴這種長命鎖，也要戴到十二歲上，也要擺酒慶賀。請你來，你來不來呢？」

老銀匠見這姑娘穿戴高貴，舉止大方，卻是口無遮攔，竟然說起生孩子擺酒的話來，倒有些失笑，嘿嘿兩聲道：「來，來，姑娘要請，我一定來。只是那還要等好長一截日子哩，姑娘今兒可要打點什麼自己穿的戴的不？」

建寧搖搖頭說：「我這會兒身上沒銀子，我就是看看。」

老銀匠心道，沒銀子你跟我廢這半天的話，便不再搭理她，卻也不撵，只一錘一錘地把模具裏的銀模子打成一隻精緻的蝴蝶，翅子薄薄的，身子小小的，還有兩根細若游絲的鬚子，一閃一閃，直把建寧看得目瞪口呆。

隔了一會兒，建寧忽然問：「你會打烏鴉嗎？」

老銀匠一愣，一邊用銼刀銼去銀蝶身上的毛刺，一邊笑著慢悠悠地道：「誰打那東西做什麼？又笨重又難看，大得累贅，還不吉利。只有打鳳凰，打孔雀，最多還有打燕子的，從沒聽說有人會打烏鴉，可戴哪兒呢？」

建寧道：「說的是呀，烏鴉這麼難看的東西，偏偏宮裏要當成祖先那樣敬著供著，什麼道理？」

老銀匠聽到「宮裏」兩個字，嚇了一跳，再看建寧神情舉止，越看越覺得可疑，真像是打宮裏出來的，卻再沒想到是位格格，只當是皇上或者太后身邊得寵的一位宮女，嬌生慣養細皮嫩肉不大幹活的，不都說宮裏使喚的丫頭比小老百姓家裏的小姐都來得尊貴嗎？看這姑娘的形容，果然不錯。

老銀匠有些作難起來，並且有一種莫名的興奮與不安，貴人天降，這是吉兆吧？可是這姑娘如果真是從宮裏出來的，那一定是私逃出宮，說不定是犯了事，偷了東西跑出來的，要是被人家看見她在自己鋪子裏出現，還當自己窩贓銷贓呢，說不定會以爲這銀鋪裏的首飾都是偷宮裏的雪花銀打製的，那可冤枉！這樣想著，手上便微微用了力，忽聽「撲」一聲，銼刀擦過去，竟把墜子上一根蝴蝶鬚子銼斷了。

「晦氣！」老銀匠啐了一口，扔了銼刀，只得重新把獨鬚銀蝶架在銀燈前要重新化掉。

建寧看著，忽然想起母親綺蕾臨死前拾起的那隻折翼蝴蝶來，不禁脫口而出：「不要燒，我要！」

老銀匠一愣：「你要這個幹嘛？都廢了。姑娘想要耳墜子，我給你重打一只。」

「我就要這一只！」建寧想一想，從手腕上褪下一只鸚哥綠的鑲玉鐲子來，「我拿這個跟你換。」

老銀匠見那鐲子是金鑲玉，哪裡想得到建寧是不識稼穡，不辨貴賤，只更加認定她是偷了宮裏的銀物來倒贓，不然怎會出手這般大方？倒害起怕來，忙忙地推脫：「這怎麼敢？這可不敢！姑娘不買東西，還是請吧，別處玩兒去，我這裏還要做活計呢。」

建寧不高興了：「誰說我不買東西？我就要這隻銀蝴蝶，你要不給，我拿兩只墜子換你一只可好？」

「不好不好！不換不換！」老銀匠頭搖得像撥浪鼓，建寧越是大方，他心裏就越是恐慌，急赤白咧地要撇清，手裏還一直做著外請的姿勢，幾近於轟趕了。

建寧怒了：「我就要這隻蝴蝶！你答不答應？不答應，我叫人拆了你的鋪子！」

這話老銀匠倒是信的，宮裏跑出來的人，什麼不敢幹？背景大著呢，惹得起？再看看那隻蝶，一枚小小耳墜，不過一錢二分銀子，就當破財消災吧。於是擠出笑臉來，忍痛道：「姑娘既然喜歡，就送給姑娘玩兒吧，只求姑娘高抬貴手，移駕別處逛去吧，我這裏還要做生意哩。」

建寧在宮裏被服侍慣了，衣來伸手，飯來張口，有人白送她一只銀墜子，也並不覺得有何不妥，於是歡歡喜喜地揣起來，轉身出了鋪子。此行未能找到長平公主的墳塋，卻意外得了一只銀蝶墜，讓她覺得這裏面藏著某種玄機，或者是母親在冥冥中送給自己的一件禮物吧？在香浮失蹤後，空虛已久的心終於得了些許安慰，建寧的眼角幾乎已經有淚了，不過也許，只是天上的雨水。

老銀匠長出一口氣，巴著門站了半晌，直望著建寧走得人影兒不見了，這才回到座位上接著化銀燈去。他並沒看到，建寧一拐過街口，就被幾個侍衛攔住了，也沒看到他們請她上了一頂轎子，就這樣又護送她回了宮。

建寧並沒有反對，因為她不知道反對之後該怎麼做，出來大半日，她已經很累了，而且莫名地寂寞。她終於出宮來了，並且已經察覺這宮外是多麼光彩陸離，然而又怎樣呢？她一直都想離開紫禁城，可是她沒有想到，離開後，她竟然連一步路也不會走。她完全不知道下一步該往哪兒走，她根本不知道該如何安置自己的命運，那麼，就惟有順從。坐在轎子裏，走在回宮的路上，她對自己說：也許出嫁也不錯，就像貞格格說的，可以住在宮外，有自己的房子，一切自己說了算。那時，想什麼時候逛街就什麼時候逛街，想打多少根釵子就打多少根釵子——當然，要帶足銀子。

多少年之後，老銀匠仍會記得這個和風細雨的下午，記得那個姑娘是怎麼樣在細雨濛濛中走進鋪子裏來的，又是怎麼樣揣了那枚一根鬚子的銀蝶墜子在細雨濛濛中走遠。

他會一直一直地記得，也會一直一直地說起。那時候，他已經知道了建寧的身分——就是當朝皇上的親妹子十四格格。當朝十四格格曾經在自己的鋪子裏索走了一隻蝴蝶狀的銀耳墜子，這是何等的榮光！

他所以會知道建寧的身分，是因為又見著了一次，他第二次見到建寧，是在數月後格格的大婚遊行禮上，大紅轎子從宮裏抬出來，格格坐在轎子裏，額駙騎在馬上，對著長安街上的百姓不住招手，彷彿在招搖著他們的幸福與榮光。

誰知道他們是不是真的幸福呢，不過這是第一個嫁給漢臣的大清格格，這是第一個娶了御妹的漢人子弟，他們中總有一個是光榮的吧？

順治帝戲弄吳應熊說要為他指婚滿洲格格的玩笑成了事實，嬤嬤們取笑建寧會嫁個漢人額駙的話也一語成讖，這不能不使建寧與吳應熊的大婚成為京城百姓茶餘飯後的熱門談資，情形約等於當年太后下嫁多爾袞，而遠遠勝過順治爺娶皇后——那也難怪，當今皇上與博爾濟吉特家族的聯姻是早在意料之中的，而建寧下嫁吳應熊，卻是令朝野上下意出望外的一宗不對等婚姻。

事實上，大清三百年歷史上，下嫁漢臣的格格也就只有建寧公主獨一個。就衝這一點，也足以成為傳奇的了。

附注

1、《清史編年》載：順治十年八月十九日壬午（西元一六五三年十月十日），以太宗第十二女和碩公主嫁平西王吳三桂長子應熊。只此一句，別無他述。

大清公主《上》

作者：西嶺雪
出版者：風雲時代出版股份有限公司
出版所：風雲時代出版股份有限公司
地址：105台北市民生東路五段178號7樓之3
風雲書網：http://www.eastbooks.com.tw
官方部落格：http://eastbooks.pixnet.net/blog
Facebook：http://www.facebook.com/h7560949
信箱：h7560949@ms15.hinet.net
郵撥帳號：12043291
服務專線：(02)27560949
傳真專線：(02)27653799
執行主編：朱墨菲
美術編輯：許芷姍
版權授權：劉憶怡
法律顧問：永然法律事務所　李永然律師
　　　　　北辰著作權事務所　蕭雄淋律師

初版日期：2011年12月
ISBN：978-986-146-830-3

總 經 銷：成信文化事業股份有限公司
地　　址：台北縣新店市中正路四維巷二弄2號4樓
電　　話：(02)2219-2080

行政院新聞局局版台業字第3595號 營利事業統一編號22759935

定價：290 元

國家圖書館出版品預行編目資料

大清公主／西嶺雪著；-- 初版. --
臺北市：風雲時代，2011.11　冊；公分

ISBN 978-986-146-830-3（上冊：平裝）

857.7　　　　100020419